D1100629

Une petite entorse
à la vérité

Nina Siegal

Une petite entorse à la vérité

Traduit de l'américain par Armelle Santamans

●MARABOUT●

Pour George Rood (1934-2000),
et
Joseph Edward Siegal (né en 2006)

« La mort d'un homme n'a rien de drôle, mais il y a parfois quelque chose d'ironique dans l'insignifiance des causes de cette mort et dans le fait qu'elle peut devenir l'élément fondateur de ce que nous appelons civilisation. »

Raymond Chandler
The Simple Art of Murder (1950)

Remerciements

J'ai trouvé dans les ouvrages suivants des sources de documentation très utiles pour la rédaction de ce roman : *Fame at Last: Who Was Who According to the New York Times Obituaries* de John Ball et Jill Jonnes, *True Colors: The Real Life of the Art World* d'Anthony Haden-Guest, *Dark City: The Lost World of Film Noir* d'Eddie Muller, *Celluloid Skyline: New York and the Movies* de James Sanders, et *The Perfect Murder: A Study in Detection* de David Lehman. J'ai également puisé des informations très intéressantes dans le film-graffiti *Style Wars*, réalisé par Henry Chalfant et Tony Silver.

Ce roman n'aurait jamais pu dépasser le premier chapitre sans les encouragements précoces de Steven Wright, Leigh Newman, John Cassidy et Lucinda Rosenfeld. Je remercie ma tante et mon oncle, Marian et Jack Krauskopf, de m'avoir prêté leur maison de Chatham où, en 2001, j'ai écrit les premières pages de ce livre. J'ai également eu la chance de bénéficier des conseils enthousiastes de mon groupe d'écriture de Brooklyn : Leigh, Lilly Kuwashima, Tim Brien, Amy Brill, Joseph Holmes et Kim Sevcik.

Lorsque j'étais dans l'Iowa, j'ai trouvé en Dina Hardy, Nam Lee, Matthew Vollmer, Nic Brown, Josh Rolnick, Austin Bunn, Amy Belk et Leslie Jamison des critiques précieux. Je souhaite aussi remercier Bliss Broyard pour avoir relu mes premiers chapitres, Rob Sussman pour m'avoir aidée à vérifier la version finale du livre, et Jeremy Hobbs pour m'avoir offert un portrait officiel de romancier. Mon séjour dans le New Hampshire, à la McDowell Colony, m'a permis de mettre la touche finale à ce roman.

Je suis très reconnaissante pour l'aide que m'ont apportée Nicer, Bio et rrBG183 de Tats Cru pour les passages concernant les graffitis, de même qu'aux écrivains Mosco, Kez et Nato. Je dois également beaucoup aux conseils que m'a prodigués Hugo Martinez, de la galerie Martinez, tout au long de l'écriture de ce livre.

Je veux également citer l'ensemble des professeurs de mon atelier d'écriture en Iowa : James McPherson, Adam Haslett, Ethan Canin et Lan Samantha Chang, avec une mention spéciale pour Margot Livesey et James Hynes, qui ont fait pour moi bien plus que ce que leur commandaient leurs fonctions. Mes remerciements sont insuffisants au regard de ce qu'ils m'ont apporté.

Je suis aussi très reconnaissante envers mon agent, Nina Collins, pour son soutien indéfectible, ainsi qu'envers mon éditeur, Peggy Hageman, qui m'a immédiatement donné l'impression que j'avais trouvé un foyer au sein de HarperCollins.

Enfin, je veux mentionner mon frère et ma belle-sœur, David et Rebecca, ainsi que mes parents, Marta et Frederick, qui ont de mille façons soutenu ce projet et, plus généralement, mon choix de devenir écrivain.

Chapitre 1
Danse macabre

La canicule habituelle de fin juillet atteignait des sommets, mais personne n'avait l'air décidé à mourir. Je n'abattais pas beaucoup de travail, me contentant de déplacer deux ou trois fax d'un bord à l'autre de mon bureau et de ranger quelques trombones égarés.

Une équipe de journalistes avait été chargée de couvrir la vague de chaleur – interviewer des vendeurs de ventilateurs, voir comment se comportaient les ours polaires du zoo... Clint Westwood, l'éditorialiste de la rubrique locale, était présentement sous son bureau en train de feuilleter d'anciens papiers pour y trouver l'inspiration. Auréolé de sa crinière blanche, Rusty Markowitz était quant à lui au téléphone avec un émissaire qu'il avait envoyé traquer une nymphette. Il était écarlate et aboyait comme un dogue : « Écoute, tu vas lui donner ce numéro de portable. Et si elle n'en veut pas, tu n'as qu'à le lui coller entre les dents ! »

Les autres lauréats du prix Pulitzer étaient partis pour les Hamptons, où sans doute ils peaufinaient leur prochain opus historique en même temps qu'un joli cancer de la peau. Tout défilait au ralenti, comme des images filmées depuis la Lune.

Je m'apprêtais à monter à l'étage pour y prendre une tasse de café quand le téléphone sonna. Je retirai mon chewing-gum de ma bouche pour le coller sous mon bureau, où il alla rejoindre quelques congénères vieillissants.

— Nécro, fis-je. Vane.

Personne ne me répondit. J'entendais seulement le hurlement d'une sirène sur un fond de bruits métalliques. Après tout, le pont de Brooklyn cherchait peut-être à me contacter.

— Valerie Vane, rubrique nécrologique, réessayai-je. Que puis-je faire pour vous ?

Cette fois, j'obtins une réponse humaine, même si celle-ci était très faible, presque inaudible.

— Oui, entendis-je, je souhaiterais des informations sur un article que j'ai lu dans votre journal d'aujourd'hui. La voix — masculine — était profonde et rocailleuse, mais hésitante, du moins contenue.

— Et de quel article s'agit-il ?

— Celui sur Wallace, Malcolm Wallace.

J'attrapai sur mon bureau l'édition du matin, ainsi qu'une autre tablette de chewing-gum. La une exhibait Chelsea et Hillary (Clinton) montées sur des chameaux, juste à côté de ce qui avait pu être glané au cours de la nuit sur la canicule : coupures de courant à Inwood, débuts d'incendies à Chinatown, record d'affluence sur les plages de Jones Beach. Poursuivant ma recherche, je ne m'attardai ni sur les génocides ni sur la force de frappe nucléaire, survolai les effets néfastes de la chaleur sur la parturiente et la transhumance du bison, pour me concentrer sur les dernières pages de la rubrique locale où devait se trouver cet article, parmi les brèves de fin de journal.

Son titre annonçait « Célèbre pour ses initiales », avec pour sous-titre « Un artiste fait entrer l'art de la rue dans les galeries ». Malcolm Wallace, 42 ans, peintre, ou plutôt graffeur, autobaptisé Stain[1] 149. L'article n'était pas signé, mais je savais parfaitement

---

1. *Stain*, en anglais, signifie « tache » (NdT).

qui en était l'auteur : j'étais en train de mastiquer son chewing-gum.

— Il y a un problème ? demandai-je à mon interlocuteur.

— Oui, je crois, dit-il. Ce sont les faits relatés dans cette histoire qui me posent un problème. Voyez-vous, votre article mentionne qu'il s'est suicidé.

Je parcourus le premier paragraphe, qui affirmait effectivement que Wallace avait sauté du pont du Queensboro.

— C'est exact, confirmai-je.

— Un suicide, dit-il lentement.

— C'est cela, oui, un suicide, répétai-je en imitant son intonation et sa prononciation qui omettait presque le « i » : « Su-cide ».

— Mais c'est faux, ajouta-t-il avant de répéter le mot « suicide ».

Mentalement, je passai en revue les informations que j'avais recueillies auprès du service de la police chargé des relations avec la presse. La veille, j'avais donné mon traditionnel coup de fil matinal à l'inspecteur Pinsky pour les mises à jour et les vérifications : Wallace, Malcolm A. ; mâle de type noir ; cadavre retrouvé sur les rochers situés sous le pont de la 59ᵉ Rue, côté Queens ; découvert samedi à 5 heures 47 ; heure du décès : 2 heures 15 environ ; corps en partie immergé, ballonné ; pas de marques visibles ; saut depuis le pont ; carte d'identité dans sa poche de poitrine.

— Voyons voir…, fis-je en agitant quelques fax posés sur mon bureau afin que mon interlocuteur pense que je conduisais d'intensives recherches. Oui, c'est cela, « su-cide », lui confirmai-je, « su-cide » rapporté par la police.

Ce genre de situation n'avait rien d'inhabituel. Certaines personnes avaient parfois du mal à accepter la brutalité des faits, ainsi exposés en noir sur blanc dans le journal. Lors de mes premiers mois à la rubrique nécrologique, les appels de ce type me rendaient nerveuse et je les transmettais à Jaime Cordoba, mon rédacteur en chef.

Jaime était un juif orthodoxe né à Cuba et élevé aux États-Unis, dans l'État de Georgie. Il en avait tellement bavé à cause de son prénom que plus grand-chose ne pouvait le déstabiliser. Sa peau était ambrée et il arborait une couronne de cheveux noirs bouclés qu'il contenait tant bien que mal sous sa kippa au moyen de généreuses couches de gel. Quand il m'arrivait de solliciter ses conseils, il agitait alors cette crinière comme un lion tout juste sorti du sommeil et me dispensait son expertise dans un murmure où perçait une pointe d'accent ensoleillé.

— Les gens ont du mal à accepter la mort, m'avait-il un jour expliqué. Imagine une compagnie de chemin de fer qui ne suivrait aucun horaire précis. Eh bien nous, journalistes nécrologiques, nous sommes les agents de nettoyage chargés de faire le ménage dans la gare, après le départ du train. Nous portons un uniforme qui donne aux gens l'impression que nous pouvons les renseigner. Mais si tu veux un conseil : concentre-toi sur ton balai. Contente-toi de saluer le client en lui disant : « Désolée, les horaires de départ ne dépendent pas de moi. »

Sur cette base, j'avais mis au point une stratégie pour faire face à ce genre d'appel. La première étape consistait à réconforter mon interlocuteur. Je l'essayai donc avec mon correspondant du moment.

— Le temps finira par apaiser votre douleur, commençai-je avant de m'apercevoir qu'il ne m'écoutait pas.

— Qui a dit qu'il s'agissait d'un « su-cide » ? insista-t-il.

— La police a mentionné un « saut depuis le pont ».

— Malcolm venait tout juste d'effectuer le dernier versement pour un endroit où il comptait installer une école de peinture, ajouta mon interlocuteur. Un homme qui s'apprête à mettre fin à ses jours ne fait pas ce genre de chose. Il ne dit pas qu'il sort acheter une glace avant de se jeter dans l'East River.

— Non, fis-je, effectivement, c'est assez inhabituel. Écoutez, je sais que des actes aussi insensés sont parfois difficiles à comprendre. Il faut envisager la situation de façon plus globale…

J'en étais arrivée à la deuxième étape de ma stratégie : aider l'appelant à considérer la mort de manière plus abstraite. Je débitais mon argument avec fougue, mais mon interlocuteur ne m'intéressait plus vraiment. Je pensais surtout à ma tasse de café qui désormais devait être froide. Après tout, ce Wallace avait déjà eu beaucoup de publicité. Il s'était fait connaître dans les années 1980 – bon sang ! il avait même eu droit à un article, en 1985, dans le *Sunday Magazine*, mais ça n'avait duré que le temps d'agiter une bombe de peinture. Depuis, il avait été rayé de l'histoire. J'en étais à me dire que l'article qui lui était consacré aujourd'hui ne tenait qu'à la météo : 35 degrés tous les jours. Un vrai sauna. Jaime s'était plaint que notre rubrique tournait à la gériatrie, alors quand il était tombé sur l'histoire de Wallace, il s'était écrié : « Enfin du sang neuf ! » ; puis il avait balancé la dépêche sur mon bureau, en ajoutant : « Ça va te plaire, Vane. Ça concerne l'art. »

— Écoutez, me disait maintenant mon interlocuteur, je sais que pour certains, beaucoup de gens n'ont aucune importance. Souvent, ce sont juste des inconnus quelque part. Je ne sais pas comment la police en est venue à conclure à un suicide, mais je suis sûr que, quoi qu'elle vous ait dit, elle est dans l'erreur, parce que Malcolm Wallace ne se serait jamais suicidé. Ce n'était pas son genre.

Soudain, un frisson me parcourut l'échine. Les paroles qu'avait prononcées l'inspecteur Pinsky durant notre entretien du matin me revenaient en mémoire : « Bon, ils parlent de suicide, mais il est encore trop tôt pour se prononcer. Tu connais la chanson, Val. » Je me souvenais maintenant qu'il avait ajouté : « C'est entre les mains du procureur. »

J'avais alors enchaîné avec un appel à Betty Schlacter, qui faisait office de porte-parole du procureur de Manhattan. Nous avions évoqué le récent meurtre d'un top model avant qu'elle écourte notre entretien en prétextant un rendez-vous. Elle avait affirmé qu'elle ne pouvait rien me donner sur Wallace, pas même les infos de base. Toutes les enquêtes devaient rester strictement confidentielles jusqu'à leur clôture. J'avais alors noté sur mon bloc : « À valider, ne pas publier. » Et puis, Jaime avait débarqué avec un quatre-quarts au chocolat.

Pour tout vous dire, pendant deux ans, j'avais fait partie des jeunes recrues pleines de promesses, une étoile montante du journalisme, débauchée à grands frais pour écrire des articles brillants dans la rubrique Style du journal. J'assistais alors à des galas fastueux, j'étais invitée à des soirées mondaines grouillant de célébrités, je foulais le tapis rouge des soirées de premières. J'avais accès aux coulisses de tous les événements les plus courus de la ville. Mais, à un moment, les choses avaient mal tourné, puis elles avaient empiré jusqu'à toucher le fond du fond. Au bout du compte, j'avais été mutée à la rubrique Nécro pour y finir mes jours au milieu des gratte-papier, des syndicalistes et autres fourmis sans identité.

La veille, j'avais fêté mes six mois au sein de la rubrique Nécro. Jaime avait apporté son quatre-quarts, pour célébrer l'événement, en quelque sorte. Pour ma part, cette célébration tenait plutôt de l'enterrement de première classe. J'avais avalé ma part de gâteau, puis je m'étais éclipsée pour aller grignoter quelque chose durant ma demi-heure de pause déjeuner. Dans l'épicerie du bas de la rue, repaire habituel des gens du journal, personne ne m'avait amicalement serré la main devant la caisse enregistreuse, aucun collègue n'était venu me flatter l'échine avec enthousiasme. Je m'étais offert un pauvre bagel et j'avais marché jusqu'au parc où quelques enfants s'amusaient avec l'arrosage automatique des pelouses. J'avais alors pu m'apitoyer à loisir sur mon sort en grignotant tristement ma pitance.

À mon retour au bureau, Jaime m'avait réclamé mon papier sur Wallace afin de pouvoir boucler la rubrique. J'étais en retard et j'avais dû m'activer en songeant que, une fois de plus, j'avais merdé. J'avais alors bâclé un article qui mentionnait « saut depuis le pont » et je me rendais compte maintenant que, dans l'état de lassitude dans lequel je me trouvais, j'avais totalement oublié ce que m'avaient dit Pinsky et Schlacter. Dans la débâcle, le souvenir de « trop tôt pour se prononcer » et mes notes précisant « À valider, ne pas publier » étaient passés à la trappe.

Et chacune des paroles de mon interlocuteur me faisait comprendre que j'avais peut-être commis une énorme erreur. Une de plus. Je ne répondis rien à sa remarque. Je ne m'autorisai même pas à y penser. L'idée d'annoncer à mon rédacteur qu'il allait falloir publier un erratum ne me disait rien qui vaille. Ça n'aurait guère arrangé mes affaires.

Je m'éclaircis la voix.

— Monsieur, dis-je, ce que vous avez lu est la version officielle. Vous pourriez contacter l'agence de presse qui a rapporté la nouvelle pour savoir s'ils ont reçu d'autres informations, ou alors le bureau de la police, si vous estimez qu'une enquête doit être diligentée. À la rubrique Nécro, nous n'assurons pas le suivi des avis de décès. Nous nous contentons de publier l'annonce et nous passons à autre chose.

Immédiatement après avoir prononcé ces paroles, je pris conscience de leur extraordinaire brutalité. J'entendais la respiration saccadée de mon interlocuteur anonyme, mais il ne disait rien. Son silence dura une éternité avant qu'il le rompe abruptement.

— Vous êtes journaliste ? me demanda-t-il.

Le mot surgit comme un diable de sa boîte. Je m'abstins de réagir et le laissai flotter dans l'air. Il répéta sa question, cette fois d'une voix plus forte : « Êtes-vous journaliste ? » Sa question me coupa le souffle, comme un coup que j'aurais reçu en pleine poitrine.

Une année auparavant, si quelqu'un m'avait posé cette question, j'aurais ri aux éclats avec affectation : qui ignorait encore que Valerie Vane était journaliste ? D'ailleurs, j'étais bien plus qu'une simple journaliste : j'étais le rapporteur suprême des états d'âme de la cité. Qui d'autre que moi aurait pu obtenir une entrée au Moomba pour la première soirée de karaoké des stars ? Qui d'autre que moi aurait réussi à convaincre la transsexuelle Zita Marlowe de lui donner une interview exclusive immédiatement après son opération ? J'avais été celle qui avait su voir que le gris allait supplanter le noir et que le jeudi allait remplacer le vendredi. Par la suite, quand la tendance avait encore évolué, j'étais la seule qui avait perçu que le lundi allait détrôner le jeudi. D'ailleurs, le chef du service Style ne s'y trompait pas et faisait irruption dans mon bureau à chaque fois qu'il décrochait une info juteuse, afin qu'elle soit traitée par *la Plume de Valerie*.

Mais depuis que le mot « journaliste » avait été lancé et qu'il flottait dans l'air entre mon interlocuteur et moi, mes certitudes vacillaient.

« Je m'appelle Vane, Valerie Vane » furent les seules paroles que je pus lui offrir en réponse à sa question.

Pour lui, manifestement, ça ne signifiait pas grand-chose.

— Eh bien, si vous êtes journaliste, ou si vous voulez le devenir un jour, ne vous contentez pas de retranscrire ce que les flics vous disent. Essayez donc de creuser un peu.

Je pris un autre chewing-gum que je me collai sous la langue.

— Et à qui ai-je l'honneur ? demandai-je en ruminant bruyamment. Je vais noter votre nom. Je vous rappellerai.

L'homme au bout du fil émit un rire lent et sinistre.

— Non, Valerie Vane, répondit-il, les mâchoires vissées sur les « v » de mon nom pendant que sa gorge en crachait les « a », *je* vais noter votre nom et *je* vous rappellerai. Vous verrez que cette erreur sera bientôt corrigée... d'une façon ou d'une autre.

Quand il prononça le mot « erreur », l'oreille que j'avais collée au combiné se mit à bourdonner comme une mouche prise dans une toile d'araignée.

— Vous ne m'avez pas donné votre nom, insistai-je.

Il fit une courte pause.

— Cabeza. Appelez-moi Cabeza.

— Cabeza comme dans...

La tonalité du téléphone m'interrompit, brutale et sans ambiguïté.

Tête ? Le mot *cabeza* ne signifiait-il pas « tête » en espagnol ? À moins que ce soit le nom d'une bière ?

La salle de rédaction se trouvait au troisième étage de la forteresse en béton armé qu'occupait le *Journal*, dans Midtown. Elle était structurée en cercles concentriques avec, au centre, le noyau des détenteurs du pouvoir suprême, orchestrant la révolution des planètes et foudroyant immédiatement tout Icare écervelé qui aurait osé s'approcher trop près du Soleil. On trouvait dans son orbite une myriade de demi-dieux : chefs de rubrique, chefs de fabrication et secrétaires de rédaction. Les journalistes étaient pour leur part satellisés en périphérie, comme des comètes lointaines. Dans cet organigramme, la Nécro se trouvait dans le vide interstellaire, bien loin de toute action, près de la sortie.

La déco appartenait à la catégorie « Fin de siècle indéfinissable ». Des bureaux en Formica gris installés dans un dédale de boxes aux parois également grises, avec de gros ordinateurs couleur mastic et des chaises pivotantes plus ou moins assorties. Le tout était emballé dans un écrin de moquette beige recouvrant sols et murs. La plupart du temps, l'endroit était à peu près aussi animé qu'un cabinet comptable. Personne pour y hurler « Arrêtez l'impression ! » ou pour sortir en trombe de la rédaction comme Rosalind Russell et Cary Grant dans *La Dame du vendredi*. Les journalistes s'exprimaient à voix basse et tapaient sagement sur leur ordinateur en inclinant solennellement la tête au-dessus d'un clavier ergonomique. À l'heure du déjeuner, leurs assistantes descendaient à l'épicerie du coin afin de s'acheter un panini qu'elles mangeaient devant leur bureau, en l'arrosant d'eau minérale de la marque Calme dont les petites bouteilles roses se vendaient tout de même 3 dollars pièce.

Mais parfois, en écoutant avec une attention marquée et un respect bienséant, il m'arrivait d'entendre le cliquètement inimitable d'une vieille machine à écrire Underwood. Dans ces moments précieux, je parvenais à imaginer le ballet des costards bleu marine revenant à peine, comme Clark Gable, d'un déjeuner sur le pouce avec des flics de terrain dans la brasserie du coin. Je voyais les gamins en culotte courte slalomer entre les bureaux en criant « Nouvelle édition ! ». Si je me concentrais un tant soit peu, je percevais le ronronnement souterrain des presses d'imprimerie aujourd'hui disparues et le rire rauque des techniciens, dans des effluves d'huile de graissage, de cigares et de mauvais scotch.

La plupart des anciens avaient pris leur retraite, mais il en restait néanmoins quelques-uns qui traînaient leurs guêtres en salle de rédaction. Mon voisin de bureau, Mickey Rood, en faisait partie. Il travaillait au *Journal* depuis plus de 58 ans. Il avait commencé à 15 ans comme petite main à la rédaction, avant de gravir un à un les échelons jusqu'à ce qu'il bute sur une caisse pleine de bouteilles de Wild Turkey. Et puis, je ne sais pas exactement quand, Rood avait « pris sa retraite » au sein de la rubrique Nécro.

Durant ses premières années au *Journal*, il faisait des extras en qualité de pianiste de jazz, se contentant d'un quart de bouteille de whisky single malt et de trois packs de bière par nuit. La couperose sur ses joues translucides cartographiait aujourd'hui les hauts lieux du jazz et les *juke joints* du blues de Greenwich Village. Son visage était scindé par trois fentes bien nettes : deux d'entre elles dissimulaient un regard malicieux quoiqu'un peu ombrageux, et la troisième lui tenait lieu de sourire. Il portait une veste bleu marine tachée au col et dont les manches avaient perdu leurs boutons. Sa chemise était jaunâtre et son pantalon, beaucoup trop grand, ne tenait à la taille que grâce à un bout de cordage gris. Quand il n'utilisait pas sa vieille canne, c'est là qu'il l'accrochait. Il dégageait une odeur de moisissure et de cirage.

— M'appelle Rood, m'avait-il informée en se raclant la gorge et en me tendant la main lors de mon arrivée à la Nécro. « Rood » comme « mal aimable » en bon anglais[1].

J'avais sorti la tête du pauvre carton que j'avais emporté au moment de mon départ du service Style et la main que je lui avais tendue avait disparu complètement dans la sienne.

— Valerie Vane.

— Vane, avait soufflé Rood sans desserrer les doigts. Ça donne donc « vaine conquête, vaniteux, hautain ».

Son ton était neutre, ni agressif, ni chaleureux.

— Ou encore « bonne à rien, inutile, futile », avais-je dit en le regardant dans les yeux et en ravalant ma salive pour digérer son entrée en matière.

Relâchant son étreinte, Rood avait froncé les sourcils.

— Tu crois que tu vas détester les cimetières, avait-il dit, mais tu te goures. Tu peux en apprendre beaucoup ici sur la vie et la mort et tu seras aux premières loges pour tout ce qui touche à l'immortalité.

La courbe avachie de ses épaules sous son veston en polyester et sa piteuse cravate maculée de petites particules blanches me faisaient un peu pitié.

— Dans le monde du journalisme, la rubrique nécrologique a parfois le dernier mot, avait-il ajouté. Une vie digne d'intérêt

---

1. En anglais, « mal aimable », « grossier » se traduit par le mot *rude*, lequel se prononce de la même façon que *Rood* (soit « rrroude ») [NdT].

suscite une fascination éternelle. Et pour bien ficeler un avis de décès, il faut connaître son sujet sur le bout des doigts. Il faut savoir creuser la boue.

— On dirait du gros œuvre, avais-je fait.

— Ou alors, avait-il continué en s'éloignant après avoir pivoté autour de sa canne, tu joueras ta partie finement et tu te casseras d'ici rapidement.

À ce stade, Rood avait au moins eu raison sur un point. Après six mois de toilettage mortuaire, j'avais appris différentes choses sur la Grande Faucheuse : les pauvres mouraient dans des incendies, les gosses de riches succombaient à des overdoses, les adolescents se tuaient en voiture ou se faisaient descendre lors de fusillades de gangs, les prostituées se faisaient étrangler, les transsexuels étaient sujets à la défenestration, à moins qu'ils sautent d'une falaise, les hommes d'affaires se suicidaient dans leur voiture au moyen du pot d'échappement, tandis que les politiciens et les anciens flics préféraient avaler leur flingue.

La plupart du temps, tous ces morts ne m'apitoyaient guère. Je considérais qu'être mort n'était pas la pire des situations. En fait, ces derniers temps, j'en étais quasiment arrivée à envier ces nouveaux disparus. Après tout, ces corps que nous placions dans des cercueils parfumés n'appartenaient pas à n'importe qui. C'étaient les dépouilles de magnats de la finance ou de gros bonnets de la politique, des philanthropes millionnaires, des lauréats des Tony Awards, des icônes du petit écran, des princesses de la pop ou des promoteurs de paix. Chacun des noms qui figurait dans nos pages était synonyme de succès. Et même lorsqu'il s'agissait de délinquants ou de meurtriers, c'étaient toujours les premiers de leur classe.

Pour ma part, je n'aurais pas détesté faire partie des locataires de cet ossuaire. Mais au lieu de cela, je me retrouvais au purgatoire, à remuer de la paperasse. Et en matière de paperasse, je ne risquais pas de chômer : archives, coupures de presse, études biographiques, recherches sur Internet, documentation juridique concernant les actifs, le patrimoine, les scandales, les maladies, les signes distinctifs, les causes de décès, la date, l'heure, le nom des survivants, celui des amis, des ennemis... Et puis il fallait appeler le médecin légiste pour vérifier tout cela, et aussi les flics pour re-vérifier, et, pour finir, convaincre le rédacteur que ça valait la peine de publier quelque chose.

Une fois les faits mis bout à bout, les chefs de service faisaient leurs comptes. Les plus grandes vedettes obtenaient la une et une pleine colonne, soit 1 800 à 2 500 signes et jusqu'à quatorze photos. Pour les autres, l'espace octroyé s'amenuisait, de même que le crédit photographique. Les politiciens en vue récoltaient 1 800 signes et une à deux photos. Les auteurs et les acteurs descendaient à 1 000 signes. Quant aux scientifiques et aux bons samaritains, la moyenne passait à 500. Les criminels connus, surtout ceux qui avaient commis des meurtres horribles, pouvaient atteindre 400 à 800 signes, dépassant ainsi les lauréats du prix Nobel. Et après tout cela, s'il restait un peu de place sur la page, on ajoutait parfois quelques brèves de 100 à 300 signes. Un entrefilet sur une vie, pas vraiment digne d'intérêt, mais suffisant pour boucher un trou.

Ce Wallace tombait dans ce dernier groupe de défunts. Il avait eu droit à 300 signes. Mais, à mon humble avis, si la Grande Faucheuse avait mieux fait son boulot ce jour-là, il n'aurait pu espérer plus de dix signes.

Souvent, je sollicitais Rood quand je recevais des appels désagréables. Mais pour le moment il se trouvait à la rédaction, où il écoutait le croassement de Jane Battinger, la chef du service Infos locales, une fausse blonde qui avait mal dosé son décolorant. En général, elle tempêtait plus qu'elle ne parlait, d'une voix assez aiguë et stridente pour réveiller les morts. D'ailleurs, elle était justement en train de s'occuper de l'un d'eux : LaShanniah.

LaShanniah, reine de la soul hip-hop en tête de tous les *charts*, venait de trouver la mort au cours du week-end dans un accident de bateau non encore élucidé. Nous n'avions bien sûr pas manqué ce scoop. Rood lui avait même accordé un article de belle taille qui faisait de sa courte carrière de diva préfabriquée des boîtes à rythme une histoire de Cendrillon des Temps modernes. Le problème tenait plutôt à la place qu'on lui avait réservée : au lieu de se voir accorder la une, son papier avait été placé en milieu de journal et réduit à 800 signes et une photo. Par contraste, les tabloïds en avaient fait des tonnes sur la mort de LaShanniah, lui octroyant couvertures et pleines pages pendant deux jours, avec le récit circonstancié de ses derniers instants poignants et suffisamment de photos d'archives pour en faire une encyclopédie.

Du coup, depuis deux jours, le service Infos locales recevait des appels et des courriers plutôt désagréables reprochant au *Journal* son manque de sensibilité et – ce qui était pire – son racisme. Forcément, Jane Battinger fulminait et elle comptait bien faire porter le chapeau à quelqu'un d'autre. Dans le panorama, Rood constituait une victime alléchante. Il avait bien écrit un article, mais n'avait pas participé à la décision concernant son positionnement dans le journal. C'étaient en principe les gros bonnets qui définissaient la longueur et l'emplacement des papiers. Rood n'avait donc fait que se conformer à leur volonté.

Mais Rood était dans les murs depuis suffisamment longtemps pour savoir que lorsqu'un chef de service se mettait à hurler, mieux valait laisser passer l'orage. Il avait donc pris son mal en patience en plissant les yeux et, quand les décibels avaient diminué jusqu'à devenir un grognement rauque, il avait repris sa canne et quitté la salle de rédaction en claudiquant.

Ses pas l'avaient immédiatement porté dans le bureau de Jaime. Son visage était écarlate et il avait le souffle court. Il n'appréciait pas qu'on lui crie dessus, surtout quand c'était le fait d'une nana. Jaime lui fit signe de s'asseoir, mais Rood était trop agité pour rester immobile. Il resta donc debout, dans un équilibre instable. Jaime n'avait pas besoin de lui demander ce qui venait de se passer, ni Rood de le lui raconter. Les deux compères avaient simplement besoin de s'observer pendant un moment jusqu'à ce qu'ils élaborent un plan que Jaime mettrait en œuvre.

Quelques instants plus tard, je vis Jaime monter l'escalier central vers le service Culture. Puis je le vis revenir avec, sur les talons, le journaliste chargé de la pop, Curtis Wright. Je compris alors ce qui était en train de se tramer. Ça allait devenir un travail d'équipe : Curtis allait écrire un article de fond – et en tirer profit –, mais certains passages issus de la Nécro allaient y être insérés pour faire bonne mesure.

Je replongeai derrière mon ordinateur en essayant de paraître débordée. Quand ils passèrent devant mon bureau, je jetai un coup d'œil furtif pour observer Curtis qui agitait ses épaisses dreadlocks. Il avait sur le visage l'expression du prédicateur exaspéré et je l'entendis murmurer : « Je l'avais bien dit, ça fait trois jours qu'on aurait dû bouger ! »

Jaime avait pris un air de chien battu se préparant à subir son châtiment. Il était évidemment prêt à laisser l'avantage à Curtis, pourvu que cela lui permette d'obtenir le soutien d'un journaliste reconnu. Ensuite, une fois obtenu ce qu'il visait, il lui dirait de débarquer du navire. Gentiment, bien sûr.

— Si au moins vous aviez quelqu'un qui suit ce qui se passe chez les jeunes, continuait Curtis.

À ce moment-là, Jaime me lança un bref coup d'œil tout en continuant à marcher. Quelques jours auparavant, je m'étais portée volontaire pour m'occuper de LaShanniah, mais il m'avait dit que je n'étais pas encore prête pour un truc aussi lourd.

Je m'approchai du télécopieur, comme si j'attendais un fax.

— Essaie d'avancer là-dessus, disait Jaime. Je ne sais rien de cette fille, alors explique-moi tout, comme si tu t'adressais à un enfant de deux ans... ou, mieux, à un vieillard proche du demi-siècle. Ce sera plus conforme à la réalité. J'ai plutôt grandi en écoutant Dave Brubeck. Et la plupart de nos abonnés ne savent pas vraiment ce que veut dire « hip-hop ».

Le sourire de Curtis s'élargit sur quatre-vingt-dix-huit dents.

— Tu peux utiliser Valerie Vane pour les recherches, ajouta Jaime en faisant un signe de tête dans ma direction. Tu as entendu, Valerie ? Il faut juste que vous me sortiez un truc rapidement.

Je regagnai mon box dare-dare. Mais avant que j'aie eu le temps de désintégrer mon économiseur d'écran, Curtis rappliqua.

— Ça te tente une colonne à la une ? me demanda-t-il, un brin frimeur.

Je ne pouvais pas vraiment me plaindre : Curtis Wright était bien bâti et un peu de Culture n'allait pas me faire de mal.

Ce soir-là, après discussions entre le rédacteur en chef, le secrétaire de rédaction et le correcteur, vérifications par les responsables de unes et ultime contrôle par Jane Battinger, nous nous retrouvâmes, Curtis et moi, les pieds sur le bureau, devant un en-cas acheté au restaurant asiatique du coin. Il jonglait avec ses baguettes pour essayer de faire parvenir quelques nouilles sautées jusqu'à sa bouche, tout en me regardant.

— J'imagine que tu es contente de ne plus être à la rubrique Style, fit-il en émettant un petit rire.

— En matière de mode, j'ai plutôt tout faux.

— Tu manques au *buzz* pourtant, insista-t-il.

— Mouais, c'est ça, répondis-je en mâchouillant un morceau de citronnelle. Comme la souris manque au chat. De toute façon, ils ont Tracy.

Depuis mon départ du service Style, une nouvelle fille, Tracy Newton, occupait mon poste. Oh, encore une histoire digne de *All About Eve* ou comment devenir calife à la place du calife. Quand j'étais titulaire du poste, Tracy bossait en free-lance. En pratique, donc, elle s'occupait en quelque sorte des amuse-gueules pendant que je concoctais les plats principaux. Mais, tapie en coulisse, la petite oie blanche de l'Iowa n'attendait qu'un faux pas de la vedette.

Tracy et moi n'aurions pu être plus différentes. Elle avait le teint sombre et le visage anguleux, avec des cheveux d'un noir de jais, un nez comme un couperet et des pommettes saillantes. Avec elle, l'expression « jeu de jambes » prenait un nouveau sens : ses deux échasses l'autorisaient à traverser une salle de rédaction en quatre enjambées. Pour ma part, on parlait plutôt de douceur romanesque. Tout chez moi n'était que rondeurs : de grands yeux ronds que j'agrémentais d'une double couche de mascara, des lèvres charnues… Tout suivait une courbe. Mes cheveux étaient d'un blond vénitien et juste assez longs pour que je puisse en coincer les boucles derrière mes oreilles. Et quand Tracy Newton pouffait, moi, je ronronnais.

Curtis s'arrêta un instant de batailler avec ses nouilles.

— Tracy ne t'arrive pas à la cheville, dit-il.

Je ne m'étais pas fait draguer depuis bien longtemps et cela me fit l'effet d'un bain très chaud.

— Mais tu me flattes ! dis-je. Tracy a ses bons côtés.

— Oui, mais les tiens sont plus nombreux, persista-t-il.

Je m'apprêtais à ajuster mon sourire le plus malicieux et à enfiler de longs gants de velours quand l'un des correcteurs nous apostropha depuis l'autre bout de la salle.

— Val, tu peux prendre un appel pour la Nécro ?

— Envoie, fis-je, en reposant mon dîner.

Le téléphone sonna.

— Vane.

Le bruit de fond métallique me renseigna immédiatement sur l'identité de mon interlocuteur.

— Cabeza ? dis-je.

— J'ai de nouvelles infos, enchaîna-t-il abruptement. Je veux que vous enquêtiez sur ce meurtre.

Quelques minutes auparavant, j'étais en train de contempler le Bikini de LaShanniah et voilà qu'on me parlait de *meurtre* au téléphone. Je me tournai vers Curtis en battant un peu des paupières et pointai du doigt le combiné en haussant les épaules. Il opina et se leva de son siège en me faisant un signe d'adieu, avant d'aller rejoindre un confrère un peu plus loin. Je me recroquevillai sur mon siège en enveloppant quasiment de mon corps le combiné du téléphone.

— Écoutez, Cabeza, monsieur Bière, ou qui que vous soyez, soufflai-je, je pense que vous vous faites de fausses idées sur moi. L'inspecteur Harry ne fait pas exactement partie de mes héros. Je suis plutôt du genre cocktails et fourrures.

Bon, ce n'était plus tout à fait exact, mais il n'était pas censé le savoir.

— Je ne pense pas que mon idée soit mauvaise, dit-il.

— Lorsque quelqu'un quitte ce monde, je ne cherche pas plus loin, insistai-je. Je n'ai pas l'habitude de valser avec les cadavres.

Il rit. Un petit rire bref et sans débordement.

— Vous pensez que je ne sais rien de vous, n'est-ce pas ? Mais ce n'est pas le cas. Je sais que vous avez écrit cet article et je sais que vous craignez aussi d'avoir commis une erreur à cette occasion. Mais là où vous êtes, les gens n'aiment pas admettre leurs erreurs.

— Je suis désolée, dis-je, je suis d'un avis différent.

Alors que j'allais raccrocher, il continua.

— Vous pourriez redevenir journaliste, dit Cabeza.

Je recollai le combiné à mon oreille. Il avait donc bien des informations sur moi.

— Je souhaite seulement connaître la vérité, enchaîna-t-il, et si vous êtes effectivement journaliste, c'est sans doute ce que vous voulez aussi.

Je réfléchis à ses paroles pendant plus longtemps que je l'aurais voulu. Je savais qu'il ne pouvait que s'en rendre compte, même si je n'entendais que son souffle dans le téléphone.

— Merci, finis-je par dire. Ça ne m'intéresse pas.

Puis je raccrochai.

Chapitre 2
Cendrillon revisitée

En fait, je n'étais pas une dure à cuire. Dans toutes les qualités que je me donnais, il y en avait peu qui fussent vraies, ma prétention la plus invérifiable étant d'être une journaliste d'investigation de premier ordre. Et si j'avais effectivement été du genre cocktails et fourrures, une telle occupation m'aurait rapidement rasée.

En vérité, j'étais née à même le sol, dans un squat du quartier de Mission District, à San Francisco, aux alentours de 1972. Et mon nom de baptême était Sunburst Rhapsody Miller.

Ma mère était une évadée de la bonne société bostonienne et mon père un cancre de Harvard. En 1967, ils avaient vu ensemble disparaître Cambridge dans le rétroviseur de la vieille Volkswagen de mon père. Lui s'apprêtait à accomplir une première année à la faculté de chimie, mais son emploi du temps universitaire s'était révélé incompatible avec celui de l'Été de l'Amour[1]. Elle étudiait le chant lyrique au lycée et se débrouillait pas mal avec un tambourin.

---

1. L'Été de l'Amour (« Summer of Love ») désigne l'été 1967 durant lequel des milliers de jeunes gens se réunirent dans un quartier de San Francisco pour y appliquer les principes de la contre-culture hippie (NdT).

Quand je pointai mon nez, quelque cinq années plus tard, ils faisaient partie d'un groupe d'activistes hippies et autres joyeux lurons qui occupaient un squat sur Treat Avenue. Leurs copains organisaient des *happenings* et écrivaient des pièces de théâtre engagées avec des titres tels que *Du soja pour les masses !* Le loyer ne coûtait quasiment rien et tout le monde avait assez de riz brun dans son bol de bois.

Ces premières années sont les plus heureuses dont je me souvienne. Les maisonnettes pastel de notre rue étaient alignées comme des boîtes de bonbons sur les étagères d'un boulanger. Les baies vitrées de notre propre maison laissaient entrer des flots de soleil. Les pièces inoccupées étaient jonchées de costumes, de perruques, de masques et de maquillage de cirque, de sorte que la petite fille que j'étais ne s'ennuyait jamais. Dans la journée, mes parents couraient les jardins publics pour y répandre leur propagande pacifiste. Une fois la nuit tombée, la maison s'emplissait d'amis et de sympathisants dont les banjos, les bâtons de pluie et les didgeridoos adoucissaient la nuit au même titre que l'épaisse fumée ambiante.

Notre famille n'avait pas d'emploi du temps très strict, mais il y avait un rituel que nous ne manquions jamais. Tous les vendredis après-midi, à quatre heures, mon père m'emmenait en balade dans Eureka Valley et dépensait deux dollars au cinéma Castro. Une fois à l'intérieur, il me prenait la main au son des orgues Wurlitzer et, quand la lumière des candélabres baroques s'était s'évanouie, nous fixions nos yeux sur l'écran.

Sa plus grande passion, après la propagande pacifiste, ma mère et moi-même, allait aux vieux films en noir et blanc. Son propre père l'emmenait au cinéma une fois par semaine quand il était petit. C'était l'un des aspects de son enfance dans le « vieux pays » (*i.e.* la côte Est) qu'il voulait transmettre à la génération suivante. Et, secrètement, je crois qu'il aimait aussi replonger dans cette atmosphère glamour qu'il avait laissée derrière lui et que mettaient si bien en scène George Cukor, Billy Wilder et Howard Hawks : *La Dame du vendredi, Petit Déjeuner chez Tiffany, Sabrina, L'Impossible Monsieur Bébé, L'Introuvable, Week-end au Waldorf…* Sur la route qui nous ramenait à notre squat, nous rejouions les personnages de ces films. Il était Walter Burns et j'étais Hildy Johnson. J'étais Sabrina et lui Linus Larrabbee. Il était Nick et moi Nora.

Bien sûr, il avait une moustache de cosaque et une chemise en coton violet. Mais il m'apparaissait comme une icône du cinéma classique. Avec ses origines aristocratiques, son menton puissant et son nez aquilin, il pouvait aisément passer pour une vedette pleine aux as. Marchant sur ses talons, j'étais une petite Shirley Temple prête à lui donner la réplique. De toute façon, nous allions laisser derrière nous cette troupe dépenaillée pour aller exprimer notre talent à Hollywood. Entre le cinéma Castro et la maison, nous imaginions, sur la base de son histoire chaotique, des scénarios qui se déroulaient dans des décors urbains, avec des débutantes aux mains blanches chargées de diamants, d'anciens chats de gouttière devenus capitaines d'industrie, et de vieilles ladies crachant du sang dans des mouchoirs en dentelle, qui désignaient leur animal domestique comme unique héritier…

De retour au squat, nous cessions d'en parler. Ma mère, par ailleurs plutôt accommodante, se montrait très stricte sur une chose : la côte Est appartenait au passé et nous ne devions pas en parler. Peut-être cherchait-elle seulement à s'éviter de trop grosses frustrations, compte tenu de tout ce qu'elle avait laissé derrière elle. Mais mon père n'avait pas sa froideur. Il voyait bien que mes yeux brillaient devant les lumières empelliculées de New York et il nourrissait même ma fascination. Une fois la nuit tombée, j'allais me coucher sous mon édredon fait maison et il traînait jusqu'à ma chambre son énorme malle de voyage dont il exhumait de vieilles photos : son père en haut de forme au Club « 21 », sa mère dans une robe à la Garbo assistant à une soirée de gala… Il y avait même une photo de ses parents pratiquant le tir au pigeon près d'une fontaine de Central Park. Un soir, il m'avait apporté une ancienne édition du *Vanity Fair* que j'avais dévorée d'un bout à l'autre. Puis je l'avais relu, et re-relu et re-re-relu. J'étais alors comme une petite fille qui aurait rêvé d'un manège idéal, avec lumières, musique et klaxons, mais sans pompon.

San Francisco était formidable, mais nous ne pouvions pas y rester. Ma mère m'en informa vers l'âge de dix ans. Ce « retour à la terre » signifiait l'abandon de nos W.-C. modernes pour une cabane branlante au fond d'une cour et le troc du tout-à-l'égout contre un tas de compost. Le ton enjoué de ma mère ne parvint pas à me tromper : nous appartenions à la catégorie des pires bons à rien hippies et nous étions les premiers à faire passer la sébile, en pleine déroute.

Un matin, nous avions donc entassé nos affaires dans la voiture et fait route vers le nord. De son côté, mon père avait enfilé un vieux duffle-coat et enfourché sa Harley Road King. Il avait prévu d'emprunter la route panoramique longeant Pacific Coast Highway et de nous retrouver à destination aux alentours de minuit. Ma mère et moi étions montées dans la voiture et la ville avait bientôt cédé la place à des paysages de campagne. Nous étions arrivées à notre nouvelle masure, dans l'enceinte de la ferme d'Eugene, juste avant le coucher du soleil.

Le vent s'engouffrait entre les panneaux de contreplaqué de notre logis en émettant des sons lugubres. Minuit arriva, puis repartit. Ce fut la nuit la plus longue de ma vie. J'attendais, parfaitement réveillée, que le grondement de son moteur déchire la nuit, en haut du chemin. Je comptais les lattes de bois au plafond, puis je relisais mon *Vanity Fair*, avant de recompter les lattes de bois. Par conséquent, les hurlements de ma mère ne me réveillèrent pas. Quelque part sur la côte, papa s'était arrêté pour prendre de l'essence. Quand il avait repris la route, un camion n'avait pas vu les phares de sa moto et il avait été tué dans un éclair blanc.

Comment parler de cette perte ? Je n'ai jamais pu trouver les mots. Et je ne sais si je les trouverai un jour. Mais je me souviens parfaitement de ce que je pensais de notre installation à Eugene. Notre équipée s'était trompée de destination. Nous n'étions pas faites pour la campagne. Il n'était pas nécessaire que nous nous enfoncions encore un peu plus dans la terre. Dès ce premier jour, je décidai que ni la ferme, ni l'Ouest, ni la vie de hippie ne feraient partie de ma route. Je n'ai jamais été très portée sur la vie de bohème, la bonne franquette et les chansons autour du feu. Je ne pouvais rester assise, bien droite sur ma chaise, en mangeant sagement mes légumes. J'ai toujours eu des fourmis dans les jambes, impatiente de faire mon bout d'essai. De mon point de vue, la vraie vie était bien loin de ce trou. Elle se situait près des gratte-ciel qui tutoyaient les nuages de Manhattan.

Je suis arrivée à la gare routière de Port Authority dans un autocar Greyhound, le jour de mes vingt-trois ans, avec un unique sac à dos contenant tout ce que je possédais. Dans la poche de mon jean, j'avais un bout de papier sur lequel j'avais inscrit le nom de ceux dont mon père m'avait parlé lors de ses récits nocturnes. Mais je n'avais pas prévu la méfiance des concierges d'immeuble. Et je n'avais pas correctement évalué le nombre de Miller qu'il y aurait dans les pages blanches de l'annuaire.

J'abandonnai par conséquent mes rêves de réunification familiale – pour le moment – et je commençai à parcourir les petites annonces du *Village Voice* pour partager un appartement pas cher. Une fois que j'eus déposé mon futon dans un taudis sur la 5ᵉ Rue Est, j'appelai Zachariah Winckle, l'éditeur du *Gotham's Gate*, un hebdo plutôt luxueux ayant un penchant pour les révélations indiscrètes. L'un de mes anciens professeurs m'avait donné son nom.

— Appelle-moi Zip, m'avait-il ordonné, tout le monde m'appelle comme ça. Pour le moment, je n'embauche pas. Mais je suis toujours content de voir un nouveau visage.

Je lui montrai le mien devant un café, à SoHo, et je pus obtenir un stage, trois jours par mois.

Il se trouva que j'arrivai en pleine saison du smoking, durant cette période printanière au cours de laquelle toutes les associations humanitaires organisent les grands dîners – à 3 000 dollars le couvert – qui doivent les maintenir à flot pour l'année. Les invités y dégustent du saumon poché et du confit de canard, avalent quelques discours et y trouvent l'occasion de faire montre de leurs aspirations charitables. Les grosses légumes du monde des affaires y réservent des tables pour 10 000 à 50 000 dollars et promettent d'y exhiber leur importante personne. Mais quand vient l'heure de saisir leur fourchette, ils s'excusent et envoient des doublures.

Tous les gens bien informés savent que ces soirées smoking sont d'un ennui mortel. Mais je ne faisais pas partie des gens bien informés. Durant mon premier mois à New York, j'étais comme un cahier vierge demandant à être rempli. Au cours de ces semaines, j'avais goûté à mon premier gâteau aux amandes chez Veniero, sur la 11ᵉ Rue Est, joué aux échecs dans le parc de Washington Square et fait une balade inaugurale le long de l'East River. Un soir, je m'étais même retrouvée sur un bateau de pêcheur sur l'Hudson, à boire du riesling en écoutant un opéra tchèque dirigé par un chef d'orchestre belge. Quand Zip avait évoqué le gala du PEN American Center devant la fleur des champs que j'étais alors, je m'étais presque évanouie.

— Oh, fais-moi juste une faveur, avait ajouté Zip. Si tu remarques quoi que ce soit de bizarre parmi les invités, appelle Bernie.

Bernie Wabash était le chef des journalistes du *Gate* chargé des ragots. C'était celui qui écrivait la page people intitulée « De l'intérieur », à savoir une colonne de vingt centimètres en page 3, truffée de mensonges éhontés. Il lui fallait toujours de l'info et toutes les petites mains du magazine étaient censées lui en fournir. J'avais toujours voulu avoir accès à la page de Bernie. L'heure de mon bout d'essai avait donc sonné.

Dans une boutique d'occasions de la 10ᵉ Rue Ouest, j'avais dégoté une robe rose, avec une traîne modeste mais des gants de satin assortis. La petite rousse qui partageait mon studio l'avait ajustée sur moi au moyen d'épingles à nourrice et j'avais retenu mon souffle jusqu'à ce qu'elle m'indique que je pouvais respirer. J'avais compté mes économies avant de prendre mon premier taxi jaune et j'avais bavardé avec le chauffeur durant tout le trajet. Quand le satin de ma traîne rose avait glissé sur le pavé qui menait au Lincoln Center, j'étais une Sabrina tout juste rentrée de Paris.

Une fois à l'intérieur, je m'étais précipitée sur une coupe de champagne, renversant presque, dans ma fébrilité, le serveur chargé de les présenter aux convives sur un plateau d'argent. J'avais alors cherché où se trouvait ma place et découvert un petit Bristol à mon nom à la table 13. J'y avais laissé mes gants. Je n'avais rien d'autre à faire que lire et relire le programme du gala et mémoriser le nom et le titre des mécènes inscrits sur la liste, en supposant qu'avant la fin de la soirée nous aurions tous sympathisé.

L'invité d'honneur était Jeremiah Sinclair Golden Jr., fils du sénateur du Vermont et fondateur de TriBeCa's Odyssey Pictures, acteur incontournable du cinéma indépendant et célébré pour des monuments cinématographiques tels que *Sous le pot à lait* et *Valse à Moscou*. Il n'avait pas encore 30 ans, mais le magazine *People* le décrivait déjà comme « le beau gosse de la scène artistique d'avant-garde », tout en louant « sa foi inébranlable en des quantités invérifiables ». Ce soir-là, il allait être récompensé pour avoir promu le slam au sein de l'ex-bloc soviétique.

J'avais imaginé qu'il entrerait dans la salle entouré d'un essaim de jeunes demoiselles de la haute, mais, à mesure que les convives arrivaient, je constatais que ceux-ci devaient fortement contribuer au trou de la Sécu, et pas parce qu'ils étaient économiquement faibles, un seul des visons déposés au vestiaire ayant pu financer la promotion du slam dans le monde entier, et pour plusieurs décennies. Pour me donner une contenance, j'engouffrai quelques canapés au crabe que j'arrosai généreusement de champagne, puis je sortis sur la terrasse en attendant qu'un beau millionnaire veuille bien m'envelopper dans un vison.

Au lieu de cela, j'attendis en frissonnant jusqu'à ce qu'un jeune homme en habit agite une petite clochette signifiant que les choses sérieuses allaient commencer et qu'il était temps de regagner sa place. La soirée commençait par les discours. À vrai dire, j'étais déjà un peu grise quand Jeremiah Golden se leva enfin pour aller rejoindre le micro et je faillis presque tomber de ma chaise. Il était l'allégorie parfaite de la bonne société de la côte Est, tout droit sorti de mon vieux *Vanity Fair*. Son smoking aurait pu lui avoir été prêté par John John Kennedy et ses boucles brunes voletaient. Parfaitement, elles voletaient. Plutôt qu'un traditionnel nœud papillon, il avait choisi une cravate de satin jaune et une pochette assortie. Je présumai qu'il portait des boutons de manchette Alfred Dunhill et ne se séparait jamais d'une petite mallette en cuir très élégante. Il était évident qu'il n'était pas né avec une cuillère en argent dans la bouche, mais avec toute la ménagère d'argenterie.

Je m'efforçai d'écouter son discours. Vraiment. Mais je ne pus en saisir que quelques phrases : « Je ne suis pas très doué pour la prose, et moins encore pour l'improvisation d'un sonnet révolutionnaire, tel que ces jeunes gens que j'ai rencontrés... », « Les véritables invités d'honneur de ce soir devraient être les *freestylers* ukrainiens... », « J'ai toujours cru aux mouvements underground sans jamais avoir l'occasion de... ». Mon esprit était trop occupé à imaginer la conversation que nous aurions pu échanger, de préférence dans ses écuries du Connecticut, alors qu'il m'aurait aidée à monter l'un de ses pur-sang. Je percevais le rire de la foule qui battait la mesure de son discours de remerciements, mais je ne descendis de mon nuage qu'en entendant le tonnerre d'applaudissements qui en marqua la chute.

— Pensez mondialement, slammez localement, ajouta-t-il le poing levé, avant de s'éloigner du micro après plusieurs rappels. Son geste, qui se voulait révolutionnaire, me semblait plutôt intimer aux convives de se rapprocher du buffet : « Reprenez donc un peu de champ ! » Il regagna sa place, à la table 1, et je me mis aussitôt à élaborer le plan qui me permettrait d'accéder à la chaise vide placée à ses côtés.

C'est alors que je me souvins de Bernie. J'étais censée lui rapporter des infos et, pour l'heure, ma moisson n'était pas franchement fructueuse. Puisque nous avions terminé les hors-d'œuvre et que le plat de résistance n'avait pas encore été servi, j'attrapai mon bloc-notes dans mon sac et saisis mon stylo. J'étais assise sur une montagne de potins mondains. Je n'avais plus qu'à creuser. Mais comment reconnaître les gens que j'étais supposée observer ? Je ne connaissais aucun des visages présents et, même si l'on m'avait indiqué leur nom, ceux-ci ne m'auraient pas dit grand-chose. Cette foule était pourtant composée des personnalités les plus importantes de New York, des grosses légumes avec des comptes en banque énormes, mais aucune d'entre elles n'était du genre à rechercher la une de magazines people tels que *Entertainment Tonight*. Après tout, me dis-je, pourquoi serait-ce si difficile ? Je suis une jeune femme charmante, somptueusement vêtue. Je me levai donc et me frayai un chemin au sein d'un cercle de convives. Leur conversation s'arrêta immédiatement à mon arrivée, leurs yeux ne cessant de faire l'aller-retour entre mon bloc-notes et mon visage.

— Veuillez m'excuser, fis-je, Je m'appelle Sunburst et je ne connais rien au slam. L'un d'entre vous pourrait-il m'aider ?

— *Starburst*, dites-vous ? demanda l'un des membres du cercle, comme la marque de chewing-gum ?

Tous éclatèrent de rire.

— Non, en fait...

— Et vous êtes disponible en différents parfums ?

Encore des rires.

— Oh, mais je crois que c'est moi qui assure votre distribution ! ajouta un autre. Nous gérons la commercialisation des produits M&M/Mars.

Le groupe s'esclaffait encore lorsque je battis en retraite.

Au bout d'un moment, la clochette retentit une nouvelle fois et je repris ma place à la table 13, les doigts plus que jamais crispés sur mon bloc-notes. Vers le milieu du repas, la septuagénaire plaquée or qui me tenait lieu de voisine me demanda de lui passer du pain. Je saisis alors l'un des petits pains présentés dans la panière et m'écriai : « Ooh, il y en a à la cannelle et aux raisins. Ce sont mes préférés. Ma mère m'a appris à les confectionner et... » La septuagénaire me sourit d'un air pincé et dit « mais c'est merveilleux, ma chère » avant de se retourner vers la Rolex qui trônait à sa droite.

Après quelques heures passées à écouter le tintement de l'argenterie et de la porcelaine, j'entendis un brouhaha de taffetas froissé indiquant que ces messieurs escortaient leurs épouses vers la sortie. Je me plaçai alors dans un coin, près de la rampe rutilante, afin de pouvoir mieux observer la mezzanine. Échec total : je ne rapportais aucun ragot, sans parler de contacts. Et mon bloc-notes ne relatait aucune histoire savoureuse.

Mes lamentations s'évanouirent soudain lorsque je vis Jeremiah Golden repasser précipitamment la porte principale avant de monter les escaliers prestement. Je n'étais pas bien sûre de moi, mais il me semblait qu'il venait de me dire : « Je dois me laver les mains. Seriez-vous assez aimable pour rester devant la porte, je vous prie ? » Quand il sortit des toilettes quelques minutes plus tard, il s'arrêta auprès de moi.

— Ce n'est pas vraiment l'endroit adéquat pour une jolie femme dans une robe suggestive, ironisa-t-il. À moins que vous préfériez attendre ici la prochaine représentation de *Carmen*, je peux vous déposer n'importe où.

N'importe où... C'était une sacrée proposition pour une fille tout juste arrivée de la campagne. Je ne savais pas vraiment où aller, hormis à mon studio dans lequel ma colocataire rouquine m'attendait, nécessairement chaussée de ses Birkenstock. À part ma robe, je ne possédais aucun des attributs d'une femme du monde. Dans ces conditions, n'importe où me paraissait effectivement l'endroit vers lequel je devais me diriger. Je baissai la tête et fis de mon mieux pour imiter Audrey Hepburn.

— Oui, s'il vous plaît.

Si j'avais été plus intelligente, j'aurais trouvé une cabine téléphonique pour appeler Bernie : « Jeremiah Golden vient d'être aperçu sortant des toilettes. Il en est ressorti avec les yeux brillants. » Si j'avais été plus fine, j'aurais répondu : « Qu'est-ce qu'un homme comme vous pourrait faire d'une fleur des champs comme moi ? » Mais après son « n'importe où », la salle s'était remplie de lumières et je n'avais plus vu que des étoiles.

— Alors, où allons-nous, insista-t-il en tenant la portière de la limousine qui l'attendait devant le Lincoln Center, tandis que les jets d'eau de la fontaine lui offraient, en contre-champ, une arche de vainqueur. Je jetai un coup d'œil autour de moi en cherchant Billy Wilder, au cas où son fantôme aurait été en train de diriger la scène. Je cherchais aussi des yeux Samuel Taylor, son script, parce que j'avais clairement oublié mon texte. Qu'aurait dit Audrey ? Je lui donnai l'adresse de mon studio sur la 5ᵉ Rue et il la répéta à son chauffeur en ajoutant : « Prenez le chemin le plus long, celui qui passe à travers le parc. » On aurait dit William Holden. Il n'avait pas besoin de souffleur, lui. Puis il prit la télécommande afin de refermer la vitre qui nous séparait du chauffeur.

C'était l'une de ces nuits parfaites, comme peut en offrir New York au début du printemps. L'odeur des lilas parvenait jusqu'à nous à travers les vitres entrouvertes. Je m'enfonçai dans les sièges en cuir moelleux en imaginant les décors que George Cukor intégrerait à cette scène, lors du montage. Nous allions traverser Central Park d'un bout à l'autre, depuis les lumières de Broadway Avenue jusqu'à l'hôtel Plaza. Si j'ouvrais un peu plus la vitre fumée de la voiture pour profiter de l'air printanier, la caméra pourrait filmer l'intérieur de l'habitacle. Nous allions voir des faons et des cerfs batifolant avec des renardeaux. Nous allions apercevoir la forme sombre de la cabane au bord de l'étang du parc, près de laquelle, lors d'une prochaine scène, il allait me donner un premier baiser après une balade romantique en canot. Sous le reflet de la lune, des cygnes glisseraient sur l'onde.

— Vous devez être arrivée à New York très récemment. Je ne vous ai jamais vue auparavant, me dit Jeremiah.

Je fis des yeux ronds.

— Il y a huit millions de personnes à New York. Il est impossible que vous les ayez toutes rencontrées.

— Mais si je vous avais déjà rencontrée, je m'en souviendrais.

Le rouge me monta aux joues.

— C'est vrai, je viens d'emménager ici.

— Vous voyez, j'avais raison. Vous êtes nouvelle ici. La nouvelle nouvelle.

J'en éprouvai comme un adoubement. Puis, les vieux films se muèrent en œuvres technicolor de l'époque de Blake Edwards. La limousine de Jeremiah stoppa juste à la hauteur de Tiffany, à l'endroit même où Holly Golightly avait pris son petit déjeuner. Le feu repassa au vert et la voiture continua sur la 5ᵉ Avenue. C'est alors que le décor devint réalité. Les boutiques brillant de toutes leurs lumières étaient autant de vieilles amies que j'avais rencontrées dans mes magazines : Bergdorf et la Trump Tower, Gucci et Brooks Brothers, Cartier et Saks. Nous traversâmes le grand dessin animé qu'était Times Square – où j'aperçus Caroline et le Walter Kerr, TKTS et MTV – avant de dépasser le quartier de la mode pour finir notre course dans l'East Village.

Nous étions arrivés devant mon immeuble sur la 5ᵉ Rue et la jambe de Jeremiah était appuyée contre la mienne. Je prenais son geste comme une incitation à me tenir tranquille et attendre. Le moteur tournait et la radio diffusait un truc jazzy plutôt lent.

— Aimez-vous le chou farci ? me demanda-t-il. Je n'ai pas touché à mon saumon poché.

La voiture nous emmena jusqu'à Veselka, sur la 2ᵉ Avenue, un *diner* largement éclairé qui s'était spécialisé dans les *kielbasa* (des saucisses) et le *borscht* froid. La traîne de ma robe encombrait l'allée, menaçant de faire tomber la serveuse polonaise. Ma tête reposait sur l'un de mes poignets et je fixais les pupilles noires de Jeremiah pendant qu'il me racontait de fabuleuses histoires sur le monde du cinéma, celui de l'art, sur les poètes du slam et « les tristes, terribles, batailles que doivent mener les artistes pour que leur œuvre soit un tant soit peu reconnue ». Il était comme un chef d'orchestre, dirigeant une symphonie avec sa fourchette. J'en mémorisai chaque note.

À une heure et demie du matin, quand on nous eut retiré nos assiettes, il me proposa un Martini. Je lui avouai que je n'y avais jamais goûté ; quelques minutes plus tard, nous nous tenions devant une porte anonyme, dans une allée sombre, sous l'œil électronique d'une caméra. La porte s'ouvrit et nous pénétrâmes dans une salle de petite dimension dont l'un des murs était tapissé de bouteilles d'alcool. L'endroit était manifestement un bar, mais le barman, un certain Teddy, sanglé dans un costume édouardien, n'avait jusqu'à présent laissé entrer aucun client.

Teddy débarrassa le bout du zinc à notre intention et Jeremiah m'approcha un tabouret. Il nous commanda une tournée de Dirty Martini. Je lui demandai ce qui leur valait ce nom[1] et, tout en posant une main sur mon genou, il me répondit : « La personne qui vous accompagne. »

J'y allai d'un « Peut-être vous faites-vous de fausses idées sur moi », sans toutefois retirer mon genou.

— En ce qui vous concerne, j'ai quelques idées, enchaîna-t-il.

— Nous allons devoir examiner votre première idée avant d'aborder un à un les autres points de votre liste, lui offris-je.

Première impression : « Je parie que d'ici à quelques semaines vous ne vous souviendrez même plus de la fille que vous êtes aujourd'hui, celle qui me fait face dans sa robe rose bonbon, ses escarpins assortis, ses grands yeux ronds et son désir de goûter à tout. Vous allez être surprise de constater que vous êtes une créature citadine, des pieds jusqu'à la tête. »

Ma candeur évoquait les boutons nacrés d'un chemisier de soie : il venait de les défaire et je me sentais mise à nu.

— J'espère bien que ce sera le cas, avouai-je.

Il finit son verre de Martini.

---

1. En anglais, le terme *dirty* signifie, notamment, « sale, salace, cochon » (NdT).

— Faites bien attention aux vœux que vous formulez.

Ce bar était comme une boîte à musique dont le mécanisme aurait été remonté à chaque fois qu'un nouveau groupe d'heureux élus était admis derrière ses lourdes tentures. Un type en veste de smoking nouvellement arrivé vint féliciter Jeremiah pour la dernière sortie d'*Odyssey, rencontre hasardeuse autour de minuit*. Jeremiah lui répondit qu'il aurait aimé en être le responsable, mais qu'en l'occurrence les vrais génies étaient les éclairagistes.

— Tout le monde a toujours dit que j'étais un candidat-né, comme mon père, me confia-t-il lorsque son admirateur se fut éloigné. En fait, je suis plutôt du genre secret, mais j'avais besoin de prouver que j'étais bon à quelque chose.

— Je suis sûre que vous excellez dans beaucoup de domaines, dis-je en me rapprochant.

Il se rapprocha également.

— Voyez-vous, de mon point de vue, l'art est un outil extraordinairement puissant. Un outil intime, continua-t-il, tandis que sa main remontait le long de ma cuisse. Une œuvre d'art peut tout changer. Alors je soutiens des artistes novateurs, j'achète leur production et je les encourage. Je les pousse à poursuivre leur travail. Il m'arrive d'être très directif.

Ça, je n'en doutais pas. Ses mains me le prouvaient.

J'avais eu mon lot de petits copains, dans l'Ouest. À Reed, j'étais sortie avec de jeunes types savamment décoiffés qui ne cessaient de citer Julia Kristeva. Mais jamais je n'avais été en présence d'un homme si impatient d'entrer dans le vif du sujet. Bien loin de s'excuser d'avoir autant d'argent, Jeremiah l'exhibait. Il ne pratiquait aucune fausse modestie quant à ses relations et les évoquait sans détour, comme s'il s'agissait de quelque chose de parfaitement normal. Et il ne craignait pas d'aller de l'avant. Ses mains ne cessaient de parcourir mes jambes, depuis les genoux jusqu'au haut de mes cuisses, et je n'essayais pas de l'en dissuader.

Juste avant l'aube, quand sa limousine nous ramena devant mon studio sur la 5ᵉ Rue, mon taudis me semblait déjà n'être qu'un vieux souvenir des jours de vache enragée qui ne tarderaient pas à disparaître. D'ici trois ou quatre jours, tout allait changer. Je décrocherais un job à *Vanity Fair* grâce à quelques coups de fil bien placés de Jeremiah et, depuis son immense lit, enveloppée dans une couette moelleuse, je pourrais appeler ma mère pour lui annoncer que j'allais m'établir pour de bon sur la côte Est.

D'ailleurs, fort à propos, Jeremiah se pencha vers moi et m'embrassa avant de me pousser contre sa voiture.

— Wow, expirai-je, quelle nuit fabuleuse, j'ai hâte de vous revoir.

— Mmmmm, fut sa réponse, tandis qu'il écartait les bretelles de ma robe.

— Je ferais mieux de rentrer.

— Ça m'a l'air d'être une fort bonne idée, murmura-t-il.

Je m'écartai de lui en glissant le long de la carrosserie. Même si, dans les films, les choses allaient parfois très vite, le premier baiser se terminait toujours par un au revoir langoureux devant la porte et un petit signe charmant tandis que le galant s'éloignait. Mais manifestement Jeremiah n'avait pas vu les mêmes films.

— Puis-je vous inviter à dîner la semaine prochaine ? Je suis excellente cuisinière et...

Maintenant, il reculait en s'essuyant la bouche d'un revers de manche.

— Non, non, impossible.

— Impossible ?

— Écoute, je ne vais pas rencontrer ta mère, d'accord ?

— Bien sûr que non, idiot, elle est dans l'Oregon, dis-je. Je veux dire, si elle venait...

Il s'appuya contre sa limousine et agita lentement la tête.

— Tu m'as l'air d'une très chic fille et nous venons de passer une excellente soirée, mais, euh, ce…

Il balaya l'air de son bras pour signifier « tout ça ».

— … ce n'est pas exactement comme si nous sortions ensemble, n'est-ce pas ?

— Mais, et… ?

Je m'apprêtais à le formuler, à l'exprimer, mon petit rêve de cinéphile, comme s'il y avait participé depuis le début.

Jeremiah caressa mon visage et plaça deux doigts sous mon menton.

— Tu ne lis pas les journaux, princesse ? Je suis fiancé à une fille de la famille Astor.

— Tu es fiancé à…

L'information mit un peu de temps à parvenir à mon cerveau.

— Je ne savais pas… Je croyais…

— Ouais, je sais que tu croyais. Drôle. Les filles et leurs croyances. Oh, et puis…

Il remonta dans sa limousine en me faisant un petit signe d'adieu fatigué. Puis il referma la portière d'un geste décidé. Je restai sur le seuil de mon immeuble pendant un long moment, jusqu'à ce que le soleil se lève sur l'Avenue C, comme un œuf sur le plat trop cuit.

En tout cas, je dois une chose à Jeremiah. Il m'a appris une leçon essentielle : ne jamais négliger la presse people.

Après cette expérience, la ville devint mon meilleur professeur et elle fut sans pitié. La ville n'aimait pas les innocents et se méfiait des charmeurs. La ville grouillait de jeunes gens de bonne famille, des petits don juans qui embobinaient une fille autour de minuit avant de disparaître aux premières lueurs de l'aube. Elle ne tarda pas à me sanctionner quand elle vit que je me laissais aller à mes rêves romantiques. Et elle m'enseigna que le succès ne tombait pas du ciel comme le pollen au printemps : il récompensait le travail et la sueur.

La ville me fit passer un examen, composé d'une seule question : qui sont les puissants ?

Qui sont les puissants ? Je n'en savais rien. Je ne savais même pas par où commencer. Pour trouver la réponse, j'essayai de traîner autour des DJs du Club 21 et de m'attarder près du grand rideau peint par Picasso au restaurant du Four Seasons. Je passai aussi beaucoup de temps dans les fauteuils de velours de l'Algonquin, à siroter du Earl Grey, en tâchant de repérer les indices d'un nouveau salon aussi fameux que celui de Dorothy Parker. Mais les heures que je consacrai à ces recherches furent trop longues et inutiles car elles ne s'attachaient qu'aux réminiscences d'une splendeur ancienne.

Je me lançai donc dans d'autres recherches, à la bibliothèque de New York. J'y trouvai des articles sur les plus vieilles familles de la ville et sur l'ascension des nouveaux riches. Je pris des notes à partir des magazines *Forbes* et *Fortune, Us and W, Interview* et *Details*. Entre deux corvées administratives à *Gotham's Gate*, je surfais sur Internet pour y trouver les arbres généalogiques infinis des dynasties de Manhattan. Je punaisai une grande affiche sur le mur de mon studio et y recensai les notables de naissance et les arrivistes tout neufs. Je reliai tous les points de ma carte et établis mes propres circuits jusqu'à devenir capable de faire visiter la ville à travers ses seules célébrités.

Puis je fis moi-même cette visite. Je collai mon nez aux vitrines du Pravda et du Pastis, observant comment leur clientèle y exhibait ses dollars. En flânant aux alentours de Gramercy Park, je notai les repaires des promeneurs de chiens de bonne famille. Toujours armée de mon bloc et de mon stylo, j'épiai derrière des boîtes aux lettres et des réverbères, ou dissimulée par des buissons, et suscitai la méfiance d'un bon millier de concierges d'immeuble. Tout ça pour tenter de découvrir qui était qui.

Dès que mon emploi du temps au magazine me le permettait, j'allais embêter Bernie Wabash afin qu'il m'engage pour ses colonnes. Malgré mon échec lors du gala, il me donna une seconde chance et fit de moi une assistante occasionnelle. Quand mes papiers étaient bons, il les utilisait. Les ragots qu'il rapportait dans « De l'intérieur » n'avaient en général pas beaucoup de substance. Sa colonne était plutôt une collection de récits voyeuristes sur les errements de célébrités richissimes : au spa, dans un night-club, sur un yacht lors d'une croisière exotique… Par conséquent, j'employais une partie de mon temps à réfléchir à la manière dont sa rubrique aurait pu être améliorée. J'avais mon petit plan : une fois que j'aurais réuni suffisamment d'idées pour peaufiner « De l'intérieur », j'irais trouver un autre magazine encore plus prestigieux pour lui vendre mon programme.

Il ne s'agissait pas seulement d'ambition professionnelle. Je poursuivais également une stratégie secrète : retrouver ma famille – celle de mon père –, et reprendre ma place au sein de sa noble lignée. Je voulais agir comme dans *My Man Godfrey*, où un exclu de la société devient majordome et fait découvrir à ses employeurs comment vivent ceux qui ne sont pas de leur monde. Enfin, bon, un truc dans le genre.

Mais malgré toutes mes recherches approfondies, je n'avais toujours pas compris. Quand la ville me demanda encore « Qui sont les puissants ? », je fus une fois de plus incapable de lui répondre parce que tout ce que je possédais, c'étaient des cartes, des plans, des anecdotes et des listes. Je n'avais aucune entrée.

Jusqu'à un beau matin d'hiver. Ce beau matin où Bernie Wabash passa l'arme à gauche devant son ordinateur, alors qu'il était en train de dévorer un cornet de frites. Zip Winckle me convoqua dans son bureau et m'apprit la nouvelle en m'expliquant qu'il ne disposait de personne qui pût remplacer Bernie. Par conséquent, il me demandait de maintenir la colonne « De l'intérieur » à flot, jusqu'à ce qu'il lui trouve un remplaçant permanent. Avant de me remettre les clefs du bureau de Bernie, il ajouta : « Seul problème : nous ne pouvons pas nous permettre d'avoir une colonne de commérages, ni quoi que ce soit d'ailleurs, signé par une Sunburst Rhapsody. Il faut me changer ça. Trouve-toi un nom qui fonctionnera pour cette colonne. »

Je ne dormis pas de la nuit. Je fis les cent pas dans mon studio en essayant de songer à un patronyme qui inciterait Zip à faire de moi son nouveau Bernie, et ce, de façon définitive. J'avais pour projet de mettre un terme à « De l'intérieur » en rebaptisant la colonne « Inside – Out[1] ». Plutôt que quelques clichés volés par des paparazzis ou des confidences de masseurs de stars, j'y balancerais des ragots de premier ordre. Qui était introduit et qui se trouvait encore du mauvais côté de la vitre ? Qui tutoyait les sommets et qui voyait s'approcher le fond ? Je voulais être à l'origine des hauts et des bas de Manhattan. Je consacrai donc un temps infini à imaginer quel pourrait être mon nouveau nom. Je voulais que celui-ci ait la patine d'une star du temps passé, afin de rendre hommage à mon père. Mais il fallait aussi qu'il soit court en bouche, facile à prononcer. Surtout, il était essentiel que ce nouveau patronyme soit de ceux qui attirent une gloire immédiate.

Le lendemain matin, je me maquillai avec soin, enfilai mon plus beau tailleur, plaçai sur mon chef un petit chapeau-cloche et débarquai dans le bureau de Zip, telle une Rosalind Russell en plein émoi. Je me représentai à lui comme s'il s'agissait de notre première rencontre. Ce jour marqua la fin de ma période « fleur

---

1. Littéralement, « Dedans-Dehors » (NdT).

des champs » et le premier de l'ère Valerie Vane. Zip s'adossa à son siège de ministre et hocha la tête.

— Ça pourrait marcher, lâcha-t-il, laconique. Ouais, ça pourrait marcher. Tu as saisi le moment opportun pour sortir du bois. La ville est en pleine effervescence. Je veux que tu me dégotes tous les incendies qui couvent.

De retour dans l'atmosphère confinée du bureau de Bernie, je fermai les stores bruns et me mis à compulser fébrilement son Rolodex qui s'avéra contenir le nom de tous les ratés et autres non-sujets de Manhattan. Je me mis à composer des numéros de téléphone, consciente qu'il faudrait rapidement mettre à jour cette base de données et songeant que, si tout se passait correctement, je n'allais pas ramer longtemps. Il me fallait absolument trouver des sources, or je n'avais pour tout budget qu'un maigre montant alloué au remboursement de mes notes de frais.

— Bonjour, je suis Valerie Vane, la nouvelle journaliste chargée de la rubrique « Inside – Out » du *Gotham's Gate*, exposai-je au responsable des réservations du restaurant Picholine. Je souhaiterais réserver une table pour deux, pour chaque déjeuner de cette semaine.

Rien de tel qu'un croustillant aux oursins et un risotto de lièvre aux champignons – gratis – pour faire parler un mouchard.

Ensuite, je passai un coup de fil à Penny Highgrass, l'attachée de presse la mieux introduite de New York, afin de l'inviter à déjeuner. Je lui expliquai que je venais de prendre les commandes de la colonne people du *Gotham's Gate* et que j'étais disposée à faire une large publicité à ses clients si, de son côté, elle pouvait me désigner quelques victimes pour la curée. Elle accepta ! Forte de ce petit succès, j'appelai d'autres attachés de presse et leur fis la même proposition.

La première colonne que je rédigeai ressembla suffisamment à ce que je voulais en faire pour générer quelques grincements de dents :

Inside : *Randall Fox et Charlene Dempsey, cofondateurs de* Spank, *le nouveau magazine porno-littéraire* on line, *font vibrer les restaurants comme s'il s'agissait d'un des gadgets intimes qu'ils vantent dans leurs pages. Demandez donc au bar SOS qui a accueilli leur récente soirée de contes « Cock Tales[1] ». Depuis leur passage, l'endroit ne désemplit pas.*

Out : *Dans un film indépendant qui reste sans titre à ce jour, Rick Pantingelo joue le rôle d'un boucher casher marié à Paige Darling, mais certaines sources murmurent qu'il ne connaîtra jamais le succès. Les relations du duo sont si mauvaises qu'on aurait entendu Darling affirmer qu'il s'agit d'un « remake de* La Belle et la Bête *».*

Inside : *Y a-t-il quelqu'un dans la ville qui aurait réussi à manquer Jolene Marburry-Rhode et ses énormes liasses de billets ? La jeune épouse de l'analyste financier Charles Rhodes les a agitées dans SoHo durant toute la semaine dernière, alors qu'elle cherchait un emplacement pour sa boutique de joaillerie. « Ce n'est pas une question d'argent, aurait-elle clamé à plusieurs vendeurs potentiels. Vu le bonus que Charles a obtenu cette année, nous pourrions nous offrir la Thaïlande. »*

Out : *Avons-nous déjà oublié Michael Swanson ? Malheureusement, non. Cet ancien conseiller de l'administration Clinton se rappelle à notre bon souvenir à chaque fois qu'une blonde outrageuse fait une poussée d'herpès. Quelqu'un pourrait-il domestiquer ce fauve ?*

Selon Walter Winchell, « la meilleure façon de devenir célèbre rapidement consiste à jeter la pierre à quelqu'un qui l'est déjà ». Par conséquent, au lieu de fleurs, j'avais désormais une collection de pierres dans mon panier.

En un temps record, j'avais effrayé suffisamment d'agents pour être sur toutes les listes VIP de la ville. Dans l'espoir d'éviter que je m'en prenne à eux ou à leurs protégés parce qu'ils m'avaient fait attendre, ils m'envoyaient des billets pour tous les spectacles et des

---

1. En anglais, le mot *cock* est un mot d'argot désignant un pénis et le mot *tales* signifie « fables, histoires ». Donc, littéralement, « Histoires de bites » (NdT).

invitations pour chaque première. Et les attachés de presse faisaient des pieds et des mains pour que je donne mon absolution à leurs poulains ou aux clubs qu'ils représentaient. J'étais si débordée que Zip me donna du renfort. Bientôt, je fus à la tête d'une équipe de petites mains qui parcouraient la ville pour mon compte. Et mes concurrents dans d'autres journaux ne cessaient de se faire reprocher d'avoir perdu tout ce que j'avais gagné. Ils en étaient réduits à appeler mes propres sources, après avoir lu mes articles, afin de quémander des reliefs d'infos : « Le *Gotham's Gate* a fait un papier sur X, Y et Z. Qu'est-ce qu'on peut gratter là-dessus ? »

Désormais, chaque fois que je repassais mon examen – Qui sont les puissants ? – je possédais toujours la réponse. Parce que c'est moi qui en décidais.

— Je ne savais pas que j'étais aussi intelligent, me dit un jour Zip en tirant sur un énorme cigare, quelques mois après. Tu es la môme que nous attendions depuis des années. La môme aux clefs d'or.

Je mangeais rarement autre chose que des canapés et je ne buvais que des grands crus. Dans ce contexte, je mis peu de temps à me faire un cercle de relations : un groupe d'attachées de presse dénommées Tammi, Jenni et Nikki. Âgées de 25 ans, elles avaient invariablement des cheveux blonds et étaient unanimement charmantes et enthousiastes. Dans leur enfance, elles avaient été élevées le mieux du monde, dans des appartements de prix, et comprenaient mal qu'un dîner pût ne pas commencer par du champagne.

Lors d'une soirée pluvieuse, alors que les taxis se faisaient rares, ces filles m'avaient emmenée avec elles chez Tammi. Tout en engloutissant des verres de Rémy Red et de Ginger Ale, elles avaient partagé avec moi le plus important de leurs plans.

— Ça s'appelle « N'oubliez pas le "i" », m'exposa Tammi en se couvrant la bouche pour dissimuler un hoquet. Tu comprends, puisque tous nos noms finissent par un « i ».

Je comprenais.

— En fait, on veut s'amuser dans les fêtes, mais comment le pourrions-nous si les bonnes personnes ne sont pas présentes ? continua-t-elle. Alors nous allons faire en sorte que les bonnes personnes aient leurs entrées dans toutes les bonnes fêtes. Comme ça, même si ces soirées sont nazes, on s'amusera quand même.

Je m'enrôlai en leur promettant qu'elles profiteraient de ma rubrique à chaque fois que je n'aurais pas besoin de supplier le videur pour qu'il me laisse entrer. Après quelques mois, elles avaient mis en œuvre leur stratagème et je connaissais le mot de passe de chacune des cavernes du Tout-New York.

« No-noss », énonçais-je un soir en dépassant le grand chauve qui venait de me scanner à travers son judas. J'étais au Motel, un night-club que les Trois « i » représentaient et où l'on pouvait se faire livrer n'importe quoi dans sa « chambre », laquelle était louée à la demi-heure. Au bout d'un hall d'entrée impersonnel, après avoir gravi un escalier d'un blanc immaculé, je me retrouvai devant un comptoir d'hôtel, et l'une des nouvelles recrues de Tammi, Sari, me fit signe de passer après m'avoir reluquée.

— Bill Maher est ici, me chuchota Tammi en me conduisant dans un recoin sombre. Première soirée de lancement, tout est de premier choix. On vient juste de servir des mangues du Brésil dans chacune des chambres et on a des paons qui attendent dans des enclos en bas. Ils sont tellement énooooormes, tu le croirais pas ! Les grooms les feront entrer à deux heures précises. Bon, il y en a déjà un qui a clamsé. N'a pas supporté le voyage. Mauvais kharma. Mais bon, on s'en fout ! Quelle chambre préférerais-tu ? Je peux te donner la numéro 6, Maire de San Francisco, ou la numéro 4, Antre de Genres, ou encore la numéro 2, Matt Dillon.

Bon, les soirées, les night-clubs, la vie nocturne, ça alla un temps. Mais mon ambition ne s'arrêtait pas à une colonne de commérages dans un magazine de second rang. Je voulais mes propres liasses de billets, ma propre limousine, mon propre cercle de relations privilégiées, mon coiffeur à moi, mon styliste perso. Mon à moi personnel.

Par conséquent, à l'aube de mon 26e anniversaire, je décidai de jouer mon va-tout. Je demandai à Zip un peu de temps libre afin de pouvoir travailler sur un reportage. Je voulais tout, pas seulement des miettes. Cela me prit trois semaines, mais, à la fin, je disposais d'un exposé de 6 000 signes, une présentation détaillée des habitudes et des repaires des stars, dans un bloc-notes en or massif.

Mon premier reportage – qui parut en une du *Gotham's Gate* – s'intitula « Les "i" raflent tout : un gang de blondes fait une OPA sur Manhattan ». Ça se situait entre Candace Bushnell et Walter Winchell. Le style en était soigné mais alerte, avec juste ce qu'il fallait de conscience de classe. Mon papier incluait de nombreux détails imagés et des anecdotes que personne n'aurait pu vérifier à moins d'avoir été *là*. Il comportait aussi quelques morceaux de choix que seul un *insider* pouvait comprendre. En bref, j'y jetais assez de pierres pour construire une cheminée.

Mon papier fit sensation. À la suite de cela, je fus enfin reconnue en qualité de « journaliste ». On m'invita à des soirées avec des gens qui écrivaient dans le *New Yorker* ou dans *Vanity Fair*. Puis un véritable miracle se produisit : Hollywood retint mon histoire. Il fut question d'en faire un scénario dans lequel Gwyneth Paltrow jouerait le rôle de Tammi. Quand je demandai « Combien ? », on me répondit que l'argent ne poserait aucun problème. J'allais toucher une avance énorme, puis la valeur de deux fois celle-ci, après la sortie du film.

C'était le demi-million de dollars le moins durement gagné dont on ait entendu parler. Les gens disent que ce genre de trucs n'arrive jamais, mais, dans mon cas, ce fut pourtant bien réel. Pour mon premier reportage, j'avais décroché le gros lot. Les anecdotes sur cette opération tenaient lieu de conversation à tous ceux qui comptaient. Le *Sunday Mag* me mentionna même dans un article consacré aux petits poissons qui faisaient fortune. Un article plutôt bref et acide, mais quand même…

Après ce succès, Zip m'octroya un bonus de fin d'année qui aurait pu financer la construction d'un pont. Puis il m'accorda un blanc-seing journalistique : je pouvais choisir comme bon me semblait le sujet de mon prochain reportage. Je n'avais plus besoin de pointer. Il suffisait que je passe par son bureau une fois par semaine pour lui exposer les progrès de mon entreprise.

Je me trouvai un loft dans TriBeCa et Chuck Uptite, THE artiste-décorateur, m'en révolutionna l'intérieur pour en faire un truc néo-industriel-chic avec de l'acier brossé et des meubles de dentiste un peu partout. On pouvait aussi y reconnaître des tables roulantes de salles d'opération et des projecteurs médicaux en guise de guéridons. Je préparais des cocktails à base de vodka derrière un bar gigantesque et ma poubelle débordait de boîtes livrées par des traiteurs de prix. Je conservais un stock d'invitations dans les toilettes afin que mes invités y puisent des entrées pour les spectacles qui les tentaient. J'avais deux téléphones portables et un *pager*. Bien entendu, je ne répondais jamais à aucun d'eux.

Le barman de l'endroit dans lequel j'avais pris mes habitudes concocta un nouveau cocktail en mon honneur : le *Vanitini*. Vodka à la vanille, vermouth et un trait de grenadine. Les *Vanitinis* étaient un peu trop doux, mais je ne faisais pas la fine bouche. Au contraire, je m'habituais parfaitement à cette douceur : celle d'une mission idéale, celle d'un bonus énorme, celle d'un pactole en provenance de Hollywood. Si bien que, lors du nouvel examen – Qui sont les puissants ? –, la réponse me parut évidente : Vane.

Chapitre 3
Correction nocturne

Au *Journal*, la tombée de la nuit est marquée par l'arrivée des secrétaires de rédaction et minuit sonne le lancement des presses d'imprimerie. Entre ces deux événements, les aiguilles de la montre ont tendance à s'accélérer.

Quand je raccrochai après avoir parlé à Cabeza, je restai assise pendant quelques minutes en essayant de ne pas respirer. Je pris un nouveau morceau de chewing-gum et le mâchai lentement. La meilleure des choses à faire aurait été d'avouer ma faute, de faire publier un erratum et de passer à autre chose. Mais tout était devenu beaucoup plus compliqué. Jaime cesserait de sourire face à mes oublis et Battinger ferait de ma tête un presse-papier.

Non, je me disais qu'il valait mieux que je temporise. Cabeza ne rappellerait pas. De toute façon, un erratum n'aurait pas suffi à le satisfaire. Il se fichait de la vérité, il voulait seulement que justice soit faite. Or le *Journal* ne pouvait pas s'en charger. D'ailleurs, peut-être que personne ne pourrait lui apporter ce qu'il recherchait.

Je me mis en quête de Curtis, mais il était déjà remonté dans son bureau, à la Culture. LaShanniah en était à la mise en pages et avait donc quitté notre juridiction. À ce stade, les seules personnes présentes dans la salle étaient les secrétaires de rédaction et l'équipe de nuit des correcteurs, qui s'agitaient dans leur coin, non loin de la rubrique Infos locales.

L'équipe de correction travaillait entre six heures du soir et deux heures du matin. On la surnommait « l'équipe des homards » ou « des chiens de garde ». Elle accueillait tout un groupe de journalistes en période probatoire, ceux qui devaient encore faire la preuve de leur talent. Les hommes de cette équipe (qui comptait néanmoins une ou deux filles) se chargeaient des brèves de dernière minute − bateaux coulés sur l'Hudson, fusillades dans le quartier latino − et avaient pour mission de retravailler les papiers qui devaient faire les gros titres du journal, une fois que leurs auteurs avaient fini leur journée. Quand j'appartenais encore à la rubrique Style, ces pauvres correcteurs me faisaient un peu pitié, enchaînés qu'ils étaient à leur bureau pendant que la ville me donnait des sérénades. Ce genre de poste me paraissait alors d'un ennui mortel puisqu'il impliquait d'attendre de longues heures que quelqu'un daignât se noyer.

Un soir, alors que je m'apprêtais à partir pour la soirée blanche du Lotus, j'étais passée près de leur antre, en me dandinant sur mes escarpins à talons, dans un fourreau en dentelle immaculée. Peut-être avais-je un peu abusé des cocktails du Joe Allen, peut-être étais-je encore grisée par le champagne dégusté dans les coulisses de la Semaine de la mode, en tout cas, tandis que je passais près des correcteurs, j'avais tapé sur l'épaule de l'un d'eux et, dans un éclat de rire, je lui avais promis de lui rapporter un *doggy bag*.

Aujourd'hui, l'évocation de cette scène me faisait rougir. Qui donc avais-je alors pu apostropher avec un tel dédain ? Était-ce Matthew Talbot qui, depuis, avait été envoyé en Afghanistan pour y rencontrer des combattants dans des grottes ? À moins que ce ne fût Franklin Cook, qui occupait aujourd'hui le poste très convoité de correspondant à la Silicon Valley ?

À ce jour, j'aurais fait des bassesses pour entrer dans l'équipe des correcteurs. Ce n'était sans doute pas le Pérou, mais cela valait mieux que mon cercueil en contreplaqué actuel. Après six mois ou un an passés à la Correction, j'aurais pu espérer décrocher un boulot de rédacteur à la rubrique locale, en tant que correspondant auprès des tribunaux de Brooklyn ou envoyée spéciale à Albany, la capitale de l'État. À partir de là, on aurait pu, éventuellement, reconsidérer ma candidature pour un poste à la rubrique Style.

Mais quand le patron avait convoqué une réunion pour décider de mon sort après, disons, l'Incident, Jane Battinger avait dit que les filles du Style n'avaient rien à faire à la Correction. Elle avait alors prétendu que les rédactrices de mode déambulaient dans des froufrous parfaitement inadéquats, étaient obsédées par des babioles ineptes et perdaient leur temps en masques de beauté futiles, pendant que le reste du *Journal* se coltinait le vrai boulot et prenait le taureau par les cornes. Elle était peut-être dans le vrai, mais ce n'était pas la raison pour laquelle elle entendait me refuser l'accès à la Correction. La Nécro était un purgatoire, tout simplement, et j'avais très bien compris ce qu'elle voulait signifier.

Mes longs regards de chien battu en direction du service Correction avaient sans doute fini par attirer l'attention de Randy Antillo.

— Hé, Val, me lança-t-il en me faisant signe de le rejoindre.

Je me levai donc et traversai la rédaction dans sa direction. Randy était penché au-dessus du bureau de Travis Parson.

— Ouais, ouais, bébé, s'énervait-il.

Je ne leur demandai pas ce qui les excitait autant car je supposais qu'il s'agissait d'un site porno sur Internet.

— Eh, mec, tu peux *faire* ça ? ajouta Randy.

Je me rapprochai pour regarder l'écran de Travis. Il était sur *Mullets Galore*. Ce site Internet mettait à l'honneur les coiffures ahurissantes des ploucs du Midwest. Randy paraissait captivé.

— Alors, Val, c'est toi qui as rédigé la brève sur Stain 149 ? me demanda-t-il sans me regarder.

— La nécro d'aujourd'hui ? fis-je. Bah oui, je…

— Pas mal du tout, Val, dit-il en se redressant pour me faire face.

Randy devait faire un bon mètre quatre-vingt-dix qui se terminait par une tignasse rousse. Son nom de plume, Horacio Antillo, pouvait laisser penser qu'il n'était qu'un vieux scribe, alors qu'en fait c'était un *hipster* plein aux as de Williamsburg, soit une sorte de jeune intello fan de rock indépendant, qui portait des pattes un tantinet trop fournies. Jane Battinger l'avait exhumé des Faits divers du New Jersey afin qu'il fasse ses armes dans l'équipe nocturne de correction et commence son ascension vers la rubrique Infos locales. Il n'avait pas l'air de grand-chose, mais il était clair qu'il était promis à un bel avenir.

— J'adore Stain, poursuivit Randy. Quand j'avais 13 ans, c'était mon idole.

— Mais tous les rebelles *has been* sont tes idoles, ironisa Travis.

Travis devait avoir 25 ans. Un pur produit de Harvard, avec des ramifications familiales s'étendant jusqu'au grand patron du *Journal.* Il avait été attribué à Jane Battinger pour qu'elle en fasse son esclave. Mais, en bonne diplômée de Yale, elle n'aimait pas trop les étudiants qui sortaient de Harvard. Du coup, elle avait assigné Travis à la Correction, où il moisissait depuis treize mois.

— Tu ne m'avais jamais dit que tu étais un petit prodige du graffiti, dit Travis.

— Ouais, j'en ai fait pas mal. J'étais plus exactement un *graffeur,* corrigea Randy. C'est le terme qu'on utilise… plutôt que graffiteur. En fait, j'étais un des premiers Queens Bombers.

— Les Queens Bombers ? s'étonna Travis. J'avais entendu parler des Bronx Bombers, mais pas de ceux du Queens. Je croyais que tu avais grandi dans le New Jersey ?

— Et alors ? fit Randy en décoiffant Travis. Je prenais le métro.

Travis recoiffa vaguement ses mèches blondes, puis rapprocha son siège de son bureau avant de s'y affaler, la tête sur un coude.

— J'en reviens pas qu'ils t'aient autorisée à parler de Stain dans le journal, me dit Randy. C'était un tel génie ! Vous vous souvenez de ce truc qu'il a fait avec Haring sur un mur, le long du boulevard FDR ? J'en reviens pas de ce que c'est bon. Et personne ne l'a jamais dégradé. Pas une éraflure. Alors, c'est quoi ta théorie ?

— Ma théorie ?

Randy mima un pendu se balançant au bout d'une corde, les yeux révulsés et la langue pendante. Puis ses yeux reprirent leur malice.

— Allez, tu as bien ta petite idée, insista-t-il. Pourquoi est-ce qu'il a fait ça ?

— C'est peut-être dur d'être un artiste graffiti de 42 ans.

— Bah, il n'avait pas vraiment l'air malheureux la dernière fois que je l'ai vu.

— Tu l'as vu ?

— Et comment ! C'était à la manifestation anti-Giuliani qui a eu lieu *downtown*, il y a quelques semaines. Ils ont jeté du fumier sur une photo du maire. J'ai fait un papier là-dessus. Enfin, bon, il n'a jamais été publié. Ils m'ont dit qu'il était « trop contingent », mais en fait ça voulait dire « trop radical », tu vois. Oh, bon sang, j'aurais adoré qu'il paraisse ! Ça serait tombé à point nommé : les derniers soubresauts du héros underground.

De mon côté, j'avais un peu de mal à nourrir cette conversation sur Stain. J'avais reçu la dépêche qui le concernait et passé deux coups de fil. J'avais ensuite ressorti quelques articles sur Internet et vérifié les archives du *Journal*. Enfin, j'avais lu ce qu'en disait le *Sunday Magazine* avant de faire ce que je faisais habituellement quand j'étais confrontée à une brève de 300 signes : recopier la dépêche rédigée par l'agence de presse.

Maintenant, je me disais bien que ça n'aurait pas été un mal de tout revérifier. Je laissai Randy faire l'article à Travis et retournai à mon bureau. Quand j'y arrivai, je constatai que ma boîte de trombones avait été répandue à travers mon box. Sans que je sache vraiment pourquoi, j'étais énervée. Je m'installai devant mon ordinateur et tapai le nom « Malcolm Wallace ». Après quelques secondes, l'écran me répondit en lettres vertes « Veuillez contacter la morgue ».

La morgue était le nom donné aux archives papier du *Journal*. Jaime m'avait répété cent fois de m'appuyer sur la morgue à chaque fois je devais faire des recherches sur un événement antérieur à 1985, c'est-à-dire l'année au cours de laquelle le *Journal* avait commencé à numériser ses éditions. Mais, jusqu'à présent, je m'étais toujours contentée de faire mes recherches à partir de mon bureau. *Es-tu une journaliste ?* me demandai-je à moi-même, comme en écho à la question que m'avait posée la voix rocailleuse.

J'ouvris le fichier dans lequel j'avais sauvegardé mes notes sur ma conversation matinale avec Pinsky. Voilà : « Wallace, Malcolm A. ; mâle de type noir ; cadavre retrouvé sur les rochers situés sous le pont de la 59ᵉ Rue, côté Queens... », etc. Je fis défiler mes notes jusqu'à l'endroit où j'avais mentionné « Saut du pont possible. À valider, ne pas publier », puis je plaçai le curseur au bout de la ligne et... je l'effaçai.

La boule dans ma gorge se fit un peu plus lourde, mais désormais mes notes étayaient ma version, au cas où quelqu'un aurait voulu creuser. Je pouvais rentrer à la maison et me mettre au lit. Au matin, les présentoirs proposeraient une toute nouvelle édition du journal, et les lecteurs pourraient se concentrer sur un tas de nouveaux problèmes en tout genre. C'était ce qu'il y a de bien avec la presse quotidienne : dès le lendemain, l'édition de la veille peut servir à emballer le poisson ou à obturer les vitrines des boutiques fermées, à moins qu'elle soit broyée pour en faire de la litière pour chats.

Quand je passai la porte à tambour du *Journal*, l'humidité m'enveloppa comme un manteau. Le sommet des gratte-ciel disparaissait dans un halo de nuage duveteux. Malgré cette épaisse couverture, les lumières de Times Square parvenaient à donner une impression de plein jour. Pourtant, cette clarté n'avait rien d'habituel. On aurait plutôt dit un nuage radioactif. En fait, au coin de la 7ᵉ Avenue, sur ma gauche, le Nasdaq était en train de procéder aux derniers tests sur son écran géant et, à cet effet, celui-ci avait été transformé en un immense mur de lumières vertes, créant cette atmosphère de mégalopole post-nucléaire.

Aveuglée, je fis quelques pas en arrière avant de rencontrer un obstacle. Je croyais que je venais de me cogner dans une bouche d'incendie, mais je constatai qu'il s'agissait de Jane Battinger. Elle était descendue pour fumer une cigarette en bas de l'immeuble et je venais de lui écraser les pieds.

— Valerie, grimaça-t-elle en se reculant vivement.

— Oh, je suis vraiment désolée, tentai-je.

Elle abaissa les yeux pour évaluer les dégâts.

— Bah, rien qui ne puisse être réparé par un peu de cirage, dit-elle.

Elle ne semblait pas vraiment convaincue par ses propres paroles.

Jane Battinger ne m'avait jamais aimée. Je pense même qu'elle m'avait détestée dès l'instant où j'avais posé le pied dans le hall d'entrée du *Journal*. D'abord, elle s'était farouchement opposée au recrutement d'une petite jeune de 26 ans arrivant, qui plus est, d'un magazine. Et puis, elle n'appréciait pas que je puisse consacrer 5 000 signes par édition à des gros fêtards. Elle m'avait dit un jour qu'elle avait du mal à repérer un fil conducteur dans les articles que je rédigeais sur les modèles de tongs. Et quand je rencontrais des difficultés pour boucler un papier, elle était toujours la première à en recenser les fautes. Quand survint l'Incident, j'étais manifestement parvenue à bout du sens de l'humour dont elle avait pu, un jour, éventuellement, se vanter.

Il était tout à fait curieux qu'elle se trouve au pied de l'immeuble en train de fumer. En principe, elle avait fini sa journée depuis plusieurs heures, en fait, peu de temps après qu'elle s'en était prise à Rood. Je me demandais même si elle avait du mal à trouver un bar pour finir sa journée, comme tout bon alcoolo qui se respecte.

— Alors, cette histoire sur LaShanniah a pu être bouclée ? me demanda-t-elle.

— Oui, je crois que Curtis nous a sortis d'affaire.

— J'espère bien, fit-elle en tirant une longue bouffée sur son mégot. C'est bien pour cette raison que nous plaçons des jeunes comme vous à la rubrique nécrologique, vous savez. Pour rester en phase avec cette nouvelle génération.

On aurait dit qu'elle s'apprêtait à cracher. Elle et moi savions parfaitement pourquoi on assignait des gens comme moi à la Nécro. Elle écrasa ce qui restait de sa cigarette sur la bouche d'incendie.

— Aujourd'hui, j'ai reçu un appel d'un type qui n'a pas voulu me révéler son nom. Il disait qu'il s'intéressait à une annonce de décès qui avait été publiée dans l'édition du jour. Non signée. Je lui ai dit que cela signifiait sans doute que c'était vous qui l'aviez écrite. Vous en avez entendu parler ?

J'avalai ma salive.

— Oui, je crois.

— Vous croyez ?

— Oui, je lui ai parlé.

— Un problème quelconque ? demanda-t-elle en me regardant droit dans les yeux.

— Non, il voulait simplement me poser quelques questions.

— Il avait l'air d'être ennuyé par quelque chose.

Elle repoussa son mégot jusqu'au caniveau.

— Mais quand je l'ai questionné sur le sujet, il a dit qu'il verrait ça avec vous. Il m'a posé beaucoup de questions, cela dit : depuis quand vous travailliez à la rubrique Nécro, est-ce que vous écriviez pour d'autres services, si vous bossiez avec la rubrique locale... Ce type m'a semblé très curieux.

L'humidité commençait à peser des tonnes.

— J'imagine que vous avez pu lui fournir des réponses, poursuivit-elle devant mon mutisme. S'il y a un problème, je suis certaine que nous en entendrons parler dès demain. En attendant, vous m'avez l'air un peu défaite. Vous feriez bien d'aller dormir.

— Vous aussi, ajoutai-je avant de me reprendre. Je suis morte.

En réalité, j'étais plus excitée qu'un oiseau-mouche. J'aurais tellement voulu savoir ce que Cabeza avait dit à Jane Battinger. Est-ce qu'il avait déjà vendu ma peau ? Elle s'éloigna de moi, mais, sentant peut-être ma question, se retourna avant de passer le tourniquet de la porte.

— Autre chose ?

— Non, non, Jan... madame Battinger. Passez une bonne soirée, fis-je.

— Bien, dit-elle. Avec un peu de chance, on va en voir le bout.

— Je l'espère, soufflai-je en tournant prestement les talons pour me diriger vers l'ouest.

Durant ma période Style, lors d'une soirée semblable – juste avant minuit, sous un ciel phosphorescent – j'aurais probablement appelé une voiture avec chauffeur pour qu'elle me dépose devant

Asia de Cuba où j'aurais commandé quelques poulpes grillés, arrosés de vinaigre balsamique et accompagnés de champignons des bois. Ou alors j'aurais pu me diriger vers Chelsea pour y retrouver, après les vernissages, la foule des intellos mondains qui se pressaient au Lot 61. Je me serais installée sur un haut tabouret et j'aurais flirté avec le barman homosexuel.

Un groupe d'adolescentes en tee-shirts roses et jeans taille basse poussait la porte de l'auberge de jeunesse voisine. Elles se tenaient bras dessus bras dessous en chantant à tue-tête un morceau d'une comédie musicale. Une vieille femme sortait de chez elle dans un vieux manteau taché aux aisselles. Plus loin, un vieil Indien famélique, assis sur un fauteuil de jardin près d'une souche d'arbre, tirait sur un pauvre bidi. Au coin de la rue, une famille entière, vêtue de longs shorts blancs et de Reebok qui disparaissaient sous d'épaisses chaussettes, venait de sortir d'un Ben & Jerry's. Alors que je passais à leur hauteur, la petite fille interrogea sa mère d'une voix fluette : « Regarde toutes ces petites lumières, maman. Est-ce qu'il y a des gens qui vivent aussi haut dans le ciel ? »

Toute la famille – Homer, Marge, Bart et Lisa, forcément – leva la tête à l'unisson, chacun suçotant la cuillère en plastique qui accompagnait sa glace. Je regardai à mon tour vers le ciel pour voir ce qu'ils y voyaient. À vrai dire, ils n'observaient rien de bien précis, seulement les gratte-ciel illuminés, toutes ces petites boîtes dans lesquelles nous, les New-Yorkais, vivons nos vies. Pas très impressionnant, n'est-ce pas ? Tout un tas de gens dans leur petit chez-eux, chacun essayant désespérément d'éclairer le ciel. Au bout du compte, ils finiraient tous par éteindre leur lumière, mais le ciel de New York continuerait de briller de huit millions d'autres feux. Alors, à quoi bon ?

À jouer ainsi au touriste, ma nuque finit par me faire mal. Je tournai au coin de la 43e Rue vers la 8e Avenue où je dus slalomer entre nombre de badauds se promenant, mangeant, riant ou fumant sur le trottoir. Je poursuivis ma route en observant mes pieds qui avalaient l'asphalte, ainsi que le reflet des lampadaires dans les flaques. Je m'apprêtais à dépasser un renfoncement sombre quand j'avisai un homme dans un trench-coat, le visage à demi dissimulé par un vieux feutre. Je vis la lueur incandescente de sa cigarette dont la fumée l'enveloppait.

Cabeza, songeai-je. Il m'a suivie. J'aperçus alors la lumière verte qui indiquait la station de métro et, tout en me rendant compte que j'étais en train de succomber à une attaque de paranoïa, je m'y engouffrai.

Arrivée sur Broadway, près de la 8e Rue, j'introduisis ma clef dans la serrure de ma porte d'immeuble. Des effluves de bagels frais me parvenaient depuis la boulangerie d'à côté. Le hall d'entrée, tapissé de briques d'un rouge brun patiné, était sombre et vide. Je relevai mon courrier – quelques brochures et des factures – avant de m'engager dans l'escalier étroit.

Le palier du premier dégageait une odeur de vieille litière pour chat et je percevais les grognements de contentement du locataire de l'étage, un banquier d'affaires, qui apparemment venait de gagner en Bourse. Au quatrième, un sac-poubelle avait été placé contre une porte, de façon qu'elle reste entrouverte. Dans l'entre-bâillement, je pouvais voir un couple en train d'émincer des légumes sur une épaisse planche en bois, dans la lumière feutrée d'un duplex. Je fis une pause au niveau du sixième étage pour reprendre mon souffle, avant de continuer mon ascension jusqu'au huitième. Après avoir retrouvé mes clefs, j'ouvris la porte de mon studio. Il devait bien y faire 40 degrés car j'avais oublié d'ouvrir les fenêtres et d'enclencher les ventilateurs. Je refermai les quatre verrous de la porte d'entrée derrière moi et me frayai un chemin entre les monceaux de linge sale qui jonchaient le sol, jusqu'au bouton de l'air conditionné.

Depuis six mois, je subissais la torture d'une vie ordinaire : l'écho lugubre d'un robinet qui fuyait dans un appartement sans meubles, le ronronnement permanent d'un réfrigérateur de taille normale, la vaisselle dépareillée qui s'entassait dans l'évier. Je goûtais à la sobriété et je n'appréciais pas du tout. Elle avait la texture un peu caoutchouteuse des sushis que l'on trouvait chez le traiteur du coin de la rue, attendant depuis midi qu'on veuille bien les acheter.

Mon nouvel appartement avait un charme comparable à celui d'une chaussure de sport : quarante-cinq mètres carrés au sol entourés de Placoplâtre, un minifour, un frigo suffisamment grand pour accueillir trois boîtes d'épices, et un recoin pour se moucher. En fait, il tenait en une pièce unique : un tiers pour la chambre à coucher, un tiers pour la salle à manger, et un tiers pour la cuisine, ce qui laissait assez peu de place au séjour.

J'avais déménagé dans le nord de la ville pour éviter de rencontrer les gens qui m'avaient connue du temps de ma splendeur. Mais je ne m'étais toujours pas vraiment installée. Les murs étaient nus et les étagères vides. La plupart de mes possessions gisaient encore dans des cartons empilés sur le sol. Je disposais de quatre meubles : un canapé, une table basse, un fauteuil et un matelas posé directement par terre. Le téléphone sonna et je dus pousser quelques cartons pour l'atteindre. Il n'y avait personne au bout du fil. Je conservai le combiné collé à mon oreille pendant quelques secondes, en me demandant si j'allais encore entendre la voix rocailleuse qui m'avait contactée un peu plus tôt. Finalement, la tonalité se déclencha et je reposai le téléphone.

Le meilleur atout de cet appartement résidait dans sa large baie vitrée qui surplombait le centre commercial de Broadway, un amas de pelouse et de pavés où, pour l'heure, quelques alcooliques du quartier se passaient un sac en papier brun. J'en conçus une certaine jalousie. Je n'avais pas d'amis et j'avais officiellement cessé de boire. Ma vie nocturne se résumait à un petit écran : j'avais recommencé à regarder mes vieux films en noir et blanc. Mais, désormais, je laissais de côté les comédies qui célébraient les lumières étincelantes d'une ville heureuse. Je leur préférais des œuvres plus sombres. Mes nouveaux camarades étaient des détectives à chapeau mou ou feutre, des femmes qui tenaient un fume-cigarette entre des lèvres rouges, des gangsters ricanant et de vagues silhouettes en trench-coat dans des halls de gare glaciaux. Ils n'étaient pas beaux et leur fin n'était pas heureuse. Je les avais tous achetés au revendeur de cassettes du coin de la rue. Leurs titres intensifiaient l'obscurité qui m'entourait.

Au programme de ce soir, il y avait *Le Grand Chantage*. Il ne me manquait qu'un Vanitini. Je jetai un coup d'œil à mes voisins alcoolisés d'en bas. Oh, après tout, un peu d'alcool n'allait pas me tuer. J'allai jusqu'au placard et en sortis un verre. Je pris quelques glaçons dans le réfrigérateur. Mon bailleur – un Russe – m'avait laissé une bouteille de vodka Vladimir en guise de cadeau de bienvenue. Je l'avais gardée pour un moment comme celui-ci où le feu sacré me ferait défaut. Qu'importait que cette vodka ne fût pas de première catégorie ? J'en versai donc résolument un peu dans le shaker. Et puis je me souvins de la grenadine : je n'en avais pas. Alors je la remplaçai par un peu de jus d'une boîte de cerises en conserve. Pas de vermouth non plus, mais il me restait un fond de vin blanc de cuisine. Une fois ce mélange improbable réalisé, j'agitai brièvement le shaker.

J'engloutis mon Vanitini – le premier depuis de longs mois. Il n'avait pas grand-chose à voir avec la recette originale. Le jus de cerise l'adoucissait, mais l'arrière-goût qu'il laissait n'était pas très agréable. Malgré tout, mon petit cocktail fit renaître un sentiment que je n'avais plus ressenti depuis longtemps : la légèreté. Je m'en préparai un deuxième, le mélangeai et l'avalai d'un trait. J'appuyai alors sur le bouton du magnétoscope pour lancer *Le Grand Chantage*.

Le générique défila et le jazz se diffusa. Burt Lancaster et Tony Curtis ; scénario : Clifford Odets et Ernst Lehman. Je retournai dans le coin cuisine pour me concocter un troisième Vanitini tandis que la bande-son s'amplifiait. Je le bus debout. Puis, après en avoir préparé un autre, je regagnai le canapé et enlevai mes chaussures. Un horizon citadin brillant de mille lumières. La caméra survole une presse d'imprimerie au moment où les ouvriers lancent des piles de journaux dans des camions de livraison. Le bruit des klaxons s'amplifie à mesure que les camions s'enfoncent dans Times Square en dépassant l'enseigne lumineuse du Canadian Club, les projecteurs dévoilant des danseuses de comédie musicale, les bazars et les étals de vendeurs de hot-dogs.

Sidney Falco envahit l'écran. C'est un homme séduisant avec les cheveux gominés et une chemise amidonnée, mais sa beauté est un peu inquiétante, de celles qui évoquent les ennuis. Il arrache un journal de l'une des piles qui jonchent le trottoir et parcourt une colonne de ragots signée par J.J. Hunsecker. Manifestement, ce qu'il cherche ne s'y trouve pas, et Falco froisse le journal avant de le jeter rageusement dans une poubelle. Il n'est qu'une boule de nerfs tandis qu'il gravit les deux étages qui le mènent à son bureau. Sur la porte, on peut lire son nom « SIDNEY FALCO, ATTACHÉ DE PRESSE ». Il entre dans la pièce attenante à son bureau et qui manifestement lui sert aussi de chambre à coucher, afin de troquer ses vêtements de ville contre un habit de soirée. Sa collaboratrice le suit dans sa chambre, s'assoit de façon un peu guindée sur le bord du lit et lui lance un regard de biche en demandant : « Mais où voulez-vous aller, Sidney ? »

Et sur mon canapé, dans la brume apaisante soufflée par mon Vanitini, je récite les dialogues en même temps que Tony Curtis :

« *Très haut, Sam, là où la vie est douce. Là où personne ne claque des doigts en disant "Hey Schmitt, range-moi ça" ou "Hey gamin, gamin, va me chercher un paquet de clopes". Je ne veux pas de pourboires* *maigrichons. Je joue gros jeu avec les joueurs qui comptent. Mon expérience, je peux te la résumer et ce n'est pas un rêve : les chiens mangent les chiens. En bref, à compter de maintenant, **tout ce qu'il y a de meilleur** est juste assez bon pour moi.* »

Je renversai la tête afin de finir la dernière goutte de mon cocktail, mais il n'y en avait vraiment plus. Je m'affalai dans les coussins et mon verre alla rouler sur le sol. La lumière bleutée de l'écran éclairait le plafond. C'était magnifique et sauvage, un ballet fantastique de lumières éclairant l'obscurité. « *Tout ce qu'il y a de meilleur...* »

Et puis tout devint noir.

Chapitre 4
Finis le boulot !

La scène : une pendaison de crémaillère dans mon loft – MA propriété – de 300 mètres carrés. Les stars sont sur la terrasse, les fashionistas dans l'escalier de secours. Uptite fait entrer dans un brouhaha enthousiaste un groupe d'aficionados du design. Il y a du caviar sur des brancards faisant office de dessertes et des paniers de crudités sur des chariots d'hôpital tenant lieu de buffet. J'assume mon rôle d'hôtesse dans une robe de soie outrageusement décolletée – mais de bon goût. Mes cheveux ont été coiffés par Jules Freelove, un styliste capillaire de Broadway. Le barman me présente une bouteille de Veuve Clicquot. Élégant, raffiné, incontournable.

Ce n'est pas un rêve. Tout cela a bien eu lieu. C'était ma vie à l'époque, lors de mes débuts tonitruants, et c'était à moi, mon univers à moi.

Jeremiah Sinclair Junior franchit la porte. Il est escorté par deux paires d'obus en silicone, probablement subornées dans une soirée mondaine du nord de la ville. Il rayonne, et qui donc pourrait l'en blâmer, vu ce qu'il arbore à chaque bras ?

Cela faisait un an qu'il m'avait laissée sur un trottoir de la 5ᵉ Rue Est et, depuis lors, mes petites recherches m'avaient appris que son héritière de la famille Astor l'avait abandonné juste devant l'autel. Elle s'était plainte à Liz Smith que le budget de 20 000 dollars qu'il lui avait alloué pour sa robe de mariée était « tout simplement ridicule », mais la rumeur susurrait qu'elle avait en réalité eu vent de ses petits écarts pré-matrimoniaux. Quoi qu'il en soit, Jeremiah avait rapidement rebondi et le chapelet de jeunes filles de bonne famille avec lesquelles il était sorti depuis aurait pu lui faire un rosaire de grand prix.

Pour l'heure, il s'avançait vers moi.

— Puis-je ? me demanda-t-il en saisissant la bouteille de champagne que je tenais avant d'en faire sauter le bouchon. Le champagne jaillit, coulant sur sa main. Il la lécha de façon suggestive en disant : « un goût divin ». Et quand il vit ma mine nerveuse, il ajouta : « Je suis enchantée de rencontrer enfin cette Valerie Vane dont j'ai tant entendu parler. »

Il me regardait droit dans les yeux. Il aurait pu lire en moi comme dans du marc de café et nous étions suffisamment près l'un de l'autre pour qu'il puisse sentir les effluves de mon Obsession. Mais cela n'eut pas l'air de lui rappeler le moindre souvenir.

— Il est incroyable que nous ne nous soyons encore jamais rencontrés, ajouta-t-il.

Incroyable, en effet. Cela dit, dans une certaine mesure, il avait parfaitement raison. Cette fille qu'il avait abandonnée sur un trottoir de la 5ᵉ Rue, celle qui avait sangloté dans son oreiller pendant que sa colocataire enfonçait des épingles dans une poupée vaudoue à son effigie, jouait aujourd'hui du banjo, quelque part, avec Lula Mae Barnes, l'avatar de Holly Golightly. Je m'étais défaite de la peau de Sunburst Miller le jour même où j'avais jeté dans l'incinérateur de mon immeuble ma robe de coton rose bonbon. Aujourd'hui, je ne pouvais pas vraiment reprocher à Jeremiah la manière dont il m'avait embobinée avant de me lâcher. Je blâmais plutôt la plouc que j'avais été.

Je versai à Jeremiah un verre de Veuve Clicquot et il s'avança dans la pièce au bras de ses jumelles siliconées. Je les observai tandis qu'ils admiraient le travail qu'avait réalisé Uptite, les surfaces chromées, les éprouvettes, les forceps et les scalpels. Les « Trois "i" » venaient de se rassembler et exultaient : « Mais... n'est-ce pas... ? Oh, mon Dieu ! Mais c'est Jeremiah Golden ! Mais qu'il lâche ses bimbos, enfin ! » Elles faisaient toujours partie de mon entourage, malgré mon ascension, car, comme le sait tout bon agent, toute publicité est bonne à prendre.

Après avoir fait son tour, Jeremiah revint vers moi.

— J'aimerais beaucoup vous faire livrer quelque chose, si vous n'y voyez pas d'inconvénient, me dit-il.

Je savais parfaitement à quoi il faisait allusion, mais je lui donnai mon accord. Beaucoup de gens avaient déjà suggéré que l'on usât de tout mon matériel médical pour quelques lignes – l'occasion était trop tentante. Quand son dealer finit par arriver, ses deux poupées surdimensionnées étaient déjà reparties. Et quand sonnèrent cinq heures du matin, mes tables basses avaient disparu sous la poudre blanche et monsieur Golden était parfaitement intégré au décor, affalé dans ce que le design italien pouvait offrir de plus beau en matière de canapé. Je m'amusais bien trop pour m'en plaindre.

— Vous avez déjà essayé ça ? me demanda-t-il en sortant de la poche intérieure de sa veste un cigare d'une taille tout à fait obscène. Mon dentiste m'a rapporté ce Cohiba de Cuba, mais je n'ai pas encore trouvé l'occasion de le déguster. Je pensais le garder pour fêter un événement particulier... et le moment présent me paraît tout indiqué.

Je lui pris le cigare des mains et le fis rouler entre mon pouce et mon index, comme pour l'évaluer.

— Et que fêtons-nous ?

— Il me semble..., répondit-il en parcourant lentement le loft des yeux, que vous avez énormément de choses à fêter.

— Et vous-même ?

Il reprit son cigare, en coupa le bout avec un petit instrument en argent et prit un air réfléchi.

— Eh bien, la chance de vous avoir rencontrée. Je lis souvent votre colonne. Vous êtes parvenue à épingler tous les gens que j'aime. Et Dieu sait s'ils le méritent !

Il rit de sa petite blague pendant un moment, sans que je participe à sa bonne humeur.

— Vous ne vous contentez pas de nourrir la bête, ajouta-t-il. Vous dressez véritablement un portrait de la ville et vous parvenez à donner un sens à tous ses débordements. Je parie que vous êtes née ici. Ai-je raison ?

Mon cynisme avait atteint une telle densité que j'aurais pu le découper en tranches. Cet échange était le reflet exact de celui que nous avions eu voilà bien longtemps, à un détail près : il était complètement inversé.

— Née ici ?

— Oui, née à New York. Alors, je suis dans le vrai ?

— Qu'est-ce qui vous fait dire cela ?

— Ah, se gaussa-t-il, seule une personne née à New York pourrait s'en offusquer ainsi. Et, bien entendu, votre colonne. Vous connaissez tout le monde en ville !

— Je ne tiens plus cette colonne aujourd'hui, fis-je. Désormais, je fais des reportages.

— Fort heureusement ! explosa-t-il d'une voix curieusement haut perchée. Avec tout ce que vous savez, vous pourriez écrire l'ensemble des articles de ce magazine. N'est-ce pas ? Les commérages présentent toujours de l'intérêt, mais les vôtres sont spécialement bien vus. Ce sont ceux d'une initiée.

Je plaçai le cigare entre mes lèvres en me demandant si j'avais toujours été aussi insensible à la flatterie par le passé.

— Allumez-le, insista-t-il. Allez-y, je crois que vous allez apprécier. En fait, c'est assez sucré.

Il se rapprocha de moi et posa une main sur ma cuisse. La sensation ne m'était pas inconnue, comme une vieille chanson que l'on a écoutée pendant des mois au point d'en être écœuré et de jeter le CD à la poubelle. Il alluma son Zippo et je penchai mon visage vers la flamme.

— Vous savez comment procéder avec ce genre de trucs ? Vous devez tirer plusieurs bouffées, mais sans inhaler. Allez-y doucement, mon cœur. Voilà.

Une volute de fumée m'enveloppa. L'arôme du cigare, douceâtre et puissant, engourdit ma langue. Ce n'était pas exactement sucré. Je savais que cette petite expérience finirait en quinte de toux épouvantable au matin, alors je le rendis à Jeremiah avant de m'écarter un peu. C'était un charmeur. Sans aucun doute. Mais il ne me faisait plus l'effet qui m'avait subjuguée lors de notre précédente rencontre. Il ne m'impressionnait plus parce que moi aussi, désormais, je pouvais tenir mon rang. Il avait perdu son Astor et je n'allais certainement pas le laisser me planter une seconde fois. Je maintiendrais donc la distance.

— La soirée a été fort longue, fis-je en étouffant un bâillement.

— Bien sûr, bien sûr, fit-il en se levant précipitamment. J'ai abusé de votre hospitalité.

— Pas le moins du monde, répondis-je, mais il se fait tard.

— Bien sûr, répéta-t-il en tirant sur sa veste et en en vérifiant fébrilement les poches. J'aimerais beaucoup vous inviter à dîner un soir prochain. Qu'en dites-vous ? Pourrais-je vous emmener dans un bon restaurant ?

Voyez-vous ça... Comme c'était touchant. Voilà qu'il avait du temps pour dîner, maintenant.

— Oh, je n'ai pas vraiment de temps à consacrer à des dîners, en ce moment, m'excusai-je. Je suis complètement débordée.

— J'imagine que c'est un refus, n'est-ce pas ? déplora-t-il en fronçant les sourcils comme s'il se trouvait face à une devise qu'il n'aurait encore jamais utilisée. Voilà qui est rare de nos jours.

— Ah bon ? m'étonnai-je en le reconduisant vers la porte. J'ai été ravie de faire votre connaissance, ajoutai-je en me gardant bien d'utiliser le verbe « revoir ».

Je lui laissai me faire un baisemain.

Après m'être assurée qu'il avait quitté l'immeuble, je retournai m'asseoir sur le canapé et contemplai mon nouveau loft. Tout y était à sa place. Je pris le Cohiba de Jeremiah dans le cendrier où il l'avait abandonné et le plaçai entre mes dents. Peut-être était-il légèrement sucré, après tout...

Le lendemain matin, alors que j'étais en train de paresser en chaussettes dans mon loft, rangeant çà et là deux ou trois babioles, je reçus un appel du *Journal*. Burton Phipps se présenta et me dit qu'il avait suivi de près le travail que j'avais accompli au *Gotham's Gate*. Il voulait savoir si je serais intéressée par un emploi dans un quotidien « un tantinet plus urbain ».

— Pourquoi ne viendriez-vous pas déjeuner avec moi ? me proposa-t-il. Nous n'avons aucun poste disponible pour le moment, mais il serait bon que nous fassions connaissance au cas où les choses évolueraient. Ils appellent Zachariah « Zip » chez vous, n'est-ce pas ? ajouta-t-il. J'adore ça. Si cela peut vous mettre à l'aise, appelez-moi Buzz. Certains de nos journalistes le font. C'est une sorte de blague entre nous.

J'étais quasiment certaine que ce Phipps voulait juste me reluquer afin de pouvoir m'identifier dans une assemblée. Mais je compris durant notre rencontre qu'il allait être mon futur boss, si du moins je voulais bien qu'il en fût ainsi. À cette occasion, il saisit une liasse de papiers regroupant l'ensemble de mes articles en disant : « Vous avez plutôt du flair en matière d'infos. »

Le visage de Buzz Phipps n'était pas sans évoquer un coupé sport BMW : lisse, aérodynamique, patiné à la peau de chamois, manifestement testé à pleine vitesse sur des routes panoramiques de montagne, bien qu'on l'ait aperçu flânant dans des villages français ou garé devant des salons de thé pimpants. À New York, je savais que Buzz entretenait une armée personnelle de coiffeurs, masseurs, manucures-pédicures, profs de sport, conseillers en style, spécialistes des sourcils et autres épilateurs de narines. Et nombre de couturiers ou directeurs de boutiques de luxe de Manhattan étaient prêts à annuler un rendez-vous avec un Rothschild pour offrir leurs prestations à Buzz.

Je lui exposai que je n'étais pas intéressée par un emploi au *Journal*.

— Foutaises ! fut sa réponse. Même si le fait que vous bossez pour un magazine peut suggérer le contraire, je suis certain que vous n'êtes pas une dégonflée, ajouta-t-il comme s'il s'agissait d'une confidence. En moins d'une année chez nous, vous obtiendriez une légitimité. Mais vous feriez bien de songer à votre carrière dès maintenant et en grand format, plutôt que de vous préoccuper de votre prochain scoop.

Son visage restait impassible. Le plus violent des ouragans ne serait pas parvenu à déplacer le moindre poil sur le crâne de Buzz Phipps. Ses boucles blondes surplombaient ses sourcils arqués en défiant les lois de la gravité. Le pli de son pantalon était parfait, sa ceinture de cuir noir d'un raffinement exquis, et la boucle de celle-ci luisait comme un joyau. Le col de sa chemise sur mesure dévoilait à peine un sage buisson de poils bruns, juste au-dessous d'un cou bronzé. Ses lèvres étaient charnues et roses et ses dents de porcelaine. Quant à ses yeux bleus, ils tiraient subtilement sur le gris grâce à des verres de contact savamment choisis.

— Je vais y réfléchir, lui offris-je.

Dans le taxi qui me ramenait chez moi, je repensais à ma mère, là-bas, dans l'Oregon. Elle payait cinq dollars par semaine pour recevoir le journal du dimanche. Elle avait quitté l'enceinte de la ferme plusieurs années auparavant, mais elle était restée idéaliste. Un recrutement au *Journal* signifierait pour elle que j'avais fait quelque chose de ma vie, même si je n'y pratiquais pas le journalisme d'investigation.

Le jour suivant, j'allai voir Zip pour lui dire que, finalement, je n'utiliserais pas son blanc-seing. Il s'appuya au dossier de son siège présidentiel et adopta un ton fataliste.

— Ils ont eu raison de te débaucher. Tu es exactement la personne qu'il leur faut pour réveiller une rubrique ronronnante. Mais si un jour tu en as marre de cette société savante, reviens donc faire un tour dans notre caniveau.

Je découvris rapidement que ma vie au *Journal* n'allait pas être douillette. D'abord, les horaires étaient extrêmement stricts. Au *Gotham's Gate*, les journalistes arrivaient vers midi et traînaient auprès de la machine à café jusqu'à dix-huit heures. Le *Journal*, pour sa part, exigeait de ses journalistes qu'ils commencent à dix heures, travaillent jusqu'à vingt-deux heures et appellent chez eux durant la nuit pour prévenir qu'ils allaient avoir un peu de retard. Ensuite, je devais respecter de nouvelles règles : je n'avais pas le droit d'accepter des échantillons de produits ou des articles de démonstration si leur valeur dépassait vingt-cinq dollars – adieu crèmes exfoliantes, démaquillants à l'huile de jojoba, lotions toniques à l'aloe vera qui arrivaient sur mon bureau par camions entiers. Il fallait désormais que j'en fasse profiter la communauté. De même, passe-droits et billets gratuits n'étaient tolérés que si je devais vraiment écrire un papier sur l'événement concerné. Mais le plus gros problème auquel je devais faire face tenait à l'interdiction catégorique de recourir à des sources anonymes. Je ne pouvais tout de même pas citer la moitié de mes amis. C'était comme si j'avais dû imaginer une publicité vantant les mérites de l'alcool en pleine Prohibition : officiellement, que des abstinents...

S'agissant des faits qu'il rapportait, le *Journal* était excessivement rigoureux. Chacune des phrases publiées dans ses pages devait être à la fois vraie et vérifiée. Tout cela était parfaitement nouveau pour moi. Du coup, au cours de mes premiers mois à la rubrique Style, je devins la championne de la colonne « Errata », en page 2 du *Journal*. Le secrétariat de rédaction vérifiait pourtant chacun des papiers avant de les envoyer à l'impression, mais quand il lui arrivait de laisser passer la moindre erreur, il y avait toujours, dans le lectorat, un million de détectives amateurs pour les rappeler à l'ordre. Et quand le service Courrier des lecteurs recevait un appel, Buzz en recevait un immédiatement après, puis c'était à mon tour, et je devais alors me fendre d'une correction.

Après quelques mois de ce régime, Buzz me demanda de passer dans son bureau et me fit asseoir dans son fauteuil ergonomique Aeron (un cadeau de son partenaire, et non du fabricant ni de ses commerciaux, bien sûr). Il se pencha vers moi et me présenta un tube argenté de beurre de karité provenant de L'Occitane. Non merci, je n'avais pas besoin de lubrifiant. S'il avait l'intention de me passer un savon, je le préférais sans adjuvant.

— Il faut que nous parlions de quelque chose, me dit-il en prenant une copie corrigée de mon dernier article qui concernait Nora Sumner, la rédactrice en chef du magazine de mode le plus prestigieux de la ville. D'abord, je dois te parler de certains des mots que tu as utilisés dans cet article, à commencer par « *rédactrix* ».

— Ben, tu vois, rédactrice, mais avec une touche de dominatrix.

— Oh, je *vois*, dit Buzz sobrement. Je connais le terme. Ce n'est simplement pas la façon dont nous appelons en général nos confrères des médias. Pourquoi ne pas nous contenter d'un bon vieux « rédactrice » ?

— Aucun problème, fis-je en avalant ma salive.

— OK. Bon, maintenant… Nous évoquons ici la rumeur d'une soi-disant affaire de cœur avec un millionnaire anonyme qui lèverait des fonds pour le parti démocrate. Ça arrive comme un cheveu sur la soupe dans la marge, et aucune source n'est citée.

— Si, j'ai cité une source…

— La source citée est le « Camp Sumner ». Puis-je savoir où cela se trouve ? Rhinebeck-les-Oies ?

— Je le tiens de source sûre de deux secrétaires de direction. Elles ne se connaissent même pas. Elles travaillent dans deux départements distincts.

— Hmmmm, cela ne nous donne pas le droit de comparer la situation à une « amourette connue de tous ». D'ailleurs, son avocat affirme qu'elle n'a pas engagé de procédure de divorce. Sa version est officielle et fera donc contrepoids à celles de deux secrétaires anonymes. Je suggère de purement et simplement éliminer cette mention de la marge. Il n'y a plus rien à gratter sur cet os, une fois que tu en as enlevé la moelle.

— OK, Buzz, mais je sais que nous aurons l'air ridicules si nous ne le mentionnons pas. Tous les canards de la ville vont en parler.

Buzz s'adossa à son siège en soupirant. Il saisit le tube de crème de L'Occitane et en pressa un peu dans sa paume.

— C'est tout le point. Nous ne sommes pas « tous les canards », Valerie, soupira-t-il. Ce journal écrit la première version de l'histoire. Nous ne pouvons pas nous permettre de commettre des erreurs et nous n'avons pas le droit de publier des informations invérifiées sur de quelconques *rédactrix*. Si tu dis des conneries dans ce journal et que, du fait d'un défaut dans le système, elles sont imprimées, les conséquences sont énormes car ces conneries seront reprises par d'autres journaux, envoyées sur le Net, et finiront, toujours aussi erronées, dans les livres d'histoire. Et nous serons à l'origine de cette catastrophe. C'est une lourde responsabilité que nous portons là, mais nous la partageons tous.

À la façon dont Buzz s'enduisait les mains de crème, je sentais qu'il voulait en venir à un point précis. Il avait insisté sur le mot « erronées » d'une façon toute particulière.

— Donc, tu affirmes qu'il faut éliminer cette mention sur son histoire d'amour ? Et si j'obtenais un peu plus de biscuit sur cette histoire de la part de quelqu'un de bien placé ?

— Je vois très bien ce qui se passe, continuait Buzz. Tu n'as pas cessé de travailler selon les méthodes du *Gotham's Gate*. C'est le genre de journalisme que tu connais – celui dans lequel les faits objectifs ne font jamais obstacle à un bon scoop. Peut-être disposais-tu de vérificateurs chargés de passer tes papiers au peigne fin, mais ils n'utilisaient manifestement leur peigne que pour se recoiffer. Le *Gotham's Gate* comporte autant d'erreurs qu'il y a de trous dans un gruyère. Je savais tout cela quand je t'ai recrutée et je m'en veux de ne pas avoir pris le temps de t'aider. J'ai fait preuve de négligence.

Je cherchai mon sac des yeux. Il était bien possible qu'ils ne me laissent même pas finir mon déjeuner avant de me virer.

— Ne prends pas cet air dépité, me dit Buzz. Nous allons arranger ça. Nous allons mettre tout ça au carré. Maintenant, tu vas t'asseoir et entourer tous les faits que tu avances dans ton histoire. Compare-les à tes notes. Vérifie ce que t'ont dit tes sources. Sonde ton instinct. Est-ce que quelque chose cloche ? S'agit-il de la stricte vérité ?

Il cessa soudain de se frotter les mains et me tendit le tube de crème. Cette fois, je l'acceptai et mis un peu de crème dans ma paume, avant de m'en enduire le cou, en un lent massage. Il ne me virait pas. Il me donnait une deuxième chance.

— Je comprends, dis-je. Je promets de mieux faire.

Buzz sourit.

— Bien sûr.

Après ce petit rappel à l'ordre, je suivis le conseil de Buzz et adoptai une discipline d'athlète de triathlon. Je cessai de toucher aux échantillons promotionnels, m'assurai systématiquement de la crédibilité de mes sources et vérifiai rigoureusement chacune de mes informations auprès de personnes que le *Journal* avait déjà citées au moins dix fois. Je m'abstins de faire référence à un camp quelconque (à l'exception de celui où la fille de Charles Rhode pratiquait le tennis, lequel, soit dit en passant, se trouvait à Rhinebeck). Cela eut pour conséquence de rendre mes articles ennuyeux comme la pluie, mais au moins, je n'occupais plus la majeure partie de la colonne Errata. Pas la moindre plainte téléphonique, pas le moindre entretien en privé. Je devins même très copine avec les correcteurs – ceux qui ne se peignaient pas.

En récompense de ma vigilance, on m'assigna de nouvelles responsabilités à la rubrique Style : la Bonne Société. J'en avais toujours rêvé, et jusqu'alors je n'avais pas imaginé que je pourrais m'en occuper pour le compte du *Journal*. Les opportunités qui s'offraient à moi paraissaient infinies. Peut-être parviendrais-je finalement à retrouver certains des copains d'enfance de mon père ou les petites filles de mon arrière-grand-mère ? Mais je restais néanmoins une bleue.

Pour ma première mission – un dîner de mécènes au Metropolitan Museum, madame Mitzy Carlisle elle-même me prit la main alors que je notais ses traits d'esprit sur mon bloc-notes, sous la table. Elle me tapota la cuisse en me chuchotant de la rejoindre aux toilettes, où elle souhaitait se repoudrer le nez.

— Vous pouvez me citer, me dit-elle tandis qu'elle plongeait littéralement le nez dans son poudrier. Et je suis sûre que vous pouvez citer presque tout le monde ici. Mais laissez donc ce bloc-notes dans votre sac. Vous vous trouvez au milieu de gens qui n'aiment pas trop la publicité.

— Mais je dois prendre des notes, arguai-je. Sinon, comment pourrais-je les citer correctement ?

— Il va simplement vous falloir développer une mémoire imagée, ma chère. Et faire beaucoup de pauses aux toilettes.

Comme je m'en aperçus rapidement, Mitzy avait raté sa vocation de journaliste auprès de l'*International Herald Tribune* dans les années 1920, quand elle avait quitté l'agence londonienne de ce journal pour épouser un jeune diplômé d'Oxford, issu de la meilleure société. Elle me confessa avoir suivi pendant des années, avec un léger sentiment de regret, les aventures de Brenda Starr dans les feuilletons qui paraissaient alors dans l'édition du dimanche.

Après le dîner, elle m'emmena à une autre soirée sur Madison Avenue en me chaperonnant sur tout, depuis le nombre de feuilles de salade frisée qu'il était de bon ton de laisser dans son assiette jusqu'à la manière dont il convenait de prononcer le mot « sommelier ». Elle entendait faire en sorte que je ne me perde plus au milieu d'une foule de mises en plis blanches – rinçage bleuté – parées comme des bijouteries. Le fait de travailler avec moi, m'avoua-t-elle, représentait sa dernière chance de danser avec le Quatrième Pouvoir. Mitzy se souciait peu de savoir si ce que j'écrivais risquait ou non d'indisposer qui que ce fût. Elle n'aurait d'ailleurs pas détesté qu'un petit scandale agitât son cercle de relations – faites-moi « jazzer » tout ça, me disait-elle. Elle tenait seulement à ce que ce fût correct.

Après une année de couverture journalistique de mes aînés sans avoir commis le moindre faux pas, Buzz me convoqua de nouveau dans son parloir, pour un deuxième entretien privé.

— Est-ce que le terme *Zeitgeist* vous évoque quelque chose, Valerie ? me demanda-t-il.

Tout d'abord, je crus que j'avais mal orthographié ce mot dans l'un de mes articles.

— Il s'agit de la *Gestalt* générale, essayai-je, en me contentant prudemment de remplacer un terme allemand par un autre. Le climat culturel, le… je ne sais pas… l'esprit du temps. La façon dont les choses bougent.

— *Zeitgeist*, répéta-t-il sans lever les yeux sur moi. Eh bien c'est pour vous, c'est votre nouvelle mission.

★

★　★

Le *Zeitgeist*, tel que je l'interprétais, était le paradigme dominant, dans ses extrémités hégéliennes les plus folles. New York Grand Format. Ce mot recouvrait aussi bien la construction d'empires technologiques par des génies mathématiques sur la terre promise du capital risque, que la transformation par les magnats de l'art de vieux musées municipaux en franchises internationales proposant des Picasso comme s'il s'agissait de Big Mac.

Durant quatre mois d'affilée, mes articles pour la rubrique Style firent la une, une semaine sur deux. À cette occasion, j'introduisis le terme *fashionista* dans le lexique du journal et rendis populaire, à moi toute seule, le pashmina. Que ce fût par amour ou par haine, tout le monde me lisait. Le week-end, à l'heure du brunch, Valerie Vane était le nom que chacun cherchait dans le journal après avoir commandé ses œufs à la florentine.

Subitement, je ne quittais plus les plates-bandes de Jeremiah Golden. Ainsi, j'avais encore croisé son chemin au vernissage de la collection Thomas Krent, lors de l'exposition sur les motos organisée par le Guggenheim, à l'occasion du brunch Bloody

Mary donné par John McEnroe avant l'US Open, à l'anniversaire de Tanya Steele... Lors de la soirée de levée de fonds organisée par l'hôpital vétérinaire de madame O'Hara, j'avais bien remarqué qu'il m'avait reconnue et, à l'occasion de la soirée de première de dégustation de saké, au Nobu Next Door, il avait insisté pour que je goûte un saké lacté et non raffiné. Plus tard, quand Zita Marlowe avait donné son Buffet Botox, il était venu s'installer sur le brancard voisin du mien, beaucoup trop subitement pour que je puisse débrancher mon intraveineuse et m'éclipser.

Car j'étais restée fidèle aux principes que m'avait enseignés la ville. Et lorsqu'elle le vit approcher et faire son cinéma, je continuai à écouter ses conseils. Après tout, elle avait fait beaucoup pour moi. Et plus je me concentrais sur ma question fétiche « Qui sont les puissants ? », mieux je parvenais à y répondre.

La distance que j'avais imposée à Jeremiah Golden, ce soir-là dans mon loft, semblait encore le tarauder et il s'obstinait à m'inviter à dîner. De mon côté, je persistais à refuser, sans jamais toutefois l'exprimer clairement. Et plus je repoussais ses invitations, plus il devenait insistant, jusqu'à ce je finisse par le prendre en pitié et que je lui dise « Pas ces prochains jours », puis « Pas cette semaine », et, finalement, « Pas ce soir ». À ce rythme, j'en vins à lui offrir un « Peut-être » qui suscita chez lui un sourire digne du chat du Cheshire.

— Peut-être..., répéta-t-il. Voilà ce qu'un homme aime à entendre.

Et puis, un soir, j'avais échoué par hasard dans la salle de bains d'Ilin Fischy. Ilin Fischy était une artiste sino-slovaque qui venait de remporter le prix Mac Arthur du génie pour sa vidéographie ethnographique, fruit d'une année passée à filmer les étapes successives (et les épisodes divers : clubs masculins, fumoirs pour amateurs de cigares, vestiaires et bains privés...) de sa transformation en homme. L'invitation mentionnait que la soirée était donnée à l'occasion de son « *coming out* officiel ». Mais la question qui brûlait les lèvres de tous était : « *Coming out* vers quoi, au juste ? » Son costume d'hôtesse ne permettait pas vraiment d'apporter de réponse à cette obsédante interrogation car il se résumait à une minirobe qui dévoilait une paire de seins généreux, mais aussi le relief d'un pénis de taille impressionnante.

Jeremiah, qui était parmi les premiers à avoir collectionné ses œuvres, se trouvait dans la salle de bains, ainsi que les trois autres Dalton : Lance Glutton, Arty Guzzler et Paul Bakanal[1]. Ils étaient en train de se préparer une ligne de poudre sur le rebord carrelé du lavabo. Arty s'émerveillait : « J'imagine que c'est ici qu'elle sculpte ses vibros, non ? » Voyant que l'accès aux toilettes était ainsi condamné, je m'en retournai vers le salon. Mais alors que je tournais les talons, Jeremiah saisit ma main.

— Voudriez-vous profiter d'une ligne ? me demanda-t-il. Nous baignons dans l'opulence.

Au cours de mes reportages sur le *Zeitgeist*, il m'était fréquemment arrivé d'ouvrir la porte d'une loge, voire d'un bureau (hors heures ouvrées, s'entend), pour y découvrir des personnalités tout à fait respectables en train de s'adonner à ce genre de loisir illicite. Je ne portais pas de jugement là-dessus et je ne publiais jamais rien sur ce genre de découvertes. Je savais pertinemment que, parmi les puissants, la détente prenait bien souvent l'aspect d'une pipe, d'une pilule ou d'un peu de poudre, et seul un journaliste people excessivement malveillant aurait pu prendre le risque de causer de tels dégâts.

Bien sûr, on m'avait souvent proposé d'entrer dans la danse, mais je n'avais encore jamais succombé. Le fait de grandir au milieu de hippies m'avait déjà offert mon lot de voyages et je

---

1. En anglais, *glutton* signifie « glouton », *guzzler* vise un grand buveur et *bakanal* fait référence aux fêtes antiques dédiées à Bacchus (NdT).

n'avais pas souvenir que les *space-cakes* que nous préparions à la maison aient jamais fait planer quiconque bien haut. En conséquence, je n'avais jamais été fan de ce genre d'occupations. Et puis je devais garder l'esprit clair. À tout moment pouvait se jouer une passation de pouvoir subtile ou un changement de statut, et la ville m'avait enseigné que la meilleure façon de saisir au vol ce qui se tramait consistait en une sobriété exemplaire, quitte à être la seule personne de la pièce à tenir sur ses deux jambes.

Je m'apprêtais donc à décliner son offre, mais Jeremiah continuait à tenir ma main.

— Peut-être, peut-être… Vous n'avez que ça à la bouche.

Peut-être, oui. Peut-être étais-je un peu trop coincée. Cela faisait longtemps que je pressais mon nez contre les vitrines. Peut-être était-il temps que je participe à la fête. Peut-être était-il opportun que je fraternise un peu avec ces garçons. Si cela restait exceptionnel, ça ne pouvait pas être grave.

J'entendis que la ville, ma fidèle conscience, n'était pas de cet avis, mais je pris néanmoins la paille des mains de Jeremiah et me penchai au-dessus du lavabo. J'avais si souvent vu Jeremiah le faire, je me disais que c'était simple. Mais ma première inspiration fut beaucoup trop brutale, au point de me faire mal à la tête. Je pressai mes tempes de mes deux mains afin de faire cesser la douleur.

— Quelqu'un ferait mieux de l'aider, déclara Paul pendant que les autres se tordaient de rire. On ne peut pas se permettre d'avoir une Valerie Vane en pleine overdose sur les bras.

Jeremiah leur fit signe d'arrêter de rire. Il prit la lame de rasoir pour dessiner une autre ligne. Celle-là était plus petite et plus étroite.

— Celle-là est spécialement pour toi, m'indiqua Jeremiah en roulant un billet de banque avant de me le placer sous le nez. Tout doux. Lentement, mais sûrement…

Je suivis ses conseils et en récoltai quelques louanges. « Elle apprend vite », admira quelqu'un, tandis que les reproches de la ville se faisaient plus pressants. Jeremiah semblait fier de sa nouvelle disciple. À l'issue de ma seconde ligne, la ville, ma conscience, était passée en mode « Urgence ! » et lançait des SOS en morse. Il ne restait plus grand-chose sur le lavabo désormais, mais Jeremiah poursuivit : « Finis le boulot, bébé. Tout le reste est pour toi. » Je décidai que je pouvais encore ignorer les signaux d'alarme. Rien qu'une fois.

Après la soirée de génie d'Ilin Fischy, je laissai Jeremiah m'installer à l'arrière de sa berline. Cette fois, il se dirigea vers le nord, vers les portes monumentales de son hôtel particulier, sur la 63ᵉ Rue. Les trois premiers étages de sa villa sentaient un peu le renfermé. Ils étaient décorés en dégradés de beige et de marron : des fauteuils club recouverts de velours, beaucoup de vases en cristal… Sur le mur, des scènes champêtres et des natures mortes, encadrées avec raffinement, avaient été savamment disséminées.

— C'est à ma grand-mère, m'expliqua-t-il comme si cela ne coulait pas de source. Je ne viens jamais dans ces pièces, continua-t-il en me guidant vers l'étage supérieur. En réalité, je n'occupe qu'un seul étage. C'est là que je vis.

Le quatrième étage était, en pratique, un salon d'exposition de chez Hammacher Schlemmer : une réplique grandeur nature de D2-R2, avec sa télécommande, un vieux flipper et un baby-foot d'époque (c'est-à-dire, aux environs de 1976), une tour entière d'appareils électroniques high-tech flanquée de deux enceintes de la taille d'un semi-remorque… Et beaucoup d'œuvres pop art. Derrière le canapé – qui imitait la banquette arrière d'un taxi new-yorkais –, on pouvait voir une série de photographies d'enfants, des scènes colorées de bar-mitsva datant des années 1980, dans des cadres rococo.

— J'ai dégoté celles-là lors de l'exposition Armory, au début de l'année, m'expliqua Jeremiah. Elles sont l'œuvre d'un artiste vraiment chouette, un mec qui s'appelle quelque chose-Marti. Il va devenir une star, c'est sûr.

Puis il me conduisit devant une œuvre abstraite de taille impressionnante, qui ressemblait à un immense test de Rorschach, en bleu.

— Art Éléphant, dit-il laconiquement. Ce sont deux artistes new-yorkais qui donnent des pinceaux à des éléphants et les laissent se déchaîner sur la toile. Dingue, hein ?

Au-dessus du manteau de la cheminée se trouvait une énorme sérigraphie orange qui, à n'en pas douter, était une œuvre de Warhol : une voiture accidentée, littéralement enroulée autour d'un arbre, avec son conducteur toujours dans l'habitacle, le corps affalé sur le volant.

— Ma toute dernière acquisition, se vanta Jeremiah en réactivant le feu dans la cheminée. Ça fait partie de sa série sur la mort et les catastrophes. Je l'ai trouvée chez Sotheby's, en mai dernier. C'est une allégorie du rêve américain qui vire au cauchemar. L'automobile est notre emblème de progrès, la révolution industrielle, le symbole social le plus générique de l'Amérique. Et là, c'est une épave.

Jeremiah versa le contenu de son petit sac plastique sur la table basse et se mit à le répartir en petits tas de poudre.

— Enfin, bon, c'est ce que disent les catalogues de Sotheby's.

Je m'approchai du Warhol, attirée par ces images répétées de conducteur lové sur son volant. Le véhicule n'était que tôles froissées, broyées et, pourtant, la toile dégageait une impression de paix, quelque chose qui venait de la façon dont le corps reposait dans ces décombres.

— On a du mal à s'en détacher, n'est-ce pas ? remarqua Jeremiah. Un peu comme de la pornographie.

— De la pornographie de luxe, fis-je.

— Mais au moins, avec celui-ci, je suis certain de ne pas perdre d'argent. Non pas que je compte vendre ce bijou un jour, mais les autres…, ajouta-t-il en haussant les épaules, on ne sait jamais. L'Art Éléphant pourrait bien disparaître totalement d'ici un an, comme il pourrait valoir des millions. Viens, il faut que je te montre un truc.

Il prit ma main pour me guider vers l'étage supérieur, sous les toits. Il y conservait un bon millier de toiles, rangées verticalement les unes contre les autres. Il commença à les passer en revue méthodiquement.

— Un collectionneur ne doit pas avoir peur de commettre des erreurs, philosopha-t-il en me montrant chaque toile de la façon dont Jay Gatsby aurait pu étaler ses chemises en soie sur son lit, à l'intention de Daisy Buchanan. Celles-là, ce sont les miennes.

Dans la pénombre, toutes les couleurs prenaient des tons de gris, mais je savais que chacune de ces peintures était extrêmement colorée, post-warholienne, années 1980, rétro-kitsch. Je le soupçonnais néanmoins de les avoir acquises à une époque où elles représentaient encore l'avant-garde artistique. Le pop art défilait comme sur un écran : de larges touches de couleurs et des symboles ou références de bandes dessinées.

— Je me suis trompé sur des centaines d'artistes dont les gens s'étaient entichés quand le marché de l'art était encore en effervescence, dans les années 1980, poursuivit-il. Les collectionneurs japonais auraient payé des sommes faramineuses pour certaines de ces toiles. Je n'étais qu'un môme, mais je disposais de pas mal d'argent de poche et les gens me donnaient leurs trucs pour pas cher. Je me disais que j'allais devenir vraiment riche en spéculant ainsi sur l'art et que mon père serait fier de moi. À l'époque, j'étais sûr de la valeur de chacune de ces œuvres. Aujourd'hui, pourtant, certaines d'entre elles ne vaudraient pas un kopeck dans une vente aux enchères. Maintenant, je m'efforce d'investir dans des actifs plus palpables, me dit-il en s'approchant de moi. Je suis attiré par les choses que j'ai un peu de mal à obtenir. Comme cette œuvre d'art-là, près de moi. Je pense qu'elle vaut le coup de prendre un risque. Mais mes enchères continuent à rester sans suite. Alors, dis-moi, que faut-il faire pour pouvoir s'approcher de cette œuvre d'art ?

Je reculai d'un pas. Je savais que mon attitude était un peu ringarde, mais je voulais écouter ce que me disait la ville, ma conscience. Je n'entendis rien.

— Je ne sais pas, fis-je. Vous pourriez bien y laisser votre chemise.

Je me cognai dans un vieux rocking-chair dans lequel devait reposer le fantôme de sa grand-mère. Jeremiah fit encore un pas vers moi et arrêta le balancement du fauteuil.

— Ainsi que quelques autres possessions, ironisa-t-il.

Mes défenses étaient tombées. La pièce était exiguë et il était si près... Et puis, j'avais perdu mes repères quelque part dans la salle de bains d'Ilin Fischy. J'étais incapable de faire la différence entre du badinage et des avances grossières.

Jeremiah me fit reculer vers le fauteuil et je m'y affalai aussi gracieusement que possible. Il se pencha vers moi.

— Alors, dis-moi ce qu'il faut faire... pour gagner ton cœur.

Le balancement du fauteuil reprit. Son haleine réchauffait mes lèvres. Pourquoi résister plus longtemps, après tout ? Ce n'est pas comme si j'étais encore cette jeune fille candide de la 5ᵉ Rue. Je passai mes mains dans ses boucles sombres. Elles acceptèrent ma caresse. Il s'agenouilla devant moi et me prit par la taille.

Juste pour cette fois, me dis-je, prenant la seconde décision fatale de cette nuit interminable. Ses lèvres cherchèrent encore les miennes, mais avant qu'elles s'abandonnent, j'entendis une ultime fois le murmure de la ville émettre une réprobation étouffée et distante...

À partir de ce moment, j'acquis deux mauvaises habitudes : Jeremiah et son éternelle compagne, la poussière du diable... Au début, nous formions un sympathique trio. Les choses semblaient si simples dans ce nuage de poudre blanche. Et puis la vie était plus belle sans le constant rappel à l'ordre de ma conscience. J'avais fini par me convaincre que j'étais tellement douée que je n'avais plus besoin de son système d'alarme.

Jeremiah lui-même contribuait à ce sentiment de simplicité. Pour lui, la poussière diabolique était une évidence. Comment aurait-il pu, sans elle, suivre le rythme effréné de notre emploi du temps mondain ? Que lui importait que nous passions la moitié de la journée au lit ? Personne ne posait de question et personne d'autre n'avait d'importance. Et si je commençais à faire des erreurs au *Journal*, qu'est-ce que cela pouvait faire ? Les gens avaient appris à apprécier Valerie Vane. Une correction par-ci par-là n'allait pas me faire tomber de mon piédestal. Surtout, je ne ressentais plus ni tristesse, ni colère, ni rien du tout à propos de cette fille que j'avais laissée un soir, sur un bord de trottoir de la 5ᵉ Rue. Quelle importance avaient mes origines ? Vivre à Manhattan, c'était comme renaître, encore et encore.

Trois mois plus tard, forte de cette impression, quand nous nous retrouvâmes pour la deuxième fois sur le carrelage de la salle de bains d'Ilin Fischy, juste à côté de la cuvette des toilettes, je saisis l'occasion de partager mon petit secret avec Jeremiah. Nous étions dans la poudre depuis trois jours complets, allant de soirée en soirée, de salle de bains en salle de bains, inspirant des lignes infinies sur des miroirs innombrables. Je ne m'étais pas présentée au *Journal* depuis plusieurs jours puisque, comme je l'avais dit à Buzz, les sujets que je couvrais « accaparaient tout mon temps ».

En fait, ce fut Jeremiah qui me lança la perche.

— Tu sais, il y a un truc drôle, me dit-il en reniflant. Depuis que je t'ai rencontrée, j'ai un sentiment bizarre.

— Ah bon ? fis-je en me traînant à travers la salle de bains pour récupérer la paille.

— Comme si je t'avais déjà rencontrée avant. Comme si on était ensemble à la maternelle ou un truc comme ça. Tu vois ce que je veux dire ? Une impression étrange, comme si je te connaissais avant.

— C'est juste un problème de mémoire, répondis-je en m'aidant des toilettes pour me relever. On s'est déjà rencontrés.

— Non ? !

Je lui pris la lame de rasoir des mains.

— Nous sommes allés au Veselka, nous avons bu des Dirty Martini et nous nous sommes embrassés. Et j'ai même proposé que nous dînions ensemble, un soir. Alors, tu m'as fait un petit sermon sur les bonnes manières à New York et tu m'as renvoyée dans mes foyers.

Jeremiah réfléchit à ce que je venais de dire pendant un instant et je vis que son regard s'éclairait face à un souvenir lointain.

— La robe rose ? les gants assortis ?

Je hochai la tête.

— Le dîner maison ?

— Le dîner maison.

Il resta assis par terre, éberlué. Puis il traversa la salle de bains sur les genoux et vint prendre mon visage entre ses mains.

— Valerie Vane a été cette fille ? Oh, chérie, quelle sublime transformation !

Il rit durant quelques secondes sans lâcher mon visage. Il replaça quelques mèches derrière mes oreilles, puis effaça les traces de poudre de ma bouche. Enfin, il écarta mes lèvres d'un doigt afin d'en frictionner mes gencives.

— C'était moi.

Il s'appuya contre moi.

— N'est-ce pas romantique, Valerie ? Peut-être allons-nous nous marier un jour et nous parlerons à nos enfants de notre premier rendez-vous. Que leur mère était une petite oie blanche de la campagne et que j'étais un chaud lapin de la haute, et comment je t'ai convertie.

Il passa sa main dans mes cheveux et ôta ses chaussures.

— Ma petite Eliza Doolittle à moi. Ma Cendrillon. Mon petit diamant brut. Mon petit pois dans le matelas. Mais oui, les enfants, votre grand-mère fut un jour un ramassis de clichés.

Jeremiah était en train de déboutonner son pantalon.

— Peut-être devrais-je…, continua-t-il. Peut-être devrais-je t'amener devant monsieur le Maire et faire de toi une fille honnête de l'Oregon.

— Arrête, Jeremiah.

— Mais pourquoi donc ? Tu crois que je n'en serais pas capable ? Tu crois que je ne regarde que les princesses de sang bleu ? Je pourrais le faire. Je pourrais tout à fait épouser une fille comme toi. La quintessence de la « fille du coin de la rue ».

— Allez, Jeremiah. Ne te moque pas de moi. Ce n'est pas juste.

— Mais je suis très sérieux, s'indigna-t-il. J'ai toujours voulu croire qu'une fille serait prête à changer pour moi.

Soudain, il semblait sentimental. Ses yeux s'embuèrent et il pressa ma main contre son cœur.

— C'est ce que tu as fait, n'est-ce pas ? Tu as changé… changé pour moi ?

Quelle réponse aurait été honnête ? *Tu te flattes, Jeremiah, c'est absurde.* En réalité, si je voulais bien regarder les choses en face, c'est bien ce que j'avais fait, en quelque sorte. Je m'étais coulée dans la peau de quelqu'un qui serait de taille à affronter un Jeremiah Golden. Ensuite, j'étais devenue ce à quoi il avait voulu que je ressemble.

Il s'éloigna de moi et commença à retirer son pantalon.

— Tout cela est tellement excitant… et tu es si jolie, dit-il en se débarrassant de son vêtement. Tu as fait ça pour moi ! Oh, mon amour ! Accepterais-tu ?… Accepterais-tu de m'épouser ?

Il remonta ma jupe et arracha ma culotte.

— T'épouser ?

— Convoler, se marier, confirma-t-il en jetant ma culotte dans la baignoire. Voudrais-tu être ma femme ? Madame Jeremiah Sinclair Golden Jr. ?

Comme on dit, tout est une question de contexte. J'avais complètement oublié que nous nous trouvions à même le sol d'une salle de bains et que nous n'avions pas marché sur la terre ferme depuis trois jours. Il est probable que la fille de la 5ᵉ Rue, celle qui croyait encore aux contes de fées et aux preux chevaliers, n'avait pas totalement disparu.

Elle prit cette demande pour argent comptant, même si Jeremiah n'était pas, à proprement parler, agenouillé devant elle.

— Alors, accepterais-tu, demanda-t-il encore, de plus en plus pressant.

— Oui, finis-je par crier. Oh, ouiiii, Jeremiah !!! Ouiiii !!!…

Chapitre 5
Invitation

Il n'y a rien de tel que l'arôme amer du café moulu et une grosse pile d'avis de décès tout frais pour vous remettre les idées en place.

Quand j'arrivai à mon bureau à la Nécro le matin suivant, je m'attendais à tomber sur une note me demandant d'assister à une réunion de corrections. Pourtant je n'en vis aucune. Je cherchai alors un mot de Jaime m'intimant de passer le voir, mais il n'y en avait pas non plus. La seule chose que je trouvai, ce fut l'édition du matin, avec la photo de LaShanniah qui me souriait en première page.

Neuf heures du matin. Effervescence maximale : des dizaines de doigts tapant fébrilement sur des claviers, des combinés téléphoniques collés à des lèvres frémissantes, des ordres brefs lancés çà et là.

— Il était 12 heures 34, me dit l'inspecteur Pinsky.

— Un, deux, trois, quatre, fis-je en écho. Je vérifie : D de Denise, A de Anatole, B de Bernard, R de Raymond, O de Oscar, W de Walter et Ski, comme le sport.

— Dabrowski, c'est ça, confirma Pinsky.

— Et nous avons le P de Patrick, comme initiale du deuxième prénom.

— P comme poison, renchérit-il.

— Un troisième prénom ?

— O de Odette.

À cet instant, l'une des assistantes vint déposer une enveloppe blanche sur mon bureau. Je la saisis. Elle portait mon nom, « V. Vane », écrit soigneusement dans le coin supérieur droit. Je la soupesai et la tournai dans tous les sens : du papier épais, luxueux...

— O comme..., continuait Pinsky. Eh, Valerie ?

— Oh, attendez un instant.

L'enveloppe était fermée par un faux cachet de cire que je tâchai de décrypter. C'était une invitation ! Une véritable invitation !

— ... comme *autres* appels. Je ne peux pas passer la journée au téléphone avec une journaliste.

— OK, fis-je. Il va falloir que je vous rappelle.

Et je replaçai à tâtons le combiné téléphonique sur son socle, sans même avoir dit au revoir à l'inspecteur.

J'approchai l'enveloppe de la lampe. Se pouvait-il... ? Une invitation bien réelle ? Se pouvait-il que mon exil prît fin, après tous ces mois ? Était-il possible que je fusse de nouveau admise dans la bonne société ? J'envisageai toutes les possibilités : madame O'Hara ouvrait les portes de son tout dernier appartement ? Un accès aux coulisses du chapiteau de Central Park où le dalaï-lama devait prononcer un discours ? Je commençai à déchirer le bord de l'enveloppe, avant de me raviser. Se pouvait-il... ? Oserais-je imaginer... ? Une invitation au pique-nique donné chaque année par Janis London sur Liberty Island ? Quel que soit l'événement, je m'y rendrais comme une grande voyageuse tout juste rentrée d'un long périple, un peu sonnée, un peu amaigrie. Janis me demanderait : « Alors, comment était-ce là-bas ? Ou madame O'Hara. Ou le dalaï-lama.

Je reposai l'enveloppe et fouillai dans mon tiroir en quête du coupe-papier en argent que ma mère m'avait offert lorsque j'avais fait mes débuts à la rubrique Style. C'était l'unique cadeau qu'elle m'avait fait depuis des années, un bibelot ancien paré d'une luciole au niveau du manche et d'une longue lame fine. Je ne l'utilisais pas pour n'importe quel courrier. J'y avais recours pour les invitations importantes, de celles qui sont adressées à des invités de choix triés sur le volet. Je finis par le retrouver dans son boîtier de velours, tout au fond de mon tiroir.

Je plaçai délicatement la lame dans une fente de l'enveloppe et la fis glisser précautionneusement jusqu'au bord opposé. Je l'entrouvris et extirpai la carte qui y avait été insérée, en appréciant le grain du papier. Je lus les mots qui y avaient été inscrits d'une écriture élégante : « In Memoriam ». Je reposai alors le coupe-papier et dépliai vivement la carte : « Nous vous prions de vous joindre à nous pour honorer la vie trop brève de Malcolm Wallace qui nous a tous émus. »

Stupéfaite, je refermai la main sur la lame du coupe-papier. Aïe ! Une coupure bien nette qui se mit à saigner. Je pressai les bords de la plaie avec mon autre main et me levai précipitamment en regardant de façon suspicieuse par-dessus les parois de mon box. Mais j'avais oublié que je portais encore le casque que j'utilisais pour prendre mes appels téléphoniques. Il se rappela à mon bon souvenir en m'étranglant à moitié après avoir failli me crever un œil. Je me rassis, un peu sonnée, et retirai les écouteurs avec ma main valide. Puis je me remis debout. Cette scène aurait pu être comique si elle n'avait pas été aussi pathétique. Qui donc était à blâmer ? L'assistante ? Non, elle était en pleine conversation téléphonique, l'air parfaitement innocent. Peut-être Will, alors, le type chargé du courrier ? Je m'apprêtais à l'appeler, mais son nom resta coincé dans ma gorge.

Cabeza, aucun doute. Il n'allait pas lâcher le morceau aussi facilement. Quel que fût le temps qu'il faudrait, nonobstant l'accumulation des annonces de décès, je savais qu'il patienterait et ne disparaîtrait pas avant d'avoir obtenu sa correction.

Je suçai encore le sang qui coulait dans ma paume quand Jaime passa la tête par-dessus les parois de mon box.

— Bon boulot, fit-il en brandissant la dernière édition. Nous sommes finalement revenus dans la course.

Il déplia le journal afin de me montrer le reportage consacré à LaShanniah : LaShanniah en Bikini argenté, LaShanniah en robe du soir à paillettes, LaShanniah dans les rues de Compton au volant de son 4×4 doré sur tranche, pour finir par LaShanniah à la plage, au bras de son petit ami en date, BoCharles, membre d'un boys-band dénommé Flex. Il y avait aussi, pour faire bonne mesure, une grande photo panoramique de ses fans, chacun tenant une chandelle à la main, devant l'épave, aujourd'hui échouée sur une plage, de son fabuleux yacht. L'article était seulement signé de Curtis Wright. Mon nom n'y figurait pas.

— Eh bien, vous nous avez sorti le grand jeu, tous les deux, sourit Jaime.

— Tout sauf les jokers.

J'aurais pu ajouter que, s'il m'en avait donné l'occasion, j'aurais pu faire beaucoup plus. Depuis la dernière grande tournée de LaShanniah (sur le thème des sous-vêtements comestibles…), j'avais des contacts du côté de sa styliste et j'aurais pu, en deux coups de fil, joindre le majordome de son ranch de Santa Monica, ainsi que le skipper de l'autre yacht impliqué dans la collision.

— Pour te remercier de ton excellent travail, me dit Jaime, j'ai l'intention de te faire bosser sur une *avance*.

Les *avances* étaient le nom que nous donnions aux nécrologies consacrées à des gens bien vivants, mais qui risquaient de passer l'arme à gauche d'un jour à l'autre. Le service Nécro avait un plein tiroir de ce type d'articles. Les vieillards n'étaient pas les seules personnes concernées et nos avances s'intéressaient aussi à tous ceux qui étaient susceptibles de disparaître avant l'heure : des acteurs qui passaient la plupart de leur temps en cure de désintoxication, des héros de films d'action qui risquaient quotidiennement leur peau dans des cascades audacieuses, des Robert Downey Junior, des Jackie Chan, des David Blaines… Ces papiers étaient rédigés par un cercle de charognards dont les membres, murmurait-on, prenaient des paris macabres sur la date à laquelle leurs notices nécrologiques paraîtraient.

— Je veux que tu te penches sur le cas de Sally Firehouse. Je pense qu'elle devrait t'intéresser. La morgue te fournira tout ce dont tu peux avoir besoin. Prends tout ton temps pour celle-là. Accorde-lui tout le flair dont Valerie Vane est capable.

Je savais déjà quelques petites choses sur Sally Firehouse, mais c'était un peu le cas de tout le monde, non ? Cette artiste de théâtre du Lower East Side, fort connue dans les années 1970, avait mis la ville à feu et à sang avec ses « bûchers féministes ». Pendant quarante ans, elle avait rempli les boîtes punk grâce à ses auto-immolations. Elle en était sortie miraculeusement indemne et, ayant atteint un âge respectable, vivait désormais sur l'Avenue C.

Quand Jaime fut parti, je me tournai vers Rood, qui était affalé sur son bureau en plein déjeuner. À vrai dire, la scène tenait plus du rituel que du repas et il l'accomplissait chaque jour à 11 heures 45 très précises. Mickey ouvrait alors son tiroir de bureau dont il sortait un sac marron. Il en retirait une boîte de sardines à l'huile, un pack de jus de pomme et un paquet de gaufrettes au citron. Il commençait par les gaufrettes, en séparant chacune des couches de biscuit qui les composaient. Ensuite il ouvrait la boîte de sardines et en sortait un à un les filets au moyen d'une fourchette en plastique. Une fois sa mission accomplie, la fourchette serait nettoyée dans les toilettes des hommes qui se trouvaient derrière le service International et irait rejoindre les stylos dans leur réceptacle. Enfin – jamais avant –, Rood buvait son jus de pomme.

Je retins mon souffle pour supporter l'odeur qu'il dégageait et lui racontai la récompense que m'avait value mon coup de main pour LaShanniah. Il avait des miettes de biscuits sur le menton et des morceaux de sardines entre les dents.

— Une femme lunatique, fit-il. Mais c'est bon pour toi, Val. Ça veut dire que Jaime apprécie ce que tu fais. Défonce-toi sur celle-là. Personne n'a encore rédigé son avance. Si tu te débrouilles bien, le Vieux Cordoba te jettera peut-être un os.

Je m'octroyai une nouvelle tablette de chewing-gum à titre de félicitations. J'entrai le nom Firehouse dans la machine, pour vérifier les archives numérisées. Je commençai par me renseigner sur son âge : 55 ans. Hum, un pari difficile à gagner pour le cercle des Pythies. Cela dit, combien de temps pouvait-elle espérer durer après avoir passé sa vie à respirer de la fumée ? Sans compter qu'elle continuait à se produire. À tout moment, une allumette pouvait terminer sa course au mauvais endroit ou un feu s'emballer. Encouragée par la perspective de signer un papier de mon propre nom, je pris mon téléphone pour contacter la morgue.

Cette fois-ci, je n'allais pas prendre de raccourci. Je ferais toutes les recherches requises. J'entourerais chacun de mes mots et je vérifierais trois fois les faits dont j'allais parler. Je tournai une nouvelle page – bon sang, j'étais prête à tourner les pages de toute une encyclopédie, s'il le fallait. Tout en composant le numéro de la morgue, je réfléchis à une autre idée géniale : j'allais en profiter pour demander le dossier sur Malcolm Wallace et mettre ça au clair aussi. À la morgue, une voix de femme me répondit et je lui demandai les deux dossiers.

— Quinze minutes, 9e étage, fut sa seule réponse.

Rood vint me taper sur l'épaule.

— Au fait, me dit-il, inscris-moi sur ton calendrier pour avril. Ces poumons ne pourront plus durer bien longtemps. Cinq dollars.

Il me restait cinq minutes à tuer. Je les utilisai pour rappeler Pinsky et reprendre notre conversation à zéro.

Pendant que je patientais au téléphone, Curtis Wright traversa la salle de rédaction. Je m'adossai à mon siège pour avoir un meilleur angle de vue. Il portait une chemise blanche impeccable, un pantalon beige parfaitement repassé et une paire de chaussures à bouts carrés. Il était plus soigné que la plupart des types qui travaillaient au *Journal*. Mais c'était surtout sa belle gueule qui en faisait un homme à part. Sa peau ambrée était sans défaut. Quand j'étais encore journaliste à la rubrique Style, j'avais passé des heures avec des personnalités pesant des millions de dollars – des mannequins, des acteurs, des princes et autres potentats élevés dans le même cénacle. La plupart d'entre eux avaient besoin d'un petit raccord maquillage ici ou là pour faire bonne figure devant la caméra. Mais Curtis, lui, n'en avait pas besoin : il resplendissait quelle que fût la lumière.

— Je suis venu te voir ce matin, me dit-il depuis l'entrée de mon box. Je voulais m'excuser parce que ton nom ne figure pas en bas de l'article. J'ai essayé de convaincre Jane Battinger, mais elle n'a pas voulu de double signature.

— Tu sais, le fait d'avoir mon nom à côté du tien n'aurait pu que t'apporter des ennuis.

— Ce genre d'ennuis ne me dérange pas vraiment, dit Curtis.

— Ne parle pas trop vite, répondis-je. Tu risques de te mordre la langue.

— Ma langue fait tout ce que je lui dis de faire, répondit-il en me faisant un clin d'œil.

J'entendis que la petite voix de la ville se réveillait, après des mois de silence, et je pris son intervention très au sérieux.

— Il semble que j'aie perdu la mienne.

Curtis se passa la main dans les cheveux, puis sur le visage.

— Écoute, Val, je dois te parler d'autre chose. J'ai reçu pas mal d'appels ces derniers jours à propos d'un artiste graffiti qui vient de mourir. Quelqu'un que j'ai connu il y a quelques années.

— Oui…

— Ce type s'appelle Wallace. Un sacré personnage. J'ai vu que nous lui avons consacré une notice nécrologique non signée. Tu en es l'auteur ?

— Eh oui, fis-je en soupirant. Stain, hein ?

Voilà. Ça ne faisait que commencer. Curtis avait eu vent de mon erreur. Cabeza avait dû appeler Jane Battinger qui avait appelé Wright, et voilà…

— Bon. Je suis content qu'on ait publié quelque chose sur lui dans le canard, même si c'était bref. Plusieurs mecs ont appelé durant le week-end en disant qu'on devrait faire tout un reportage sur lui. Ils disent que Stain était un véritable génie méconnu du graffiti. Et je n'arrête pas d'y penser. Son histoire a plein de résonances dans l'actualité. Tu sais, certaines personnes veulent que l'on accorde enfin quelques lignes à Curtis Blow ou à Fab Five Freddy. Et je vois très bien où ils veulent en venir, parce que tous ces types n'ont pas eu la publicité qu'ils méritaient à leur époque. Enfin, je ne sais pas… Ça vaudrait le coup d'un article de fond, tu crois ?

Je ne savais pas si Curtis jouait au chat et à la souris. Pourquoi m'aurait-il demandé mon opinion sur une idée d'article ? D'autant plus que je ne boxais plus dans sa catégorie.

— Qui en parle ?

Pour le moment, je ne voulais rien lâcher. Je restais neutre, de façon à pouvoir faire machine arrière à tout instant, en cas d'embrouille.

— Oh, quelques personnes… parmi lesquelles il y a au moins un gros bonnet qui pourrait avoir de l'influence sur le chef. Mais je ne suis pas convaincu. C'est toi qui a le plus bossé sur cette histoire. C'est triste qu'il se soit suicidé. Tu penses qu'il aurait dû avoir droit à un papier plus long ?

La position neutre continuait à très bien m'aller.

— Tout le monde ici a considéré que 300 signes étaient bien suffisants. Pour être honnête, j'ai juste préparé une brève en pensant que ce serait bien assez. Mais tu le connaissais sans doute mieux que moi. J'ai laissé passer beaucoup de choses ?

Curtis laissa flotter cette bombe potentielle pendant un temps, jusqu'à ce qu'elle trouve son trou.

— Wallace était un sacré personnage. On s'est connus il y a bien longtemps, en fait. Il avait pris l'habitude de m'appeler avec de prétendus scoops. Un enquiquineur de première. Il parlait sans cesse de personnes auxquelles on avait fait du tort, du fait que sa communauté n'était pas considérée… Il menaçait souvent les gens de procès, mais je ne crois pas qu'il en ait jamais engagé un. Je l'aimais plutôt bien. En fait, j'adore ce genre d'obsédés du complot. C'est juste que… bah, il fallait juste prendre tout ça au second degré.

Il se gratta la tête. Il avait de longs doigts qui dansaient comme un grand faucheux au milieu de ses dreadlocks. Il prit un air pensif pendant un moment, avant de poursuivre.

— Quand quelqu'un meurt, tu te dis que peut-être tu aurais dû agir différemment, tu vois ce que je veux dire ? J'imagine que la plupart du temps, je n'ai pas vraiment écouté ses discours parce que ce dont il parlait était trop peu important pour nous : un petit artiste du Bronx dont le style avait été plagié ou une bagarre de clans à propos de vieux *beefs*[1]. Des guéguerres de styles, des

---

1. Les *beefs* sont des joutes verbales entre rappeurs (NdT).

mesquineries… Du biscuit pour le *Village Voice*, tout ça. C'est ce que je lui répondais : appelle Michael Musto[1].

— Et tu m'as l'air d'avoir bien fait. Pas besoin de te le reprocher.

— J'ai un peu honte, mais tu as sans doute raison, Val. Nous en avons assez fait pour lui. La plupart des artistes n'obtiennent même pas d'annonce de décès.

Absolument.

— OK, c'est l'heure de ma confession, dit Curtis. La vraie raison de ma visite c'est que je voulais te demander si tu accepterais de m'accompagner au Festival du film bollywoodien, au Film Forum, ce soir. Il faut que j'écrive un article là-dessus pour *Week-End*. Qu'en dis-tu ? Neuf bonnes heures de chants et de danses en hindou, et des centaines de saris dégoulinants ?

Deux invitations en un jour ! Moi qui n'en avait plus reçu une seule depuis l'Incident !

---

1. Journaliste américain ayant débuté sa carrière au *Village Voice* (NdT).

Chapitre 6
L'Incident

Il faisait sacrément froid en cette nuit de janvier, mais j'avais, par pur orgueil, laissé mon manteau à la maison. Je voulais que l'on admire ce petit bustier scintillant, ce truc super-chic que j'avais trouvé chez Saks.

J'étais arrivée au Club Zéro bien après l'heure à laquelle les premiers bouchons de champagne avaient commencé à voler. Mais je m'étais heurtée à la porte. Mes escarpins s'étaient pris dans le rideau de velours, quelques mètres après l'entrée. J'avais essayé de franchir cet obstacle en jouant des jambes, mais ses plis m'avaient enveloppée. Je dansais donc encore avec les tentures lorsque l'hôtesse était revenue pour m'en dégager.

Elle n'avait pas eu besoin de consulter sa liste. Elle ne m'avait pas demandé mon nom. Elle savait très exactement qui j'étais : j'appartenais tout entière au salon VIP ; j'étais le salon VIP. Ma tribu m'attendait, juste un peu plus loin.

Tout cela me plaisait et je me sentais bien, même si l'épisode du rideau m'avait un peu refroidie. Ce genre de maladresses me mettait mal à l'aise. Je préférais de loin les situations fluides, les mécaniques huilées. Je pouvais ouvrir une porte d'un coup d'épaule ou de hanche, mais pas d'un coup de pied. Mes pieds me gênaient. Et la poussière du diable supportait mal ce genre d'embarras. Elle n'aimait pas les erreurs. Elle aimait que les choses se passent sans accroc. Elle aimait les situations nettes, sous contrôle, sans risque.

Dans le salon VIP, les verres étaient pleins, contrairement aux sièges. Je me tournai vers mon hôtesse pour l'interroger sur cette bizarrerie. Elle se contenta de hausser les épaules en disant que la salle était comble l'instant d'avant. *Peut-être sont-ils en train de danser. Peut-être sont-ils tous sur la piste.* Mais quand je me penchai pour voir si c'était le cas, je ne vis que les lumières des strobo-scopes.

J'allai donc me mêler aux danseurs et commençai à scanner les visages tressautant, les tenues pailletées, les bretelles indomptables pour voir si je reconnaissais des silhouettes familières. Je finis par en repérer quelques-unes. La clique de Jeremiah était au milieu du *dance-floor,* au cœur du rythme. Paul Bakanal n'était déjà plus qu'un poids mort affalé sur l'épaule d'une petite brune. Lance Glutton disparaissait à demi dans l'oreille d'une blonde pourtant impénétrable. Jeremiah restait introuvable.

Curieux. Je n'avais pas entendu parler de lui depuis le matin. Il avait quitté mon loft aux premières lueurs de l'aube après que je lui eus dit qu'Uptite avait élaboré un projet pour notre réception de mariage. Nos fiançailles n'avaient pas été ébruitées jusqu'à pré-sent, mais la liste des choses à faire comportait déjà plusieurs volumes : rappeler les traiteurs, trouver les fleuristes, etc. Du coup, je le harcelais un peu pour obtenir la permission d'en parler à une personne ou deux. « Uptite ? » s'était-il étonné. Puis, juste avant de disparaître dans la cage d'escalier, il m'avait demandé : « Est-ce que tout cela ne pourrait pas attendre ? »

Attendre ? Snif. Mais attendre quoi ?

J'entendis un cri strident derrière moi. C'était Tammi, bras dessus bras dessous avec une nouvelle recrue de son cercle rap-proché qu'elle appelait Cyndi. Sa bouche portait encore les marques d'une récente prise de poudre. Je le lui signalai d'un geste de la main afin qu'elle l'efface. Quant à Cyndi, sa pupille largement dilatée ne laissait aucun doute sur son degré d'initiation à ce rituel.

— Vous arrivez des toilettes, les filles ?

— Hmmmm, fit Tammi.

— Il en resterait un peu pour moi ? Snif.

Je n'étais pourtant pas en manque. Je m'étais même offert une longue ligne blanche avant de quitter la maison.

— Désolée, me répondit Tammi. Mais nous attendons une livraison, apparemment.

— Quand ?

Ce n'était pas vraiment grave et je pouvais attendre vu l'en-cas que je m'étais autorisé chez moi. Snif. Mais bon, j'en aurais bien repris un peu. Juste un petit peu. Seulement pour m'ôter de la tête cette fichue liste de mariage. Seulement pour me mettre dans l'ambiance.

— Tu as vu Jeremiah ? Je veux vérifier que tout est OK.

Tammi hocha la tête de droite à gauche. Balayait-elle la pièce dans l'espoir de le repérer ou répondait-elle à ma question par la négative ?

— Tu l'as vu ?

Je me fis l'effet d'un garde du corps. Comme si j'avais besoin de savoir à tout moment où était Jeremiah. Pourtant, ça ne m'intéressait pas. J'étais venue à cette soirée pour m'amuser, avec tous mes bons, mes si bons amis. Il y avait du champagne à profusion et nous attendions une petite livraison. Tout se passait à merveille.

— Il est par là, m'indiqua Tammi à mon grand soulagement. Ils reviennent d'une sorte de vernissage à la galerie Deitch. Ils sont arrivés il y a environ une heure. Juste avant que j'aille aux toilettes avec Cyndi, ils étaient là-bas dans les canapés.

— Ils ?

Tammi ne répondit pas. Jenni et Nikki venaient d'arriver et, rejointe par Cyndi, Tammi leur faisait de grands signes des mains, comme une otarie sur son rocher. S'ensuivirent les inévitables cris de joie, sautillements et autres embrassades dans le vide.

— Il y a tellement de monde ici, remarqua Nikki. Où est notre salon ?

Les filles entraînèrent leur clique vers le carré VIP depuis lequel notre Olympe pouvait contempler la masse. Nous nous installâmes sur des coussins de soie placés sur des banquettes ou à même le sol. Nous débouchâmes une énième bouteille de champagne dont la moitié vint se répandre sur le sol. Arty était en train de collecter un bouquet d'ongles carmin entre ses grosses mains. Lance avait retrouvé l'oreille de sa blonde et semblait vouloir y pénétrer tout entier. La petite brune de Paul paraissait tout à fait à son aise entre les cuisses de celui-ci. Tammi, Nikki, Jenni et Cyndi s'activaient dans la ruche en bourdonnant.

C'est alors que Demi fit irruption dans notre salle. C'était une vraie vedette et une nouvelle amie du clan des « i ». Dans son sillage, elle entraînait quelques photographes ainsi qu'une foule de courtisans qui, sans elle, n'auraient jamais pu passer la porte. Nous nous écartâmes afin de lui ménager une place centrale et ses paparazzis commencèrent à s'agiter.

Cependant, elle ne s'assit pas avec nous. Elle se contenta d'abandonner son étole en faux renard sur notre banquette. Pour l'heure, elle paradait, debout, dans un bustier en maille tout à fait indécent et un short étonnamment minuscule, pendant que les appareils photo crépitaient. Puis, soudain, Demi partit rejoindre les danseurs, les bras au-dessus de la tête et le bustier prometteur. Un murmure s'éleva de la foule et s'amplifia jusqu'à devenir un grondement assourdissant. Je cherchai mon stylo dans mon sac à main, mais je n'y trouvai que des résidus de tabac.

Il aurait fallu que je la suive afin de recueillir une déclaration, pouvoir envoyer un scoop à ma rédaction et rapporter la scène dans l'édition du lendemain. C'était facile. Du moins, ça aurait dû l'être. Elle était là pour faire couler de l'encre. Toutes les personnes présentes pouvaient le confirmer. Je n'avais plus qu'à la suivre et accéder à son souhait.

Tammi revint précipitamment.

— Quelqu'un a vu l'un de ses nibards, rapporta-t-elle, haletante. Tu as vu ça, Valerie ?

— L'un de ses nibards ? demanda Nikki, admirative.

— Ouiiii, l'un de ses nibards, confirma Jenni.

— Le droit ou le gauche ? interrogea Cyndi.

— Excellente question, sursauta Tammi en prenant quelques notes sur un petit carnet. Oh, Cyndi, je suis sûre que tu vas exceller dans ce métier, oui, exceller !!

Je reluquais le carnet de Tammi. J'aurais très bien pu lui emprunter son stylo, mais je ne parvenais pas à me décider. Allons donc, ce n'était pas grave. J'avais une mémoire d'éléphant. Je n'avais pas besoin de noter quoi que ce fût. Au lieu de cela, je demandai une nouvelle fois à Tammi : « Quand doit arriver la livraison ? »

— Oh, elle devrait déjà être là, dit-elle.

— Tu as appelé Ken ? demanda Nikki en prenant un air de conspiratrice.

— Oui, oui, j'ai appelé Ken.

— Oh, tu as appelé Ken ! surenchérit Jenni. Génial, quand doit-il arriver ?

— Il devrait déjà être là.

Dans un même élan, elles se tournèrent vers la porte d'entrée, avant de se regarder d'un air dépité et de hausser les épaules.

C'est alors que Demi et sa horde revinrent dans le salon VIP pour y assécher quelques bouteilles de champagne. J'aurais dû me lever et aller la voir pour obtenir une déclaration quelconque. Au lieu de cela, je restai affalée sur mes coussins de soie, l'esprit occupé par deux hommes : Jeremiah et Ken. Il allait sans aucun doute me falloir une bonne heure pour parvenir à me lever. Mais si je restais assise, il se pourrait bien que cela dure plusieurs mois. Il était possible que je me perde et que je rate Ken. Il fallait pourtant que je le voie avant de retrouver Jeremiah. Je n'avais pas absolument besoin de Ken, mais lui saurait me remonter le moral. Et avant de voir Jeremiah, il fallait que je retrouve la pêche. J'étais peut-être un peu patraque ce matin. Oui, c'était ça. Mais je ne voyais pas vraiment pourquoi. Snif. Tout allait pour le mieux. Snif. Je faisais partie des puissants. J'étais au top. J'allais devenir une Golden. Certes, personne ne le savait à part moi, mais bon. *Est-ce que tout cela ne pourrait pas attendre ?*

Demi se pencha pour reprendre son étole. Elle me sourit discrètement, sans doute parce que Tammi lui avait confié que je pouvais lui apporter un peu de publicité. Je savais qu'à mon réveil elle serait dans le *New York Post*, et ce, bien que Richard n'assistât pas à la soirée. Buzz allait me demander : « Mais tu n'y étais pas ? » Et j'allais lui répondre : « Mais, bien sûr que si, j'y étais. Mais elle ne m'a pas montré ses nichons. » Ou alors, j'allais écrire un truc, comme si j'avais moi-même assisté à la scène. Mais pas avant d'avoir vu Ken. Je me levai tant bien que mal et partis donc à sa recherche. Quelqu'un avait vu un sein. Alors j'avais fait mon boulot.

De toute façon, Demi et sa bande étaient déjà repartis. J'étais soulagée. Ce salon n'avait plus besoin de moi. Le portable de Tammi était en train de sonner. Elle le plaça négligemment contre son oreille : « Tu es dehors ? Génial. J'arrive. » Tammi referma son téléphone et sa bouche se fendit d'un large sourire : « Quelqu'un a envie de voir Ken ? »

Oui, moi, évidemment. Snif. Une fois dehors, je m'engouffrai à l'arrière de sa limousine, tandis que Tammi s'installait sur le siège du passager. Ken était à côté de moi, mais je ne parvenais pas à voir son visage. Je ne voyais que son large chapeau de cow-boy dans la vive lueur bleue que projetait l'enseigne du Club Zéro.

— Hey, *Kenneth*, s'enthousiasma Tammi en lui assenant une grande claque sur la cuisse comme s'il s'agissait d'un vieux copain de régiment. Tu nous as manqué !

— Vous n'imaginez pas les embouteillages, s'indigna-t-il. J'arrive de Harlem en passant par Alphabet City. Et il y a beaucoup de commandes, ce soir.

— Alphabet City, s'étonna Tammi. Tu fais dans le rétro. Tout le monde appelle ce quartier East Village, maintenant, mon chou.

— J'ai grandi sur la 5ᵉ Est, fit Ken. Pour moi, ce sera toujours Alphabet City.

La 5ᵉ Rue Est… Ça me rappelait quelque chose. Je me souvenais d'une fille dans une robe rose. Si aujourd'hui elle avait été fiancée à un Golden, elle serait en train de chanter à tue-tête sur un toit, comme Maria von Trapp, l'inspiratrice de *La Mélodie du bonheur*.

— Hey, moi aussi j'ai grandi sur la 5ᵉ Rue Est, m'écriai-je. J'y ai partagé un studio avec des rideaux faits maison.

Tammi me lança un sourire inquiet.

— C'est n'importe quoi, Val. Park Avenue ne descend même pas jusqu'à la 5ᵉ Rue.

Mais c'était la vérité. Et soudain, celle-ci me semblait si agréable, si réconfortante, si nouvelle. Il fallait que je raconte toute cette histoire de 5ᵉ Rue à Ken. Je voulais qu'il sache tout.

— Non, vraiment. J'avais une colocataire très sympa. On était complètement fauchées. Je me souviens qu'un jour j'avais trouvé un billet de dix dollars par terre. Je suis allée à l'épicerie et j'ai acheté du tofu, des brocolis, une tête d'ail, un citron, de la sauce soja et une super-glace au caramel de chez Ben & Jerry's. C'était un vrai festin !

— Mais qu'est-ce que tu racontes, Val ? reprit Tammi. C'est n'importe quoi.

Cette fille avait même un nom. Un nom, un nom… Sunflowers ou Barley…[1]. Quelque chose de végétal. Snif. Ces dernières semaines, j'avais tendance à oublier des trucs. Des trucs que je n'aurais jamais dû oublier. Le nom de cette fille, par exemple. Il s'obstinait à me fuir.

— Val a bossé comme une folle ces derniers temps. Elle est tellement épuisée qu'elle n'est pas loin du délire, s'excusa Tammi à l'intention de Ken. Elle y travaille depuis, oh, une éternité. Ça doit sortir dans la rubrique Style dimanche. N'est-ce pas, Val ?

— En fait, je n'ai pas réussi à tenir mon délai, fis-je tout en continuant à chercher ce fichu nom.

— Oh, philosopha Tammi, eh bien, nous le verrons dimanche prochain, alors. Valerie sort toujours des histoires énooormes.

Puis, elle se concentra sur sa ligne de poudre.

Ma main serrait quelque chose, mais ce n'était pas ma fiole de poppers. J'aurais bien aimé retrouver cette fiole. Je me demandais pourquoi elle n'était pas dans ma main.

— Val en veut aussi, fit alors Tammi à Ken avant de me demander d'un air entendu : n'est-ce pas, Val, tu en veux aussi ?

— Absolument.

Je chiffonnai quelques billets de vingt dollars dans la paume qui se tendait vers moi. Je ne les comptai même pas. Cet argent était dans ma main depuis que Tammi avait prononcé le nom de Ken. Voilà, je comprenais, c'étaient les billets que j'avais dans la main.

---

1. En anglais, *sunflower* signifie « tournesol » et *barley* signifie « orge ». Référence au véritable prénom de Valerie Vane, « Sunburst » (littéralement, « éclat de soleil ») [NdT].

Ken empocha l'argent et glissa la main le long du dossier du siège où était assise Tammi. Il en sortit un flacon en verre qu'il me tendit. Je m'en emparai immédiatement. Ses courbes et sa fraîcheur m'évoquaient le marbre. Maintenant que je l'avais en main, l'image de cette fille montant les escaliers d'un immeuble de la 5e Rue Est commençait à s'estomper. Mais son nom... Il fallait que je retrouve son nom. Rainbow, Starshine...[1].

Avant que je sorte de la voiture, j'ouvris ma petite fiole et pris mes clefs. Je maintins le flacon entre mes genoux et me penchai au-dessus de son ouverture pour y prendre une longue inspiration. Sniiiiif.

— Hey, aboya Ken, on pourrait te voir.

J'avais juste besoin d'un petit fix rapide. Rien qu'un. Un tout petit coup de pouce.

— Allez, Val, fit Tammi en frappant contre la vitre de ma portière. On se caille. Rentrons vite.

Dès que je fus sortie de la voiture, je ressentis comme une brûlure sur ma peau. J'entourai mon buste de mes bras et me hâtai vers la porte du club. Je dépassai les videurs, fis voler le rideau de velours et gravis les marches. Une fois là-haut, je passai devant le bar, traversai la piste, puis longeai l'espace qui la cernait avant de revenir vers le salon VIP. Bien que Demi fût repartie, il restait un groupe de paparazzis accoudés derrière notre banquette. Il y en avait peut-être une demi-douzaine. Et parmi eux, qui sait, peut-être y avait-il quelques informateurs. Peut-être bien une poignée de Sidney Falco en chasse.

Tammi plaisantait avec eux en leur promettant de la viande fraîche.

— Nas a dit qu'il passerait, disait-elle à Nikki.

---

1. En anglais, *rainbow* signifie « arc-en-ciel » et *starshine* signifie littéralement « éclat d'étoile » (NdT).

— Oh, Nas finit toujours par passer ici. C'est sa résidence secondaire.

— Tiens, c'est drôle ça, Nikki, fit Jenni. Je vais l'attendre avec vous, alors.

— Quelqu'un a vu Jeremiah ? demandai-je.

Paul me jeta un regard bovin. Lance indiqua sa gauche, puis sa droite, avant de pointer le plafond du doigt et de se reconcentrer sur sa blonde. Arty gisait de tout son long sur le sol.

— Ils étaient là quand je suis arrivée, dit Tammi tout en composant un numéro de téléphone.

— Ils ?

Bis.

— Lui et Angelica.

— Angelica ?

— Angelica ? renchérit Nikki.

— Angelica est ici ? s'étonna Jenni.

— Qui est Angelica ? demandai-je.

— Mais tu ne connais pas Angelica ? dit Nikki en ouvrant de grands yeux. C'est curieux. Tu ne connais pas Angelica ?

— Je ne connais pas Angelica. Snif.

— Mais c'est afffffffreux, Val, fit Tammi, l'air horrifié. Mais où donc étais-tuuuuuuuuu ? Angelica Pommeroy est LA fille du moment. C'est le tout nouveau buzz. Et toi, plus que quiconque, tu devrais savoir qui c'est. D'ailleurs, il faut absolument que tu lui consacres un article. Ab-so-lu-ment !

— *Qui* est Angelica Pommeroy ? répétai-je en grinçant des dents.

— La DJette de VH1[1] ? fit Tammi pour voir si le sens commun me revenait.

---

1. VH1 est une chaîne de télévision musicale dans la veine de MTV (NdT).

— Une fille maigre, complètement déjantée ? insista Nikki sur le même ton.

— Des nibards comme des obus ? acheva Jenni.

Même Cyndi y alla de son petit couplet : « Elle a, quoi, 19 ans ou un truc comme ça. Elle a été mannequin pour de la lingerie. Maintenant, elle fait plutôt dans la casquette de base-ball à l'envers. »

— Elle n'a pas 19 ans, s'indigna Nikki. Elle en a au moins 22 !

— Elle vient de Long Island, poursuivit Cyndi.

— Long Island ? *Personne* ne vient de Long Island !

— Si, je ne blague pas.

— Nooon, tu me fais marcher !

— Pas du tout ! Elle vient d'un bled du genre Plouc-Ville ou Trou-sur-Flaque ou Duchnoque-City. Je ne sais pas exactement. Un patelin dans le genre, confirma-t-elle en agitant le poignet.

— Val, n'écris rien là-dessus, OK ?

— Oh, alors ça veut dire que maintenant elle fait partie de nos clients ?

— Tout le monde, scanda Tammi comme s'il s'agissait d'un commandement évangélique, tout le monde fait partie de nos clients.

Snif. Mais… Mais, Jeremiah n'aurait absolument pas dû se trouver avec le tout nouveau buzz. C'était mon Golden à moi. Nous devions officialiser la situation d'un jour à l'autre. N'est-ce pas ? *Est-ce que tout cela ne pourrait pas attendre ?*

Je chiffonnai ma jupe d'une main tremblante. Il devait bien être là. Il devait nécessairement être là. J'allais partir à sa recherche et avoir le fin mot de cette histoire d'Angelica Machin. Je retraversai donc la boîte de nuit, en titubant un peu sur le rythme saccadé des stroboscopes. Alors que je me frayais un chemin au milieu des danseurs, quelqu'un me donna une grande tape sur le postérieur avant de me caresser la hanche, puis de tirer sur l'attache de mon soutien-gorge. Je ne voyais qu'une foule indistincte de corps, mais pas de Jeremiah. Je revins sur mes pas pour me placer sur les marches de l'escalier. Depuis cette position, j'aurais peut-être une meilleure vue. Rien. Je décidai alors de me rendre aux toilettes des femmes. Tout en y allant, je fouillai dans mon sac pour y prendre ma petite fiole. Snif, snif. Allez, rien qu'une petite douceur pour me remettre d'aplomb avant de recommencer mes recherches.

Quand je poussai la porte des toilettes, j'entendis des grognements suggestifs. Je n'y prêtai pas grande attention. Après tout, j'étais dans une boîte de nuit. Ce genre de situation y était plutôt habituel. Et elle se déroulait en général dans ce genre d'endroit. De prime abord, ces ahanements ne m'évoquèrent rien de particulier. Je décidai donc d'entrer. Ce n'est qu'une fois à l'intérieur que l'image qui s'offrit à moi faillit me foudroyer. Ces boucles brunes rejetées en arrière, ce petit cul rebondi et… les cuisses nues de quelqu'un d'autre. Les seins d'une autre. Sa chemise était ouverte et elle avait les mains autour de son cou. Elle avait balancé ses chaussures en croco dans un coin. Je ne mis pas très longtemps à prendre toute la mesure de cette scène. Jeremiah était en train de punaiser la DJette de VH1 sur le lavabo des toilettes.

Je criai si fort que je n'entendis même pas mon propre hurlement. Une fille qui cherchait des toilettes libres stoppa net pour évaluer la situation avant de faire une prompte retraite vers la piste de danse. Jeremiah m'entendit parfaitement, lui, et s'éloigna d'Angelica qui faillit tomber du lavabo et s'écraser sur son torse.

Quiconque possédant un tant soit peu de jugement aurait quitté les lieux précipitamment. Mais la poudre du diable avait fait son effet et elle n'aimait pas le bon sens. Par conséquent, bien loin de décamper, je fis un pas vers eux, toutes griffes dehors. Je donnai un coup de pied à Jeremiah avant d'écraser mon talon sur son pied nu, de tout mon poids. En manœuvrant ainsi, je comptais bien le maintenir à portée de main pendant que je m'occuperais des yeux d'Angelica. Elle n'imaginait absolument pas le sort que je lui réservais et le genre d'oiseau de proie qui s'était emparé de mon esprit. Je lui griffai le visage tout en lui tirant les cheveux afin de me stabiliser. Je ne savais pas tout à fait ce que je faisais, mais je m'y consacrais comme une furie.

La fille qui avait battu en retraite devait avoir pas mal de copains dans la boîte parce qu'une foule de voyeurs se pressait maintenant à la porte des toilettes. Angelica avait toujours sa culotte sur les pieds et sa jupe sous la poitrine. Comment aurait-elle pu se rhabiller, sous les assauts constants que je lui réservais ? Je lui arrachai une poignée de mèches.

— Espèce de plouc de bas étage, hurlais-je. Comment oses-tu baiser avec mon fiancé ? !

Elle hoqueta : « Quoi ? Mais tu ne m'avais pas dit… »

— Je te le jure, Angelica, cette fille n'est pas ma fiancée.

— Cette fille ! hurlai-je de plus belle pour couvrir sa voix. Maintenant, je suis « cette fille » ? ! Ce matin, j'étais ta future femme et…

Il parvint alors à me ceinturer et parla très rapidement.

— Elle dit n'importe quoi, Angelica. Nous ne sommes pas fiancés. Est-ce que tu vois un anneau à sa main ? Si nous sommes fiancés, où donc est sa bague ? Où est-elle, Valerie ?

— Mais, tu… N'as-tu pas…, criai-je, en sanglotant maintenant. Comment peux-tu… !

L'instant suivant, la totalité du salon VIP est à la porte, avec Tammi en tête qui s'époumone : « Val, arrête ! Laisse tomber ! »

Et Nikki et Jenni se joignent à elle : « Arrête, Val ! »

Mais je ne recule pas. La poudre ne le permet pas. Non, je n'entends ni Tammi, ni Nikki, ni Jenni. Et voilà que débarquent maintenant les copains de Jeremiah. Lance disperse les curieux.

Paul crie qu'il va appeler la police. Même Arty Guzzler est de la fête.

— Comment avez-vous osé me faire ça ? continué-je en hurlant sur Jeremiah et Angelica. Puis, prenant la foule à témoin : « Vous ne savez pas qui je suis ? Je suis Valerie Vane ! J'ai une plume, je pourrais ruiner vos vies. Un seul de mes articles pourrait vous détruire… tous ! »

Maintenant, Jeremiah essaie à tout prix de me maintenir à bonne distance d'Angelica, mais avec son pantalon sur les chaussures, il ne peut guère que se dandiner. Il parvient néanmoins à me faire une clef sous le menton, mais je continue à tenter de griffer, taper, mordre cette fille, toujours collée contre le lavabo. Je ne suis plus qu'une bête furieuse hurlant, crachant, bavant. Et c'est cette image que les paparazzis réussirent à capturer dans leur appareil et qui fit la une de tous les journaux de la ville le lendemain matin.

— Vous ne savez pas qui je suis ? ! Vous ne savez pas qui je suis ? !

Chapitre 7
La morgue

Il y a deux façons d'arriver à la morgue : en sautant par la fenêtre ou en montant les escaliers. J'évaluais mes options. La fenêtre était le moyen le plus rapide. Mais je venais de passer six mois en état de disgrâce. Dans ces conditions, mon geste risquait de sentir un peu le réchauffé. L'autre morgue, celle qui se situait à l'étage au-dessus, menait à Firehouse. Et Firehouse pouvait me mener vers le sommet.

Je me tenais devant les ascenseurs – du marbre art déco avec des portes en acier qui déformaient mon reflet – en plein débat. Allais-je oser emprunter cette route ? Les ascenseurs du *Journal* transportaient des rédacteurs en chef, des chefs de pub, des rabbins et des imams, des activistes et des apologistes, des journalistes et des assistants. Durant les campagnes électorales, ils conduisaient aussi des présidents, et des candidats à ce poste, vers le bureau du chef suprême. Lorsque arrivait le printemps, leurs portes rutilantes s'ouvraient sur des armadas de secrétaires en robes à bretelles, impatientes d'aller profiter des premiers rayons du soleil.

À mes débuts au *Journal*, j'aimais utiliser ces grosses boîtes et y côtoyer les puissants, lors d'ascensions vers les sommets. Par contraste, maintenant, je n'étais plus qu'une vague ortie dans une forêt d'arbres vénérables et il était facile de me fouler aux pieds. Je m'approchai donc du hall et attendis, dans l'espoir de pouvoir faire le voyage avec un coursier ou un homme de ménage. Aujourd'hui, je m'étais promis que si, d'aventure, les portes s'ouvraient sur quelqu'un d'important, je prétendrais ne pas attendre l'ascenseur et passerais mon chemin.

Les portes de l'ascenseur finirent par s'ouvrir sur le directeur de la photographie, Bob Torrens. Dur rappel. L'homme semblait extraordinairement puissant, mais il ne manquait pas de chaleur. Un bel homme en costume jaune pâle et nœud papillon rouge. Il ne s'occupait pas d'infos, donc il n'affichait pas un air trop supérieur. Quand je bossais encore à la rubrique Style, il s'était toujours montré sympa, m'affectant des photographes de première qualité et des pigistes malins qui savaient se rincer l'œil sans rater leur cible.

— Bon travail sur ce chanteur, Val, me lança-t-il avec un accent légèrement britannique censé rehausser l'élégance de son costume sur mesure.

— Merci, lui répondis-je sobrement en décidant finalement d'entrer dans l'ascenseur.

— Huit pixels, poursuivit-il. C'est plus que ce qu'a obtenu Elvis lui-même. Mais, comme je le rappelle souvent, nous n'étions alors pas aussi généreux qu'aujourd'hui. Cela dit, nous continuons à avoir du mal à faire des choix. Robe de gala, costume de sirène… On a même failli publier une photo d'elle en Bikini imprimé serpent, mais on se doutait que les directeurs de publication feraient la grimace.

Tout se passait bien. Les numéros d'étages défilaient, tandis que nous bavardions en attendant d'arriver au neuvième. Pas de panique.

— Si tu étais encore au Style, tu aurais pu faire une chronique de mode *post-mortem*, ajouta-t-il en se tournant vers moi. Hey, peut-être même tout un reportage !

L'ascenseur stoppa au niveau du quatrième étage.

— Bon, je descends là, me dit-il en sortant. En tout cas, la prochaine fois, j'espère que tu pourras signer. C'est une honte Valerie, quand on pense que ton nom était partout.

Je regardai mes pieds et ne les quittai plus des yeux jusqu'au neuvième étage. À compter d'aujourd'hui, j'allais prendre les escaliers.

Quand à mon tour je sortis de l'ascenseur, le couloir était sombre et silencieux comme un cénotaphe. Tandis que je m'avançais vers la lumière qui clignotait à l'autre bout du couloir, la voix de Cabeza me chuchotait à l'oreille, amplifiant ainsi le mal de tête qu'avaient provoqué mes écarts de la veille : *Vous êtes journaliste ? Je souhaite seulement connaître la vérité. Et si vous êtes effectivement journaliste, c'est sans doute ce que vous voulez aussi − la vérité.* « *Très haut, Sam, là où la vie est douce. Là où personne ne claque des doigts en disant "Hey gamin, gamin".* » *Vous êtes journaliste ?*

Il était possible que Cabeza ait déjà rencontré des centaines de filles comme moi, des filles fraîchement débarquées de nulle part. Peut-être était-il de ceux qui vous demandent d'où vous venez et qui ne se contentent pas d'un sourire entendu en guise de réponse. Peut-être faisait-il partie de cette catégorie de personnes qui n'acceptent jamais de laisser les choses suivre leur cours.

J'entendais encore Burt Lancaster, jouant le rôle de J.J. Hunsecker dans *Le Grand Chantage*, dire à Falco : « *T'es mort, petit. Maintenant, va te faire enterrer.* »

Cette nuit-là, les toilettes du Club Zéro avaient fait la fortune des paparazzis qui avaient choisi de ne pas suivre Demi dans sa folle tournée.

Il y avait la photo de Jeremiah en caleçon et celle d'une Angelica sans culotte se coulant contre le lavabo dans l'espoir de m'échapper. Il y avait aussi un cliché fixant l'instant où j'avais mordu le doigt de Jeremiah alors qu'il me l'agitait sous le nez. Celle du sang sur le sol. Celle de Jeremiah qui tenait son doigt en l'air en hurlant. La photo des flics dispersant la foule. Celle les montrant en train de me ceinturer à même le sol. Celle des menottes. Le cliché pris au moment où les flics découvraient ma petite fiole. Celle où l'un des policiers montrait le flacon – celle-là avait été reprise dans de nombreux canards, avec le flacon en premier plan se découpant sur mon plus beau profil, saisi en arrière-plan. Et, bien sûr, la photographie m'immortalisant en train de vociférer avec mes menottes, hurlant qu'ils n'avaient pas le droit de m'emmener parce que j'étais journaliste et que j'allais tous les détruire de ma plume vengeresse. Et, bien entendu, le titre le plus fréquemment retenu avait été : « Vous ne savez pas qui je suis ? ! »

Mon histoire avait fait la couverture des tabloïds pendant quatre jours. Les journalistes people en avaient fait leurs choux gras durant un mois entier et, encore aujourd'hui, de brèves allusions à cette affaire sortaient ici ou là. Pour que la morale soit sauve, les images choquantes – les parties intimes et néanmoins dénudées de Jeremiah et d'Angelica – avaient été dissimulées dans un flou savamment numérisé et la plupart des photos étaient montées de façon que je me tienne entre Jeremiah et Angelica comme une empêcheuse de tourner en rond. D'ailleurs, Angelica, par un habile travestissement photographique, apparaissait comme une jeune fille plutôt sage, la bouche ouverte comme si elle venait de se faire attaquer subitement, en plein *five o'clock tea* avec la reine. Jeremiah, quant à lui, par je ne sais quel artifice, semblait tout à fait héroïque, me barrant de son torse dénudé l'accès à son tout nouveau jouet.

Cette aventure finit par être connue comme « L'Incident du Club Zéro » avant que la seule mention du nom de cette boîte suffise à évoquer cet épique moment. À vrai dire, cet épisode constitua ma plus efficace contribution à l'ascension de cet honorable établissement de Midtown. Tous ceux qui n'y étaient pas allés auparavant s'y pressèrent pour y éprouver la qualité de leurs lectures, et, pour satisfaire les touristes, le club afficha une immense copie de l'article du *Post* intitulé « Une gloire bien Va(i)ne » sur les lieux mêmes de mon crime, c'est-à-dire dans les toilettes pour dames.

L'Incident n'avait fait que renforcer les liens entre Golden et Pommeroy puisque apparemment ceux-ci avaient annoncé leurs fiançailles avant même que le flic du poste de police ait fini de prendre mes empreintes. Maintenant, je comprenais mieux qu'il m'ait demandé d'attendre. À peine une semaine après ce scandale, ils apparaissaient ensemble à *Entertainment Tonight* − Angelica arborant encore quelques pansements sur les joues − afin d'annoncer qu'ils s'apprêtaient à coproduire un nouveau long-métrage pour Odyssey Pictures, dont le titre serait *Terreur sur la ville*. Ce film, qui allait être une œuvre de cinéma-vérité en noir et blanc, serait un suspense fondé sur la confrontation entre un couple et une folle furieuse, dont le profil serait calqué sur votre « serviteuse », à un détail près : le personnage ainsi campé serait une tueuse en série tout droit sortie de *Basic Instinct* et elle aurait pour patronyme Victoria Vile. D'après ce que j'avais compris, le rôle aurait été idéal pour Joan Crawford et l'on aurait fort bien pu introduire dans le film quelques scènes du *Masque arraché*. Angelica ayant par ailleurs décidé de se lancer dans une carrière d'actrice, elle devait y jouer son propre rôle.

Quant à mes promesses de déchiqueter Jeremiah et Angelica de mon stylo vengeur, il se révéla que celui-ci n'avait pas même la puissance d'un Bic. Et les litres d'encre dans lesquels j'avais prévu de les noyer − moi, pauvre ex-cocufiée − ne firent que m'éclabousser. Bien sûr, mon nom était désormais connu de tous, mais pas exactement pour les raisons que j'avais envisagées. D'ailleurs, il y avait sans doute assez peu de gens attristés par ce dénouement. Comment l'inverse eût-il été possible, considérant la facilité avec laquelle j'avais moi-même toujours pratiqué la critique ? Si tu vis par l'épée, tu mourras par le couteau à poisson, dit le dicton.

Tammi avait payé ma caution afin que je puisse sortir du commissariat, mais, en me déposant devant mon loft de TriBeCa, elle m'avait dit : « Je suis désolée, Val, mais là, c'est trop. Je dois te rayer de mon carnet d'adresses » – un peu comme Paulie Cicero s'était adressée à Henry Hill quand celui-ci avait doublé le chef de la mafia, dans *Les Affranchis* : « *Tu n'es pas bon pour le business.* »

Je savais qu'elle avait raison. Ce n'était pas seulement à cause du flacon que les flics avaient trouvé sur moi. Ce n'était pas uniquement parce que j'avais tenté de lacérer le visage d'une personnalité de la télé. Elle et moi, nous savions pertinemment que je ne serais plus jamais autorisée à pénétrer dans le salon VIP d'un quelconque endroit et que plus jamais un videur ne me laisserait passer, même si mon nom était le seul à figurer sur la liste des invités. Mon visage était placardé dans toute la ville et tous l'avaient pris pour cible.

— Il va falloir que tu te terres pendant un certain temps, assena Tammi de la voix la plus diplomate qu'elle pouvait adopter. Connaîtrais-tu des gens en Espagne ?

Et puis les avocats s'en étaient mêlés. Angelica et Jeremiah ne m'avaient pas traînée en correctionnelle, mais, tout bien réfléchi, ils avaient néanmoins décidé d'obtenir quelques dédommagements au vu de mon loft de TriBeCa. Même le Club Zéro avait reçu sa part dans la mesure où, soi-disant, l'enquête menée par la police sur les lieux du crime leur aurait coûté quatre jours de travail. De toute façon, une fois tout cela payé, il ne restait plus grand-chose à gratter puisque j'avais déjà plus ou moins tout lessivé moi-même en poudres diverses pour ma consommation personnelle et celle de mes si excellents amis.

Le *Journal* s'était révélé encore plus implacable. Quand j'étais arrivée au bureau le lundi matin, Buzz ne s'était pas montré franchement compatissant, du genre : « On va arranger ça » ; ou :

« Voudrais-tu un peu de beurre de karité ? » Cette fois, il fut abrupt.

— Une réunion spéciale des directeurs a été convoquée pour aujourd'hui. Elle a pour ordre du jour Valerie Vane.

La réunion eut lieu. Il en ressortit un mémo qui fut distribué à chaque agence du journal, depuis Plouc-Ville jusqu'à Rangoon : si un jour vous faites parler de vous dans un canard quelconque, n'espérez pas pouvoir conserver votre poste. Cependant, afin de prouver leur bonne volonté, ils m'offrirent un mois de cure de désintoxication. Ce n'est qu'après qu'ils sortirent leurs scalpels. Ils n'avaient pas le droit de me virer immédiatement du fait de règles de droit social plutôt complexes qu'un journaliste mis au rencard m'avait vaguement expliquées autour d'un café. Il me restait au moins une année à faire sur mon contrat et, s'ils décidaient de ne pas en respecter les termes, ils allaient avoir les syndicats aux fesses. Parallèlement, je reçus plusieurs appels téléphoniques de divers magazines qui estimaient que mon côté « fêtarde » pourrait servir leur chronique sur la vie nocturne new-yorkaise, mais je n'en étais tout de même pas arrivée à ce niveau de désespoir. Enfin, bon, ce n'était pas si clair, mais je n'avais pas très envie de capitaliser sur mes turpitudes ni d'exploiter ma honte.

Ce fut Jaime Cordoba qui profita de ma dégringolade. Il était à court d'assistants, disait-il, et il aurait été heureux de pouvoir utiliser mes services. Il avait promis à Jane Battinger de tenir ma laisse bien courte et, en tout état de cause, bien éloignée des feux de la rampe. Et voilà qu'entre les mains de Jaime, je me retrouvais tout à la fois sauvée et damnée à jamais : à 28 ans, j'étais condamnée à perpétuité, sans aucun espoir de rédemption.

★
★ ★

La morgue se situait au bout du couloir et elle était signalée par une lumière clignotante, comme le rayon d'un phare. Je marchai en gardant les yeux rivés sur elle, mais plus je m'en approchais plus elle semblait s'éloigner, me donnant l'impression de jouer dans le *Vertigo* de Hitchcock.

Vous êtes journaliste ? Non, je n'étais pas journaliste. Je ne connaissais rien à la vérité, avec un « V » majuscule. Et il était manifestement très facile pour le premier venu de me mener en bateau.

Arrivée devant la porte de la morgue, j'y entrai. Des assistants vêtus de gris étaient en train de ranger méthodiquement d'énormes dossiers sur des étagères. Dans un coin, un photocopieur lançait des éclairs en sifflant, tandis que son plateau glissait de droite à gauche, encore et encore, sur un rythme entêtant. Une secrétaire, affublée d'une blouse informe, finit par remarquer ma présence et revint prendre sa position derrière un long comptoir en bois.

— Vous devez être la personne qui s'intéresse au dossier Firehouse, me dit-elle après avoir rajusté ses lunettes en écaille.

Elle me tendit alors l'un des deux dossiers placés sur un chariot derrière elle.

— Oui, répondis-je. Je voudrais également le dossier sur Malcolm Wallace.

— Je l'ai aussi sorti pour vous, dit-elle en me le tendant.

Je mis le dossier sur Stain à l'intérieur de celui sur Firehouse, bien caché, et plaçai le tout sous mon bras.

— Un instant, me demanda-t-elle. Vous devez signer là pour chacun des dossiers empruntés.

Je lui pris son stylo des mains et me penchai pour inscrire mon nom sur son listing.

— Ça ne vous tape pas sur le système ? lui demandai-je en indiquant le photocopieur.

— Nan, dit-elle d'un air résigné, c'est un peu comme une mauvaise odeur : au bout d'un moment, on l'oublie.

Elle me regarda écrire mon nom, avant de reprendre sa fiche et de la lire.

— Excusez-moi, mais... est-ce que le nom inscrit n'est pas Valerie Vane ? Je croyais qu'elle était...

— Non, lui répondis-je avec un faible sourire. Les rumeurs ont beaucoup exagéré la situation.

— Ça doit être dur de vivre avec ça, murmura-t-elle, compatissante.

En fait, les gens ont une excellente raison de vouloir payer 25 cents pour pouvoir passer chaque jour de la rubrique Infos locales à la chronique people : c'est parce qu'ils passent leur temps dans des salles sans fenêtre à écouter le gargouillement de photocopieurs. Je repris le listing des mains de la blouse grise et y apposai fièrement ma signature, en noir sur blanc, bien visible, juste en dessous de mon nom.

— Pourquoi ne pas la garder pour la vendre ? Ça doit bien valoir 100 dollars.

Une fois revenue dans mon bureau, je rangeai un peu ma paperasse et m'installai devant mes deux dossiers. Celui sur Firehouse comportait une bonne centaine de coupures de presse défraîchies et écornées, maintenues entre elles par de petits morceaux de Scotch jaune. Chacune d'elles était datée manuscritement dans la marge. Mais ce dossier ne m'intéressait guère. Mes doigts ne cessaient d'effleurer la chemise qui contenait les informations sur Wallace, laquelle était, à mon grand désarroi, tout aussi épaisse.

Je n'avais jamais été très portée sur les recherches, les dossiers, la paperasse, l'histoire en général. De toute façon, les vieux papiers jaunis et les idées d'un autre temps ne m'auraient pas vraiment aidée à saisir le *Zeitgeist*. Mais je croyais que mes investigations sur Wallace ne me prendraient pas trop de temps. Je savais ce que je cherchais − un bon alibi −, et j'étais certaine de parvenir à le trouver sans difficulté. Quelque chose qui aurait prouvé que ce

Stain avait toutes les raisons du monde de lâcher la rambarde. Un bon suicide, bien clair.

J'essayai d'organiser les coupures de presse selon leurs dates, de façon à obtenir une sorte de biographie sommaire sur Wallace. Le premier article datait du 24 juin 1971 et il avait pour titre « "Tonka 184" crée sa marque ». Il n'était pas signé, mais il était assorti de deux photos qui montraient des gribouillis sur un mur et d'autres sur un réverbère. La légende expliquait : « Ce n'est qu'un nom. Qu'est-ce qu'on pourrait en faire ? »

Quelqu'un vient de se faire un nom dans toute la ville, sans jamais avoir eu besoin de montrer son visage. Partout où il va, il écrit Tonka 184. De petits gribouillis dans le métro, de minuscules signatures sur les palissades qui vont de Broadway à Canal Street et bien au-delà. Ses griffonnages sont aujourd'hui omniprésents et aussi familiers que le métro lui-même. Désormais, il a aussi une légion d'imitateurs, incluant Joe 136, Stitch 131, Eye 156, Yank 135 et Stain 149.

Stitch 131 est le fils d'un tailleur qui vit sur la 131ᵉ Rue, à Harlem. Eye 156, qui habite sur la 156ᵉ Rue, dit que « ça ne fait que commencer ».

« C'est juste un nom, qu'est-ce qu'on pourrait en faire ? » nous dit Stain 149, un grand échalas de 14 ans avec une coiffure afro venant du sud du Bronx. Il dit que tout le monde l'appelle Stain parce qu'il « fout la merde partout ». Il affirme que le fait d'écrire ainsi son nom est une forme d'« autopublicité ».

Il se concentre sur les murs du métro et ne met pas le pied en dehors des cinq faubourgs périphériques de la ville. Contrairement aux autres, il a choisi le chiffre 149 parce que c'est le numéro de la station de métro d'où il regarde partir les trains qui portent sa signature. Le surnom qu'il s'est donné est véritablement partout. Il est devenu aussi familier que les logos du métro eux-mêmes.

Donc, Wallace fut l'un des pionniers du graffiti, l'un des premiers tagueurs à se faire connaître. Cette simple caractéristique le rendait intéressant : même moi j'étais impressionnée. Je me penchai sur la coupure de presse suivante, en date du 17 octobre 1974 : une brève critique de livres d'art concernant le texte *The Faith of Graffiti* écrit par Norman Mailer et commençant par une description de la soirée de lancement du livre de Mailer à laquelle assistaient un certain nombre de tagueurs, dont Stain. « *Rien de tout cela n'a d'importance* », avait expliqué Stain au journaliste en indiquant de la main le buffet offert par Norman Mailer, ses toasts au caviar et ses canapés au foie gras. « *Seuls les trains comptent. Il s'agit d'y inscrire ton nom bien haut. On s'en fout d'avoir nos noms dans un livre.* » Le critique d'art suggérait que la pulsion du tag s'apparentait plus à un besoin pressant de monter sur un cageot et de crier. « *Chez les mômes que j'ai rencontrés à cette soirée*, concluait le critique, *j'ai ressenti une chose : l'ambition. Personne ne veut être personne. Chacun d'eux veut être célèbre. Si vous les prenez au mot, chacun des ados présents dans la salle est un Goya, un Michel-Ange ou un Léonard de Vinci.* »

Je fus prise d'une furieuse envie de *Zeitgeist*. Il était difficile d'imaginer qu'à cette époque les trains étaient recouverts de graffitis. De nos jours, ça ne se passerait plus de la même manière. Les rames de métro étaient désormais de petits obus argentés sur lesquels la peinture n'avait plus de prise. Aujourd'hui, les parcs étaient aussi verdoyants que des pâturages irlandais. Il n'y avait plus de types hirsutes pour s'attaquer à votre pare-brise, et Penn Station n'était plus le refuge de tous les SDF de la ville. Même l'héroïne n'était plus en vogue. Tout cela avait été remplacé par des tendances bien confortables dont rien ne dépassait : le swing, les soirées Prozac, le Tae-Bo[1]. Rétrospectivement, le jogging et les guêtres paraissaient très cool.

---

1. « Tae Bo » vient de l'anglais *Total Awareness Excellence Body Obedience* (« connaissance totale de l'excellence et de l'obéissance du corps »). Il s'agit d'une discipline sportive inventée par le champion de taekwondo Billy Blanks, qui mélange la boxe et le taekwondo sur une musique rythmée (source : Wikipédia) [NdT].

Je retirai du dossier un article du *Sunday Magazine* datant de 1985 intitulé « American Graffiti à Paris », avec une photo de Wallace couvrant la moitié de la page. La photographie était plutôt grossière et un peu passée. C'était un cliché pris dans le métro montrant Wallace debout, les bras croisés sur la poitrine. Ambiance hip-hop cool des années 1980 : un polo rouge avec une couture apparente sur le col, un pantalon en velours côtelé blanc, des Puma blanches. Il portait sur la tête une large casquette *applejack* en velours marron, légèrement de guingois. Ses yeux étaient immenses avec de longs cils fournis et son nez était un peu épaté. Malgré sa pause très sérieuse, il affichait un chaleureux sourire vaguement ironique qui donnait à son visage une rondeur et une lumière toutes lunaires.

J'observai sa photo durant un long moment. Il paraissait difficile de ne pas aimer Stain. Il semblait avoir un certain cran. Il était clair qu'il visait un sommet et qu'il était en pleine ascension. En regardant cette photo, j'étais sûre qu'il aimait la vitesse. Ses yeux transpiraient l'innocence, la rébellion : *Bats-toi*, disaient-ils, *allez, mesure-toi à moi.*

Je poursuivis mes lectures pendant un long moment. Plusieurs heures peut-être. En fait, je trouvais qu'il était plutôt agréable de faire ce genre de boulot, d'avoir le nez dans des journaux qui n'incluaient aucune référence à l'époque dans laquelle je vivais. *Vous pourriez redevenir journaliste.* Le travail de recherches me paraissait finalement sain et noble. Cabeza avait peut-être raison, après tout.

Firehouse m'attendait dans sa chemise cartonnée alors que j'étais partie en voyage avec Stain, ce gamin qui quittait son chez-lui à la tombée de la nuit pour se faufiler entre des rails de chemins de fer et escalader des clôtures avec, dans les poches de son survêtement Adidas, plein de bombes de peinture. Le môme turbulent qui avait inscrit son nom bien haut s'était fait connaître, avait fait l'actualité de Downtown, avait exposé dans une galerie et avait finalement accédé à la célébrité. Tout cela ne me menait nulle part. Des voyages en tapis volant jusqu'à Paris, le *kid* du Bronx à Milan… C'était comme dans *Sabrina*, sauf que lorsqu'il était revenu de son périple en Europe, on ne parlait plus que de lui à New York. Il y avait même, peut-être, un cocktail qui portait son nom – le *Stainerini* ? *Stain and Tonic* ? *Stain on the Rocks* ?

Bon, celle-là n'était pas du meilleur goût[1].

Je replaçai les coupures de presse dans leur dossier et le refermai. Juste en dessous, il y avait une enveloppe portant mon nom : mon invitation à sa renaissance.

---

1. En anglais, *on the rocks* signifie littéralement « sur les rochers » (NdT).

Chapitre 8
Ultime quartier

Le Bronx, lors d'une soirée d'été étouffante : je m'agitais sur un rythme saccadé sans connaître les pas de cette danse. De toute façon, ce n'était pas trop mon style de chorégraphie. Trop rapprochée et toute en mains. Son souffle était chaud sur mon cou et ses mains moites dans mon dos. L'asphalte brûlant, un calme glacial. Des hommes appuyés contre des voitures. Des filles en tee-shirts moulants, soulignant leur poitrine. Des gamins en shorts effilochés. Des regards avides sur des cuisses dénudées, des chairs transpirantes. L'air résonne du tintement des cloches du marchand de glaces et du beuglement des vendeurs à l'étalage. Chaud, chaud, chaud. Les doigts poisseux des mômes sur les cornets de glace. Des bouches à incendie désossées, des cris stridents, les basses envahissantes d'un van qui passe, des rires francs. Le bruit des alarmes de voiture, le hurlement des sirènes.

Sur le trottoir défoncé. Par-delà les mots inconnus et les rues sans nom. Intervalle Avenue, *cuchifritos*, *botanica*, *potencias*. Pas de quartier distinct. Aucun repère habituel. Chaque bloc n'est qu'un cha-cha-cha qui s'enfonce un peu plus dans le chaos.

— Pardon, madame, dis-je pour arrêter dans sa course une femme avec une poussette. Je cherche cette adresse sur Spofford.

Je lui montrai l'adresse qui figurait sur mon carton d'invitation.

— Vous y êtes presque, me répondit-elle en détachant les yeux de son bébé, emmailloté dans des volants. Il vous suffira de traverser Bruckner Boulevard.

Bruckner Boulevard : huit couloirs de voitures vrombissantes en contrebas d'un entrelacs d'autoroutes. Totalement désert, absolument infâme, résolument sombre. En attendant que le feu veuille bien passer au rouge, je tirais nerveusement sur ma robe. Une trouille simple et profonde. C'était exactement le genre d'endroit où une fille pouvait tomber dans un trou et s'y noyer.

Je pouvais encore faire demi-tour. Bien sûr. Il était même probable que ce soit ma meilleure option. Je pouvais revenir sur mes pas en remontant Southern Boulevard pour me retrouver sur les escaliers mécaniques du métro, puis reprendre le train 2/5 en direction de Manhattan. Je pouvais regagner la sécurité de l'Upper West Side et refermer derrière moi la porte de mon minuscule appartement, avant de m'absorber dans le ronronnement de mon ventilateur. Je pouvais aussi prétendre que tout était merveilleux et que j'étais sur un manège coloré qui ne s'arrêterait jamais.

Mais que ce serait-il passé alors ? J'aurais continué à me ronger les ongles en attendant le prochain appel de Cabeza ? J'aurais regardé une énième cassette vidéo en me prenant pour Audrey Hepburn une fois encore ? J'aurais avalé des ersatz de Martini jusqu'à ce que Jane Battinger m'annonce par téléphone que j'étais virée ? Non, si je décidais de revenir sur mes pas, il fallait que j'aille bien plus loin que ça. Beaucoup plus loin : au-delà de l'Upper West Side, au-delà du *Journal*, au-delà de mon loft de TriBeCa et de mes amis branchés, au-delà de Zip et de Buzz. Bien plus loin qu'« Inside – Out ». Il aurait fallu que je remonte jusqu'aux origines de mes erreurs. Mais où donc se trouvaient-elles ?

L'invitation indiquait « Appartement 11 ». Je gravis donc les quatre étages qui m'en séparaient. Devant la porte, je m'immobilisai et écoutai les voix qui me parvenaient depuis l'intérieur, derrière la porte en acier. L'espace d'un instant, j'imaginai que j'allais me retrouver au milieu de cette lointaine soirée mondaine que j'avais laissée derrière moi, six mois auparavant. Cette soirée dont je connaissais tous les invités, leurs visages couperosés par l'abus des vins fins et leur babil insensé. Cette soirée battait encore son plein, quelque part dans Manhattan. Elle ne prendrait jamais fin. Seul l'endroit changerait afin que les invités puissent critiquer la décoration d'un autre.

Je poussai la porte sans même avoir frappé. Ce n'était pas exactement le même genre d'événement : pas de musique, pas de bruits cristallins de verres que l'on entrechoque, pas d'accueil enthousiaste un tantinet exagéré, pas de fanfaronnade éhontée à 15 dollars le mot. On n'entendait qu'un souffle, un rythme étouffé, un murmure. Les gens se déplaçaient lentement, comme des hologrammes. Ils flottaient dans des bulles de silence. La mort hantait ce lieu et elle avait baissé le son.

Mais si la bande-son restait muette, les images, elles, étaient assourdissantes. Tout l'espace, environ 180 mètres carrés, n'était que graffitis. Il y avait de grandes fresques sur les murs et des tags au plafond. Des taches et des coulures sur le plancher en bois massif, sur les piliers et sur les tuyaux qui sortaient des murs. Je devinais rarement ce qu'ils figuraient, mais leurs couleurs vives en disaient bien plus que n'importe quel attaché de presse.

Il était évident que je me trouvais dans une sorte d'atelier de peinture, mais sans aucun meuble. Pas de tables ni d'évier. Aucun banc. Juste deux douzaines de fauteuils pliants, une paire de canapés défoncés, sans doute placés là pour l'occasion, et une estrade en bois installée au premier plan. Maintenant, les mots de Cabeza me revenaient en mémoire : *Il venait tout juste d'effectuer le dernier versement pour un endroit où il comptait installer une école de peinture. Un homme qui s'apprête à mettre fin à ses jours ne fait pas ce genre de chose...*

Alors, voilà, c'était ça le dernier gros investissement de Wallace. Cet endroit allait devenir une école pour aspirants peintres. C'était assez sommaire, mais ce genre d'atelier ne nécessitait pas de gros moyens. La question était : comment allais-je retrouver celui à qui appartenait cette voix dans ma tête ? Il y avait bien une centaine d'invités et chacun des hommes présents aurait pu être Cabeza. Or il n'était pas question que je m'attarde dans les parages. Je voulais entrer puis sortir rapidement, après avoir trouvé Cabeza et avoir fait ce qu'il fallait pour qu'il me lâche.

À ce moment-là, un truc énorme vint se planter devant moi. Je l'évaluai à environ un mètre quatre-vingt-dix de hauteur et pas loin d'un mètre de circonférence. Je disparaissais totalement dans son ombre. Je reculai, mais l'ombre m'enveloppait encore. Je m'apprêtais à crier grâce quand une voix m'en dissuada. Une voix haut perchée et légèrement rocailleuse.

— Puis-je vous aider ? me demanda-t-elle.

Je levai les yeux sur le visage d'un enfant, un garçon d'environ 16 ans, avec des cils recourbés qui cernaient de grands yeux bruns. Sa peau avait la couleur de la mélasse. Son visage était doux et duveteux, comme une prune bien mûre.

— Salut, fis-je en lui tendant mon enveloppe. J'ai reçu une invitation.

— Pas de problème, dit-il en repoussant mon carton. Tout le monde est le bienvenu. J'ai simplement cru que vous étiez perdue.

— Je viens pour l'hommage à Malcolm Wallace.

— Vous êtes au bon endroit. Je m'appelle Kamal Prince Tatum, se présenta-t-il en me tendant la main. Je suis le neveu de Stain.

Ses yeux brillaient à la manière de ceux de Malcolm sur la photo du *Sunday Magazine.* Il y avait une très nette ressemblance entre le gamin des années 1980 et celui que j'avais devant moi, à environ 50 kilos près.

— Certaines personnes m'appellent Prince, d'autres Kamal. Choisissez celui qui vous convient.

— Je vais retenir Kamal, dis-je. Vous ressemblez beaucoup à votre oncle... Je suis désolée du malheur qui vous frappe.

— Merci, répondit-il. Veuillez m'excuser, mais je ne me souviens pas de vous avoir rencontrée.

— Je ne le connaissais pas personnellement, fis-je en regardant mes pieds. En fait, si je suis là, c'est pour soutenir un... soutenir un ami.

Ma gorge se serrait. Je m'apprêtais à invoquer une excuse quelconque pour quitter cet endroit.

— Vous êtes un peu pâle, mademoiselle. Vous devriez vous rapprocher du ventilateur. Nous avons déjà eu plusieurs évanouissements. Ce doit être à cause de la chaleur et des effluves de peinture.

— Il fait effectivement très chaud ici, fis-je en passant la main sur mes sourcils, trempés de sueur. Mais je crois que...

— Je vais aller vous chercher quelque chose à boire, dit-il. Il fait beaucoup plus frais près des fenêtres. Ne restez pas dans l'entrée, il y fait bien trop chaud.

Je ne protestai pas. De toute façon, mon jeune interlocuteur me conduisait déjà vers le milieu de la salle. Il avait raison d'ailleurs. Plus j'avançais vers les fenêtres, mieux je me sentais. Elles n'étaient qu'entrebâillées, mais elles laissaient passer une brise tiède. L'endroit aurait coûté au moins un ou deux millions dans Manhattan, compte tenu de son plafond ouvragé et de ses larges ouvertures donnant directement sur le ciel.

Je ne savais pas très bien ce que j'étais venue chercher, mais je continuais à observer les gens qui m'entouraient dans l'espoir d'y distinguer Cabeza. J'étais certaine que c'était un type plutôt moche, courtaud et trapu, avec une bosse dans le dos ou un membre en moins. Remarquez, sur la centaine de personnes qui composaient l'assemblée, la plupart ne savaient pas trop quoi faire de leurs mains. Tous les invités étaient soit extrêmement habillés, soit résolument décontractés. Un homme portait un bandana autour de la tête et un tee-shirt avec de larges trous au niveau des épaules. Un autre, en costume trois pièces, affichait une moustache aussi fine qu'un stylo assortie de pattes étroites. Il y avait aussi des jeans et des *hoodies*, des *do-rags* et des chapeaux mous, des blouses en soie décolletées et des capelines du dimanche, ainsi que quelques tee-shirts *tie-dyes*[1]. Quelques enfants se balançaient d'un pied sur l'autre, en tirant nerveusement sur leur nœud papillon ou leurs rubans.

— Voilà, fit Kamal en me tendant un gobelet en plastique et en me demandant ce que je désirais boire. Le buffet offrait une foule de possibilités, y compris une bouteille de scotch que je trouvais bien tentante et un pichet contenant un liquide clair avec des feuilles de menthe et des tranches de citron. Kamal m'expliqua qu'il s'agissait de caïpirinha. Je choisis de m'en tenir à de l'orangeade et avalai mon verre d'un seul trait. Il le remplit à nouveau pour moi.

— Qui est votre ami, disiez-vous ?

Je levai les yeux de mon verre pour le regarder. Ses longs cils se recourbaient comme les ailes d'un ange. Je voulais arrêter les mensonges.

— Cabeza, soufflai-je en espérant que ça suffirait.

Je ne disposais d'aucun nom de famille, à moins qu'il ne me manquât que le prénom. Je ne savais même pas si Cabeza était son

---

1. Les *hoodies* sont des vestes de survêtement à capuche ; les *do-rags* sont des foulards noués sur la tête à la manière des pirates ; les *tie-dyes* sont des vêtements teints et colorés souvent associés aux hippies (NdT).

véritable patronyme ou s'il s'agissait d'un surnom hip-hop inventé à mon intention.

— Ah oui, il est quelque part par là, m'annonça Kamal. Je l'ai vu un peu plus tôt. Il parlait avec certains de mes amis.

J'hésitais à demander à Kamal de bien vouloir me le décrire. Avait-il des poches sous les yeux ou des cicatrices d'acné ? un front disparaissant sous un buisson de cheveux gras grisonnants ?

— Vous pensez que vous pourriez m'aider à le localiser ?

Comme si ce môme n'avait pas mieux à faire que de me promener dans toute la pièce. Il me regarda d'un air interloqué en essayant de recoller les morceaux du puzzle.

— Quel est votre métier déjà ?

— J'écris, dis-je en me rendant compte que ma réponse possédait plusieurs sens. Je suis journaliste.

J'imaginais que, de toute façon, Kamal ne m'avait pas prise pour une graffeuse.

— Oh, je comprends mieux. Cabeza connaît beaucoup d'écrivains. Vous connaissez Henry Chalfant ? Il est ici, quelque part. Il a fait un film sur le graff. Il a aussi écrit un livre. Il y a également un journaliste dans la salle, un type du *New York Press*, et plusieurs rédacteurs de *Spin*.

Puis une expression un peu acide assombrit son visage.

— Vous êtes très proche de ce type ?

Personne n'aime mentir aux enfants. Je rajustai ma robe et tirai un peu sur mon col.

— Nous nous sommes rencontrés dans un contexte professionnel, expliquai-je en faisant passer mon demi-mensonge au moyen d'une large rasade d'orangeade.

À ce moment, un homme âgé vêtu d'un costume sombre monta sur l'estrade et commença à tester le micro.

— S'il vous plaît, s'il vous plaît, dit-il. OK. Pouvez-vous tous vous rapprocher de l'estrade parce que Amenia Wallace Tatum, la sœur de Stain, voudrait vous dire quelques mots. Je vous remercie de bien vouloir lui accorder toute votre attention pendant quelques instants.

La foule se pressa vers la scène tandis qu'Amenia y montait. C'était une grande femme mince, vêtue d'une robe légère coupée dans un tissu africain et coiffée d'un turban assorti. Les motifs jaunes de son vêtement combinés à son port de tête serein et élégant lui donnaient un peu l'air d'une girafe. Elle avait des bras puissants. Ils étaient nus. Des gens lui avaient serré la main lorsqu'elle s'était dirigée vers l'estrade.

Dès qu'elle eut ajusté le micro, elle se mit à parler. Au début sa voix était faible et hésitante, mais à mesure qu'elle prononçait son discours, je me rendais compte qu'il s'agissait d'une oratrice d'expérience, d'une personne qui n'avait aucune gêne à s'exprimer devant une foule.

— Merci, merci à tous. Merci de votre attention et merci, Clarence, pour cette introduction. La plupart des personnes ici présentes ont entendu le texte que j'ai lu lors des funérailles, et j'espère que nombre d'entre vous ont pu y assister. Mais je voulais y ajouter quelques mots, compte tenu du lieu où nous nous trouvons, parce que j'ai énormément pensé à mon frère ces derniers temps, et il y a tant de choses qu'il me semble nécessaire de vous dire, d'exprimer, avant que vous quittiez cet atelier.

Sa voix s'éclaircissait peu à peu.

— D'abord, je voudrais tous vous remercier d'être venus ce soir, de partout. Pas seulement du quartier, mais aussi de New York et d'autres villes du pays. Nous avons ici des gens qui viennent de Californie, et au moins trois écrivains qui sont arrivés d'Allemagne, afin de lui rendre hommage. Et je souhaiterais tout particulièrement remercier les artistes qui ont pris le temps, au cours de ces derniers jours, de couvrir les murs de cet atelier d'aussi magnifiques preuves d'amour.

Elle ouvrit les bras afin d'englober de son geste les murs qui disparaissaient sous les fresques, et cita leurs auteurs : « Bigs Cru, Mosco, Spkye, N/R, Crash, Revs et RIF. » Certains des convives émirent un murmure d'approbation tandis que d'autres applaudissaient discrètement.

Amenia s'éclaircit alors la voix et regarda le sol. Elle déplia ensuite une feuille de papier avant de se racler la gorge une nouvelle fois.

— Nombre d'entre vous qui ont fini par me connaître après toutes ces années se souviennent que, pendant longtemps, je n'ai pas compris mon frère. Je ne comprenais pas pourquoi, depuis que nous étions enfants, il avait besoin de parcourir le monde pour y inscrire sa marque. Je passais mon temps dans les livres, à étudier les paroles d'Elijah Muhammad et les autres écrits de *Nation of Islam*, tandis que mon frère cadet courait un peu partout avec une bombe de peinture, en semant le bazar autour de lui.

Elle sourit et fit une courte pause. Quelqu'un devant l'estrade dit : « C'est sans importance. »

— Quand je fus en âge d'aller au collège, je finis par me faire une raison en songeant qu'au moins il ne vendait pas de drogue et ne désossait pas des voitures, comme certains de ses camarades de classe. Mais je ne parvenais toujours pas à le comprendre. Pour vous dire la vérité, à ce jour, je ne suis toujours pas certaine d'avoir compris. Quand je suis dans le train et que j'observe toutes ces fenêtres et ces portes écorchées, ces tags monstrueux, tous ces décombres, je continue à me demander à quoi sert tout cela. Comment tout cela pourrait-il aider notre cause ? À l'époque, je croyais que, pour Stain, c'était une façon de s'en prendre au monde parce que nous n'avions pas de père, parce qu'il supportait mal que ma mère doive se battre seule. Vous savez, je ne me suis pas bien rendu compte de ce qui se passait, même quand il a décroché sa première exposition dans une galerie. Je me suis simplement dit que, décidément, tous ces abrutis pleins aux as étaient capables d'acheter n'importe quoi.

Un rire discret parcouru la salle.

—Je pensais alors que c'était parce qu'ils n'y connaissaient rien, poursuivit-elle. Parce qu'ils ne comprenaient pas que c'était seulement l'expression de sa rage.

Elle insista sur ce dernier mot, soupira, puis hocha la tête. Elle fit ensuite une longue pause, avant de reprendre.

—Je ne suis pas allée voir sa première exposition dans SoHo, celle qui lui a valu la couverture de tous ces magazines. Je n'ai pas assisté non plus aux vernissages branchés et aux cérémonies de remise de prix. Quand maman me montrait les articles de presse qui le concernaient, je ne les lisais pas. Vous imaginez ça ? Mon propre frère ne m'intéressait pas. J'avais cette arrogance, et je dois vivre aujourd'hui avec ce souvenir. Mais Malcolm n'avait pas besoin de mon approbation. Mon mépris ne le préoccupait pas. Il continuait à m'inviter. Il m'offrait des billets pour l'Autriche, Bruxelles et Paris, mais je refusais d'y aller.

Je pouvais voir à son expression qu'elle peinait à ravaler ses larmes. L'assemblée retenait sa respiration. Mais Amenia releva le menton, prit une profonde inspiration et poursuivit.

—Je vous dis tout cela aujourd'hui parce que j'ai compris que j'étais dans l'erreur. Je me trompais sur mon frère. À l'époque, je ne lui ai pas accordé le crédit qu'il méritait. Heureusement, j'ai su reconnaître mes erreurs avant qu'il soit trop tard. J'aurais juste souhaité que cela arrive plus tôt. Comme vous le savez tous trop bien, le monde de l'art, tous ces gens de la bonne société, là-bas, en ville, ont fini par se lasser du mouvement graffiti au bout d'un moment. Ils ont utilisé Malcolm, puis ils l'ont abandonné après s'en être repus. C'est à ce moment-là que j'ai fini par aller à sa rencontre. À ma grande honte, seulement à ce moment-là. Quand il était cassé, à terre et seul. C'est alors que j'ai compris l'importance qu'il avait pour moi.

Elle serra les mâchoires et parcourut longuement l'assemblée des yeux. Son regard s'illuminait à la vue des fresques sur les murs.

— Je savais qu'il avait été malmené et j'étais en colère contre moi-même de ne pas avoir été là pour le protéger. Je suis allée le voir quand il vivait encore sur Thompson Street. Il avait du mal à me regarder dans les yeux.

Certains convives hochaient la tête en signe d'assentiment. C'est à ce moment-là, songeai-je, que tout avait basculé pour Wallace. Quelque chose s'était produit et il avait abandonné la scène artistique. J'essayais de me rappeler ce qui avait pu déclencher ce revirement.

— Mais quand j'ai regardé autour de moi, j'ai vu que cela allait beaucoup plus loin. Son atelier était plein de toiles, des toiles magnifiques, de l'art comme jamais je n'en avais vu dans ma vie. Sa peinture était comme une musique, notre musique. Je me suis assise par terre à côté de lui et j'ai pris mon frère dans mes bras. Je l'ai tenu contre moi. C'est alors que j'ai compri : mon frère était un véritable artiste. Un artiste. Il n'avait pas fait tout cela pour simplement exprimer sa rage ou obtenir l'approbation de quelqu'un. Son art disait : je suis là et j'existe.

Sa voix se brisa, son menton s'affaissa et elle se mit à pleurer. Pendant qu'elle essuyait ses larmes, l'auditoire attendait, têtes baissées. Et puis Amenia reprit.

— Malcolm me dit alors : « J'existe » ; et moi je lui répondis : « Tu existes, mon frère, et tu existes à cause de bien plus que tout cela. » Alors, il a fait le ménage et laissé cette autre vie derrière lui. Il s'est construit une nouvelle destinée. Beaucoup de gens ont oublié Malcolm quand il a disparu de la scène artistique. Mais c'est pourtant à cet instant-là que, de bien des manières, il est devenu l'homme que vous avez tous connu et aimé. Il s'est mis à enseigner à d'autres jeunes gens qu'eux aussi pouvaient dire « J'existe ». C'est pourquoi nous nous tenons aujourd'hui dans l'un des trois ateliers d'art que mon frère, Malcolm Wallace, a offerts au monde, ici, dans le Bronx. C'est aussi la raison pour laquelle il y a ici des aspirants peintres qui sont venus de toute la ville et l'ont reconnu comme l'artiste, le professeur et le poète de nos rames de métro et de nos palissades. Cela explique enfin que personne, dans cette salle, ne peut croire que tu t'es suicidé, quoi que les journaux veuillent en dire et quelle que soit la fougue avec laquelle ils cherchent à salir ta réputation, même après ta mort. Nous sommes tous réunis ici, Malcolm, pour te dire que nous t'aimons. Nous continuons à t'aimer. Tu as tout notre respect et notre amour.

La salle s'emplit d'un murmure approbateur.

— Et c'est pourquoi nous te rendons hommage aujourd'hui et je jure de poursuivre ton œuvre dans ce lieu, continua Amenia, les yeux levés vers le plafond. Chacune des personnes présentes dans cette pièce honorera ce que tu nous as transmis et luttera pour que ces trois ateliers d'art obtiennent le soutien et rassemblent les étudiants qu'ils méritent. Nous allons faire en sorte que les objectifs que tu poursuivais se réalisent et que des générations de jeunes Malcolm Wallace s'envolent du Bronx année après année.

Tous approuvaient de la tête. Quelqu'un renchérit : « Oui, nous nous y engageons. ».

— Je vous remercie tous, conclut Amenia. Et merci à toi aussi Malcolm.

Amenia quitta le podium ; tous ceux qui n'étaient pas déjà debout se levèrent. L'homme âgé revint vers le micro et remercia tout le monde en essuyant son front avec un mouchoir.

— Ne partez pas, je vous en prie et reprenez quelque chose à boire. Il y a du soda, des jus de fruits et des amuse-gueules sur le buffet. D'autres personnes vont s'exprimer dans quelques instants.

Kamal était toujours à mes côtés et observait la foule qui se pressait autour de sa mère. Il me demanda si je me sentais mieux, avant de me quitter pour la rejoindre. Je me versai un nouveau verre d'orangeade et m'approchai des fresques en tâchant de me faire discrète, songeant que je finirais bien par repérer Cabeza. *Un homme ne fait pas ce genre de chose...* Je sentis à nouveau quelque chose me parcourir l'échine, mais cette fois avec des tenailles. Je commençais à penser que Cabeza avait peut-être raison. Peut-être avais-je effectivement commis une grosse erreur et peut-être ferais-je mieux d'en supporter les conséquences. Je pris quelques chips dans un bol et les engouffrai nerveusement.

Kamal revint vers le buffet pour y prendre une bouteille d'eau.

— Vous avez déjà trouvé Cabeza ? me demanda-t-il, décidément très poli. Je l'ai aperçu dans le coin là-bas, avec Bigs Cru. Vous les connaissez ?

Je lui fis signe que non.

— Pourtant, ils sont assez connus, dit Kamal. Ils réalisent des fresques pour Tommy Hilfiger et Coca-Cola. Ils ont fait celle qui est là-bas, ajouta-t-il en indiquant le mur au fond de la salle.

Je distinguais de grandes lettres, de larges initiales en vert et bleu, peintes en trois dimensions, explosant dans l'espace. J'avais du mal à comprendre et j'inclinais la tête de côté dans l'espoir que cela m'aiderait.

— Qu'est-ce que ça représente, demandai-je à Kamal.

— Vous n'arrivez pas à lire ? s'étonna-t-il. Ils ont écrit « Stain 149 ».

Non, je n'arrivais pas à déchiffrer cette fresque. Je restais là, les yeux écarquillés, un peu comme si j'assistais à une soirée piscine, sans savoir nager.

Kamal se mit à rire.

— Regardez, fit-il en suivant du doigt le contour des lettres. Il y a le « S » qui semble nous sauter à la figure. Sa partie supérieure est beaucoup plus grosse que sa base et on dirait que sa base à des pieds, vue d'ici.

Maintenant, je voyais mieux ce qu'il voulait dire. Oui, il y avait bien un « S ». Je hochai la tête.

— Et vous voyez comme le « T » se love autour du « S ». Et aussi, il semble projeter de la poussière sur le « A ». Vous voyez ?

Maintenant qu'il me l'expliquait, je parvenais à distinguer le nom. Mais oui. Chaque lettre se révélait peu à peu. Je pouvais désormais lire le nom « Stain », penché et tordu, qui dansait dans l'espace. Les lettres prenaient vie, elles bougeaient.

— Chouette, fis-je. Vous faites ça aussi ?

— Parfois, répondit-il. En fait, j'essaie de devenir journaliste. Comme vous.

— Oh alors je peux... je pourrais peut-être vous aider.

— Je vais vous présenter à Bigs Cru, proposa Kamal en me guidant à travers la foule et en me signalant les autres fresques. Celle-là a été réalisée par Mosco, un Mexicain roi du graff. Et là, vous avez les œuvres de Crash et de Daze. Ils sont venus lundi soir pour les faire. Là-bas, c'est Zephyr.

J'écoutais avec plaisir ce premier cours de culture urbaine, en opinant et en sirotant mon orangeade, lorsqu'en passant auprès d'un groupe de femmes j'entendis l'une d'elles se désoler : « Amenia a le cœur brisé avec cette histoire. »

Une autre femme enchaîna : « Et tu crois vraiment que ce journal va rétablir la vérité sur notre communauté ? Quand as-tu vu pour la dernière fois un journaliste dans le quartier qui n'était pas venu pour une histoire de meurtre ou d'incendie ? Est-ce que jamais ils écrivent des trucs positifs ? Comment espérer qu'ils publient autre chose que... »

Kamal s'enfonça un peu plus dans l'assemblée. Il se faufilait rapidement et je ne voulais pas le perdre.

— Ça gaze, Smudgy ? dit quelqu'un à Kamal.

Je me retournai pour découvrir un très bel homme d'une quarantaine d'années avec un large front, une dent en or et une paire de grandes lunettes en métal doré. Il s'avança vers Kamal et le prit dans ses bras.

— On a un mur, poursuivit-il. La pizzeria Diaz sur la 207ᵉ, toute la façade de l'immeuble. Tu crois qu'Amenia et ta tante seraient d'accord pour ça ?

— Bien sûr, répondit Kamal. N'importe où.

Kamal fit les présentations. Il s'agissait des trois membres de Bigs Cru : le plus grand, dénommé Wicked Rick[1], un autre petit et rond, plus sobrement appelé Clu, et un troisième baptisé Rx. Ce dernier, qui était assis sur un fauteuil pliant près de la fenêtre, souleva sa casquette pour me saluer, tandis que le deuxième saisissait ma main fort solennellement en se fendant d'un « ravi de faire votre connaissance » des plus élégants.

— Rx ? Pour Rayons X ? m'enquis-je.

— Rigoureusement Excellent[2], me répondit-il.

Kamal leur expliqua que j'étais à la recherche de Cabeza. Ils s'interrogèrent alors du regard, comme si chacun d'eux pensait que l'autre l'avait croisé, mais il en ressortit qu'aucun d'entre eux ne l'avait vu. Personne ne semblait vouloir ajouter quelque chose.

— Je suis journaliste, offris-je, en espérant que ça les ferait réagir. J'envisage d'écrire un truc sur Stain, ajoutai-je pour voir où cela me mènerait.

— Oh, je vois, fit Rx depuis son fauteuil de jardin, en me regardant par-dessus ses lunettes et en suçant un cure-dent. Il faut que le mec soit mort pour qu'on parle de lui dans les journaux. Où étiez-vous quand il cherchait un peu de publicité pour

---

1. *Wicked Rick* peut se traduire par « Rick l'Affreux » (NdT).
2. En fait, *Raw Excellence* pourrait se traduire par « Excellence Brute » (NdT).

pouvoir créer son atelier pour les mômes ? Comment ça se fait que vous ne soyez pas venue à ce moment-là ?

Wicked Rick agita la main en l'air, comme pour dissiper les paroles de Rx.

— Ne vous en faites pas. Cabeza est dans le coin, quelque part.

Rx se concentra sur la fermeture Éclair de son survêtement et se mit à jouer avec une touffe de poils qui dépassaient de son col.

— Qu'est-ce que vous allez écrire sur Stain ? me demanda-t-il. Est-ce que vous allez parler d'autre chose que de 1983, 84 et 85 ? insista-t-il en comptant les dates sur ses doigts.

Wicked Rick fronça les sourcils pour lui intimer de se calmer, mais Clu se rapprocha et attendit avec intérêt ma réponse. Il semblait timide et peu à l'aise avec les mots. Il devait pourtant avoir dit un jour quelque chose qui n'avait pas plu à quelqu'un parce qu'il avait une longue cicatrice rose qui courait depuis sa gorge jusqu'à son oreille. Je triturai mon verre d'orangeade.

— J'avais dans l'idée d'examiner l'influence qu'il a pu avoir sur sa communauté, ici, offris-je en estimant que c'était exactement ce qu'ils voulaient entendre. Il a représenté une puissante source d'inspiration pour les jeunes.

Rx s'enfonça un peu dans son fauteuil, son cure-dent toujours dans la bouche.

— Ouais, maugréa-t-il. Tout à fait ce que je pensais. Un bon petit article, hein ? Comme ça, son meurtrier continue à courir les rues et son œuvre se perd. Vous, les journalistes, vous êtes vraiment nazes.

— C'est bon, Rx. Du calme, gronda Wicked Rick. C'est une invitée.

Rx lança un regard vers Wicked Rick, puis vers moi, avant de se pencher sur ses chaussures de sport pour les épousseter. Finalement, il se redressa.

— Vous n'appartenez pas à ce canard, n'est-ce pas ? Celui qui a menti en parlant d'un suicide pour Stain ? Est-ce que c'est eux qui vous envoient pour arranger la sauce ?

Je bégayai quelque chose du genre : « Personne ne m'envoie. Je suis venue parce que je m'intéresse… » Je poursuivis ma phrase, mais je pense qu'elle ne formait déjà plus une réponse très cohérente. Je tentai de me redonner une contenance en avalant une gorgée d'orangeade, mais il n'en restait plus une goutte. Et puis, tout ralentit. Les formes dans la pièce commencèrent à onduler en laissant derrière elles un sillage un peu flou.

— Je suis désolée, m'excusai-je auprès de Wicked Rick et de Kamal. Je ne devrais pas être là, je…

Je chancelai et reculai d'un pas pour me stabiliser, mais je me heurtai à une femme imposante coiffée d'un large chapeau à fleurs qui tomba par ma faute.

— Oh, mon Dieu, laissez-moi faire, dis-je en me baissant pour ramasser son couvre-chef. Je me penchai, mais je n'eus pas la force de me relever. Je sentais que je perdais pied et je ne pouvais rien y faire. Tous mes membres devinrent mous, comme si j'avais réussi jusqu'à présent à résister à l'évanouissement mais que celui-ci devenait imminent. La dernière image dont je me souvienne : je suis allongée sur le sol, les doigts serrés sur une énorme capeline.

Quand je revins à moi, je restai immobile pendant un moment, observant les silhouettes qui évoluaient autour de moi et les regards qui me surplombaient. Curieusement, il était très agréable d'être ainsi étendue par terre. J'aurais bien aimé y rester encore un peu. De toute façon, les gens pouvaient m'enjamber si j'étais sur leur chemin.

Un bras s'avança pour saisir ma main. C'était un bras puissant au bout duquel je distinguais vaguement une manche de chemise blanche. Mes yeux remontèrent le long du membre pour voir le reste de cette chemise : des volants et des broderies de style cubain couvrant un large torse et une veste grise. Tandis que je quittais le sol, je notai aussi un pantalon du même gris. Enfin, j'aperçus un panama blanc paré d'un ruban brun formant comme une couronne.

— *Aqui linda,* dit-il d'une voix chaude de fumeur, *tienes dolor* ?

Je sus immédiatement que c'était la voix que j'avais entendue au téléphone, la voix dans ma tête.

L'instant d'après, j'étais sur pieds. Devant moi se tenait un homme séduisant aux traits anguleux et au menton carré, avec des cheveux poivre et sel un peu longs sur les tempes. Ses épaules me paraissaient pouvoir supporter un tronc d'arbre, sans pour autant donner l'impression d'un homme très physique. Ses mains étaient fines, mais suffisamment puissantes pour soutenir une femme et la remettre d'aplomb.

Ma première pensée fut pour Robert Mitchum dans *La Griffe du passé,* l'un de mes films noirs préférés. Mitchum y joue le rôle d'un ancien détective privé qui cherche à mettre son passé derrière lui – une sublime, quoique fatale, Jane Greer –, mais celui-ci le rattrape. J'ouvris la bouche pour parler, mais il n'en sortit qu'un croassement. Il posa sa main sur mes reins. Ce n'était pas déplaisant.

— Voulez-vous vous asseoir ?

Les membres de Bigs Cru étaient autour de moi : Clu et Wicked Rick avaient chacun posé une main sur mon épaule. Rx se tenait un peu en retrait et m'observait. Si je ne m'étais pas écroulée, il m'aurait sans doute exposé tout le bien qu'il pensait de moi. J'essayai de reprendre mon souffle, mais je respirais avec peine. Kamal courut chercher un verre d'eau que je bus d'un trait. J'aurais aimé pouvoir m'y noyer.

— Ça va, fis-je d'une voix faible. Vraiment, ça va. J'ai juste besoin d'un peu d'air frais.

Je m'écartai de mon groupe de sauveteurs et me dirigeai lentement vers la porte. Wicked Rick fit quelques pas à mes côtés, mais je l'assurai que tout irait bien.

— Je me sens bien maintenant. Je vous assure. Je reviens tout de suite.

Je me faufilai à travers la foule jusqu'aux escaliers. Encore mal assurée sur mes jambes, je descendis prudemment en tenant la rampe, les mollets en coton. Je glissai par deux fois et je m'écorchai les genoux sur le rebord saillant des marches. *Tu as déjà fait ça*, me répétais-je. *Tu fais ça depuis que tu as un an. Il suffit de mettre un pied devant l'autre et de recommencer.*

Je craignais que Rx me suive. J'avais tout aussi peur que Kamal fasse de même. Ils voudraient des réponses et je n'en avais aucune à leur offrir. *S'il vous plaît, excusez-moi*, leur dirais-je. Mais, ils ne s'en satisferaient pas. *S'il vous plaît, ne me dénoncez pas.* Mais je ne méritais pas vraiment leur pitié.

Au bas des escaliers, je poussai une autre lourde porte qui s'ouvrit sur la nuit. Plus j'y réfléchissais, plus je savais que ce ne serait pas Rx ou Kamal. Ce serait Cabeza.

Dehors, l'air épais ne m'offrit aucun réconfort. Juste au-dessous d'un gros nuage noir, la lune scintillait. Quelqu'un sortit d'une boutique de sandwichs, juste derrière moi. Je hâtai le pas. Il agita alors un jeu de clefs et les fit tinter négligemment. Je traversai la rue en courant, agrippant ma robe. Mon cœur battait dans ma gorge, ma nuque était trempée de sueur. Dans mon dos, quelque chose claqua violemment et je sursautai. C'était la porte de la boutique de sandwichs.

J'essayai de me persuader de prendre les choses calmement, mais mes pieds ne voulaient pas s'arrêter. Je continuai donc à marcher dans les rues en évitant les coins sombres. Un taxi cabossé passa près de moi en me faisant des appels de phares. Que me voulait-il donc ?

Sur Bruckner Boulevard, le feu était vert. Il me faudrait donc attendre avant de revenir sur mes pas en slalomant dans ces centaines de ruelles. Le trafic battait son plein : les voitures passaient comme des balles et les camions comme des obus. Un seul écart sur la chaussée et c'en était fait de moi. Je regardai une fois encore par-dessus mon épaule en m'attendant à voir Cabeza ou son ombre s'étirant sur le macadam. Il n'était pas là. Pas encore. Mais il ne tarderait pas.

Chapitre 9
Croisement dangereux

J e ne tressaillis pas quand je sentis sa main sur mon bras et que j'entendis sa voix dans mon dos : « *Cuidade.* C'est un croisement dangereux. » Je ne me retournai pas parce que je savais déjà qui s'exprimait ainsi. La chemise à volants, le costume gris, le panama et son ruban brun. Il était si près de moi que je pouvais sentir les effluves de caïpirinha que dégageait son haleine.

— Ne vous inquiétez pas pour moi, dis-je, je peux me débrouiller.

— Bien sûr que vous le pouvez, me chuchota-t-il d'une voix chaude dans l'oreille. Mais il est regrettable que vous ayez quitté la célébration. Certaines personnes là-bas aimeraient beaucoup vous parler.

— Je sais qui vous êtes, dis-je. Je sais ce que vous voulez. J'ai rendu mon hommage à Wallace, maintenant je pense qu'il est temps de rentrer chez moi.

Je le vis du coin de l'œil. Les lumières de l'autoroute zébraient son visage d'ombres et de lumières. Le rebord de son panama dissimulait ses sourcils. Je vis le blanc de ses yeux et l'ivoire de ses dents. Il ressemblait à Richard Widmark, tout droit sorti du *Carrefour de la mort.*

— Je ne vous en veux pas pour cet article. La police a considéré qu'il s'agissait d'un suicide : dossier classé. Vous n'aviez aucune raison de croire que les flics vous mentiraient. Mais les gens, là-bas, ont une autre opinion. Il vous suffit juste de leur expliquer comment vous en êtes arrivée à cette conclusion.

Il tenait fermement mon bras, sans pour autant faire preuve de brutalité. Une marque de suggestion plutôt que d'insistance. À cet instant, j'aurais pu accéder à sa demande et tenter d'aller m'expliquer devant tous ces gens qui avaient souhaité rendre un dernier hommage à Wallace. Mais je m'en sentais incapable parce que, en fait, je n'avais aucune excuse. Je n'avais pas vérifié les *faits*. Même le communiqué des flics n'étayait pas ma version. Et je ne pouvais pas vraiment m'appuyer sur une réputation sans tache. Quant à la renommée du *Journal*, elle ne m'apparaissait pas comme une ligne de défense valable.

Je n'avais aucune issue de secours, sauf à m'enfoncer un peu plus dans la fiction. Je repensai à Barbara Stanwyck et à Gloria Grahame. Elles jouaient toujours des personnages impitoyables qui vivaient dans le mensonge mais elles s'en sortaient à chaque fois — ou presque. Après tout, moi aussi je pouvais reprendre leur rôle. J'avais mis mon coupe-papier en argent dans mon sac, ce matin. Au cas où. C'était peut-être le moment de l'utiliser, comme Barbara l'aurait fait avec son pistolet miniature, afin de dégager un peu l'espace entre nous d'eux.

Je pivotai brusquement et fis face à Cabeza. Je me collai à lui afin qu'il sente les courbes de mon corps. Puis je rejetai ma tête en arrière et mis mon poing sur ma bouche avant de me mordiller les ongles. J'avais déjà observé que ce genre de manifestations pouvait faire de l'effet.

— Il faut que vous m'aidiez, il le faut, gémis-je, essayant de faire revivre Mary Astor dans *Le Faucon maltais*. Je suis dans une situation impossible. Je ne peux pas tout vous expliquer. Et même si je le faisais, vous ne me croiriez pas. Je suis si perdue ! Ne le voyez-vous pas ? Si je pouvais réparer tout cela, je le ferais. Je ferais n'importe quoi, n'importe quoi. Mais vous devez me croire : cela ne ferait qu'empirer les choses. Je sais que cela paraît insensé, mais je n'ai personne d'autre vers qui me tourner. Vous êtes mon seul espoir. Vous devez me croire. Il le faut. Si vous ne me croyez pas...

Les yeux de Cabeza s'écarquillèrent.

— C'est quoi tout ce cirque ?

Je me pressai encore un peu plus contre lui et plaçai une main sur sa poitrine. Dans le même temps, je glissai l'autre main dans mon sac et sentis la lame du coupe-papier. Je ne voulais pas faire de mal à Cabeza, juste le maintenir en respect une fois qu'il aurait décrypté mon petit numéro de jeune fille en détresse.

— C'est bon, tout doux, dit-il. Il n'y a pas de raison de se mettre dans un état pareil, vraiment. Il existe d'autres solutions.

Je laissai mes doigts dans mon sac, mais pivotai légèrement pour qu'il puisse ressentir ma cuisse. J'avais du mal à assurer ma prise sur le coupe-papier.

— Je n'ai jamais voulu faire de mal à quiconque. Je... Je... Les flics m'ont dit un truc, mais les rédacteurs ne l'entendaient pas de cette oreille. Je ne voyais pas comment m'en sortir. Je n'avais aucune marge de manœuvre. Je...

Il me passa une main dans les cheveux, qui se voulait réconfortante.

— C'est bon, ne vous en faites pas. Vraiment, ne vous inquiétez pas.

Son visage était contre le mien, ses lèvres s'entrouvraient. J'avais le manche du coupe-papier en main. Il était temps d'agir. Mais au moment où je m'apprêtais à brandir la lame argentée, je pris conscience que je ne pourrais jamais m'en sortir de cette manière. C'était absurde. Du grand mélodrame. Je lâchai donc mon arme. Il remarqua mon geste.

— Mais..., dit-il. Qu'est-ce qui...

Il saisit mon poignet fermement et le sortit de mon sac. Il vit alors le coupe-papier.

— Mais que faites-vous ? s'étonna-t-il en faisant un pas en arrière.

Je regardai le coupe-papier comme si je ne l'avais jamais vu auparavant. Puis je le laissai tomber sur le trottoir. Cabeza leva les yeux et se mit à rire.

— C'est quoi, ça ? Un couteau à beurre ?

Il m'agrippa fermement le bras avant de se pencher pour ramasser le coupe-papier. Il l'observa un instant, à la lumière des réverbères.

— Et vous pensiez faire quoi avec ce truc ? gloussa-t-il. Me couvrir de beurre jusqu'à ce que j'en meure ?

Je tentai de bredouiller quelque chose, mais je fus incapable de dire autre chose que : « Je... Non... Je suis tellement... »

— Vous m'étonnez, dit-il. Et même, vous m'impressionnez un peu. Votre petite scène, j'y ai presque cru. Mais je ne m'attendais vraiment pas à ça.

J'enfouis mon visage dans sa poitrine.

— Je suis désolée, vraiment, je suis désolée. Je ne suis bonne à rien. Une ratée. Je rate tout ce que j'entreprends. Les gens, là-bas, ils doivent me haïr. Et ils ont toutes les raisons de le faire. Je suis affreuse, ridicule. Je n'ai jamais été d'aucune utilité à personne.

— Ne soyez donc pas stupide, dit-il. Je ne comprends pas trop à quoi nous sommes en train de jouer, ni quel genre de scénario vous avez concocté dans votre petite tête pour la suite. En revanche, je suis tout prêt à me montrer raisonnable. En tout cas, je n'ai jamais songé à vous faire de mal, à vous intimider ou à vous faire peur. Vous n'aviez pas besoin d'aller aussi loin. Il suffit tout simplement de se parler. Je pense que c'est ce qu'il y a de mieux à faire.

Sa voix était sereine, compatissante même. Il n'était pas menaçant. Au contraire, il cherchait à me rassurer, à m'apaiser. Mais j'avais terriblement honte de moi et j'avais du mal à trouver les mots pour lui dire combien j'étais désolée. J'avais dit la vérité en affirmant que je voulais réparer les dégâts que j'avais causés, mais je ne voyais pas comment le faire. J'aurais voulu me ratatiner sur l'asphalte et disparaître.

— *Linda* ? Vous m'entendez ? Je crois vraiment que si vous étiez prête à discuter un peu avec moi, nous pourrions imaginer une solution, poursuivit Cabeza.

C'était pathétique, tellement pathétique ! Et la seule chose que je parvenais à faire était de sangloter. Je voulais qu'il me laisse là, qu'il m'abandonne à mon triste sort, là, dans le caniveau auquel j'appartenais. Je n'avais même plus la force de rester debout.

Il me saisit par la taille.

— Hey, ça va ?

— Je… Je suis désolée, murmurai-je. Est-ce que vous pouvez me laisser ? Me laisser ?

Cabeza continua à me soutenir, raffermissant sa prise. Son torse était chaud.

— Mais qu'est-ce que tout cela veut dire, *linda* ? me demanda-t-il doucement. Vous ne voulez pas me le dire ?

Il y eut un éclair blanc dans le ciel et, dans le même temps, un grondement de tonnerre qui fit place à une averse brutale. En un instant, nous fûmes trempés. Cabeza m'encouragea à bouger, mais je ne voulais aller nulle part. Je ne voyais rien de plus approprié que de pleurer sous la pluie. Il insista encore pour que je marche.

— Non, je ne peux pas, je ne peux pas.

Mon visage était couvert de larmes et je dégoulinais.

Cabeza m'attira contre lui. Je sentis une fois encore son souffle empreint de caïpirinha et l'odeur musquée, un peu aigre, de sa sueur. Sa voix était tendre.

— Allez, venez maintenant. Nous ne pouvons pas rester là.

Il plaça sa veste sur mes épaules et me fit traverser Bruckner Boulevard.

De l'autre côté de la rue, dans la lueur glacée d'un réverbère, il héla un taxi et, quand celui-ci se fut arrêté à notre hauteur, il me poussa à l'intérieur.

★
★ ★

Le restaurant M&G est un bouiboui crasseux qui sert des repas à toute heure à l'angle de la 125ᵉ Rue et de Morningside, dans Harlem. Le néon fluorescent placé au-dessus de sa porte annonce « Vieillot mais bon ». À l'intérieur, derrière sa vitrine grasse de suie, on trouve une salle bien éclairée avec des tables en Formica orange sur un parquet en linoléum. Il y a aussi un comptoir en « L » où l'on peut s'installer quand on est seul, quel que soit le moment de la nuit, que l'endroit soit plein ou désert. On nous avait proposé de nous asseoir au comptoir et Cabeza avait décliné en expliquant que nous étions ensemble.

Sur la carte du M&G, il n'y a pas grand-chose pour exciter les papilles, à l'exception d'un flan tout juste sorti du four, de gaufres, de café frais moulu et de patates douces accompagnées de poulet en train de griller. Il n'y a pas non plus grand-chose à écouter, hormis un vague fond sonore de r'n'b provenant d'un vieux juke-box placé près de l'entrée. Cabeza y avait inséré un peu de monnaie et l'on entendait maintenant la chanson d'Al Green, *Look What You Done for Me*.

J'avais devant moi une large assiette blanche bordée de rouge, couverte d'un peu de charcuterie tirant sur l'orangé, de quelques ailerons de poulet dorés et de deux muffins jaunâtres à demi grignotés. Je portais toujours la veste de Cabeza et j'avais séché mes cheveux sous le sèche-mains installé dans les toilettes du restaurant. Lui était encore humide, mais il n'avait pas l'air en colère. Il tenait un morceau de poulet entre le pouce et l'index, au-dessus d'une assiette de gaufres.

Tandis que nous roulions vers New York, la tempête s'était déchaînée. Ce trajet en voiture m'avait donné le temps d'observer Cabeza à la dérobée, dans la lumière des réverbères. Les traînées que laissait la pluie sur les vitres de notre taxi dessinaient des formes sur ses joues, comme le Perry incarné par Robert Blake dans *De sang froid*, juste avant qu'il soit pendu. Il avait placé sa main sur mon avant-bras et m'avait laissée sangloter, sans me poser de questions, sans parler, m'offrant seulement un mouchoir pour m'essuyer le visage.

Maintenant que nous étions dans la lumière crue du M&G, je vis ce que la pénombre m'avait jusqu'alors dissimulé : des yeux verts si pâles qu'on les aurait dits transparents, soulignés de cernes profonds et encadrés par un buisson de sourcils. Les pattes d'oie au coin de ses yeux évoquaient les draps d'un lit refait à la hâte.

— En principe, on ne mange du poulet et des gaufres qu'après avoir dansé huit heures d'affilée au son d'un orchestre de swing, dit-il.

— Il vaudrait mieux que vous vous trouviez un orchestre si vous voulez terminer tout ça, fis-je en désignant la cuisse de poulet qu'il était en train de déchiqueter. Vous pensez à un endroit en particulier ?

— Ça va mieux, on dirait, me dit-il. Vous semblez capable de pivoter sur une pièce de monnaie.

Mon visage portait encore les traces de mes larmes, mais Cabeza m'avait réconfortée avec quelques tasses de café et des muffins bien chauds.

— D'où venez-vous ? lui demandai-je.

Il passa la serviette en papier sur ses lèvres afin d'en ôter les traces de gras que le poulet avait laissées.

— Porto Rico. Une ville au bord de la mer appelée Aguas Buenas, *la ciudad de las aguas claras*, ajouta-t-il en exagérant son accent. La ville des eaux claires. J'ai quitté l'île quand j'avais 18 ans pour aller à Hollywood. J'imaginais que j'allais sans tarder y devenir un puissant réalisateur américain. Mais personne n'a semblé du même avis que moi. Ils n'avaient pas de place pour des réalisateurs mexicains, m'ont-ils dit.

— Mexicains ? Mais vous...

— Exactement. Mais Hollywood n'a que faire de la géographie. Quand je suis arrivé là-bas, même les rôles de latinos étaient joués par des gringos dont on teintait la peau avec un peu de cirage.

Maintenant qu'il le disait... Je me souvins que, dans *La Soif du mal*, Ramon Miguel Vargas, un flic des narcotiques sévissant près de la frontière mexicaine, était joué par Charlton Heston. Dans le film, Heston était censé être mexicain, mais il l'était à peu près autant que Judy Garland.

— Du coup, j'ai changé de côte et je me suis consacré à des documentaires, enchaîna-t-il. J'avais de la famille à El Barrio. Je me suis procuré une caméra pour pas cher et j'ai commencé à filmer la racaille de mon quartier. Et puis un réalisateur autrichien, qui cherchait à faire un documentaire sur les incendies dans le Bronx, a entendu parler de moi et m'a demandé de l'assister. Ça a été un tournant pour moi, en quelque sorte. Je n'ai jamais cessé de faire ça depuis.

Il reposa son poulet et s'essuya la bouche avec sa serviette en papier. Je voyais, malgré son ton informel, qu'il avait des manières aristocratiques. Peu importait qu'il fût assis là sur son tabouret, devant une table en Formica. On aurait dit que chacune des tables dont il s'approchait se transformait instantanément en une antiquité de prix en chêne massif, et que tous les gobelets en plastique devenaient de fragiles coupes de cristal. Ainsi, cette serviette, là, sur ses lèvres, semblait avoir été taillée dans un lé de lin fin.

— Et quel genre de films faites-vous aujourd'hui ?

— Mon travail continue à tourner autour du paysage urbain, des familles ouvrières et de leurs luttes, m'exposa-t-il comme s'il postulait pour une bourse.

Puis il leva les yeux vers moi en riant : « *Con los pobres estoy*, chantonna-t-il. *Noble soy.* »

Je connaissais juste assez d'espagnol pour comprendre ce qu'il avait dit : «Je suis avec les pauvres. Je suis noble. » Mais il l'avait dit en plaisantant, avec beaucoup d'autodérision. J'imagine que je lui avais alors souri puisqu'il me rendit mon sourire. Un large et beau sourire, aussi grand qu'une maison pourvue de chambres d'amis.

— Bon, fit-il, vous voulez me parler de ce qui s'est passé là-bas ? Je ne suis peut-être pas très bon au téléphone, mais on m'a dit que j'avais une bonne qualité d'écoute en tête à tête.

Je baissai les yeux sur mes muffins. Il y avait bien longtemps que personne ne m'avait demandé de parler de mes états d'âme. Je mâchouillai quelques miettes durant de longues secondes, puis relevai la tête. Il attendait.

—Je… C'est juste que…

Je n'y arrivais pas.

— Vous n'êtes pas obligée de me parler.

Je ne savais pas bien pourquoi j'avais envie de me confier à lui, mais je le fis. Peut-être était-ce parce que je portais encore sa veste sur mes épaules et qu'il ne me l'avait pas réclamée. Peut-être était-ce dû à cette impression étrange de dîner au bord d'un gouffre.

— Tout cela ne va pas vous sembler très cohérent, m'excusai-je par avance. Mon père est mort quand j'avais 10 ans. C'était il y a très longtemps, je sais, mais depuis, je n'ai jamais réussi à vraiment savoir qui je suis. C'est un peu comme si j'avais essayé différents costumes qui ne me sont jamais allés.

Cabeza se mit à rire : « Je crois que c'est vrai pour la plupart d'entre nous. »

— Vous croyez ?

— Je ne sais pas. Parfois, ça s'applique à moi aussi.

Comme je prenais une gorgée de café, il continua : « Personne à New York n'est ce qu'il prétend être. Vous croyez que les gens que vous avez rencontrés dans cet atelier sont tous parfaitement sincères ? Naaan ! Chacun d'eux dissimule quelque chose de lui-même. Quand vous habitez New York, vous vivez au milieu des escrocs.

Il découpait sa gaufre en suivant son quadrillage. Sa constatation ne semblait pas le perturber. Chacune de ses paroles me réconfortait. Le simple son de sa voix de fumeur me donnait l'impression que mes pieds allaient peut-être enfin rencontrer la terre ferme.

— Je ne suis pas en train de remettre en cause ce que vous avez dit, *linda*. C'est très dur de perdre son père. Il y a aussi un peu de ça chez moi. J'ai perdu un frère très jeune. J'ai parfois l'impression que j'essaye encore à ce jour de compenser ce manque. De temps en temps, il me semble que c'est pour cela que je suis devenu si proche de Malcolm. Je croyais qu'il serait mon nouveau frère. Et, d'une certaine façon, c'est bien ce qu'il était.

J'étendis la main par-dessus la table pour la placer sur le bras de Cabeza.

— Je suis désolée pour Malcolm, dis-je. J'aurais dû vous le dire bien plus tôt. Je suis désolée qu'il soit mort.

— Écoutez, ce n'est pas votre faute. Mais vous pouvez nous aider. Si vous voulez vous racheter et nous aider en même temps, nous pouvons mettre quelque chose sur pied.

— Comment ?

— Nous n'avons pas besoin d'un erratum, dit-il. Nous voulons juste que la vérité éclate. J'imagine que c'est aussi ce que vous voulez. Vous ne le vouliez peut-être pas avant, mais maintenant que vous avez vu combien sa disparition a attristé de gens...

Il se remit à découper sa gaufre. « Si nous parvenons à ce que soit publié quelque chose sur ce qui lui est vraiment arrivé, nous serons contents. Et si vous parvenez à écrire cet article, je pense que cela vous sera également profitable. »

— J'ai l'impression que vous vous imaginez que j'ai du pouvoir. Mais je ne suis pas même autorisée à signer les annonces de décès que j'écris. Personne ne publierait l'un de mes articles et encore moins un truc de cette importance.

Il avala un morceau de sa gaufre et se mit à le mâcher avec application. Quand il eut fini, il reprit son raisonnement.

— D'accord, vous êtes peut-être dans une position difficile pour le moment. Je vous l'accorde. Mais du fait de votre situation – vous travaillez encore dans ce journal –, vous êtes quelqu'un de très puissant. Vous n'avez pas l'air de vous rendre compte du pouvoir que vous pourriez avoir. Nous venons d'un endroit qui ne reçoit pas beaucoup de couverture médiatique. Le fait qu'aujourd'hui vous êtes venue jusqu'ici, dans le Bronx, montre que vous êtes plus forte que vous le croyez. Vous avez fait tout ce chemin. Peut-être accepterez-vous d'aller encore un peu plus loin ? Vous pourriez nous aider à découvrir qui a tué Malcolm. Vous écrivez là-dessus et nous en sortons tous gagnants.

Cabeza trempa sa gaufre dans la crème avant de reprendre : « Malcolm était un véritable artiste. Un artiste de premier ordre. Peut-être l'artiste noir le plus important de tout l'art contemporain, après Basquiat. Je déteste ce genre de distinctions – artiste noir, artiste latino, femme artiste –, mais c'est la façon dont les gens réagissent. Et si vous potassez un peu votre histoire de l'art, vous verrez qu'il n'y a pas une foule d'artistes noirs qui ont percé.

Si vous trouvez qui l'a tué, vous aurez entre les mains un papier incroyable. Le genre de papier que vos directeurs de publication ne pourront ignorer, quelle que soit la personne qui le leur aura fourni. »

Je commençais à voir où il voulait en venir. Je commençais à comprendre la raison pour laquelle il s'était donné tant de mal pour m'inviter à l'hommage rendu à Wallace, puis pour aller me chercher sous la pluie. Il aurait pu se contenter d'appeler Jane Battinger pour se plaindre. N'importe qui dans l'atelier, là-bas, aurait pu faire de même. Mais, contrairement à moi, il avait vu l'opportunité que lui fournissait la situation – aussi longtemps que je continuerais à travailler pour le *Journal*. Il était donc encore en mon pouvoir de corriger les choses. Mais il fallait d'abord que je détermine pourquoi tout le monde avait écarté la thèse du suicide.

— Pourquoi êtes-vous si certain que Wallace a été tué ?

Il cessa de mastiquer.

— Parce que je sais qu'il ne s'est pas suicidé. Ce n'était pas son genre. Il n'était tout simplement pas homme à commettre ce genre d'acte.

J'avais déjà entendu ce type de logique. Je jouai un peu avec ma cuillère sans réagir. Cabeza dut sentir que je n'étais pas satisfaite de sa réponse.

— Et aussi parce que au moment de sa mort, il y avait beaucoup de choses qui n'étaient pas très claires. Vous voyez, Malcolm a passé ces derniers mois à chercher diverses toiles qui ont disparu. Il était retourné voir son ancien marchand, une femme du nom de Darla Deitrick qui possède une galerie sur la 24ᵉ Rue Ouest, pas loin de Westside Highway. Il pensait qu'elle était encore en possession de certaines de ses œuvres.

J'avais entendu parler de la galerie Darla Deitrick. Cette femme était une célèbre marchande d'art qui avait récemment obtenu pas mal de publicité à la suite d'une exposition intitulée « Bon flic », à savoir une série de portraits des hommes en bleu de New York, quelques semaines à peine après qu'Amadou Diallo s'était fait descendre par des policiers dans le Bronx. Cette mort avait fait énormément de bruit et le *Journal* avait publié plusieurs articles sur cet accident. Si effectivement Darla Deitrick avait quelque chose à voir avec la mort de Wallace – même indirectement, du moment que je fusse en mesure d'associer son nom à celui du peintre –, je pourrais écrire un article de nature à intéresser Jane Battinger.

— J'ai tenté de contacter Darla à propos de ces toiles, mais elle ne retourne jamais mes appels, soupira-t-il. J'imagine que le fait de travailler pour ce journal vous habilite à rendre visite aux galeries d'art et à poser des questions, quel que soit le sujet sur lequel vous êtes censée écrire.

— Vous n'imaginez tout de même pas qu'une galerie d'art pourrait supprimer un artiste dont elle expose les œuvres ?

— Je ne dis rien de tel, s'enflamma-t-il avant de faire une pause pour se calmer. Je m'efforce simplement de déterminer s'il pourrait y avoir un lien entre la disparition de ces toiles et la mort de Malcolm.

— Quel genre de lien ?

Les gestes de Cabeza étaient tous très précis, intentionnels. Il laissa sa fourchette suspendue dans l'air avant de la porter à sa bouche.

— Quel genre ? Eh bien, Malcolm m'avait dit qu'il pensait que Darla Deitrick avait vendu ses œuvres, mais qu'elle avait omis d'en déclarer les ventes, à lui-même, mais aussi aux autorités fiscales. S'il avait raison, elle aurait ainsi commis un crime fédéral. Ça ferait un excellent papier pour votre journal, non ?

Darla Deitrick coupable de fraude fiscale ? Et comment ! Ce serait un papier parfait pour le *Journal*. Dans ces conditions, je pouvais espérer court-circuiter Jane Battinger, et même le service Culture. J'avalai une longue gorgée de café, mais il avait eu le temps de refroidir. La serveuse revint avec un pichet de café frais et elle proposa de remplir nos tasses.

— Elle va en reprendre, lui dit Cabeza, pas moi, merci.

— Imaginons que je parvienne à trouver quelque chose, à quoi cela vous sert-il ?

— Je découvre si Malcolm était sur une piste quelconque. Si c'est le cas, je peux remonter le fil. Je peux aider la famille Wallace à protéger son œuvre, si toutefois Darla la détient encore. Les siens voudraient pouvoir récupérer ses toiles. Mais à ce stade, je ne sais pas exactement ce que tout cela va donner. Tout ce que je sais, c'est que j'ai besoin de quelqu'un qui puisse aller là-bas et fouiner.

Je terminai mon poulet en laissant les os sur le rebord de mon assiette.

— Je ne serai pas en mesure de faire quoi que ce soit si l'on apprend que j'ai commis une erreur au service Nécro.

— Ne vous en faites pas pour ça, dit-il. Je ferai en sorte que personne ne fasse de foin. Je leur laisserai entendre que nous travaillons ensemble à réparer cette erreur.

— Et comment ferez-vous ?

— Je le ferai, c'est tout. Madame Deitrick vient de lancer une nouvelle exposition, une *mierda* minimaliste quelconque, alors elle va devoir être très gentille avec les journalistes cette semaine. Ça vous donne un petit avantage.

La serveuse revint pour débarrasser l'assiette de Cabeza : « Vous n'aviez pas très faim, à ce que je vois ? »

— Je ne supporte pas le poulet, fit-il en accompagnant sa réponse d'un clin d'œil. Il fouilla ensuite dans sa poche et en sortit deux lingettes en papier qu'il me présenta.

— Non, merci, répondis-je. Comment avez-vous rencontré Wallace ?

Il s'essuya les mains minutieusement, un doigt après l'autre.

— En 1973, j'ai fait un documentaire sur un groupe de graffeurs. C'était au temps des premiers tags. Je filmais la plupart du temps dans The Bench, la station de métro sur la 149ᵉ Rue depuis laquelle tout le monde regardait partir les trains. C'est de là que Wallace tire son nom, vous savez.

J'acquiesçai : Stain 149, un nom et une rue.

Notre serveuse vint nous apporter l'addition. Sans même la regarder, Cabeza sortit un billet de vingt tout neuf de sa poche et le plia avant de le lui remettre : « *Gracias*, dit-il, *lo retenez.* » Puis, il reprit son histoire.

— J'étais moi-même très jeune. Nous n'étions tous que des gamins. Je filmais en 16 mm et la qualité n'était pas mirobolante, mais il obtint son petit succès dans le milieu. Malcolm était toujours avec moi, quoi que je fasse. Je l'aidais à se procurer des cadres quand il était à court d'argent. J'étais un peu son mécène, finalement. Et puis je suis sorti avec Amenia pendant quelque temps, il y a des années de cela, avant qu'elle se convertisse à l'islam. On y va ?

Il se leva et ôta les miettes tombées sur son plastron. Il reprit son panama et le remit sur son crâne. Je me levai simultanément. J'étais à peu près sèche maintenant. Cet en-cas m'avait remise sur pied.

— Que sont devenus les autres ?

— Qui donc ?

— Les autres gamins qui faisaient des graffitis ? Ceux que vous avez filmés, avec Wallace ?

Cabeza me précéda jusqu'à la porte et l'ouvrit avant de s'effacer pour me laisser passer. Un vrai gentleman.

— En vérité, nombre d'entre eux sont déjà morts, dit-il. Tués par balle ou d'overdose. Des drogues coupées, des joutes verbales fatales, des charlatans... Certains sont en prison, d'autres continuent à graffer. Il y a un endroit dans Brooklyn où certains de ces graffeurs ont l'autorisation de peindre sur des murs. Stain était l'un des rares à s'en être sorti.

Dehors, l'air était désormais plus léger et la pluie avait cessé. Cabeza me demanda vers où j'allais et il me héla un taxi en me tendant un billet de dix dollars.

— Vous allez pouvoir rentrer chez vous toute seule ? me demanda-t-il.

Je lui rendis son billet et ôtai sa veste de mes épaules.

— Les journalistes n'ont pas le droit d'accepter de cadeau d'une valeur supérieure à 25 dollars de la part de leurs sources d'information, fis-je. Et vous m'avez déjà offert à dîner.

— C'était juste un dîner entre amis, répondit-il. Mais dois-je en déduire que vous êtes prête à travailler avec moi pour découvrir ce qui est réellement arrivé à Malcolm ?

Je savais que c'était risqué, mais je ne voyais aucun autre chemin vers la rédemption.

— Oui, dis-je en montant dans le taxi. Vous pouvez compter sur moi.

Chapitre 10
Blanc sur blanc

J'étais assise sur un canapé blanc devant un long comptoir en marbre, également blanc, dans l'arrière-salle immaculée d'une galerie entièrement blanche, et j'observais un homme blanc vêtu d'un costume en lin blanc.

J'étais nerveuse.

L'homme avait un téléphone blanc collé à l'oreille et me montrait le blanc de ses yeux afin de me signifier qu'il était en ligne : « Cela ne prendra pas plus d'une minute. »

— Joli costume, dis-je. Dolce ?

Il hocha la tête et fit la moue. Puis il éloigna le combiné de son oreille et murmura : « Tous les assistants, ici, portent du Dolce. Elle nous donne une allocation pour les vêtements, mais seulement chez ses stylistes. »

— Seulement Dolce & Gabbana ?

— Dolce, Paul Smith, Prada. Le cercle habituel.

— Ah, chuchotais-je à mon tour. Une rigoriste.

Il plaça sa main sur le récepteur et murmura : « Vous n'en savez pas le quart. »

Puis, il y eut une tonalité au bout de la ligne et il pivota légèrement sur son siège, me montrant le pavillon blanc de son oreille. Quand j'étais entrée dans la galerie, j'avais cru qu'il était chauve, mais je m'aperçus que ses cheveux étaient en fait d'un blond extrêmement pâle et coupés très court.

— Écoute, j'ai quelqu'un dans mon bureau qui souhaiterait interviewer Darla, dit-il à son interlocuteur. Qu'elle passe ? Il faut que je... Bien sûr que nous ouvrons ce soir. Tu ne viens pas ?

Cela faisait maintenant vingt minutes que j'attendais sur mon canapé blanc en contemplant Blondie, attendant qu'il voulût bien raccrocher.

— Mais bien sûr que tu n'en sors pas avant deux heures, continuait Blondie en entortillant le cordon du téléphone autour de ses longs doigts blancs. Ça ne devient fun qu'à partir de cinq heures ! En général, j'y vais vers trois heures et demie. Comme ça, je n'ai pas à supporter la foule des hétéros qui se pressent devant les vestiaires. Et alors ? Fais une sieste avant !

La galerie arborait tous les attributs d'une galerie : spacieuse, haute de plafond, immaculée avec son sol en granit dépoli, son minimalisme raffiné censé évoquer une retenue élégante. Son isolation phonique était exemplaire, avec un système d'air conditionné silencieux faisant oublier qu'il faisait plus de trente degré derrière les larges baies vitrées. Avant de prendre ma pause déjeuner dans Chelsea, j'avais mené ma petite enquête sur Darla Deitrick, et elle s'était révélée beaucoup plus fructueuse que les recherches sur Internet que j'avais lancées sur Cabeza. Le nom de celui-ci avait généré 39,4 millions de réponses, sans qu'aucune d'entre elles m'apporte une grande aide : un conquistador espagnol du XVIᵉ siècle, Alvar Nunez Cabeza de Vaca, quelques sites médicaux espagnols concernant la *dolor de cabeza* (en bref, la migraine), etc. L'info la plus pertinente que j'avais obtenue concernait un documentaire intitulé *Wild Style*, ainsi qu'un site dénommé « cyber-bench ».

Inversement, il y en avait des tonnes sur Darla. Cabeza avait fait mouche en évoquant son avide passion pour la publicité. Quand elle n'était encore qu'une jeune fille d'une vingtaine d'années suivant les cours de l'École de design de Rhode Island, elle s'était rendue au MoMa un après-midi, avait sorti de son sac une bombe de peinture et avait écrit, sur le tableau de Jackson Pollock intitulé *One : Number 31, 1950*, « La peinture crée l'art ». Elle s'apprêtait à s'attaquer à *La Danse* de Matisse quand trois gardiens lui étaient tombés sur le poil.

Après que le Pollock eut été restauré – elle avait utilisé une bombe de peinture lavable à l'eau – et qu'elle eut achevé sa peine de prison ainsi que ses études, elle ouvrit une galerie sur Greene Street et se positionna comme le défenseur convaincu des artistes opprimés agissant dans l'illégalité, à savoir la racaille qui hantait les rues du Bronx et de l'East Village, qu'elle exposa comme des caniches de concours. Elle déménagea de SoHo pour Chelsea en 1995. Sa première exposition dans ce nouveau quartier fit grand bruit parce que l'artiste qu'elle avait choisi de promouvoir y distribuait des *Tazers* en état de marche. Les gens qui assistèrent au vernissage commencèrent par se goinfrer de petits fours et de verres de vin, avant de se neutraliser les uns les autres à grands coups de décharges électriques, jusqu'à ce que Darla soit embarquée au poste de police, les menottes aux poignets. Cela dit, elle venait ainsi de s'assurer que l'adresse de sa galerie serait dans tous les canards de la ville.

Je m'étais rendue une fois dans son espace de Chelsea avec Jeremiah, à l'époque où tout allait encore pour le mieux, afin d'assister au vernissage de Tan Rififi. À l'exception d'un minuscule cache-sexe, l'artiste s'était présenté entièrement nu et avait fait une sorte de démonstration de sumo autour de deux seaux remplis de sang de vache. Il s'était ensuite roulé dans le sang et s'en était enduit les cheveux, avant de se projeter tête en avant, comme les lutteurs japonais, sur d'immenses toiles fixées au mur en agitant ses mèches comme un chien émergeant d'un étang. En sortant de là, Jeremiah et moi-même avions filé directement chez le teinturier.

Pour l'heure, j'étais en train d'examiner la dernière exposition de Darla : « PURE : Rétrospective en blanc sur blanc ». Chacune des toiles était blanche ou offrait des dégradés de blanc, des lignes blanches sur fond blanc, des boîtes blanches dans des carrés blancs... L'une d'elles consistait en un minuscule carré rouge dans l'angle d'un large carré blanc. Tout à fait excitant.

Je ne connaissais presque aucun des artistes exposés, mais d'après le catalogue présenté sur le comptoir ils étaient absolument spéciaux : Cy Twombly, Robert Ryman, Ad Reinhardt, Agnes Martin, Kasimir Malevitch, Josef Albers, Piero Manzoni. J'en reconnus cependant un : Jasper John et son *White Flag* (*Drapeau blanc*) avec ses étoiles blanches et ses rayures blanches. Il avait été prêté par le Metropolitan Museum of Art, lequel avait accepté de le confier à Darla selon des termes extrêmement stricts que le catalogue rappelait (notamment, il se trouvait dans un espace distinct surveillé par son propre gardien). J'imaginais volontiers que cette petite mise en scène minimaliste avait dû coûter une fortune. J'aurais dit cinquante millions de dollars, au bas mot.

Se pouvait-il que Cabeza eût raison ? Pourquoi une femme manifestement dotée d'appuis si haut placés se serait-elle préoccupée d'un pauvre artiste graffiti du Bronx qui avait décidé d'y installer une école de peinture ? Elle n'avait pas vraiment besoin de s'embarrasser de minus puisqu'elle côtoyait les plus grands. Et pourquoi Cabeza semblait-il si soucieux de retrouver ces toiles de Wallace ? J'avais retenu de mon passage à la rubrique Style que tout le monde voyait les choses selon un angle qui lui est propre. Quel était le sien ?

Je passai lentement devant les toiles en essayant de deviner leur nom : *Neige tombant sur des igloos, Homme chauve disparaissant dans la dune, Nuage bas sur une communion, Fantômes au fumoir...* ? J'y consacrai dix bonnes minutes avant de me lasser et de retourner voir Blondie. J'observai pendant un moment sa peau blanche qui se détachait sur les murs blancs.

— Je sais que c'est saoulant, disait-il à son ami au téléphone. Les videurs se prennent pour des maîtres d'hôtel, les maîtres d'hôtel pour des chefs cuisiniers et, forcément, les cuisiniers sont des vedettes ! Je vous en priiie : cessez de flirter avec Courtney Love et retournez en cuisine !

Attirée par une tache de couleur, je me relevai pour m'approcher d'un mur de clichés encadrés. Il y avait là au moins deux douzaines de photos datant de l'époque où Darla payait encore l'amende pour son entrevue avec Pollock. Je vis qu'en ce temps-là elle était une petite rousse aguicheuse dont les deux tresses pendaient comme deux longs rubans sur sa poitrine. Je reconnus certains des individus sur les photos : Warhol, Bowie, Mailer, Madonna, Leonard Lauder et, pour finir, posant devant ce qui devait être la galerie de SoHo, Wallace. Sa photo avait été placée dans un coin sur la gauche. Il arborait le même sourire que celui que je lui avais vu en 1985, dans le *Sunday Magazine*. J'aurais aimé disposer d'un appareil photo miniature pour en faire une photo que j'aurais rapportée à Cabeza.

— Bisou bisou, je dois y aller, byyyye ! disait Blondie, enfin.

Je me tournai vers lui au moment où il raccrochait et soupirai bruyamment — une véritable expiration de yogi kapalabhati. Mais il se leva et commença à défroisser les plis de son pantalon de lin qui, bien entendu, lui résistèrent. Il fronça le nez et refit une tentative de défroissage méthodique, sans plus grand succès. « Je hais l'été », finit-il par soupirer à l'intention de son pantalon.

Ensuite, il me tourna le dos pour ouvrir en grand une porte coulissante derrière laquelle il disparut en m'annonçant d'une voix forte : « Ça ne prendra qu'une minute ! » Et il est vrai qu'il réapparut quelques instants plus tard.

— Excusez-moi, mademoiselle, comment m'avez-vous dit que vous vous appeliez ?

C'était la première fois qu'il me demandait mon nom. Je m'éclaircis la gorge : « Valerie Vane ».

Blondie se redressa comme s'il venait de toucher une ligne à haute tension et referma violemment la porte coulissante.

— Vous ? expira-t-il avant de reprendre une profonde inspiration.

Puis il recommença.

— Vous - êtes - Valerie - Vane ? ! Il avala sa salive. Oh, mon Dieu ! gémit-il en sautillant jusqu'à moi pour mieux examiner mon visage. Vous êtes ! Valerie Vane ! Oh, mon Dieu. Je vous ADORE ! Je veux dire, li-tté-ra-le-ment, je vous adoooore !

Il croisa les bras et me regarda de haut en bas comme si j'étais le *David* tout juste arrivé de Florence.

— Mais... vos cheveux sont plus foncés... Et vous avez pris un peu... Oooh, rien du tout, vraiment ! Vous êtes magnifique ! Et je ne pensais pas que vous étiez aussi grande ! Une véritable Amazone ! Oh, grand Dieu, pitié !!! s'exclama-t-il avant de s'affaler sur son siège. Je suis tombé sur votre reportage *Blondes* dans le *Gotham's Gate*, il y a deux ans. Il est encore affiché sur mon frigo. Un article éblouissant ! Vous avez mis dans le mille, absolument ! D'ailleurs, ça m'a incité à me décolorer les cheveux. Et, comme vous le voyez, ils sont encore blonds à ce jour ! s'écria-t-il en passant les deux mains dans sa brosse blonde et en agitant la tête pour me prendre à témoin.

— Effectivement, feignis-je de m'enthousiasmer, ils sont encore blonds !

Blondie était exactement comme la fille en gris que j'avais rencontrée à la morgue. Du moins, il en était le négatif. Chacun d'eux semblait comme transporté par le scandale, mais là où elle ressentait un plaisir malsain, lui en concevait de l'envie. Il contourna une nouvelle fois le comptoir afin de reprendre son téléphone. Il se mit à glousser : « Oh, mon Dieu, dire que je vous ai fait attendre si longtemps pendant que… » Il s'esclaffa de plus belle et commença à composer un numéro. « Charles va s'évanouir. Il va tout simplement s'évanouir quand je vais lui dire que la véritable Valerie Vane se tient là, devant moi, dans la galerie. Vous pourriez parler à Charles ? Pourriez-vous le faire ? »

Je ne commentai pas, mais il est possible que j'aie légèrement froncé les sourcils. Blondie reconsidéra son combiné : « Bien sûr, vous n'êtes pas venue pour ça. Je vais aller chercher madame Deitrick. »

Il avait l'air de bien vouloir aller quérir Darla, maintenant. Pourtant, il se ravisa, pivota vers moi et plaça ses mains sur le comptoir.

— Vous savez, je suis terriblement désolé de ce qui vous est arrivé, me chuchota-t-il. Cette Angelica Pommeroy, franchement, c'est une véritable traînée. Dieu sait que nous avons tous des amis un peu nazes, mais là… ! Pouvez-vous imaginer qu'elle a…

C'est alors que Darla apparut dans l'encadrement de la porte coulissante. Elle s'immobilisa un instant, une main sur le chambranle, tandis que de l'autre elle se tapotait la hanche. Elle ne faisait pas plus d'un mètre cinquante-cinq, malgré la paire d'escarpins rouge sang sur laquelle elle était perchée. Ses cheveux tiraient sur le rouge, mais le mot « citrouille » semblait plus approprié. Sa jupe noire moulante – Dolce, bien sûr ! –, strictement professionnelle, avait dû transiter par un compte bancaire suisse. Elle avait poudré son visage en blanc et fardé ses yeux de khôl noir. Ses tempes étaient plus tendues qu'un trampoline, suggérant un radical traitement au Botox bien qu'elle n'ait pas encore atteint l'âge de 50 ans. Elle portait des lunettes à montures épaisses, noires avec quelques traces d'imprimé léopard. Au milieu de tous ces murs blancs, on aurait dit un pantin sorti de sa boîte.

— Gideon, siffla-t-elle en s'avançant.

Blondie se retourna prestement.

— OK, madame Deitrick, je m'apprêtais à aller vous chercher. Vous avez rendez-vous avec Valerie Vane. C'est une journaliste de la rubrique Style du *Journal* et elle souhaiterait s'entretenir avec vous de l'exposition. N'est-ce pas merveilleux ? débita-t-il d'une voix suraiguë.

Darla jeta un vague coup d'œil à Blondie et ses lèvres esquissèrent un bref sourire.

— Bien sûr, je me souviens parfaitement de votre nom, dit-elle, bien que ce ne fût manifestement pas le cas. C'est merveilleux de pouvoir enfin vous rencontrer en personne. Je suis très proche de Tyler Prattle, ajouta-t-elle, en référence au critique d'art le plus important du *Journal*. J'espère d'ailleurs que nous le verrons ce soir, lors du vernissage. Vous venez aussi, je présume ?

— Madame Vane est bien sûr invitée ce soir, s'empressa d'ajouter Blondie. Quel idiot je fais, j'ai totalement oublié de vous donner votre invitation. Puis, se tournant vers Darla : j'ai bien peur d'avoir fait un peu attendre Valerie, elle est très impatiente de vous parler. Puis, à mon intention : je peux vous appeler Valerie ? J'ai l'impression que nous sommes de très vieux amis.

— Bien sûr, fis-je.

Il était évident que Blondie n'avait pas eu vent de ma rétrogradation. Le *Journal* préservait une certaine confidentialité sur ses transferts internes, en tout cas vis-à-vis du public. Durant tout ce temps, j'aurais très bien pu me trouver à Bali ou en Sibérie, après tout. Certaines disparitions avaient leurs avantages. J'ouvris mon sac pour y trouver une carte de visite.

Darla s'avança un peu plus près en trottinant sur ses talons aiguilles. Elle me tendit une main qui serra la mienne mollement. Son sourcil gauche trembla imperceptiblement.

— J'adorerais discuter avec vous de l'exposition, dit-elle, mais malheureusement, je suis en rendez-vous avec des clients tout l'après-midi. Si tout se passe bien, nous aurons vendu toutes les œuvres exposées avant même que le vernissage ait lieu. Est-ce que Tyler vient ?

— Je n'ai que quelques questions, insistai-je. Cela ne prendra pas plus de quelques minutes.

J'essayai de présenter ma demande comme un troc : une minute en échange de Tyler. Je pouvais difficilement me réclamer de lui, mais je me disais que je pouvais bien obtenir une minute de son temps après en avoir consenti, pour ma part, une bonne vingtaine. Darla se balança sur ses escarpins et inclina la tête afin d'apercevoir la vieille pendule posée sur le marbre du comptoir. Elle allait donc m'octroyer une minute, mais pas une seconde de plus.

Darla regardait Blondie maintenant, en lui indiquant d'un subtil signe de tête qu'il était temps pour lui de déguerpir.

— Ce fut une joie de vous rencontrer, lui dis-je en lui tendant la main.

J'en profitai pour lui glisser ma carte de visite dans la paume, tout en conservant un œil sur Darla. Elle n'avait rien remarqué. Blondie quitta la salle en sautillant avec un sourire humide.

— Je m'intéresse à Malcolm Wallace, attaquai-je tout de go, une fois que nous fûmes seules. Stain 149.

Le visage de Darla n'afficha aucune réaction particulière, mais son sourcil tressauta une nouvelle fois.

— Voilà un nom que je n'ai pas entendu depuis des années. Expose-t-il encore ? Que fait-il en ce moment ?

— Pas grand-chose, fis-je.

— Ah. Et comment cela peut-il intéresser la rubrique Style ?

À ce stade, si elle avait déjà eu vent de la mort de Wallace, elle l'aurait mentionnée. Et si elle s'abstenait sciemment d'en parler, son visage ne la trahissait absolument pas.

— J'ai bien peur d'avoir de fort mauvaises nouvelles, fis-je. Wallace est décédé dimanche matin.

— Malcolm ? !

Son visage se décomposa, puis tout son corps sembla lui faire défaut ; elle s'effondra dans le canapé les genoux recroquevillés l'un contre l'autre et les doigts sur le nez. On aurait dit une ombrelle en papier qui venait de tomber de son cocktail : « Mais comment est-ce arrivé ? »

— Ce n'est pas très clair. Il a été retrouvé au pied du pont du Queensboro.

— Quelle horreur ! souffla-t-elle.

— Je suis bien consciente que c'est un sujet délicat et que vous aurez un peu de mal à accepter cette lourde perte, mais j'espère que vous pourrez néanmoins répondre à quelques-unes de mes questions concernant Wallace. Nous essayons de mettre au point un article sur sa carrière artistique. Sa famille m'a affirmé que je pourrais trouver quelques-unes de ses œuvres maîtresses dans votre galerie.

— C'est une horrible nouvelle, dit-elle encore. Malcolm était un très, très cher ami. Et il fut un temps où il était un merveilleux artiste.

Pourtant, son visage ne trahissait pas vraiment la perte d'un ami proche. Elle semblait juste un peu contrariée que son vernissage soit ainsi entaché d'un deuil et que je la contraigne à discuter d'un sujet qui ne figurait pas sur son agenda.

— C'était un garçon si délicieux, continua-t-elle néanmoins. Quand je l'ai rencontré, il n'était encore qu'un enfant. Un enfant charmant. Oh, je n'étais pas bien vieille moi-même ! Mais je crains que vous soyez mal informée. Cela fait plus de vingt ans que je n'ai pas exposé Malcolm Wallace.

Maintenant, elle me parlait d'un air absent, comme si elle était en train de résoudre, dans le même temps, une difficile équation.

— Vous êtes la dernière galeriste à l'avoir représenté, insistai-je.

Darla hocha lentement la tête et laissa retomber ses mains sur ses cuisses.

— Oui, effectivement. Il n'a plus voulu travailler avec un marchand d'art après avoir quitté ma galerie. Il ne voulait plus avoir affaire à SoHo.

— Pourquoi cela ?

— Ah, les années 1980, soupira-t-elle, comme si cela constituait une explication évidente.

Je haussai les sourcils en signe d'interrogation.

— Vous dites que vous travaillez à un article sur Malcolm ? Ce sera un gros article ? Quand doit-il paraître ? Je peux vous fournir énormément d'informations. Je peux vous mettre en contact avec les bonnes personnes. Mais pas en ce moment. Non, ce n'est pas le moment adéquat. Puis, se reprenant : Ah, ce n'est jamais le bon moment, n'est-ce pas ? Elle se releva en replaçant quelques mèches de cheveux. Je vais vous dire ce que je peux maintenant, puis nous en discuterons plus avant un peu plus tard. Qu'en dites-vous ? Est-ce que ça ira ?

J'imaginais que c'était ce que je pouvais obtenir de mieux, j'acquiesçai donc, pendant qu'elle réfléchissait. Puis, de but en blanc, elle lança : « Je me souviens de la première fois où il a mis le pied dans ma galerie. On aurait dit un cocktail Molotov. J'ai vu beaucoup de gamins qui se considèrent comme des artistes, mais il n'y en a pas beaucoup comme Wallace. Bien entendu, j'ai été la première marchande d'art à reconnaître la puissance de ce mouvement. Les gens méprisaient alors le graffiti, alors que moi, j'y voyais l'étape qui devait naturellement succéder au néo-expressionnisme, la dernière marche avant le modernisme. Il existe un lien direct entre Rothko, Rauschenberg et Basquiat, vous savez. Le travail de Stain possédait un charme supplémentaire. Il était en quelque sorte insaisissable, captivant.

Darla était décidément partout : pseudo-nostalgie, autovénération, avec une touche de théorie critique. J'en étais à me demander si c'était sa manière à elle de faire son deuil.

— Et il a représenté un bon choix pour vous ?

— Oh, excellent ! Sans doute le meilleur de son groupe. Certains d'entre eux avaient du talent, mais aucun autant que Malcolm. Il était véritablement brillant. Et, croyez-moi, je n'utilise ce mot qu'avec parcimonie.

— Vous avez représenté de nombreux artistes graffitis ?

— Bien entendu. J'ai été la première à le faire. D'ailleurs, les gens m'en ont voulu pendant des années. Certains disaient qu'il s'agissait d'une passade, mais personne n'a jamais su m'en convaincre. D'autres appelaient cela des gribouillis. Je leur répondais : « Et Dubuffet, qu'est-ce donc ? » De nos jours, il n'y a pas un seul artiste qui ne se réfère à un art marginal ou aux primitifs. J'ai eu l'impression qu'en réalité certains collectionneurs supportaient mal que des individus des *quartiers périphériques* mettent le pied dans nos galeries. En Europe, la réaction est tout autre. Et je vous le dis : il est tout simplement impossible de prédire d'où viendra le prochain mouvement artistique d'importance. S'il doit sortir tout droit du caniveau, eh bien qu'il en soit ainsi !

Elle eut l'air de réfléchir un instant à ce qu'elle venait de proclamer.

— Non, ce n'est pas parfaitement exact. Trop rapide, peut-être. Trop dissident ? Oh, quel est ce mot ? Vous qui êtes journaliste, vous le trouverez. Mais en réalité, Wallace n'était pas un artiste graffiti. Il était bien plus que cela, un véritable peintre. Et puis, il avait cet incroyable charisme. Et, pour tout vous dire, c'était un gamin magnifique. Beau ! Sur son visage, vous pouviez lire sa devise : « Si je ne deviens pas célèbre, je mourrai. » Le fait d'apposer son nom sur des choses n'était que contingent. Malcolm avait *besoin* de reconnaissance, de même que les poissons ont besoin d'ouies pour respirer et que les éléphants ont besoin de leurs larges oreilles pour... enfin, vous voyez.

Darla était exactement le genre de créature que j'avais appris à connaître quand j'étais au Style. C'était peut-être la raison qui avait conduit Cabeza à me contacter : il avait anticipé que je saurais la faire parler. Il suffisait simplement de nourrir son *ego* et elle se mettait à chanter comme un oiseau mécanique, pendant des heures. Mais je n'avais pas non plus besoin d'une rétrospective complète sur les années 1980. Il me fallait une seule information : « Vous reste-t-il encore certaines de ses œuvres ? »

— Non, non, non, non, non. Bien sûr que non. J'ai tout vendu. Toutes les œuvres qu'il m'avait confiées, à moi, personnellement. J'ai tout vendu quand le marché était encore très haut. J'aurais pu en placer beaucoup plus chez les collectionneurs, s'il m'en avait apporté plus. J'avais toute une liste d'acheteurs en attente.

— Pourquoi a-t-il cessé de vous confier ses toiles ? Il a arrêté de travailler ?

— Non ! Il était extrêmement prolifique. Il travaillait *constamment*. Son studio était rempli de toiles, de bouts de métaux, de chaussures, de pantalons. Il peignait sur ses pantalons, vous savez ! Cesser de travailler ? Jamais !

Darla s'était mise à aller et venir devant moi.

— Pourquoi l'avez-vous laissé partir ?

— Oh, ça ne s'est pas exactement passé comme ça. Quand il est rentré de son grand tour en Europe, il avait adopté un tout nouveau *modus operandi*. Il ne voulait plus parler aux collectionneurs. Il ne voulait plus « faire le beau », comme il disait. Et plus j'essayais de vendre ses œuvres, plus il me répétait qu'elles n'appartenaient pas à l'univers des galeries. Les seules références dont il acceptait de se targuer étaient celles de la rue, disait-il. Et j'en passe. Je suis certaine que vous connaissez bien ce genre d'argument.

—J'en ai entendu parler.

—Le problème, c'est qu'il se querellait beaucoup avec les autres artistes graffitis. Ils appellent ça des *beefs*, des sortes de guerres de gangs. Il écrivait son nom quelque part et quelqu'un d'autre l'effaçait, vous voyez, en peignant par-dessus. Qui sait pourquoi il persistait à faire cela. Il était célèbre. Véritablement. Il n'avait plus besoin de griffonner sur les murs et de risquer de se faire arrêter. C'était un peu comme s'il tenait à rester le dur à cuire de son quartier. Et puis, il débarquait toujours ici avec sa clique, ça devenait incontrôlable et je n'avais pas vraiment envie qu'ils sèment la panique dans ma galerie. Sans compter que je finançais son train de vie luxueux : des limousines, des chambres d'hôtel, son matériel de travail, ses voyages en Europe. Pour lui et son petit monde, bien sûr. Je ne voulais plus de ça. Il n'y a pas beaucoup de marchands qui l'auraient supporté, croyez-moi.

—Bien sûr, fis-je en prenant quelques notes sur mon bloc. Je vous comprends.

—Vous n'avez pas besoin de noter tout ça, me dit Darla. D'ailleurs, je préfère que vous rayiez toute cette dernière partie. Je ne veux pas qu'on me cite là-dessus.

Je ne fis même pas semblant de raturer mes notes. De toute façon, elle ne regardait pas.

—Vous voulez vraiment savoir tout cela ? C'est une douloureuse histoire. Ça ne devrait pas être essentiel pour votre article. Mais je vais vous en parler, si toutefois cela reste entre nous. Ça n'a fait qu'empirer. Il s'est enfoncé un peu plus dans la drogue et il est devenu de plus en plus extrême. Paranoïaque, même, si vous voulez mon avis. Il disait qu'il ne voulait pas que son œuvre soit mise en vente, alors il s'est mis à peindre sur sa propre peau. Un soir, il a débarqué au beau milieu d'un vernissage chez Sidney Janis avec le mot « esclave » inscrit sur son front. Il allait voir les gens en leur proposant d'examiner ses dents. C'était très dérangeant.

— Et quel était son rapport à la drogue, au juste ?

— J'ai parlé de drogue ? Oh, rayez ça aussi. Je ne sais pas. J'essaie de ne pas trop me mêler de la vie intime de mes artistes. Quand vous vous engagez sur ce genre de chemin, il n'y a plus de billet retour.

— Et ses amis ?

— Oh, il avait un groupe de courtisans, vous voyez ce que je veux dire, toujours à tourner autour de lui. Je suis certaine qu'il y avait des drogués parmi eux. Vous savez, avec les mômes de ces quartiers-là, vous ne pouvez pas y échapper. Mais, ma chère, comme je vous l'ai dit, je ne m'occupais que de ses œuvres. Je ne consacrais pas mon temps libre à ce garçon. Il était entouré d'une bande plutôt coriace.

Le mot « garçon » attira mon attention. Je ne connaissais pas grand-chose aux relations qu'entretiennent les artistes avec leurs marchands, mais une femme comme Darla avait dû remarquer beaucoup de choses, même sans passer son temps avec Wallace.

— Comme vous le voyez, je suis dans les affaires. Je suis à la tête d'une petite entreprise qui vend des toiles en contrepartie d'une commission, poursuivit-elle en indiquant négligemment de la main les peintures autour d'elle – des millions de dollars – comme s'il s'agissait d'une boutique d'affiches où un Van Gogh se négociait pour vingt dollars. Quand on ne veut pas vendre d'œuvres d'art, on n'a pas besoin de moi. Je crois que nous nous sommes séparés en 1987, mais je peux me tromper.

Après m'avoir assené ce grand principe, elle se tut d'un air poli. Apparemment, le temps qui m'était imparti venait de prendre fin.

— J'adorerais pouvoir vous en dire plus, mais mes clients vont arriver d'un instant à l'autre. Revoyons-nous, si vous voulez ?

Je la remerciai, même si j'étais à peu près sûre qu'aucun client ne devait débarquer, en tout cas pas pour acheter les œuvres qui nous entouraient. Personne en effet n'aurait pu songer à acquérir des toiles prêtées par les plus grands musées. Elle me raccompagna vers le hall d'entrée de la galerie, non sans faire une pause devant une toile de Robert Ryman.

— Voilà où se rencontrent l'art conceptuel et l'abstraction, me confia-t-elle, pontifiante. L'émotion « essencialisée ». Avez-vous jamais vu quelque chose de plus beau ?

J'observai la toile, entièrement blanche. Je me disais que Robert Falcon Scott avait dû un peu ressentir la même chose en arrivant en Antarctique.

— Les critiques aiment à dire que la toile blanche est la quintessence de la peinture. Ils ont tort. C'en est le pinacle. Vous n'arrivez pas au blanc immédiatement : vous vous en approchez par itération. Il faut avoir pratiqué un classicisme rigoureux − le dessin, la couleur, la perspective, maîtriser la peinture figurative, avoir exploré l'abstraction − avant d'aborder le blanc. Il vous faut travailler l'épure jusqu'à tutoyer l'essence de l'expression. Le blanc est la dernière tonalité possible. Sa révélation procède d'un moment presque religieux, un glissement de modèle qui déchaîne tous les possibles.

Ah, finalement, Darla m'ouvrait aussi son cœur. Ôtez tout le vernis extérieur et vous découvrirez la femme d'affaires. Durant tout notre entretien sur Wallace, elle avait en fait préparé son boniment. Et voilà qu'elle me le délivrait, aussi naturel qu'un communiqué de presse. Il fallait bien que je m'émerveille. « Fascinant », fis-je avec conviction.

Darla huma le Ryman avant d'expirer longuement. Cela visait bien entendu à suggérer que, chaque fois qu'elle regardait cette œuvre, elle expérimentait une nouvelle conversion.

— Eh bien, enchaîna-t-elle, au moins votre petite visite à notre galerie a fini par porter ses fruits. Enfin, je l'espère. Veuillez m'appeler d'ici quelques jours. Je vous mettrai en relation avec tous ceux qui pourront vous aider pour votre article sur Wallace. Il mérite un beau reportage. Mais d'ici là, nous vous verrons ce soir au vernissage, n'est-ce pas ? Peut-être accompagnerez-vous monsieur Prattle. Si c'est nécessaire, je peux demander à Gideon de vous réserver une voiture.

Nous avions fait le tour de tout ce qu'il y avait à voir. Il fallait que je passe à la caisse. Je baissai la tête.

— Sublimes chaussures, la complimentai-je. De chez qui viennent-elles, si ce n'est pas indiscret ?

— Ne sont-elles pas adorables ? Du cobra d'Irrawaddy. Je viens tout juste de les rapporter de Bangkok.

— Adorables, oui, renchéris-je. J'enverrai un mot à Prattle dès mon retour au *Journal*. Juste une chose : pourquoi Wallace était-il persuadé que vous déteniez ses toiles, à votre avis ?

Son sourcil se remit à tressauter, mais pas un trait de son visage ne bougea.

— Ah bon ? s'étonna Darla tout en attrapant dans mon dos la poignée en acier brossé de la porte et en ouvrant celle-ci en grand. Vous êtes une sorte de journaliste pour célébrités, si je comprends bien ? C'est bien ce que Gideon a dit, n'est-ce pas ? Je suis toujours ravie de m'entretenir avec quelqu'un de votre journal. Néanmoins, lors de votre prochaine visite, je préférerais que vous nous appeliez avant de venir, de façon que nous puissions vous accorder toute l'attention que vous méritez. J'espère que vous comprenez.

— Parfaitement, acquiesçai-je.

— Nous nous reverrons ce soir, me répéta-t-elle encore une fois, sans pour autant attendre ma réponse.

La porte en verre se referma délicatement derrière moi. J'étais de retour sur la 24e Rue : des immeubles en béton gris, un tronçon de métro abandonné un peu plus loin et des ordures dispersées dans le caniveau. Une vague odeur de viande avariée et d'huile de moteur parvenait jusqu'à mes narines.

Ça tombait très bien, j'en avais marre de toute cette pureté.

Chapitre 11
Partie de pêche

Quand je rentrai au bureau, je trouvai un mot près de mon ordinateur. C'était manifestement les pattes de mouche de Rood : « Gideon, assistant de la galerie. Ne téléphone pas. Rendez-vous au Twilo, samedi soir, à 3 heures du matin (j'imagine que ça veut dire dimanche) devant le Power Bar. »

Blondie... Et je ne lui avais même pas dit au revoir.

Je chiffonnai le message et cherchai Rood des yeux, mais visiblement il était absent. Malgré l'averse de la veille au soir, la salle de rédaction fonctionnait encore au rythme de la vague de chaleur. Quelques assistants glissaient, l'air endormi, d'un bout à l'autre de la pièce comme les cibles mouvantes d'un stand de tir, Randy Antillo jouait aux fléchettes sur la grande carte de Manhattan qui était punaisée sur le mur, Clint Westwood était en train de remplacer les semelles de ses mocassins, et Rusty Markowitz jurait devant son écran : « Des guillemets ! Putain d'assistants ! Mais comment voulez-vous que j'utilise cette merde ? ! » Jane Battinger avait quant à elle placé ses écouteurs sur sa tête, en tiare, et tapait comme une furie sur son clavier, devant un hamburger en train de refroidir.

Jaime m'interpella : « Tu as bientôt fini pour Firehouse ? »

Firehouse. Bon sang !

— Oui, ça avance bien.

Le dossier de Wallace dissimulait celui de Firehouse. Je le fis prestement repasser dessous. Je tirai de l'autre un article que je m'efforçai de lire, mais je ne parvenais pas à me concentrer. Je me tournai vers le téléphone et composai le numéro de Betty Schlacter, l'assistante du procureur. Quand je l'interrogeai sur l'affaire Wallace, elle me retourna ma question, comme si elle avait été déjà classée, voire archivée sur microfiche : « Malcolm Wallace ? »

— Mais si, le type des graffitis. Le pont du Queensboro. Samedi, dis-je pour lui raviver la mémoire.

— Vous faites un suivi, maintenant, à la Nécro ?

— Vous savez bien que tout ralentit pendant l'été.

— Vous pouvez me redire son nom ?

Je le lui répétai et j'entendis un clic. Elle m'avait mise en attente, et Bernadette Peters me chantait *Oklahoma*. Au bout de quelques minutes, Betty reprit la ligne alors qu'il était question de vent balayant la plaine.

— Cette affaire n'est pas classée. Vous vous souvenez que nous ne pouvons pas discuter des cas qui font encore l'objet d'une enquête ?

— Oui, oui, je le sais.

— Si vous voulez, je peux vous appeler quand nous aurons résolu cette affaire et tout vous communiquer à ce moment-là. J'ai encore votre numéro de téléphone quelque part par là.

Ces gens de l'administration réussissaient toujours à vous faire ressentir votre insignifiance. La pêche aux informations était interdite au bureau du procureur. Avant que j'aie le temps de me répandre en remerciements d'usage, elle me demanda : « Vous avez encore des contacts avec Buzz Phipps, Valerie ? »

— Ça dépend de ce que j'ai à lui dire.

Silence.

— J'ai du nouveau sur le meurtre du top model, dit-elle. Mais ce n'est pas grave, j'appellerai Tracy.

Puis elle raccrocha. C'était un coup bas et il fallait que j'encaisse. Pendant que Tracy écoutait *Drop Dead Gorgeous*[1], je devais me contenter de la tonalité.

Je restai là à tapoter mon clavier avec la gomme de mon crayon pendant quelques instants. Il fallait que j'obtienne quelque chose sur Wallace – n'importe quoi –, suffisamment en tout cas pour que Cabeza me laisse tranquille. Et assez pour satisfaire le tout nouvel intérêt que je lui portais. Mais comment faire ? Les aigles du journalisme ne soutiraient pas leurs infos à des sous-fifres, n'est-ce pas ? L'inspecteur Harry ne faisait pas le tour de la ville en quémandant des bribes de renseignements auprès d'obscurs attachés de presse. Jack Gittes, le privé de *Chinatown*, savait bien qu'il fallait aller beaucoup plus loin. Il avait fallu que Marlowe poursuive sa quête jusqu'au Nouveau-Mexique pour retrouver Terry Lennox. Mais comment le savait-il ? Et quand l'avait-il appris ?

Je parcourus des yeux la collection d'annuaires empilés sur l'étagère de mon box : le guide gastronomique *Zagat*, le guide rose des nuits les plus coquines de Manhattan, une épaisse édition spéciale du *Gotham's Gate*, le *Who's Who* sur les Hamptons et un fin volume consacré aux gourous du yoga dans le show-business. Il faudrait que je me passe de tout ça. J'avais besoin de solides encyclopédies journalistiques. Un truc au moins aussi volumineux que les dossiers du Pentagone. Les discours de Martin Luther King, quelque chose écrit par Chomsky, et aussi ce livre… *We Regret To Inform You That Tomorrow We Will…*[2]. Quelque chose… Penser à y ajouter un ouvrage sur le journalisme numérique.

---

1. *Drop Dead Gorgeous* est le nom d'un groupe de metalcore/screamo américain dont le nom signifie, littéralement, « Va mourir, ma jolie » (NdT).

2. Référence à *We Regret To Inform You That Tomorrow We Will Be Killed With Our Families* (*Nous regrettons de vous informer que demain nous serons tués avec nos familles*), ouvrage sur le génocide rwandais de Peter Gourevitch, journaliste au *New Yorker Magazine* (NdT).

C'était le nerf de la guerre. Et puis il allait falloir que je me procure certains attributs qui me donneraient un air intelligent. Devais-je songer à me teindre les cheveux ? à les couper ? Une montre ? Je fis une liste. Elle était assez courte, mais au moment où je l'achevais je me rendis compte que Jaime était en train de m'observer : Firehouse !

Je repris donc le dossier Firehouse et commençai à prendre des notes sur ses performances féministes « détonantes », y compris celle de 1981 intitulée *Nympho/Pyromane* dans laquelle Sally s'était masturbée tout en se flagellant, avant de mettre le feu à sa culotte. Je ne fus pas longue à retirer du dossier plusieurs pages de notes pour mon article, mais je savais bien que la traduction de tout cela en termes culturellement acceptables allait me prendre un temps infini. C'était un peu comme s'il m'avait fallu retranscrire des émissions signalées par un carré blanc en contes de fées pour enfants. Décemment, je ne pouvais pas rapporter un dixième des prestations de Sally. J'essayai néanmoins de consigner quelques-unes des mesures de protection que devaient prendre ses assistants avant chaque immolation, mais à plusieurs reprises le logiciel de mon ordinateur indiquait un « ne convient pas à un quotidien familial » qui procédait en réalité de la litote... Mes pensées s'envolèrent à nouveau vers Wallace.

Rood arriva une heure plus tard, tout sourire.

— Mademoiselle Vane, me dit-il cérémonieusement avant de perdre au moins un morceau de poumon dans une quinte de toux impressionnante.

— Mickey ! Ça va ? lui demandai-je un peu affolée.

— Oh ! rien qu'une douzaine de chirurgiens ne puissent réparer, me dit-il, philosophe. Du moins, c'est ce que les médecins veulent bien me dire.

Mickey s'était déjà fait retirer un poumon. C'est tout ce que je savais. Du coup, j'avais du mal à imaginer ce que les médecins pourraient bien faire de celui qui lui restait. Je fus donc très heureuse qu'il décide de s'abstenir de me donner de plus amples détails pour ouvrir son placard et en sortir son sac en papier marron. Quand il se mit à détacher les différentes couches de ses gaufrettes, je fus même rassurée. Une fois qu'il eut achevé son rituel, il ouvrit une chemise qui était posée sur son bureau, étala les papiers qu'elle contenait et se pencha dessus comme un gros champignon vénéneux. J'observai durant quelques minutes son large dos avant d'oser lui demander : « Mickey, tu as déjà travaillé en liaison avec les flics, non ? »

— Quinze ans, dit-il laconiquement.

— Et tu as déjà élucidé un crime sur lequel les policiers séchaient ?

— Pas très souvent, mais une fois ou deux.

Rood s'appuya sur le dossier de sa chaise jusqu'à ce que celui-ci vienne heurter son bureau, puis il s'empara d'une boîte de cigares qu'il conservait près de la photo de sa petite-fille. Il en sortit une Lucky Strike sans filtre.

— Pour l'une des affaires, c'est un peu par erreur. Un violeur en série attaquait les prostituées à Brooklyn. Les flics avaient capturé un suspect et j'assurais le suivi de l'affaire. Je devais collecter des commentaires parmi les voisins des victimes et les gens ont fini par me dire que les flics s'étaient gourés. Et puis j'ai frappé à une porte et il y avait là un type qui semblait plutôt rincé. « Vous voulez dire quelque chose ? » que je lui demande et – bingo ! – voilà qu'il me déballe toute une confession. M'enfin bon, ce n'est pas vraiment à mettre à mon crédit. J'ai juste frappé à la bonne porte, au bon moment, et trouvé ce pauvre gamin qui m'a pris pour un curé.

— Ça me semble quand même drôlement fort.

— Pure chance, je te dis.

— Et l'autre ?

— Oh, c'est tout moi. La plus grosse plume de mon chapeau, ricana-t-il comme s'il n'en pensait pas un mot. Cela dit, ça n'a jamais paru. Un jour, je t'en parlerai, mais pas maintenant.

Il plaça sa Lucky entre ses lèvres après en avoir tassé le tabac sur le plateau de son bureau. Il ne l'alluma pas cependant et finit par la retirer de sa bouche en recrachant quelques miettes de tabac.

— Si tu devais le refaire : suivre une piste, vérifier des trucs par toi-même, par quoi commencerais-tu ?

— Si je devais le refaire ? Je commencerais par ce qu'il y a de plus logique : les faits connus. Je reprendrais l'ensemble de ces faits en remontant jusqu'à leur source, afin de voir s'ils s'emboîtent correctement. En général, ce n'est pas le cas. Comme ça, tu trouves les éléments qui clochent et tu travailles à partir de là. Ensuite, tu couvres tes arrières en t'assurant que tu as tout examiné de A à Z. Aucun à peu près, rien qui puisse amener les rotatives à ne pas considérer ta prose comme parole d'évangile.

Il s'interrompit pour tasser encore un peu le tabac de sa cigarette.

— Et tu n'envisages pas de m'en dire un peu plus sur ce truc que tu voudrais vérifier, dis-moi, Vane ?

— Moi ? fis-je candidement. Oh, ce n'est vraiment rien. En fait, je cherche juste à retrouver certains membres de la famille de mon père. De vieilles histoires, tu vois.

— Ça va, alors, grommela Rood en se redressant sur son siège dont le dossier se rabattit violemment sur son dos, occasionnant une nouvelle quinte de toux. Parce que je n'aimerais pas trop que tu t'écartes de ton champ de compétences. Ça pourrait déboucher sur une histoire un peu trop grosse pour le service Nécro. Et ça risquerait de tellement perturber certains directeurs qu'ils pourraient s'en trouver tout décoiffés.

Le coup de fil de Cabeza arriva une heure plus tard. Il ne s'embarrassa pas de formules de politesse et me demanda abruptement : « Alors, avez-vous trouvé quelque chose sur les Stain ? »

— Darla dit qu'elle les a tous vendus, répondis-je. C'est tout ce qu'elle a dit.

— Et vous avez trouvé quelques pistes ?

La réponse était négative. « Je ne peux pas en parler maintenant », dis-je pour botter en touche.

— *Claro*, soupira-t-il. Quand vous sortirez du bureau, retrouvez-moi sur le pont du Queensboro. J'y serai en prise de vue pour un tournage.

— En prise de vue ?

— J'y serai après cinq heures. Près de la piste cyclable, côté nord.

Avant que je puisse lui demander des précisions sur l'itinéraire, la tonalité avait remplacé sa voix. Je détestais ces façons.

Je parcourus les documents du dossier que la morgue m'avait remis sur Stain. Il débordait de vieilles coupures de presse. J'y trouvai notamment un vieux papier de 1985 paru dans le *N.Y. Reader*, intitulé « Une escarmouche déstabilise l'"Équilibre" ».

Tout le monde sait bien que Jeff Koons n'est pas très sérieux. Un type capable d'exposer des aspirateurs convertibles Hoover dans des boîtes en Plexiglas n'est pas vraiment du genre à peindre Mona-Lisa, n'est-ce pas ?

Lors de sa toute dernière exposition intitulée « Équilibre », Koons a suspendu un ballon de basket au-dessus d'un bassin à poissons. Certains amateurs d'art n'ont pas goûté sa blague. L'un des visiteurs de la galerie, un artiste dénommé Stain, a retiré le ballon du bassin pour le lancer à l'un de ses acolytes, avant de faire semblant de tirer des lancés francs vers les affiches Nike – également réalisées par Koons.

« C'était tellement marrant, a rapporté l'un des adolescents qui accompagnaient Stain. Mais ils se sont énervés, comme si nous avions abîmé quelque chose. M'enfin, man, c'est juste un ballon de basket. »

Mais ni le propriétaire de la galerie, ni le mécène de l'exposition qui sirotait du pinot grigio, ni Koons lui-même n'ont eu l'air d'apprécier.

« Cette exposition n'a rien à voir avec le basket-ball, a dit Koons après le vernissage. Il s'agit des divers états de l'être. J'ai travaillé avec des physiciens pendant un an pour faire en sorte que ce ballon reste ainsi suspendu. »

Apparemment, ces scientifiques n'ont pas tout à fait atteint leur objectif. Le ballon est bien resté suspendu dans l'air pendant un moment, mais il a fini par heurter le fond du bassin. Il faut donc en conclure que cette œuvre d'art est bien, en réalité, un ballon de basket dans un bassin à poissons.

Stain, l'artiste graffiti, celui qui a obtenu les louanges de la critique pour sa première exposition solo dans la galerie de Darla Deitrick, a pour sa part affirmé qu'il ne considérait pas l'œuvre de Koons comme sacrée : « Tout ça ne fait rien d'autre que contribuer à promouvoir Nike, a remarqué Stain. Koons est tout simplement en train d'exploiter mon peuple et il ne s'en aperçoit même pas. Ma réponse était conceptuelle. Nous n'avons blessé personne. »

Lorsqu'on lui a demandé s'il voyait en Stain un bon artiste conceptuel, Koons s'est contenté de répondre « Non ».

Non ?

Koons ne cessait de répéter : « Cette exposition n'a rien à voir avec le basket-ball. » Selon lui, « elle implique des artistes qui usent de l'art comme moyen de mobilité sociale. Nous ne sommes pas différents de ces types. Nous aussi, nous utilisons l'art pour nous élever à un rang social supérieur. »

Peut-être tout cela serait-il exact si Koons n'avait pas été lui-même, jusqu'à l'année dernière, un trader tout à fait à l'aise. Nous devons donc *en déduire que la mobilité descendante doit aussi être vue comme une forme de mobilité sociale.*

J'appréciais assez le style de ce journaliste. Un peu insolent. Au lieu de rapporter la totalité de l'histoire, il en avait extrait les meilleurs morceaux. En page 2, je vis autre chose qui retint mon attention : une photo de Wallace, bras dessus bras dessous avec Darla, devant sa galerie de SoHo. Ils semblaient alors être en excellents termes. Pour l'occasion, elle s'était même fait violence pour introduire deux ou trois dents dans son sourire en lame de couteau. En arrière-plan se trouvait un autre visage que je connaissais désormais : Cabeza. Il avait vingt ans de moins, paraissait plus léger de cinq kilos et n'avait pas encore de cheveux gris. Il se tenait derrière Wallace, les bras croisés. Son visage semblait exprimer une certaine désapprobation, ce qui ne l'empêchait pas de se pencher sur le côté, comme s'il lui importait de figurer sur la photo. Il me rappelait un peu ces mômes qui, lors des reportages télé, sautillent derrière le présentateur en criant « Salut M'man ! ».

Sur la base de ce que contenait le dossier de presse, je constatais que l'incident du vernissage Koons n'avait pas amélioré l'image de Stain auprès du public. Les autres articles que je parcourus étaient surtout consacrés à son déclin. Il y avait d'abord un papier de 1986 du *Daily News* titrant « Stain entache[1] sa propre réputation : Wallace compromet son œuvre par de stupides cabrioles ». Un autre article, cette fois du *Village Voice*, clamait : « Stain part en croisade » ; le titre était suivi de quatre pages expliquant pourquoi Wallace n'avait aucun droit de prétendre « parler pour le peuple » alors qu'il n'était déjà plus qu'une parodie de lui-même. Il y avait aussi un petit cancan du *New York Post* qui posait une question : « Quelle ancienne star du monde de l'art est-elle "la plus proche

---

1. Rappelons que *stain* veut dire « tache » (NdT).

de l'excès" ? Le gribouilleur en bâtiment dénommé Stain qui ne peut s'empêcher de mettre ses immenses pieds dans son énorme bouche. »

Et voilà comment ça se passait : la machine médiatique qui avait bâti Wallace à ses débuts se retournait contre lui en le descendant en flammes, méthodiquement, article après article.

★
★ ★

Le *Journal* réserve une place spéciale, tout près de son cœur et, accessoirement, au niveau de son quatrième étage, à ses critiques. Alors que la plupart des journalistes de la section Culture – en constante expansion – doivent se contenter de travailler dans des boxes, les critiques se voient offrir de véritables bureaux, avec des murs allant jusqu'au plafond et des portes qui se ferment – et se verrouillent ! Ce traitement, à lui seul, les conduit à cultiver une certaine morgue.

Curtis disposait d'un bureau dans l'aile ouest de cet étage d'élite, distant de quelques mètres seulement de celui de Tyler Prattle. Il le partageait avec un second couteau de la critique cinématographique, un membre de la Mensa[1] britannique dénommé Marvin Everett qui signait M.E. Smarte. Je frappai discrètement à la porte de façon à ne pas déranger ce dernier, au cas où il aurait été en pleine déconstruction sémantique du dernier Kubrick. Personne ne répondit. Je frappai encore, avec un peu plus de vigueur cette fois. J'entendis un bruit provenant de l'intérieur, suivi de ce que je pris pour le glissement de roulettes sur le sol, avant que la porte s'ouvre brutalement.

---

1. Mensa est une association qui regroupe des personnes de fort quotient intellectuel (NdT).

Curtis était dans son fauteuil, la tête lascivement appuyée contre son dossier et l'œil légèrement humide, comme si je venais de l'interrompre en pleine lecture de Wordsworth. Il avait la mine rêveuse et un peu embrumée de celui qui vient de reposer un verre de jus d'oranges fraîchement pressées et s'apprête à fournir une excuse pour pouvoir sauter la revue de presse hebdomadaire.

— Eh bien, je dois dire que tu as manqué du Bollywood pur jus, m'annonça-t-il.

J'aurais aimé lui avouer que j'aurais préféré l'accompagner au Film Forum plutôt que d'assister à une cérémonie funèbre. Il se leva et me fit quelques civilités auprès de la porte, avant d'avancer le fauteuil de Smarte et de m'inviter à m'y asseoir.

— Puis-je t'offrir quelque chose ? de l'eau ? du café ? des sushis ? me demanda-t-il d'une voix haut perchée et chaleureuse.

Nous nous étions parlé la veille et j'aurais dû être en mesure de reprendre la conversation là où nous l'avions laissée, mais au cours de ces dernières vingt-quatre heures nos relations avaient pris un tour nouveau.

— Bon, j'ai des billets pour « Fêter Brooklyn » ce soir, m'annonça-t-il. Les Beastie Boys et Kid Creole. Ça t'intéresse ?

Avant même que j'aie pu imaginer une excuse valable, son téléphone sonna. Curtis pivota sur son siège pour décrocher.

— Une seconde, me dit-il en prenant le combiné. Culture, annonça-t-il en me faisant un clin d'œil. Hey, Clive. Oui, bien sûr. Je sais… C'est un projet cher à mon cœur, mais trop cher aussi pour mon porte-monnaie. Bien sûr, je viendrai de toute façon. Garde-moi une place au premier rang.

Puis il raccrocha. « Excuse-moi. » Mais je ne pus lui répondre car son téléphone sonnait encore.

— Oups, désolé, Val. Juste celui-ci. Culture, dit-il une fois encore. Berta ! Ma vieille ! Ça fait une éternité !… Sans blague !

Il continua dans la même veine pendant un moment, tout en griffonnant quelque chose sur son calendrier de bureau, avant de la remercier chaleureusement pour une invitation qu'il allait – j'en étais certaine – décliner. Chacune des cases du calendrier qui lui servait de sous-main était déjà couverte de notes : des centaines d'invitations à des concerts de rock, des premières de music-hall, des premières de cinéma, des festivals. Tout New York jouait des coudes pour – au moins – figurer dans l'emploi du temps de Curtis. Pauvres compétiteurs de la culture. Dire que les espoirs d'une poignée d'aspirants pop-stars pouvaient se voir ruiner par une seule éclaboussure de café.

— Désolé, me dit encore Curtis. C'est mon pote de Irving Plaza. Au diable les Beastie Boys. Ça te dirait de voir Bad Brains, ce soir ? J'ai deux places.

— Je ne peux pas ce soir.

C'était le moment de lui fournir mon alibi, mais je ne savais pas trop comment lui expliquer que j'avais rendez-vous avec un autre homme. Nous nous dandinâmes pendant quelques secondes sur nos sièges avant que le malaise se dissipe.

— Bon, Val, j'imagine que tu n'es pas montée jusqu'ici pour m'entendre pérorer au téléphone. En quoi puis-je t'être utile, aujourd'hui ?

— J'ai repensé à notre conversation d'hier, à propos de l'artiste dont tu as parlé, le type des graffitis.

— Wallace ? L'Enquiquineur de première. Tu penses que nous aurions dû lui consacrer un article un peu plus substantiel ? Tu sais, ce ne serait pas du luxe. Le problème, c'est que j'ai assez peu de temps en ce moment. Mais si ça t'intéresse, je te soutiendrai auprès de Jane Battinger pour que tu puisses écrire un truc.

— Eh bien, j'imagine que ça m'intéresse quand même un peu. Mais seulement parce que tu en as parlé. Je veux dire, comme les gens se plaignent...

Curtis sembla y réfléchir.

— Tu sais quoi ? Cet article pourrait tout à fait contribuer à ta réintégration dans le *Journal*. Et si je m'y prends bien, tu pourrais même le signer. Ça me ferait très plaisir de t'épauler. Je pourrais éventuellement en parler à Moore et à Lessey, ou à Buzz. Ça serait pas mal de revenir au service Style, hein ?

Il se mit à rire en se rendant compte de sa gaffe – « Désolé... »

Les murs du bureau de Curtis étaient recouverts d'articles reflétant les vingt ans qu'il avait consacrés au journalisme culturel, d'abord au sein du *Voice*, puis au *New York Observer*, et enfin, durant ces dix dernières années, au *Journal*. Il avait été le témoin de l'émergence du mouvement punk, de celle des *jams* dans les parcs du Bronx et même de celle des *break dancers*, bien avant qu'on les retrouve dans les pubs pour Gap.

— Si tu pouvais m'en dire un peu plus sur les raisons qui t'incitent à considérer qu'il mériterait un meilleur traitement, je pourrais peut-être commencer à creuser certaines pistes, tu sais, juste pour voir où elles nous mènent ? Tu crois que Wallace vaut le coup ?

Cette fois, quand son téléphone sonna, Curtis le fit taire.

— En fait, je ne suis pas très féru de peinture, tu sais. Mon truc, c'est la musique. Et je ne me suis jamais éclaté dans le graffiti. Quand Stain est devenu Stain, je n'étais encore qu'un gosse, alors j'ai manqué ses plus grands exploits. Mais je sais que Tyler lui a consacré beaucoup d'articles.

— Hier, j'aurais dit que tu le considérais surtout comme un emmerdeur.

— Mais par la suite, quand il a commencé à percer, il était vraiment génial.

— Vraiment ?

Curtis se redressa sur son siège et son regard s'illumina.

— Oh oui, vraiment ! Wallace était un personnage haut en couleurs. Je me souviens encore de notre première rencontre. Ce devait être en 1985 ou 1986, quelque chose comme ça. Je n'avais pas terminé mes études à NYU et j'essayais alors d'entrer au *Voice*. Mike Andatte, tu sais, ce géant de la photographie, devait aller photographier des mômes qui faisaient du graffiti dans l'East Village. Je lui ai demandé si je pouvais l'accompagner.

Énième sonnerie du téléphone. Par respect pour Wallace, à moins que ce fût pour moi-même, Curtis appuya cette fois sur un bouton qui sembla catapulter son correspondant directement vers sa boîte vocale.

— Quand on a débarqué, on s'est retrouvés face à un événement quasi historique. En fait, la semaine précédente, Kenny Scharf, Keith Haring et Jean-Michel Basquiat étaient censés prendre part à une séance de photos collective avec les artistes de l'East Village pour la couverture d'un magazine quelconque. Et puis, finalement, ils ne s'étaient jamais pointés. Haute trahison. Les autres artistes se sont dit qu'ils avaient pris la grosse tête et ne voulaient plus se mêler à eux parce qu'ils appartenaient désormais au beau monde de SoHo. Du coup, tous ces graffeurs étaient super-énervés. Alors quand Andatte et moi-même sommes arrivés dans cet appartement, nous sommes tombés sur toute la clique du graffiti, tous en combinaison blanche comme des dératiseurs... comme les mecs de Devo[1].

Encore le téléphone... Mais Curtis semblait avoir adopté le bouton de la boîte vocale. Il continua donc sans se laisser distraire.

— Pour cette équipée de dératisation, Wallace faisait office de leader. Ils avaient projeté d'aller à SoHo pour rouler Haring dans le goudron et les plumes, à l'occasion de son vernissage. Ils

---

1. Devo est un groupe de rock/new wave proto-industrielle qui se produisait en combinaison intégrale afin de parodier la culture industrielle et le consumérisme (source : Wikipédia) [NdT].

s'étaient baptisés l'« Escadron du crime artistique ». Je présume que Wallace avait une passion pour *La Horde sauvage* et, selon lui, il s'agissait de guérilla urbaine. C'était chouette et j'en ai fait un bel article. Mon premier papier d'importance pour le *Voice*.

— Mais ça n'a pas de sens. Le marchand qui représentait Wallace était aussi installé dans SoHo.

— Pas du tout ! À cette époque-là, elle l'avait déjà planté. Elle lui avait dit d'aller se faire voir, expliqua Curtis. C'est pour cette raison qu'il était si énervé. C'était un règlement de comptes personnel.

Téléphone... Cette fois-là, Curtis choisit de décrocher le combiné avant de le reposer immédiatement sur son socle.

— On ne pouvait pas réellement lui en vouloir. Ce qu'elle lui avait fait était vraiment dégueulasse. Elle avait exigé de lui qu'il mette fin à toutes les relations qu'il avait avec d'autres galeries, avec ses marchands européens et avec ses potes du Bronx, puis elle avait fini par le jeter et le laisser complètement tomber. Elle lui avait dit qu'il ne vendait plus. Je pense que ça n'était même pas vrai. Du coup, il ne pouvait pas retourner voir ses anciens marchands ni contacter d'autres galeries. Alors il s'est mis à bosser comme coursier. Ce n'était vraiment pas drôle pour lui.

Curtis s'apercevait sans doute de mon trouble. Je ne voyais toujours pas quel article j'aurais pu tirer de toutes ces informations.

— Le truc, Valerie, c'est que Stain s'est construit une toute nouvelle vie après avoir quitté SoHo. Il est devenu une sorte d'icône dans sa propre communauté, dans le Bronx. Il s'était fait pas mal d'inimitiés, et il a eu des difficultés à recréer auprès des médias l'intérêt qu'il avait suscité auparavant, avant de couper les ponts avec la grande culture. Eh bien, dans ce sursaut, cet acte II de sa vie, il y a quelque chose de fascinant... de quoi faire un vrai papier, si tu vois ce que je veux dire. Personne n'a écrit là-dessus, alors si tu pouvais en tirer quelque chose de percutant, je pense que là-haut, ils pourraient très bien décider de le publier. Au moins, tu sais quelque chose qui te donne un avantage sur tous les autres.

Je fis semblant d'y réfléchir un peu, comme si j'étais un peu dubitative, mais en réalité Curtis venait de mettre dans le mille, compte tenu des circonstances.

— Il te faut un guide adéquat, ajouta Curtis. Quelqu'un qui connaît vraiment le monde du graffiti de l'intérieur. Je peux te donner plusieurs noms, si tu veux.

— Il est possible que j'aie déjà trouvé le bon gourou, dis-je pensivement.

Je songeais évidemment à Cabeza. D'ailleurs, j'avais très envie de le revoir.

Quand le téléphone de Curtis sonna pour la énième fois, toutes les lignes s'allumèrent simultanément sur son poste.

— Aaah, je ferais mieux…, me dit-il en indiquant son téléphone avec un air de chien battu.

Je refermai doucement la porte derrière moi. De retour à la section Nécro, je m'installai sur mon siège pivotant et écoutai avec intensité le silence persistant de mon propre téléphone. Je me dirigeai finalement vers l'imprimante pour y chaparder quelques feuilles de papier blanc que je voulais consacrer à l'élaboration d'une carte inédite. Je plaçai des points au niveau du pont du Queensboro, dans le Bronx, dans SoHo, dans Chelsea et dans l'East Village. Mais, à ce stade, je ne voyais vraiment pas comment j'allais pouvoir les relier.

Chapitre 12
Voies de communication

Durant les nuits de juillet, les abords du pont du Queensboro se transforment en long cordon de lave en fusion alors que les voitures en surchauffe de tout ce que New York compte d'actifs se suivent au ralenti afin de traverser le fleuve. Pour atteindre l'entrée de la piste cyclable, il me fallait braver le flot métallique de tous ces fervents banlieusards qui désespéraient de rejoindre leurs bases de Long Island.

La piste cyclable n'était pas plus rassurante, puisqu'il était nécessaire, pour y accéder, d'emprunter un tunnel creusé dans l'une des piles du pont. Le décor immédiat se résumait donc à du béton gris, des barbelés, de la peinture écaillée, avec, au-dessus, la lueur jaunâtre d'un ciel de cimetière et, en dessous, la rivière boueuse dont la couleur, indéfinissable, évoquait celle que l'on obtient en mélangeant tous les tubes d'une boîte de peinture. Plus loin, on apercevait des tours de bureaux aux vitres fumées et le téléphérique de Roosevelt Island se balançant sur son câble pour rejoindre cette île qui s'était appelée Welfare[1] et dont le vieux fort, anciennement utilisé comme asile de fous, tombait aujourd'hui en ruine. Si le chagrin avait une destination, ce devait être là.

---

1. Nom que l'on peut traduire, notamment, par « providence » (NdT).

Je n'étais pas tout à fait seule dans mon équipée vers les rives du Queens, mais je ne voyais pas très bien quelle aide j'aurais pu obtenir, en cas d'urgence, de la part du vieil homme qui promenait un yorkshire frénétique ou des deux cyclistes en Lycra orange qui venaient de nous dépasser à la vitesse de l'éclair, ou encore de cette petite grand-mère asiatique totalement absorbée dans ses exercices de tai-chi. Depuis les structures du pont, quelques ouvriers me firent des signes ambigus. Je me demandais comment Wallace s'était retrouvé là, à deux heures du matin, alors qu'il était censé acheter une glace au même moment. La brise nocturne avait-elle étouffé ses cris tandis qu'on le prenait en chasse, qu'on l'agressait et enfin qu'on le poussait du haut du pont ? Le vent se mit à siffler lugubrement à travers les poutres métalliques du pont et je hâtai le pas. Alternativement, j'essayai de m'imaginer marchant le long de ce pont, puis escaladant ce rail, un peu plus haut, au milieu de la nuit, dans l'obscurité totale, avec seulement le vrombissement des voitures et cette horrible rivière, pour enfin décider qu'il était temps de sauter.

Un quart d'heure après, j'aperçus Cabeza dont le chic très personnel évoquait encore La Havane des années 1950 : une autre chemise à jabot, jaune pâle celle-ci, et un pantalon chocolat, tombant sur des chaussures de pont blanches, sans oublier une paire de lunettes de soleil coincée dans le col de sa chemise. Il donnait l'impression d'un homme qui s'est mis en congé de sa propre vie. Il tenait une caméra vidéo dans sa main droite et paraissait filmer la rivière en contrebas.

— C'est pourquoi, ça ? lui demandai-je en indiquant la caméra d'un signe de tête.

Quand il me vit, il pivota légèrement tout en continuant à filmer. Il dit quelque chose que je ne parvins pas à entendre. Le bruit à cet endroit était assourdissant. Entre le sifflement du vent passant à travers les rails d'acier, les éructations graves des camions qui passaient au-dessus de nos têtes et la vibration des câbles du pont, nos paroles étaient inaudibles. Je lui signalai d'un geste de la main que je n'avais pas l'intention de faire partie de son prochain film. Il laissa alors la caméra retomber le long de sa jambe. Je m'approchai de lui et lui criai : « Pourquoi avez-vous pris ça ? »

— C'est la version filmée, me hurla-t-il en retour. Une fois que l'article aura paru, on en fera un bref documentaire.

— Vous me semblez avoir de très hautes ambitions pour cette enquête, dis-je, avant de m'apercevoir qu'il ne m'entendait pas. Très ambitieux ! répétai-je donc pour moi-même.

— Pour vous, déclara-t-il. Et pour moi.

Les lèvres de Cabeza se scindèrent en un sourire. Il parvenait à être gai dans les situations les plus inattendues. Après tout, peut-être était-il tout simplement en forme et reposé. Peut-être appréciait-il particulièrement le souffle du vent sur son visage.

Il y avait bien trop de bruit pour que nous pussions parler, alors je me contentai de me pencher à côté de lui par-dessus la rambarde du pont et de regarder couler la rivière pendant qu'il filmait. Deux bateaux à moteur remontaient le fleuve, chacun d'eux suivi par un long sillage blanc et mousseux. Je les suivis des yeux jusqu'à ce qu'ils se séparent, bien en amont du pont.

— Que va-t-il se passer si je ne parviens pas à vous fournir ce dont vous avez besoin ? lui criai-je. Si je ne réussis pas à prouver que Wallace a été tué. Vous allez me dénoncer ?

— Vous allez trouver, me dit-il. Vous réussirez.

En regardant encore la surface de l'eau, je fus prise d'un certain vertige. J'affermis ma prise sur la rambarde du pont et sentis le frémissement de sa structure d'acier. Je pivotai afin de tourner le dos à ce panorama. Je m'intéressai alors à l'enchevêtrement des câbles qui nous surplombaient. Cela me rappela le premier coup de fil de Cabeza et la façon dont la chanson du vent avait couvert sa voix.

Il m'avait peut-être appelée de l'endroit même où nous nous trouvions.

— Vous étiez ici quand Wallace a été découvert ? lui criai-je.

Un convoi de camions était en train de passer et le pont grondait sous leurs roues, comme dérangé en plein sommeil. Il me répondit mais je n'entendis pas ses paroles. S'en rendant compte, il se rapprocha de moi et répéta : « Madame Wallace et Amenia m'ont appelé, cette nuit-là. J'habite là-bas, m'expliqua-t-il à l'oreille, en indiquant le Queens. Pas très loin. Elles avaient besoin que quelqu'un aille identifier le corps. » Il se tourna afin de pouvoir observer ma réaction.

— Ça a dû être dur, dis-je.

— Je n'ai jamais rien fait de plus difficile de toute ma vie, souffla-t-il, la bouche toujours collée à mon oreille.

— Vous avez vu quelque chose ? lui demandai-je.

Mais il secoua la tête pour m'indiquer qu'il n'avait pas entendu ma question. Je me rapprochai donc.

— Avez-vous vu quelque chose qui vous a fait penser qu'il ne s'agissait pas d'un suicide ? Qu'il s'agissait d'un meurtre ?

L'espace d'un instant, un étrange sourire illumina le visage de Cabeza et quelques rides se formèrent au coin de ses yeux. Son expression traduisait-elle un certain malaise ?

— Sa langue était noire, dit Cabeza en observant l'effet que ces paroles feraient sur moi. Ses dents étaient violettes, comme si quelqu'un avait vaporisé de la peinture à l'intérieur de sa bouche.

Je voyais bien ce que Cabeza voulait suggérer. Quelque part dans le Bronx, un homme annonce à ses proches qu'il va s'acheter une glace. Il n'emporte quasiment rien avec lui – son porte-monnaie et, peut-être, ses clefs – puisqu'il doit revenir aussitôt. Une fois dans la rue, quelqu'un attire son attention ou lui enfonce un objet dur dans les côtes ou encore le bâillonne avec un mouchoir imbibé de chloroforme (c'est toujours comme ça que ça se passe dans les films) avant de le pousser ou de le tirer vers une camionnette anonyme. Une fois dans le véhicule, il reprend conscience et aperçoit ses ravisseurs, juste assez pour déterminer leur identité et ressentir la terreur qu'ils lui inspirent. Peut-être songe-t-il à fuir. Alors, si l'on s'en tient au cinéma, il obtient une explication, une sorte de sermon sur les impératifs du crime ou les ratages de sa propre vie et sur les ennuis qu'il aurait dû éviter de s'attirer. C'est alors que la sentence lui est annoncée : il va mourir. Il entend le cliquetis familier de la bombe de peinture − la bombe de mort − et sent que quelqu'un − un acolyte de son ravisseur − le ceinture. Sa bouche se remplit de peinture toxique. Il la goûte, il l'avale. Son ultime repas. Dans l'heure qui suit, son corps empoisonné, sans vie, bascule dans le vide par-dessus la rambarde du pont.

Le soleil déclinant projetait ses derniers rayons à travers les poutrelles du pont. J'observais les voitures qui s'avançaient sur la passerelle intérieure. Une petite Lamborghini bleue zigzaguait dans le trafic, comme si sa danse frénétique pouvait lui permettre d'échapper aux embouteillages. Une blonde en blazer turquoise se recoiffait dans le rétroviseur de sa Toyota, en quête d'une jeunesse éternelle. Dans un break Mustang totalement défoncé, un jeune homme semblait s'énerver sur son auto-radio, tandis qu'un homme nettement plus âgé, les yeux dissimulés par d'imposantes lunettes de soleil, s'agitait pour refermer le toit ouvrant de sa Mercedes. Tous ces gens me rendaient triste. Oui, ils me faisaient tous de la peine.

— Comment était Darla ? me demanda Cabeza.

— Vraiment terre à terre.

Cabeza se mit à rire doucement. Je ne pouvais pas l'entendre, mais je le voyais à son expression.

— La nouvelle a paru la surprendre ?

Je m'efforçai de relier l'image de la mort de Wallace à Darla. Ça ne fonctionnait pas.

— Plutôt, répondis-je. Vous ne pensez pas réellement qu'elle a quelque chose à voir là-dedans ?

— Quelqu'un l'a fait. Elle a des relations au sein de la police.

— C'est-à-dire ?

— La police n'aime pas trop les graffeurs, cria-t-il. Un graffeur que je connaissais dans les années 1980 s'est fait tuer par les flics simplement parce qu'il taguait le mur de la gare L. Darla en avait marre de Wallace parce qu'il traînait autour de ses bureaux pour retrouver ses peintures. Il la gênait. Je ne serais pas surpris qu'elle ait demandé à ses copains flics de faire en sorte qu'il s'éloigne. Peut-être qu'ils ont pris leur mission un peu trop au sérieux, ajouta-t-il sans émotion. Je ne dis pas que j'en ai la conviction. C'est juste ce que les gens disent dans les parages.

Je repensai au *Grand Chantage*. J.J. Hunsecker emploie les services d'un policier véreux, un Irlandais rondouillard que Sidney Falco appelle « le petit gros de Hunsecker ». Et le petit gros exécute les boulots que Hunsecker lui confie, comme celui concernant le soupirant de sa sœur. À la fin du film, quand Hunsecker se retourne contre Falco, c'est au tour de ce dernier d'affronter l'Irlandais dans un Times Square déserté.

Peut-être n'y avait-il pas eu de camionnette anonyme ou d'objet dur collé entre ses côtes. Il était possible que Wallace soit sorti sur Simpson Avenue afin d'aller s'acheter une glace et qu'il se soit arrêté dans une ruelle pour faire un tag, comme il en avait l'habitude. Mais cette fois-ci, il avait entendu une voix derrière lui, celle d'un flic lui disant : « Tiens-toi bien tranquille, jeune homme. Repose cette bombe. » Alors Wallace – qui n'était plus un jeune homme – s'était lentement tourné pour faire encore une fois une des blagues dont il avait le secret. Mais les flics n'étaient pas d'humeur à rire. Peut-être l'avaient-ils suivi jusque-là, éventuellement sur ordre de Darla. Ils l'avaient filé en guettant ce genre de faux mouvement qui leur permettrait de le coincer.

Ensuite, ils l'avaient embarqué dans leur fourgon pour l'emmener au poste. Et puis, quelques heures plus tard, tout comme ils l'avaient fait avec Diallo, ils l'avaient brutalisé au point de devoir le remettre dans un fourgon en partance pour le pont du Queensboro, afin de ne pas générer un nouveau scandale. Affaire classée au fond de la rivière.

— Et qu'en est-il des autres graffeurs ? demandai-je. N'y en avait-il pas qui le détestaient et qui voulaient se venger d'une façon ou d'une autre ?

Cette piste me paraissait beaucoup plus simple. Elle m'amenait à remplacer les flics par une bande de mômes adeptes du graffiti qui n'avaient pas aimé que Wallace s'attaquât à leur mur. « Hey, *motherfucker* ! » Ils lui avaient pris sa bombe et l'en avaient aspergé. Peut-être n'avaient-ils cherché qu'à l'effrayer, sans imaginer que le produit était toxique. Mais Wallace était mort. Alors, ils avaient paniqué et avaient tenté de dissimuler leur crime. Terrifiés, ils avaient trouvé une vieille voiture et avaient emmené le corps jusqu'au Queensboro avant de le jeter par-dessus la rambarde du pont.

— Une joute verbale entre graffeurs ? Qu'est-ce qui vous fait donc penser à ça ? interrogea Cabeza.

— Darla a fait allusion à de vieilles querelles entre graffeurs, des *beefs* irrésolus. Elle a aussi mentionné que nombre des gamins qui traînaient avec Wallace étaient sévèrement drogués.

— Darla…, prononça Cabeza, comme s'il trouvait ce nom bizarre.

Il releva sa caméra pour la fixer sur mon visage.

— Hey, arrêtez ça ! m'énervai-je.

— C'est excellent ! On envisage toutes les questions et tous les angles possibles.

Il cherchait à détendre l'atmosphère, sans doute, mais je ne me sentais pas à l'aise.

— Arrêtez, je ne trouve pas ça drôle.

— Pourquoi ?

Je m'écartai de la rambarde du pont et commençai à m'éloigner en direction de Manhattan. Cabeza saisit mon poignet : « Allez, j'arrête. Je vous le promets. »

Voilà qu'il me touchait une nouvelle fois. Je n'avais pas eu mal, et je n'avais pas eu peur. Il affichait un sourire un peu crâne et son regard — deux libellules d'un vert lumineux — était ironique.

— Vous êtes plutôt jolie quand vous n'essayez pas de ressembler à quelque chose, me hurla-t-il. Je voulais juste saisir votre image à ce moment précis, avec cette expression.

Il lâcha mon bras. J'étais désormais libre de m'en aller. Mais je restai. Il fallait que je connaisse la piste qu'il souhaitait que je suive, qu'il me donne sa version du script.

— Pas de caméra, insistai-je.

— Pas de caméra, confirma-t-il en obturant l'objectif. Écoutez, la vérité c'est que j'ai besoin de vous. Cette affaire mérite une enquête en bonne et due forme et un exposé solide. Et, franchement, vous êtes ma meilleure carte.

Je revis Bogart, caché dans un gros tuyau, s'évadant de la prison de San Quentin, dans *Les Passagers de la nuit*. Que serait-il arrivé si Lauren Bacall n'était pas passée par là en voiture ? J'avais très envie de me rapprocher de Cabeza et d'enlacer son dos puissant en lui disant que tout allait bien se passer. Cédant à mon désir, je fis quelque pas vers lui.

— Savez-vous ce qu'est un rabbin ? lui demandai-je. Et j'ajoutai, avant qu'il me réponde : pour un journaliste.

— Bien sûr que je le sais, dit-il. C'est le guide du journaliste. Quelqu'un qui lui montre les ficelles du métier.

— Je vais avoir du mal à m'y retrouver dans toutes ces histoires de graffitis. Les tagueurs, les graffeurs, quel que soit leur nom. Je m'en sors plus ou moins avec les arts traditionnels, mais là, je vais avoir besoin de votre aide.

Il y eut une lueur de gratitude dans ses yeux, tout comme dans *Les Passagers de la nuit*, lorsque Bogart comprend que Lauren Bacall est dans son camp.

— *Shalom,* me dit-il. Faudra-t-il que je me procure une kippa ?

Durant les jours qui suivirent, je quittai mon box à la rubrique Nécro dès six heures du soir précises. Je retrouvais Cabeza dans les endroits qu'il m'indiquait afin de recevoir ma formation dans « l'art de se lever et surmonter », comme il appelait cela.

Au cours de la première soirée, il m'emmena au nord de la ville jusqu'à une cour d'école située au coin de la 106ᵉ Rue Est et de Park Avenue, dans le quartier d'El Barrio : le Panthéon du graffiti.

— Voici votre première leçon, me dit-il en pointant du doigt les différents panneaux muraux recouverts de peinture. Ces graffitis ont été peints par ceux que l'on peut appeler les graffeurs de la vieille école. Aucun de ces graffeurs n'a persévéré dans cette activité, ajouta-t-il avec un certain mépris. Dans la mesure où ce mur est ce que nous appelons un « mur légal », il est très facile d'y pratiquer le graffiti. Mais ce que je veux vous montrer ici, ce sont les bases du style.

Il m'expliqua qui avait inventé certaines flèches ou étoiles particulières, qui avait créé les techniques tridimensionnelles, qui avait laissé tomber et qui était passé à du figuratif ou de l'abstrait. Parmi les fresques qui nous entouraient, certaines étaient l'œuvre de « rois des Trains », et Cabeza m'exposa en quoi consistait la culture désormais ancienne des graffitis sur les trains et ce que signifiait « faire toute la ville » (apposer son tag sur un train qui passait par les cinq faubourgs de New York). Il m'apprit aussi comment les graffeurs se classaient entre eux et les raisons pour lesquelles il n'était pas nécessairement mal vu de déborder sur le tag de quelqu'un d'autre, voire de le recouvrir totalement.

Avant de repartir, il me montra où il avait habité lorsqu'il avait débarqué à New York. Son premier logis, situé à l'angle de la 103e Rue Est et de Lexington Avenue, ne me parut pas très différent de celui que j'avais occupé sur la 5e Rue. J'en vins ainsi à évoquer – de façon certes plutôt elliptique – mon déménagement entre la ferme et la grande ville. Après tout, qu'est-ce que ça pouvait bien faire ? Ce type ne connaissait aucune de mes relations et je pouvais sans risque lui raconter ma véritable histoire. D'ailleurs, il ne se moqua pas de moi et n'eut pas l'air de considérer que mes origines campagnardes étaient ridicules.

— Ici, tout le monde vient d'ailleurs, dit-il, et il m'expliqua comment, lorsqu'il était enfant, il regardait, fasciné, son grand-père tordre le cou des poules dans sa ferme de Porto Rico.

Je me sentis alors autorisée à lui avouer que mon rôle, à la ferme d'Eugene, était de traire les chèvres le matin. Et comme, une fois encore, pas un rictus n'était venu déformer ses lèvres, je poursuivis mon récit un peu plus avant.

Pour notre deuxième rendez-vous nocturne, Cabeza m'emmena, en métro, faire le tour de toutes les œuvres *wild-style* de Stain – de grandes fresques composées de lettres et de symboles imbriqués – développées au verso d'immenses panneaux d'affichage, bien au-dessus des lignes du métro aérien menant aux quartiers périphériques. Il me montra aussi d'autres peintures réalisées à l'intérieur même des tunnels du métro. Certaines d'entre elles – en général les plus difficiles à atteindre – semblaient être là depuis plus de vingt ans, alors que d'autres paraissaient avoir été achevées quelques jours auparavant.

— Wallace considérait qu'il fallait « rester vrai », un peu comme le disent les mômes, m'expliqua Cabeza. La veille de sa mort, il graffait encore.

Après notre tournée, nous dînâmes chez Nha Trang, un minuscule boui-boui vietnamien de Chinatown qui servait les plats presque avant que vous les ayez commandés. Cabeza m'interrogea sur ma famille et je consentis à lui parler – juste quelques mots – de la bande de hippies que nous formions alors et du squat où nous logions. Il me confia que sa mère avait elle aussi été chanteuse dans sa jeunesse et qu'il avait passé son enfance dans des coulisses. Il continua à me questionner pendant que nous engloutissions nos nouilles sautées et nos bières chinoises. Autant de questions sur mon passé que personne, à New York, ne m'avait jamais posées ou, du moins, auxquelles je n'avais jamais encore répondu avec sincérité.

En fin de soirée, il me raccompagna vers Midtown, en passant par SoHo et Chelsea où il m'indiqua les graffitis, les tags et les autocollants d'intérêt, en distinguant chaque fois les différents styles et techniques utilisés. Nous dépassâmes ainsi en discutant toutes les stations de métro qui auraient pu me ramener chez moi et je n'atteignis mon appartement que vers deux heures du matin.

Le troisième soir, Cabeza me donna l'adresse de son studio dans le Queens. Il me dit qu'il était temps que je voie le documentaire qu'il avait réalisé sur Wallace bien des années auparavant, afin que je puisse me faire une idée de l'« artiste à ses débuts ». Cabeza m'avait prévenue au téléphone : « Vous l'auriez bien aimé. »

J'allai le retrouver immédiatement après avoir quitté le *Journal*. Son studio était situé dans une usine désaffectée qui avait appartenu pendant trente ans à Eagle Electric. Il donnait sur une ruelle pavée, dans l'une des zones industrielles du Queens. Il ne ressemblait absolument pas à ces lofts très lumineux de SoHo ou aux anciens entrepôts convertis en appartements de Williamsburg.

Bien qu'il se trouvât au deuxième étage, son plafond était bas et son atmosphère humide évoquait plutôt celle d'une cave. Il se composait d'une pièce unique servant à la fois de séjour, de chambre à coucher et de cuisine, ces divers espaces étant séparés par des paravents. Au centre de la pièce se trouvait une table étroite et haute qui avait dû, par le passé, agrémenter une salle de chimie dans un collège quelconque et que Cabeza dédiait aujourd'hui au montage. Cette table était flanquée d'un évier sur sa droite et d'une table de montage Steenbeck sur la gauche. Juste à côté, on pouvait admirer un vieux projecteur de films à bobines.

— J'ai essayé de constituer une collection, m'expliqua Cabeza en actionnant le projecteur. Dès qu'il y avait une innovation dans le style, je me suis efforcé d'en obtenir une « matrice » pour pouvoir la reproduire dans un film. Il m'est alors apparu qu'il y avait à peu près deux inventions stylistiques par an. C'est passé du *throw-up* au *burner* et du *burner* au *wild-style*, pour enchaîner sur les *blockbusters*. Aujourd'hui, on en est au *roller-letters* et au *scratchiti*. Je ne suivais plus.

Il alla dans le coin cuisine pour en revenir avec une bouteille de pinot noir. Il me la montra en haussant les sourcils. J'acquiesçai.

— De nos jours, seul le style compte. Vous seriez surprise par la vacuité qu'atteignent aujourd'hui les *beefs*. Chacun réclame sa place au Panthéon du graffiti. Dans les premiers temps, quand les graffeurs pratiquaient encore sur des trains, il ne s'agissait que de rébellion et de subversion. Maintenant, tout est style : qui a inventé quoi ? Quelle figure a été réalisée en premier ? etc.

Cabeza secoua la tête en signe de découragement tout en débouchant la bouteille de vin. Il retourna ensuite à la cuisine d'où il rapporta deux verres qu'il remplit presque à ras bord. Il me fit asseoir sur la table de montage avant de me tendre l'un des verres.

— *Salud*, fit-il en choquant son verre contre le mien. Voulez-vous que l'on commence ?

Cabeza éteignit les lumières. Le vieux projecteur grogna et ronronna jusqu'à ce qu'un rayon de lumière bleue jaillît sur l'écran. Une légère odeur de brûlé parvint jusqu'à mes narines. Le film était en 16 mm, tourné en noir et blanc. Aucun générique, aucun titre. Juste un faisceau de lumière sur un jeune homme, dans un tunnel du métro.

Et ce jeune homme était le jeune Malcolm Wallace, à peine plus âgé que Kamal, mais beaucoup plus mince. Il était accroupi devant un mur sur lequel il projetait de la peinture. Il était hirsute, mais ses joues semblaient douces et imberbes. En y regardant de plus près, on pouvait pourtant apercevoir une vague ombre au-dessus de la lèvre supérieure et quelques poils disséminés sur ses joues, comme égarés. Il portait un pantalon sombre et un col roulé blanc, avec une veste Adidas blanche gansée de noir sur les côtés. Par-dessus le col de son pull, je voyais des sortes de colliers que je pris pour des chapelets de prière bouddhistes.

— Ce mec a toujours eu l'air soigné, dit Cabeza. Ça faisait partie de la mythologie Stain. Même quand nous n'étions que des enfants, il avait déjà recours à ce genre de combinaisons audacieuses. Un bon look citadin, avec un petit quelque chose emprunté aux hippies. Il portait souvent ce type de bracelets guatémaltèques ou alors des chemises indiennes. Un petit côté *urban ghetto* teinté de vieille Europe. Quelque chose qui était censé vous prendre au dépourvu.

Dans le film, on entendait la voix de Cabeza provenant de derrière la caméra. Même voix, à quelques cigarettes près peut-être : « Bon, dis-nous comment tu t'es mis à faire ça. »

— Ça ? Bah, tu sais, *man*, je veux dire… Je tague depuis, allez, presque depuis que je sais marcher. En tout cas, depuis que je sais courir, c'est sûr.

Wallace éclata de rire en montrant la caméra, puis il agita sa bombe de peinture et poursuivit : « Tu vois, quoi, je fais ça depuis le début. J'ai commencé avec Tonka et Stitch, et Cay, A-1, tous ces graffeurs-là. On a commencé à écrire nos noms en haut des murs, juste pour se lever, quoi. »

Il appuya alors sur sa bombe et une courbe noire s'élargit sur le mur.

— Hey, attends un peu avant de continuer ça, tu veux ? fit la voix derrière la caméra. Je voudrais que tu nous expliques ce que tu fais, que tu nous montres ce que tu fais, au fur et à mesure que tu avances. Ça t'irait ?

Stain éloigna la bombe du mur.

— Pas de problème, *man*, comme tu veux. C'est ton film, hein ? Je ne suis que l'acteur. Ou peut-être devrais-je dire le « talent », hein ? dit Wallace avant d'éclater de rire. C'est ça, *man* ?

La voix provenant de derrière la caméra se fit impatiente, un peu pontifiante : « C'est cela. Talent. Une minute. Attends un instant. »

L'autre Cabeza, celui qui se trouvait à mes côtés, choisit d'ajouter lui aussi son commentaire : « J'essayais juste de lui faire faire les choses dans l'ordre, mais c'était assez difficile pour lui. Il était du genre incontrôlable. Un Verseau. »

La caméra vacilla et l'écran devint flou durant quelques secondes avant de reprendre sa netteté. Pendant cette courte pause, j'observai Cabeza qui me sembla calme et plutôt heureux.

— OK, bon, pourquoi ne pas commencer à peindre, maintenant ? reprenait le jeune Cabeza.

— T'es prêt ?

— Prêt.

Wallace se mit debout : « Les mecs, visez un peu. Aujourd'hui, je vais vous apprendre à faire un *throw-up*. Ça va être un peu comme un cours de cuisine. Le cordon bleu du métro, en quelque sorte. » Stain souriait largement à la caméra, découvrant ainsi le trou qu'avait laissé une canine disparue. Il ne prit pas la peine de s'interrompre pour vérifier auprès de Cabeza si tout allait bien. Il était tout à fait sûr de lui. Un vrai charmeur, un séducteur naturel. « Un *throw-up*, c'est l'étape qui vient après le tag. Voici mon tag : Stain 149 », expliqua-t-il ensuite avant de faire la démonstration de son style de base, en traçant à la bombe son nom, en lettres ordinaires. Sa signature n'était que courbes, avec des lettres se chevauchant de sorte que son nom devenait à peine lisible. « Et maintenant, voici le *throw-up* de mon nom. » Il s'accroupit à nouveau, prit une autre bombe de peinture – claire, cette fois – et commença à dessiner des *bubble-letters*. Ces lettres-là étaient formées de lignes épaisses sur lesquelles il repassa avec sa bombe à plusieurs reprises, jusqu'à ce qu'elles semblent sortir du mur. Tandis qu'il peignait, il gardait le silence et son expression était sérieuse, concentrée.

— Je parie que les filles l'adoraient.

Cabeza acquiesça, puis remplit mon verre de vin.

— *Claro que si*. Cela dit, il avait une petite amie officielle, Mae Rose Sims, de Georgie. Il était fou d'elle, mais elle l'a laissé tomber après que la galerie l'eut mis à la porte.

— Ce n'était pas très gentil de sa part, remarquai-je.

— Oh, c'était sa faute à lui, peut-être. Il était tellement en colère. Je sais qu'elle l'aimait vraiment, mais elle ne voulait pas le voir se détruire. En fait, après son départ, la chute s'est accélérée.

Sur l'écran, Stain poursuivait sa présentation : « Maintenant que vous avez réalisé le *throw-up*, il vous suffit de le remplir, à moins que vous préfériez le laisser tel quel. » Wallace dévissa alors le bouchon de la bombe de peinture pour le remplacer par un embout plus volumineux. « Si vous parvenez à vous procurer ce type de vaporisateur pour bombe, vous pourrez couvrir de plus larges surfaces en moins de temps. Et c'est plutôt conseillé, parce que la vitesse est primordiale. » Il vaporisa la peinture en larges bandes plus sombres afin de remplir l'intérieur des *bubble-letters*.

La caméra glissa de haut en bas afin de saisir tout le dessin. « Il faut retenir que le temps est votre ennemi. Au même titre que les keufs. Vous devez vous déplacer aussi vite que l'éclair. La structure, puis le remplissage. Le style est secondaire, une fois que vous maîtrisez les bases. Si vous vous faites prendre parce que vous vous perdez dans les détails, vous passerez un très mauvais quart d'heure. Alors restez simple. »

Il semblait être un môme plutôt joyeux, avec beaucoup d'énergie à revendre. Il était notamment facile de deviner qu'il avait du mal à tenir dans le cadre que lui fixait la caméra, car tout en parlant il passait d'un pied sur l'autre, sortait une main d'une poche pour y enfoncer l'autre ou triturait une bombe de peinture.

« Alors voilà. Vous pensez avoir saisi le truc ? Je l'espère, parce que je compte bien vous voir rôder autour des gares, mecs. Et si vous ne savez toujours pas ce qu'est un *throw-up*, vous ne serez pas les bienvenus au Bench. C'est la station située sur la 149e Rue, ma rue, mon lieu. Je suis Stain 149. Qu'on se le dise ! »

La lumière vacilla quand la bobine arriva en fin de pellicule. Nous nous tenions dans la lueur bleutée du projecteur. Cabeza s'approcha de moi avec la bouteille de vin. Ses yeux brillaient. Soudain, je ressentais le besoin de tout savoir sur lui.

— Est-ce Stain qui vous a baptisé Cabeza ? D'où ce nom vient-il ?

Il remplit mon verre.

— *El grande cabeza*, scanda-t-il en rigolant. « La grosse tête », soit une autre manière de m'appeler le « surdoué ». Là où j'ai grandi, il n'était pas conseillé d'être trop intelligent. J'ai bien essayé de faire croire que j'étais un athlète comme les autres gosses, mais je n'étais pas très convaincant. Et puis quelqu'un a fini par trouver la couverture d'un vieux *Don Quichotte* dans mon cartable, alors ils m'ont tabassé avec. Après ça, ils se sont moqués de moi en m'appelant « El grande cabeza », jusqu'à ce qu'il ne reste plus que « cabeza ». Et c'est resté.

— Plutôt cruel.

— Quand j'étais môme, je détestais ce surnom, mais en vieillissant, j'ai fini par l'apprécier. Tous les garçons qui m'avaient embêté parce que j'étais intello étaient alors coincés à Aguas Buenas où ils devaient travailler pour leur père à vendre des ustensiles de cuisine à des femmes au foyer. Moi, j'avais réussi à m'en tirer. C'était finalement une très bonne chose d'avoir lu tous ces livres. Je me voyais comme quelqu'un de plutôt intelligent.

— Alors c'est quoi ?

J'étais encore sur mon perchoir et il se tenait devant moi tandis que la lumière dansait toujours sur l'écran situé derrière lui.

— Quoi ?

— Votre vrai nom.

Cabeza pivota de sorte que ses traits ne soient plus éclairés par la lumière de l'écran et que sa tête ne forme plus qu'une silhouette sombre.

— Je vous le dirai si vous me donnez le vôtre, me dit-il.

J'y réfléchis un peu. Au cours des soirées précédentes, j'avais révélé à Cabeza bien plus que je n'avais jamais dit à quiconque. Je me penchai vers son oreille et lui murmurai les trois noms qui formaient mon patronyme. Il ne ricana pas. Il ne parut même pas réprimer un sourire. Il m'embrassa. Exactement le genre de baiser dont j'avais toujours rêvé, même si je n'avais pas encore tout à fait compris que je désirais autant qu'il m'en donne un. Son baiser me parut naturel et inévitable, comme l'étreinte sur laquelle doit s'achever toute scène de film en noir et blanc digne du genre. Son baiser semblait contenir tous les soupirs des jours précédents.

Il passa sa main dans mes cheveux.

— Tu es magnifique, me dit-il.

— Ce n'est pas kasher d'embrasser son rabbin, lui répondis-je.

— Alors je ne suis plus ton rabbin.

Il plaça ses mains sous mes cuisses et me souleva de la table de montage. Il me porta jusqu'au canapé situé près du mur et m'installa sur ses genoux. Je m'écartai afin de toucher son visage et la barbe naissante de son menton carré. Je savais que j'étais en train de me lancer dans une aventure dont il me serait difficile de sortir. Il caressa mes cheveux pendant un moment, en les éloignant de mes yeux. Il semblait lire dans mes pensées.

— Personne ne voit jamais cette fille, me dit-il. Celle qui se trouve derrière la façade. Elle est pourtant plutôt sympathique. En fait, elle est même géniale. Comment se fait-il que tu la tiennes ainsi emprisonnée ?

Je l'embrassai.

— Attends un instant.

Il attrapa le fil électrique qui alimentait le projecteur et l'arracha de la prise. Le ronronnement cessa et la lumière s'éteignit. La suite se déroula dans l'obscurité.

Chapitre 13
Lieux du crime

Il était trois heures et demie du matin et je me tenais auprès d'un très grand garçon qui suçait une tétine. Après m'être rafraîchie chez Cabeza, j'étais arrivée au Twilo juste à l'heure, mais maintenant, Blondie avait déjà une demi-heure de retard.

Je fis un signe de tête au barman et lui montrai mon verre de Martini vide. Il leva le doigt vers un panneau placé au-dessus du bar qui indiquait « Power Bar : ce bar ne sert que des boissons énergisantes et des cocktails protéinés ». De fait, j'avais commandé mon premier Martini à l'étage.

Le grand bébé à la tétine avait une longue frange de cheveux verts et jaunes qui dissimulait un regard plus vitreux qu'un pot de gelée de coing. Son nez était percé d'un clou à l'effigie de Mickey Mouse et il souriait béatement à une fille parée d'un collier fluorescent qui se trémoussait sur la piste, dans un tee-shirt proclamant « Sortir en boîte n'est pas un crime ».

Bah, ce devait être vrai pour la plupart des gens… Pour ma part, je n'avais pas mis les pieds dans une boîte de nuit depuis l'Incident, et j'avais un peu l'impression de revenir sur les lieux d'un délit de fuite dont j'aurais été à la fois la victime et le chauffard. Je revivais la scène : affalée sur le volant et le corps endolori, les stroboscopes étaient autant de flashs de paparazzis et la musique techno battait la mesure de ma honte. Si Blondie n'arrivait pas prochainement ET si je n'obtenais pas rapidement un autre Martini, je n'allais pas tarder à prendre la porte, comme j'aurais dû le faire lors de cette fatale nuit de janvier.

J'avais cherché Blondie partout. J'avais notamment observé les corps affalés sur les banquettes près des sorties de secours, scanné le magma des danseurs sur la piste et vérifié que le colosse qui venait de monter sur le comptoir du Power Bar afin de le nettoyer avec sa ceinture abdominale n'avait rien à voir avec Blondie.

— Tu vois, *elle* est làààà ! Je savais qu'elle viendrait ! s'écria une voix dans mon dos.

Je me retournai et vis Blondie qui chassait le suceur de tétine avec une grande plume de paon. Il arrivait de la piste de danse, suivi par un homme assez chétif, au crâne entièrement rasé et portant des lunettes cerclées de métal.

— Charles, fit Blondie en m'agitant sa plume sous le nez, voici Valerie Vane.

Charles se plaça devant moi pour un rapide examen.

— Tu as raison Gid, elle est beaucoup mieux en vrai, déclara-t-il comme si je n'étais pas là. Ces photos dans les tabloïds lui donnaient un... Allez, je le dis, un nez épaté. Mais en réalité, ce n'est absolument pas le cas. Son nez est adorable. Et ses cheveux ! Splendides ! Très star des années 1940. Très rétro.

Puis il s'empara de ma main.

— C'est une véritable honte que les attachés de presse n'aient pas fait un meilleur boulot. Nous avons un ami qui est un *excellent* photographe. Il a travaillé avec les plus grands : Ivana, Monica, Imelda... Vous auriez tout intérêt à le rencontrer. Tu ne crois pas, Gid ?

— Absolument d'accord ! Une bonne photo n'est jamais un luxe, jaaaamais ! pontifia Blondie. Mais je pencherais plutôt pour David LaChapelle. Il a fait des photos pour Amanda Lapore.

— Tu n'es jamais d'accord avec moi !

— Mais siiii !

Si ces deux types croyaient que j'avais programmé le scandale du Club Zéro pour faire plaisir aux paparazzis, il valait mieux qu'ils continuent à se concentrer sur le *dance-floor*. Arrivée à ce niveau, il allait me falloir bien plus qu'un deuxième verre ; il devenait impératif que je me plonge tout entière dans une baignoire de gin. D'ailleurs, Blondie était en train de jouer des coudes devant le comptoir du Power Bar en agitant des billets. Lorsque Charles me demanda si je désirais boire quelque chose, je lui répondis que deux Martini ne seraient pas superflus – « un pour la route... »

— « Un pour la route » ? s'étonna Charles en ouvrant de grands yeux. Oh, ce que c'est drôôôle. Elle a de l'humour !

Il s'obstinait à parler de moi à la troisième personne bien que je fusse sa seule interlocutrice : « Elle ne va pas partir, n'est-ce pas ? »

— Il se peut qu'elle parte très prochainement si elle n'a pas son Martini, répondis-je, m'adaptant à son style.

Charles m'abandonna alors un instant pour transmettre cette requête à Blondie qui me hurla depuis sa position devant le bar : « Pas d'alcool, ici. C'est un bar pour enfants sages. Enfin, presque ! » Il me sourit en gloussant, mais comme je ne lui renvoyai pas son sourire, il fourra une poignée de billets dans la main de Charles et lui commanda de se diriger vers le *vrai* bar.

Quand Blondie revint vers moi avec une Red Bull, j'espérais bien que nous allions enfin pouvoir entrer dans le vif du sujet et utiliser un peu mieux un temps que j'aurais dû consacrer au sommeil. Mais manifestement il n'en avait pas encore tout à fait fini avec son show.

— C'est cela, s'exclama alors tout près de moi un immense travesti perché sur des talons de vingt centimètres, à l'intention d'une demi-portion qu'il tenait en laisse.

Il/Elle ondulait dans un fourreau de soie pourpre qui ressemblait étrangement à un vêtement de chez Vera Wang que je m'étais offert du temps de ma splendeur. Lui (un mâle apparemment) était coiffé d'une toque de fourrure et portait la moustache.

— Vous savez, nous étions en train de vous observer en pensant : « Ce visage est vraiiiiment familier. » Et Tim s'est écrié : « Valerie Vane ! » Et j'ai dit : « Non ! » et il a dit : « Si ! » Alors j'ai dit : « Mais je n'ai pas vu son visage dans la presse depuis des luuustres. Je croyais qu'elle était morte ou, du moins, qu'elle avait disparu. » Vous me direz, entre ces deux maux, lequel est le moindre ?... Je suis Sharon Needles, dit-elle en me présentant sa main afin que je la baise. Et voilà Tim.

Je lui serrai sobrement la main, puis je me penchai vers celle de son acolyte, mais il me montra les crocs, parmi lesquels deux canines surdimensionnées.

— Quel plaisir de vous voir dans notre club. Bien entendu, ce n'est pas le nôtre, mais nous y avons dépensé tant d'argent que nous devrions en être actionnaires à ce jour, plaisanta Sharon d'une voix presque fluette malgré une pomme d'Adam de déménageur. Elle rit de son propre trait d'esprit en plaçant deux énormes doigts sur sa bouche. Je suis siiiii heureuse de constater que vos jours de femme au foyer ont pris fin.

— Mais ils n'ont pas pris fin, dis-je. Je vais retrouver ma blouse très bientôt. Juste le temps de rencontrer Gideon ici, ce soir. Il doit partager quelque chose avec moi.

Je me retournai vers Gideon afin de bien me faire comprendre.

— Oh, alors, c'est tout à fait spécial, s'exclama Sharon en regardant Blondie, lequel affichait un immense sourire, comme s'il venait tout juste de gagner l'élection de Miss Chelsea.

— Alors c'est à toi que l'on doit le retour de Valerie Vane ? Je suis très impressionnée, Giddy, poursuivit Sharon en attirant Blondie à elle, manquant ainsi d'étrangler Tim qui crut bon d'aboyer. C'était quoi, déjà, votre repaire ? Le Club Zéro ? Nous ne l'aimons pas. Beaucoup trop de débutantes. Des vraies, pas des aspirantes, comme nous.

Je voyais très bien où Sharon voulait en venir. Elle aurait bien aimé que j'évoque quelques-uns de mes souvenirs. Les spots balayaient la salle sur un rythme de plus en plus saccadé et le niveau sonore avait grimpé de plusieurs décibels.

— Je suis ici pour raisons professionnelles, dis-je d'une voix aussi ferme que possible.

L'espace de quelques secondes, Sharon laissa reposer ses longs cils bleus sur ses joues, comme deux papillons sur des pétales de rose.

— Nous ne sommes plus vraiment fun, n'est-ce pas ? soupira-t-elle comme si elle venait de perdre vingt-cinq cents dans une machine à sous. Eh bien, j'espère qu'au moins vous allez faire un article sur la fête de ce soir. Elle n'a pas tout à fait commencé. Il faut attendre cinq heures du matin en général. Je vais vous emmener jusqu'à la cabine du DJ pour vous présenter Jr. Vasquez. Je pourrais même vous faire rencontrer Gatien, mais il est un peu timide avec la presse ces derniers temps. Vous savez, à cause de ces gamins qui sont morts. Mais vous n'en direz rien, j'espère !

Tim s'était mis à lécher le mollet de Sharon. Blondie s'en mêla : « Val n'a pas prévu de faire un article sur la soirée. Je lui ai promis deux ou trois tuyaux sur la galerie. Tu sais... » S'ensuivit une sorte de mime évoquant l'explosion d'une boîte imaginaire.

Sharon le regarda comme s'il venait de lui voler son jouet.

— La galerie, la galerie. C'est la seule chose dont il parle, fit-elle en soupirant. Si j'entends encore uuuune histoire sur Darla Deitrick, je crois que je vais me transformer en œuvre d'art.

Passez-moi un fil de fer en travers du corps et suspendez-moi à un clou !

Elle abaissa la tête vers Tim et secoua sa jambe pour la dégager de ses cajoleries : « Couché ! » Je voyais très bien à quoi pouvait ressembler leur quotidien domestique : Sharon alanguie dans un bain, en train de masser son 45 fillette avec un savon à la lavande, tandis que Tim l'attendait patiemment en gémissant dans son panier. A-do-ra-ble…

Soudain Sharon se planta devant moi et me regarda droit dans les yeux : « Allez, dites-le », me commanda-t-elle.

— Dire quoi ?

— « Vous ne savez pas qui je suis ? ! » C'est pour un rôle de composition.

Tim se mit à aboyer avant de se mettre à haleter. Voilà que ça recommençait, je revoyais tous ces horribles titres de journaux. À cet instant, j'eus un brusque accès de haine pour Blondie.

— Ça suffit, lui dis-je. Je n'ai pas l'habitude de parodier mes propres exploits en échange d'informations sans intérêt. Si vous avez quelque chose à me dire, dites-le maintenant. Sinon, salut ! Et je commençai à chercher des yeux la sortie.

— S'il vous plaît, Valerie, non ! Ce que j'ai à vous dire est important. Laissez-moi juste une minute.

Blondie se retourna alors vers Sharon pour essayer d'arranger les choses et celle-ci finit par s'éloigner en tirant sur la laisse de Tim.

— Je suis désolé, s'excusa Blondie en revenant vers moi. Je n'avais pas songé un instant que nous risquions de vous exposer de la sorte. C'est juste que… Eh bien, ils font partie de vos fans. À vrai dire, nous sommes tous vos fans !

Je pris une profonde inspiration. Peut-être avais-je été un peu dure avec Blondie. Il ne devait pas se douter qu'il avait déjà exigé beaucoup de moi en me donnant rendez-vous dans un night-club.

Charles revint à ce moment-là avec mes Martini et Blondie l'envoya aussitôt rejoindre la Belle et la Bête. Puis Blondie me fit signe de le suivre. Dûment munie de mes deux Martini, je lui emboîtai donc le pas le long d'un couloir sombre qui menait à un petit salon. Nous nous y installâmes dans un recoin obscur, encore plus inconfortable que les banquettes qui cernaient la piste de danse.

— Tout d'abord, il faut que vous sachiez que je ne travaille plus pour la rubrique Style, aujourd'hui, lui avouai-je.

Blondie leva les yeux de sa canette de Red Bull.

— C'est ce que j'ai cru comprendre quand j'ai appelé votre bureau tout à l'heure et qu'on m'a dirigé vers le service nécrologique. Ça ne doit pas être très marrant, me dit Blondie d'un air compatissant.

Sous la lumière noire, les taches de rousseur sur ses joues donnaient l'impression de petites perforations. Du coup, son visage me faisait penser à une passoire.

— Dans ces conditions, pourquoi avoir voulu malgré tout me rencontrer ? lui demandai-je en commençant mon deuxième Martini.

— Avant de vous répondre, il faut que je clarifie quelque chose, dit-il en baissant les yeux, puis en me regardant d'un air abattu. Si j'ai voulu travailler avec Darla, c'est que j'avais beaucoup de respect pour elle. Quant à la manière dont elle s'est fait connaître… Beaucoup de gens croient que les marchands d'art sont tous des enfants gâtés qui ont ressenti, un jour, le besoin de se trouver une vague occupation. Ce n'est pas le cas de Darla. Elle vient de la banlieue de Cleveland. Son père est plombier – surtout ne le répétez à personne ou elle me tuerait ! – et sa mère est la « Reine du muffin sur Smith Street ». Si, si, je ne plaisante pas.

Elle a inventé plus de six cents recettes de muffins. Pas seulement ceux aux myrtilles, hein ! Des muffins aux champignons, au céleri... Des muffins au chewing-gum... Incroyable, n'est-ce pas ?

— Des muffins, donc. Je vois.

— OK. Elle est allée en école privée, mais elle n'est, en pratique, qu'une fille de la campagne. Elle a payé le prix fort pour pouvoir débarquer à New York, en passant deux années à l'école de design de Rhode Island. Quand elle y est arrivée, elle n'avait pas un sou et aucune relation. Elle disposait seulement d'une recette de muffins au parmesan et de son propre charisme. C'est tout. Elle a ouvert sa galerie de SoHo en y exposant des artistes inconnus et, ta da ! la voilà promue au rang de superstar et de petit prodige. J'ai étudié sa vie à la fac. Mon prof d'histoire de l'art avait un gros faible pour Darla Deitrick.

Blondie s'apprêtait à me lâcher quelque chose. Il lui fallait juste faire pénitence au préalable. Je terminai mon verre pour patienter. Sharon et son bichon n'étaient déjà plus qu'un mauvais souvenir.

— Vous savez, je l'admirais vraiment. Mais j'ai eu l'occasion de voir un certain nombre de choses... des trucs que vous ne croiriez pas. Et je pense que ce n'est pas correct. Je veux dire, même dans le monde des affaires, avec tous ses requins... Il y a des choses qui ne se font pas.

J'eus soudain la sensation que nous étions survolés par un objet non identifié. Aaah, ce cher vieux Charles... Blondie s'interrompit.

— J'ai rapporté un petit quelque choooooose ! nous annonça Charles, tout excité.

Blondie leva les yeux vers lui. Dans la lumière noire, ses orbites fluorescentes lui donnaient un air démoniaque.

— Amooooour..., minauda Charles, tu as eu ton quart d'heure avec Valerie. Maintenant, ne pourrais-tu pas me consacrer quelques instants ?

Charles ouvrit alors grand sa main dans laquelle reposaient deux pilules d'ecstasy. Blondie se redressa d'un coup et s'empara d'une des pastilles qu'il goba aussitôt, avant de me proposer, plus posément, celle qui restait. Comme je secouai la tête en signe de refus, Charles s'en saisit et l'avala en haussant les épaules. Il leva alors la main en faisant le signe de paix et ajouta : « Numéro deux ! Puis-je faire autre chose pour vous, les filles ? »

Je lui indiquai mes deux verres vides : « Que diriez-vous d'une nouvelle tournée ? » Je n'avais plus vraiment envie de boire, maintenant, mais je voulais surtout qu'il s'en aille. Depuis que Blondie avait avalé sa pilule, je savais que l'aiguille de l'horloge tournait et que le temps nous était désormais compté. Je me doutais que d'ici une demi-heure, voire un peu moins, il partirait en vrille. Il deviendrait alors aussi utile qu'une boussole sans aimant. Je le pressai donc de poursuivre.

— Bon, vous avez dit vos *Pater* et vos *Ave*. Continuez maintenant.

Blondie se rapprocha de moi.

— Vous savez, ces peintures qu'a faites ce type du graffiti ? Celui dont vous avez parlé à Darla ? Eh bien, elle les a effectivement eues entre les mains. Je les ai vues dans son entrepôt, pas plus tard qu'il y a deux semaines.

Voilà qui devenait très intéressant. J'observai le visage en passoire de Blondie en me demandant ce qui allait bien pouvoir en sortir.

— Il y avait beaucoup d'œuvres de ce Stain, mais pas seulement, poursuivit-il. Il y avait aussi tout un tas d'autres peintures graffitis, là-bas. De toute façon, elle s'efforçait de vider les lieux afin de pouvoir vendre le local.

Je questionnai Blondie sur les raisons qui avaient pu pousser Darla à se délester ainsi. Il se rapprocha de moi encore un peu plus et me souffla : « Comme je vous l'ai dit, elle est excessivement brillante à bien des égards, mais les mathématiques ne sont pas son fort. » Puis, il continua en hochant la tête tristement : « Non, pas son fort du tout. La situation s'est un peu tendue à la galerie, et Darla a besoin d'argent. Il y a notamment sur le marché un Pollock pour lequel David Geffen tuerait père et mère, et elle cherche désespérément à lui vendre quelque chose… Mais, je n'ai pas besoin de vous parler de ça. »

J'aurais aimé pouvoir entendre toute l'histoire, mais je voyais bien que le sablier se vidait peu à peu de sa poudre euphorisante.

— Combien d'œuvres avez-vous vues dans cet entrepôt ? lui demandai-je.

— Environ deux cents. Uniquement des travaux très anciens. Je sais que Darla a accepté de prendre certaines de ces œuvres en dépôt-vente, il y a bien trente ans de cela. La plupart ne valent absolument rien. Elle m'avait demandé d'en faire l'inventaire. C'était juste pour nos besoins internes et je n'étais pas censé en discuter avec quiconque, excepté avec Darla elle-même. J'en ai bien vu dix ou quinze de votre ami. Je sais simplement qu'il a eu son heure de gloire, mais qu'il a disparu du monde de l'art. Et comme cette disparition s'est opérée de son vivant, sa cote sur le marché s'est cassé la figure.

Je n'étais moi-même pas très bonne en maths et, de surcroît, je ne savais absolument pas comment tout ce système fonctionnait.

— Revenons un peu en arrière, lui dis-je. Vous avez parlé d'œuvres que certains artistes lui auraient confiées en dépôt-vente ?

— Oui, c'est cela, en dépôt-vente. Cela signifie qu'elle s'était engagée à les vendre, mais qu'elle n'en était pas propriétaire. Comme je vous l'ai dit, ces peintures étaient dans l'entrepôt depuis vingt, trente ans peut-être. J'imagine qu'elle n'avait tout simplement pas réussi à les caser et que leurs auteurs ne s'étaient plus jamais manifestés pour les réclamer. Chacun d'eux avait sa propre histoire. Et hormis Stain, tous ces artistes sont restés dans l'anonymat le plus total.

Je commençais à me sentir plus à l'aise. Certes, les Martini y étaient pour quelque chose, mais j'étais également reconnaissante à Blondie de ne pas m'avoir fait venir dans cette boîte simplement pour m'exhiber à ses côtés, comme une vache de concours dans une foire agricole.

— Vous pensez qu'elle les a encore ?

Blondie réfléchit à ma question pendant quelques secondes.

— J'ai revu certaines œuvres dans le salon d'exposition. Darla a essayé de les fourguer. Elle était sur les dents parce que leur cote n'était pas bonne sur le marché. Personne n'en voulait. Elle n'arrêtait pas de faire les cent pas dans la galerie en criant : « Merde, merdouille, merdique, merde, merde ! » Et, bien entendu, lorsqu'elle parvient enfin à les refiler à un acheteur et à finaliser une transaction, voilà Stain qui rapplique en réclamant ses tableaux pour une raison quelconque.

— Savez-vous qui les a acquis ?

— Non, me répondit-il. Il se pourrait bien qu'il s'agisse de plusieurs acheteurs. Mais je ne pense pas qu'ils soient très nombreux. Les ventes ont été conclues en dehors des heures normales d'ouverture, alors je n'en sais pas plus.

— Mais vous savez que ces œuvres ont été vendues ?

Voilà Charles qui revenait avec mes Martini, les brandissant devant lui comme deux trophées.

— Merci touuuuut plein, miaula Blondie. Bisou, bisou, kisssss ! Il nous faut juste une toute petite minute supplémentaire. D'accord, chériii ?

Charles fit la moue pendant un instant avant de souffler vers Blondie un baiser imaginaire, puis de s'évaporer dans la foule des danseurs en se dandinant. Je pris l'un des verres que venait de rapporter Charles, mais décidai de m'abstenir d'y toucher. Il fallait que je garde les idées claires.

— Et qu'a dit Darla à Wallace quand il est venu lui réclamer ses toiles ? continuai-je.

— Je n'étais pas là non plus. Tout ce que je sais, c'est que juste après, quand je suis allé consulter le cahier d'inventaire, j'ai vu qu'elle avait effacé mes notes et qu'elle les avait remplacées par d'autres entrées. Elle avait inscrit le mot « vendu » à côté d'un certain nombre d'œuvres. Mais je voyais bien qu'à différents endroits, le mot « dépôt-vente », effacé mais plus long, dépassait encore un peu.

Il y avait là quelque chose à creuser, manifestement, même si, pour l'heure, je ne voyais pas bien quoi.

— Le jour suivant, elle m'a demandé d'emporter plusieurs cadres à l'entrepôt, continua Blondie. Tout un camion de cadres, à vrai dire. Au début, ça ne m'a pas vraiment interpellé. Il nous arrive de stocker des toiles pour nos artistes. Mais c'était quand même un peu bizarre puisque Darla semblait très impatiente de se défaire de cet endroit.

— Des toiles peintes ou des toiles vierges ?

Il me montra une fois de plus le blanc fluorescent de ses yeux pour me signifier qu'il n'en savait rien non plus.

— De toute façon, dans la nuit du dimanche au lundi, un incendie s'est déclaré dans l'entrepôt. L'endroit où étaient stockées les toiles et − forcément − les toiles elles-mêmes ont été totalement détruits. C'est peut-être tout simplement un hasard. D'autres marchands avaient également quelques peintures dans cet entrepôt. Je ne sais pas si c'était un accident ou...

De mieux en mieux...

— Un incendie criminel ? m'enquis-je. A-t-elle porté plainte ?

— J'imagine que oui. Elle m'a dit qu'elle soupçonnait Wallace de l'avoir fait. Lui ou l'un de ses affreux − c'est comme ça qu'elle les appelait. Mais je ne sais pas. Ça ne me semblait pas très vraisemblable. Ce type n'était pas comme ça. Je veux dire, j'adore Darla, mais j'ai vu la façon dont elle gère les choses... et je ne la sens pas incapable de... Vous voyez ce que je veux dire ?

— Parfaitement.

De fait, j'imaginais très bien le scénario que suggérait son récit : Darla vendant les œuvres en secret, puis dissimulant ses actes en remplaçant les vraies toiles par des faux, pour essayer de toucher l'argent versé par son assurance. Cette soirée en boîte se révélait beaucoup plus distrayante que prévu. Peut-être allais-je finalement me décider à poser avec Charles pour une petite photo souvenir ?

— Un incendie, un dimanche soir ?

— C'est cela.

— Est-ce la nuit au cours de laquelle Malcolm est mort ?

— Je croyais qu'il était mort cette semaine.

— C'est le cas, oui.

— Alors, non. C'était une semaine avant. Une semaine avant la mort de Wallace.

Un groupe d'hommes venait de former une ronde et ils étaient en train de traverser en sautillant le salon où nous étions installés. « Je danse sur une tête d'épingle ! » hurlait l'un d'eux en marchant sur la pointe des pieds, « sur une tête d'épingle ! ».

— Croyez-vous qu'il ait vu quelque chose et que Darla ait souhaité l'éliminer de son chemin ?

— C'est possible, fit Blondie en joignant les mains au-dessus de ses genoux, comme en prière.

L'ecstasy devait commencer à faire son effet et je n'allais pas tarder à devoir abandonner notre entretien. Mon temps était presque écoulé.

— Vous disiez que Darla tenait des livres d'inventaire ? Pourquoi se serait-elle astreinte à le faire si elle s'apprêtait à commettre un tel acte ?

— Deux séries de livres, répondit-il. Il y a les livres officieux et les livres officiels. Vous savez, pour les comptables et les audits. Nous subissons un contrôle fiscal presque tous les quatre ans. Je lui ai d'ailleurs dit que c'était une très mauvaise idée, tout à fait suspecte, si vous voulez mon avis. Mais comme je vous le disais, elle n'était pas très portée sur les mathématiques.

C'était exactement le genre de détails que j'aurais pu utiliser dans un article pour le *Gotham's Gate* : « Comment se fait-il qu'une galeriste aux cheveux rouges bien connue conserve un registre comptable sur son bureau et un autre dans un placard ? Seuls ses anciens clients pourraient nous le dire. » Mais au *Journal*, il m'était tout à fait impossible d'utiliser ce type d'informations. Elle comportait beaucoup trop de trous, comme les joues de Blondie.

— Et où conservait-elle sa deuxième série de livres ?

— Dans son coffre-fort, bien entendu.

— Vous en connaissez la combinaison ?

Blondie hésita.

— Non, Darla m'apprécie, mais pas à ce point.

Je réfléchis à ce qu'il venait de me dire. Y avait-il un moyen d'accéder à ces livres ? Pouvais-je charger Blondie d'obtenir la combinaison du coffre-fort ? Cela lui ferait prendre de grands risques, en plus de ceux qu'il avait déjà encourus en me donnant rendez-vous dans cette boîte. Et puis, qu'avait-il en tête, quel était son angle d'approche, hormis le désir de m'exhiber devant ses amis ? Il me répondit de lui-même, sans que j'aie besoin de formuler ma question à voix haute.

— Vous avez encore des contacts avec Jeremiah ?

L'évocation de ce nom me réveilla en sursaut de la torpeur dans laquelle je m'étais installée. Voilà donc ce qu'il voulait : une mise à jour de son petit magazine people personnel. Mais je n'avais rien à lui offrir de très substantiel après mes six mois en désintoxication.

— Non, lui répondis-je. La dernière fois que je l'ai vu, c'est quand je lui ai remis les clefs de mon loft, afin qu'il puisse y emménager avec cette fille.

— Je sais tout ça, dit Blondie en découvrant légèrement ses dents qui captèrent aussitôt la lumière noire. Elle y vit toujours, bien entendu, mais pas lui.

— Ah bon ?

L'œil de Blondie s'éclaira : « Vous n'êtes pas au courant ? Vous n'avez pas lu ce qui s'est passé ? »

— Je ne lis plus la presse.

Il se plongea dans ses réflexions avant de poursuivre.

— Vous avez raté quelques succulentes nouvelles, Valerie. Vos amis se sont séparés. Il a fallu que Jeremiah trouve une remplaçante à Angelica dans son propre rôle, pour son film *Terreur en ville*. Vous en avez entendu parler ?

Je secouai la tête en signe de dénégation.

— Les acteurs et l'équipe technique s'accordaient à dire que la DJette n'avait rien d'une Meryl Streep. Elle s'est tout de suite mise à flotter en surface, comme un poisson mort. Alors Jeremiah lui a substitué cette adorable ingénue… Claire quelque chose… et à peine une semaine plus tard, Angelica les a surpris en train de jouer au docteur. Elle l'a traîné en justice pour rupture de contrats. « Contrats » au pluriel : contrat de production et contrat de mariage.

Des infos tout à fait succulentes, en effet… Elles me mettaient terriblement en joie, mais je m'abstins de demander des détails et me retins de manifester ma liesse. Heureusement, Blondie était lancé et n'avait pas besoin d'encouragements pour continuer son récit.

— Elle a l'air bien décidée à ne rien lâcher. Elle a mis près de seize avocats sur le coup. Elle l'a dépeint comme un drogué et un coureur de jupons – incroyable ! Elle a même dévoilé sa petite cachette et donné à la police de New York le nom de son dealer : Ken Machinchose ou un truc dans le genre. Maintenant, lui aussi va connaître des soucis financiers. Son hôtel particulier est déjà à vendre. Il s'est carrément pointé chez Darla pour essayer de lui fourguer des toiles. Il faut être tombé bien bas pour en arriver à vendre de la peinture afin de payer ses frais d'avocats.

Je me souvins des toiles dans son grenier. Toutes ces peintures qu'il avait acquises au fil des années auprès d'artistes en vogue.

— A-t-il vendu son Warhol à Darla ?

— Non, celui-là avait déjà disparu. Gagosian l'a acheté en même temps que quelques autres toiles. Jeremiah avait une énorme collection, mais elle comportait pas mal de merdes. Il n'avait pas un œil très sûr, si vous voulez mon avis. En tout cas, d'après ce que j'ai vu.

Ça aussi, ça me plaisait. J'aurais bien posé quelques questions supplémentaires à Blondie, mais son visage commençait à montrer des signes qui ne pouvaient me tromper. Ses yeux étaient devenus plus humides et il déglutissait de plus en plus fréquemment, en grinçant occasionnellement des dents.

— Je repense juste à ce type… Malcolm Wallace, dit Blondie. Votre ami qui est mort. Il gênait Darla, mais je le trouvais mignon. Vous voyez ? Et penser qu'il est mort… Que peut-être il est mort parce que…

— Nous n'en savons rien, l'interrompis-je. Tout cela pourrait très bien n'avoir aucun lien. À ce stade, il ne s'agit que de spéculations, ajoutai-je avec autorité.

— C'est juste tellement triste, me dit-il en me prenant la main. Je n'arrive pas à croire que cela puisse être si triste. Wow, vos mains sont vraiment douces ! C'est si agréable de vous toucher.

Vous permettez que je vous touche le coude ? Juste ce petit bourrelet de chair…

Voilà, Blondie avait pris son envol. Je lui tapotai l'épaule en lui disant que j'allais essayer de trouver Charles, mais que j'emportais mon coude avec moi.

Pour quitter le Twilo, il me fallut franchir un cordon de pectoraux luisants. Il était plus de cinq heures du matin, mais déjà une nouvelle fournée de clubbers formait une longue file autour du pâté de maisons et les taxis jaunes ne cessaient de déposer de nouveaux clients. En sortant de l'un d'eux, une fille tomba la tête la première dans le caniveau. Elle resta allongée sur le sol un moment, comme si elle entendait partager un lourd secret avec l'asphalte, ignorant les klaxons qui commençaient à s'énerver et les poings qui se levaient.

En fait, j'adorais cette crasse citadine, me disais-je. Un peu comme J.J. Hunsecker. Je scannai rapidement la file d'attente sans reconnaître personne. Pas de Sidney Falco. Aucun des correcteurs de l'équipe du soir. Pas d'oiseaux de nuit avides de scoops à sensation. La nuit était claire et je humai son air frais. L'effet des Martini commençait à se dissiper. Je pris la direction de l'ouest.

Au niveau de la 11ᵉ Avenue, quelques racoleuses tapinaient aux abords des hôtels de passe. Des homos incroyablement velus en pantalons de cuir sortaient des bars country. Une horde de midinettes traversait la West Side Highway en poussant des cris suraigus. Je tournai vers le nord en espérant que la distance que je mettais entre moi et le quartier des boîtes de nuit me permettrait de trouver plus aisément un taxi.

La nuit était encore moite, mais une petite brise soufflait de la rivière. Je la sentais rafraîchir mon cou et sécher la sueur qui avait coulé le long de ma colonne vertébrale. À cette heure tardive, la plupart des boutiques de la 12ᵉ Avenue étaient fermées et leurs lourds rideaux de fer cachaient leurs vitrines.

Tout en marchant, je lisais les mots inscrits sur le métal. Des inscriptions furtives en lettres rondes et imbriquées : IKE, MIX, Marty & Shawn pour toujours, PEEK, EZ, ROT, SNUFF. Certains noms semblaient le fruit d'un mouvement si précipité qu'ils en étaient quasiment illisibles. Sur l'un des rideaux métalliques, je vis bien le contour des lettres, mais je fus incapable d'en déduire un mot. Je pris un peu de recul, en vain. Je reculai donc encore un peu plus et, en recourant à la méthode que m'avaient enseignée Kamal et Cabeza, je finis par déchiffrer quelque chose : « Vue ». Je prononçai le mot à haute voix. « Vue » songeai-je tout en reprenant mon chemin et en activant mon pas. Oui, c'est bien ça.

Je traversai la West Side Highway pour avoir une meilleure vue du bâtiment. Je levai les yeux vers son sommet. De larges *roller-letters* blanches : COST/REVS ; un nom immense couvert d'étoiles et de flèches : DOZE ; un autre nom, lui aussi de dimensions impressionnantes, OTAN, inscrit en travers. Un peu plus loin, un nom peint en noir et blanc sur des barrières de protection anti-émeutes : ESPO.

Plus j'observais et plus j'en découvrais. Des noms partout, comme des cafards surpris par la lumière dans une cuisine new-yorkaise. En remontant la 12ᵉ Avenue, je vis aussi des pochoirs sur les trottoirs : une fleur perdant ses pétales, un visage rieur. Il y avait également des autocollants sur les cabines téléphoniques : HELLO, JE M'APPELLE... ROY et HELLO, JE M'APPELLE... BINGO.

Des nom griffonnés – TYRE –, des gribouillis à peine lisibles, de larges *bubble-letters* – SPY –, des contours, des pattes de mouche, des gribouillis – TIE. Sur des camions – JIZ, NST –, des boîtes aux lettres – HC, SIC –, des autocollants apposés sur des portes... Un visage avec des yeux qui louchaient – KAWS –, un autre flanqué d'un masque de super-héros – ROACH –, des pétales de fleurs fanés – SIN, AOA –, un cheval vert – WOE –, un martien – TAR –, une vis géante – TWIST –, des initiales dans un cercle – W, G –, des lettres qui dansaient – KIZA, JRC... HELLO, JE M'APPELLE... METAPHORE.

Le graffiti était mort depuis qu'il ne se pratiquait plus sur les trains ? C'est ce qui se disait et c'est ce que j'avais cru. Je vivais à Manhattan depuis près de cinq ans et je n'avais encore jamais vu ce qui pourtant pullulait : tous ces signes sur les murs. Partout dans la ville, des étrangers anonymes taguaient, griffonnaient, inscrivaient leur nom afin que tous puissent le lire. Partout des hiéroglyphes, des signes, des symboles. Sur Times Square, ils s'étaient transformés en néons massifs formant d'énormes noms dans le ciel. « Vous ne savez pas qui je suis ? ! » criaient-ils. « Vous ne savez pas qui je suis ?! »

Je poursuivis mon chemin et continuai à observer les murs jusqu'à ce que mes yeux fatigués ne parviennent plus à se concentrer. Je pensais à Wallace et j'étais désormais convaincue qu'il avait été tué. Je ne savais ni par qui, ni comment, mais j'étais sûre que la thèse du suicide était une erreur et je regrettais amèrement le manque de rigueur qui m'avait amenée à la colporter. Je réfléchis aussi à ce que Blondie m'avait raconté et à ce que je pouvais en tirer. Je songeai enfin à Cabeza et à ce qu'il attendait de moi, ainsi qu'à Darla et à ce qu'elle attendait de Wallace. Toutes ces pensées se croisaient dans ma tête alors que je dépassais ces innombrables graffitis qui me susurraient leurs propres histoires. Et sans m'en apercevoir, je marchai ainsi jusqu'à mon appartement dans l'Upper West Side.

Au niveau de la 80e Rue, je regardai le long ruban de Broadway se dérouler vers le sud. Ç'avait été une longue marche, mais j'en étais venue à bout. Une mince bande d'un rose très pâle repoussait le rideau sombre de la nuit. Je n'étais pas très impatiente de rentrer chez moi, alors je m'attardai dehors pendant un moment. Qu'il était agréable de découvrir l'aube avec un esprit clair !

Chapitre 14
Le mur du souvenir

L e lendemain, je dormis jusqu'à midi, une ancienne habitude qui, ce matin-là, prenait un charme nouveau. Je n'avais pas la gueule de bois et je n'avais pas les gencives en coton. Sur mon balcon, quelques oiseaux me donnaient la sérénade.

Je scrutai mon visage dans le miroir de la salle de bains : pas de marque, aucune rougeur, pas de cernes sous les yeux... Je me rendis dans la cuisine pour mettre en marche la machine à café et me préparer des œufs brouillés. Je ne ressentais pas réellement le besoin d'avaler un café, mais j'appréciai le goût qu'il me laissa dans la gorge.

Je regardai par la fenêtre, par-dessus l'énorme cube métallique de l'air conditionné. Sur Broadway, le peuple de New York – dont tous mes charmants voisins – déambulait avec des sachets remplis de bagels de chez H&H, entrait chez Zabar pour y acheter saumon gravlax et gouda, ou s'arrêtait au kiosque à journaux pour y feuilleter les bouquins en promotion. Dans la journée, la vie de l'Upper West Side avait quelque chose de réconfortant, comme ces vieux diaporamas actionnés au moyen de quelques centimes et qui faisaient défiler les images d'une région particulière et d'une époque figée à tout jamais.

J'enfilai un chemisier vaporeux et un jean avant de passer un coup de téléphone à Cabeza pour lui expliquer que je souhaitais rencontrer Bigs Cru à propos de Wallace. Il m'avait dit qu'il m'y aiderait et, cinq minutes plus tard, il me rappelait : « Voilà, c'est fait, m'avait-il dit en m'indiquant l'adresse où je pouvais les trouver, ils s'attendent à ta visite. »

En bas de mon immeuble, je passai moi aussi chez Zabar pour m'y offrir une tasse de café à emporter. Ce café-là était tout aussi superflu que le précédent, mais c'était trop bon. Je ralentis le pas au niveau de H&H pour humer l'odeur des bagels encore chauds et en profitai pour donner la pièce au jeune type qui mendiait devant la vitrine. Je n'étais pas plus riche qu'hier, mais il me semblait aujourd'hui que je pouvais bien consacrer quelques pièces à l'un de mes congénères. Je continuai à pied jusqu'à la 79ᵉ Rue afin d'y attraper un métro sur la ligne 1/9. Quand la rame arriva dans la station, j'y entrai en sautillant, tout en fredonnant un petit air exotique : « *Con los pobres estoy, noble soy.* »

Quand je sortis du métro aérien au niveau de la 207ᵉ Rue, la première chose que je vis, ce fut Stain. Pas l'homme, mais son portrait. Il s'étalait, immense, en noir et blanc sur le pignon de la pizzeria Diaz. C'était bien le visage que j'avais vu sur tant de photos, souligné au marqueur et agrandi au moins cinq cents fois. Il souriait de la même façon que dans le documentaire de Cabeza. Ce large sourire qui dévorait son visage comme un brasier. Mais le Stain que j'avais sous les yeux semblait plus vieux que celui de la pellicule. J'avais devant moi un homme déjà entré dans la quarantaine, au regard assombri par l'expérience, avec quelques rides se déployant vers les tempes. Je pris soudain conscience, avec une certaine tristesse, que c'était là sans doute l'image la plus fidèle que je parviendrais à obtenir du Wallace des derniers temps. Le fond avait déjà été peint en bleu et une sorte de halo doré avait été vaporisé au-dessus du visage, comme sur les images pieuses du Moyen Âge.

Bigs Cru était là : Clu, perché sur un échafaudage, peignait, Wicked Rick se tenait en dessous de lui, sur le trottoir, et Rx était assis par terre, le dos au mur. Clu s'était placé devant l'œil de Wallace. Il tenait d'une main un portrait encadré de Stain et, de l'autre, il soulignait de noir sa pupille à l'aide d'un aérosol. Puis il changea de bombe afin de tracer des cercles marron pour former l'iris. Le sol à ses pieds était jonché de vaporisateurs de peinture usagés, et plusieurs cartons vides en étaient déjà remplis.

Wicked Rick était tout près du caniveau et me tournait le dos. Il observait quelque chose sur un morceau de papier blanc. Un groupe d'adolescents s'était assis non loin de là et feuilletait un carnet d'esquisses. « Pfff, c'est dingue ce qu'il arrive à faire ! » s'exclamait l'un d'eux. « Mate un peu cette flèche, yo ! » renchérissait l'autre. « Trop de la balle, j'adore ! »

— Maaaadame la journaliste, s'exclama Rx depuis son morceau de trottoir, en se roulant une cigarette, à moins que ce fût un joint.

Ses longues jambes étaient étendues sur le macadam et il me regardait comme un chat de gouttière qu'il valait mieux éviter de caresser.

Clu se retourna et me gratifia du salut d'usage : « C'était vous qui étiez à l'hommage funèbre, c'est ça ? »

— C'est ça, répondis-je en espérant qu'ils avaient déjà oublié la façon dont je m'étais volatilisée.

Clu hocha imperceptiblement la tête puis se retourna vers le mur, alors que Wicked Rick s'avançait vers moi, la main tendue.

— On nous a informés que vous deviez passer, dit-il en me serrant chaleureusement la main. Soyez la bienvenue !

Il portait un tee-shirt sans manches de chez FUBU découvrant deux larges épaules tatouées : un chérubin tout à fait raphaélique sur l'une et un diable de Tasmanie brandissant une bombe de peinture sur l'autre.

Rx se racla ostensiblement la gorge en signe de désapprobation, mais il fut couvert par le sifflement de la bombe de peinture de Clu. Wicked Rick haussa légèrement les épaules, comme pour désamorcer l'hostilité qu'avait voulu me signifier Rx. La peinture vaporisée par la bombe de Clu dériva jusqu'à nous, dans un nuage invisible d'alcool et de plastique brûlé.

— J'espère que je ne tombe pas à un mauvais moment, dis-je. Je voulais vous poser quelques questions sur certains graffeurs que vous connaissez peut-être.

Rx se releva en s'aidant du mur. Il jeta bruyamment les bombes de peinture vides qui traînaient sur le trottoir dans un carton.

— Vous allez imprimer leur nom et leur adresse dans votre canard ? Pourquoi pas des photos, tant que vous y êtes ? Vous en voulez aussi ? demanda Rx goguenard.

— Yo, c'est bon, siffla Wicked Rick à son copain.

Ils n'étaient manifestement pas d'accord sur la façon dont il convenait de me traiter et je voyais très bien le rôle que chacun jouait.

Je m'efforçai néanmoins de m'adresser à tous les trois, sur le même ton et en même temps.

— Je viens de découvrir certaines informations sur les peintures de Wallace que vous allez peut-être juger intéressantes.

Comme affecté de surdité, Rx ignora mes paroles : « Vous vous êtes tirée plutôt rapidement la dernière fois. Vous auriez pu nous dire que vous faisiez partie de ce journal et les vraies raisons de votre visite. »

Rick hocha encore la tête pour traduire sa gêne. Puis, se tournant vers Rx, il dit : « C'est bon, maintenant. On a déjà parlé de tout ça. »

— *Tu* en as parlé, remarqua Rx. Personne ne m'a encore convaincu.

Wicked Rick croisa les bras : « Nous devons continuer à essayer, dit-il doucement à Rx. On ne peut pas toujours se borner à dire "non" quand quelqu'un propose de nous aider. Cabeza a peut-être raison. Tu n'en sais rien. La police n'a rien fait. Ils se sont pointés ici pour nous questionner sur les gangs. Ils sont persuadés que c'est lié à une histoire de *beef.*

— Écoutez, fis-je après m'être éclairci la voix, j'ai fait une erreur lors de la cérémonie funèbre et il se peut que j'aie aussi fait une erreur dans le journal...

— Il se *peut* ? ! ricana Rx.

La bombe de peinture de Clu paraissait également désapprouver mes propos : shhhhhhhhh...

— OK, j'ai *fait* une erreur, dis-je du ton le plus ferme dont j'étais capable. Sans aucun doute, j'ai fait une erreur. J'ai maintenant l'occasion d'essayer de racheter ma faute. De même, j'aurais dû faire preuve de plus d'honnêteté à votre égard lors de l'hommage funèbre à Wallace. Mais j'avais peur. Vous savez, j'ai persuadé mes directeurs de publier un nouvel article et il faut que je réunisse suffisamment d'informations pour justifier...

— *Justifier* ? ! Vous vous foutez de moi ! explosa Rx en se redressant, ce qui m'amena à faire un rapide pas en arrière. Oh, je ne vais pas vous tabasser, madame la Journaliste. Vous avez déjà suffisamment d'ennuis à gérer, croyez-moi. Mais si ces abrutis sont prêts à vous faire confiance pour autre chose que du classement, ils se gourent carrément, d'après ce que je sais.

Ses yeux passèrent de Rick à Clu, cherchant à emporter leur soutien. Clu hocha légèrement les épaules et Rick continua à regarder Rx sans réagir.

— C'est bon, ne me demandez plus mon avis, fit Rx en ramassant son blouson sur le trottoir et en le jetant sur ses épaules.

Il secoua la tête lentement quand il passa à côté de moi. Il me dévisagea une fois encore comme pour confirmer que ce qu'il voyait ne lui plaisait pas du tout. Et puis il tourna au coin de la rue et disparut. Les deux adolescents qui regardaient le carnet de croquis se levèrent et partirent à sa suite.

Clu prit une nouvelle bombe de peinture et l'agita devant le mur, sans dire un mot. La bille à l'intérieur de la bombe produisait un cliquetis qui évoquait le passage d'une sébile pour une quête. Puis il appuya sur le vaporisateur et le cliquetis se mua en chuintement.

— Certaines personnes sont vraiment en colère à cause de ce qui a été publié dans votre journal, dit Rick au bout de quelques minutes. Je comprends ce qu'il ressent et nous sommes du même sang. Alors on est solidaires, même si on n'est pas du même avis. Votre ami, Cabeza, a soulevé un point intéressant. Si la presse s'intéresse un peu plus à cette affaire, cela pourrait effectivement restaurer un peu de justice.

Clu continuait à vaporiser sa peinture, créant de petits nuages autour de nous. Il venait de dessiner un astérisque blanc au centre de la pupille de Stain. Il lui ajouta une touche de rose au coin de la lèvre. Nuage blanc, nuage rose... C'était un peu comme si nous étions en train de nous intégrer à la fresque. Quand je levai la main pour protéger mes narines de cette odeur âcre, je pris conscience qu'elle tremblait et je l'enfonçai prestement dans la poche... que je n'avais pas.

— Voici l'esquisse, si ça vous intéresse, me dit Rick en me tendant le papier qu'il avait dans la main : une impression de l'image qui était censée apparaître sur le mur une fois que toutes les couleurs auraient été apposées. À côté du visage de Stain, il y avait une bombe de peinture cabossée, comme écrasée, dont le vaporisateur semblait cracher de petites lettres : R.I.P. À l'opposé, on pouvait deviner des pierres tombales grises qui se muaient en rames de métro disparaissant dans le lointain, sur fond d'immeubles.

— Nous essaierons de vous fournir ce dont vous avez besoin, me dit Wicked Rick.

— Je vous en suis reconnaissante. Vraiment, lui répondis-je en sortant mon bloc-notes, principalement pour me donner une contenance. Vous connaissez son ancien marchand, Darla Deitrick ? commençai-je. Rick acquiesça. Il se trouve qu'elle avait beaucoup de graffitis dans son entrepôt. Des œuvres d'artistes contemporains de Stain. Des graffeurs que vous connaissez, je pense. Or il y a eu un incendie dans cet entrepôt et les toiles ont été détruites. Il est néanmoins possible qu'elle les ait vendues avant que l'incendie se déclare. J'aimerais pouvoir interroger ces graffeurs. J'aimerais aussi déterminer si des *beefs* ou des histoires de gangs ou d'autres choses encore ont pu contribuer à la mort de Stain.

Le chuintement de la bombe de Clu stoppa et il la laissa tomber sur le sol à côté de nous. Rick et lui se regardèrent un instant avant que Rick aille ramasser la bombe qui avait roulé dans le caniveau.

— Vous êtes bien sûre de ce que vous faites ? demanda Clu. Vous êtes bien sûre que vous n'êtes pas en train de délirer ? Sauf votre respect. Parce que ça ne va pas être une promenade de santé.

Comme il semblait d'un naturel peu bavard, je ne pris pas sa question à la légère. Rick revint avec la bombe de peinture vide et la lança dans l'un des cartons qui servaient de poubelle.

— Écoutez, je sais bien que vous faites de votre mieux, mais il y a des trucs de base que vous devez comprendre. Ce n'est pas comme à l'époque des trains, quand le pire qui pouvait arriver aux graffeurs était une amende et un travail d'intérêt général. De nos jours, les tagueurs qui se font prendre vont directement en taule. Le graffiti est aujourd'hui un délit, et la plupart des graffeurs qui sont en activité ne souhaitent pas vraiment qu'on connaisse leur nom, même si ça peut leur rapporter quelque chose.

Clu agita une autre bombe, cette fois avec plus de vigueur. Click, click, click. Rick me prit par le bras et me conduisit vers le bord du trottoir.

— D'abord, il faut que vous compreniez que les artistes graffitis ne sont pas tous des criminels violents appartenant à des gangs, ou ce genre de trucs que pensent la plupart des gens. Quelques-uns peut-être, mais bon. Pour la majorité d'entre nous, le fait d'être graffeur signifie une certaine reconnaissance personnelle. Un individu indépendant sans signe d'appartenance spécifique. Vous voyez ? On graffe pour ne pas être confondu avec tout le reste. Ensuite, avec mes potes, tous les trois, on était là dès le début : ça fait vingt-cinq ans qu'on fait du graffiti et je n'ai jamais entendu parler d'un graffeur qui se serait fait tuer à la suite d'un *beef*. Jamais. Je ne dis pas qu'il n'y a jamais de tensions, voire des bagarres… mais un meurtre ! Pousser quelqu'un du haut d'un pont après minuit ? Avec le mec qui flotte à la surface de l'East River ? Là, c'est n'importe quoi. Aucun d'entre nous n'est suffisamment barré pour laisser un *beef* dégénérer comme ça.

— Il faut que je vous dise quelque chose qui va peut-être vous choquer, lui dis-je à mon tour. Il me semble que ce détail pourrait suggérer que ce que vous venez d'expliquer n'est pas toujours vrai. Quand ils ont trouvé le corps de Wallace, sa bouche était pleine de peinture violette.

Cette information parut sonner Rick.

— Sans déconner ? Qui vous a dit ça ?

Je ne voulais pas lui avouer que je tenais cette information de Cabeza. Je préférais qu'il croie que je disposais d'informateurs un peu partout.

— Je ne peux pas vous le dire. Est-ce que ça ne vous fait pas penser au monde du graffiti ? Quelqu'un aurait-il pu souhaiter la mort de Stain ?

Il n'eut cependant pas l'air d'être très impressionné par ma suggestion.

— Non. À quoi ça me fait penser ? À quelqu'un qui essaie de coller ça sur le dos d'un autre. Pour se couvrir, en quelque sorte. Je ne sais pas. Maintenant, je suis un peu paumé. Vous avez dit que Darla Deitrick détenait encore des œuvres d'autres artistes graffitis ? Malcolm les cherchait. Il m'avait dit qu'elles avaient disparu elles aussi.

— Oui, c'est ce que j'ai cru comprendre.

Rick s'éloigna de moi et se couvrit le front de sa main. Clu continuait à chuinter au-dessus de nos têtes. Les contours du visage de Stain étaient de plus en plus nets, contrastés, avec de larges ombres sur les joues. Je regardai la feuille que Rick m'avait donnée. Toutes les rames y figurant étaient elles-mêmes couvertes de graffitis et l'une des pierres tombales mentionnait « Malcolm Wallace, 1957-1999 », alors que les deux autres déclaraient : « Le graffiti est un crime ; le crime, c'est l'insubordination ». Et, au beau milieu du mur, juste sous le portrait de Wallace, était inscrit son nom en lettres immenses reproduisant le style qu'il avait choisi pour sa signature et que j'avais vu dans le documentaire de Cabeza.

— Vous voulez savoir qui pouvait souhaiter la mort de Stain ? me demanda Rick en revenant vers moi. Peut-être bien la moitié des flics des commissariats du Bronx. Peut-être bien aussi un tiers des forces de police des autres faubourgs de la ville, sans compter pas mal de petits commerçants. Malcolm aimait provoquer. Il aimait l'idée que le graffiti allait énerver les flics, les mettre en colère, les faire sortir de leurs gonds. Il croyait en une contre-culture au sens premier du terme. Ses cours ne visaient pas à enseigner l'art de peindre de jolis paysages. Ils ne préparaient pas les mômes à faire ce que nous sommes en train de faire : peindre sur des murs légaux, avec la permission de leur propriétaire, en pleine journée. Il cherchait à créer une armée de mauvais sujets qui répandraient la terreur parmi les puissants. À l'ancienne, en quelque sorte. Pas en usant de violence, mais en apposant leur signature sur la ville d'une manière que l'ordre établi ne pourrait pas circonscrire. Rappeler aux gens que rien n'était tout à fait parfait. Il disait : « Partout où les individus sont négligés et ignorés, il y a une place pour le graff. C'est l'objet même du graff. » Voilà qui était Malcolm.

Je voyais que tout cela le remuait. Il choisit une bombe de peinture rouge dans le sac de sport posé à ses pieds et l'agita avant de se diriger vers le mur. Il se mit à y tracer les contours du « S » de Stain. Une lettre géante censée libérer toute son émotion. Il secoua l'aérosol encore plus brutalement – click, click, click – et se mit à vaporiser de la peinture rouge sur le mur, en couches successives, faisant progressivement disparaître le gris du béton. L'air autour de nous s'emplit de millions de particules de peinture microscopiques dont l'odeur me fit éternuer.

— Beaucoup de gens n'aimaient pas la philosophie de Stain, poursuivit Rick. Mais je respectais l'homme. J'estime que ce qu'il disait était juste et, plus j'y pense, maintenant qu'il a disparu à jamais, plus je considère qu'il avait tout compris. Nos communautés ont été ignorées durant trop longtemps. Et nous ne voyons pas vraiment les effets de ce soi-disant sursaut, censé avoir lieu en ce moment même. Comment se fait-il que nos métros n'aient toujours pas été rénovés ? Pourquoi nos jardins publics regorgent-ils encore de dealers ? Ce n'est pourtant plus le cas dans Manhattan. Là-bas, tout est propre, me dit-il en imitant le bruit d'un chiffon glissant sur une vitre impeccable – squiiitch. Est-ce que c'est juste ? Pensez-vous que ce soit normal ?

La bombe de Wicked Rick émit un chuintement furieux qui fusionna avec celui qu'émettait celle de Clu, au-dessus de nous. *Adagio pour deux bombes.* Rick s'attaquait maintenant au « T » en faisant d'amples mouvements de haut en bas, puis de droite à gauche. La peinture rouge coulait par endroits, donnant l'impression que le mur était en train de saigner.

— Vous voulez essayer ? me demanda-t-il.

— Quoi ?

— Voulez-vous tracer l'une des lettres du nom de Stain ?

— Oh, non… Je suis nulle en dessin… Je risque de… de ruiner votre graff…, bredouillai-je en reculant d'un pas.

Il me tendit pourtant le vaporisateur : « Vous pouvez très bien y arriver, insista-t-il. Ce n'est pas difficile. Il faut juste que votre main ne tremble pas. Vous savez faire ça, non ? »

— Oui, mais…

Clu se pencha par-dessus son échafaudage afin de mieux voir la scène qui semblait l'amuser.

— Agitez-la, commanda Rick.

Je m'exécutai en m'efforçant de secouer l'aérosol aussi vivement que je l'avais vu le faire. Click, click, click. La bombe était froide et beaucoup plus lourde que je l'aurais cru. Je sentais la bille qui s'agitait à l'intérieur du cylindre métallique.

— Tournez le vaporisateur vers le mur et restez bien entre les lignes de contour. Vous avez déjà repeint un vélo ? Tâchez seulement de garder un geste constant.

Je levai la bombe au niveau du contour de la lettre « A » et appuyai sur le vaporisateur qui voulut bien lâcher son shhhhhhh. Le bout de mon index devint froid et humide jusqu'à ce qu'il s'engourdisse complètement. Je procédai comme Rick me l'avait indiqué en restant à l'intérieur des lignes de contour de la lettre. Quand j'eus achevé mon « œuvre », je reculai un peu sur le trottoir pour évaluer les dégâts. Ce n'était pas un travail parfait, mais ce n'était pas non plus une catastrophe. Je rendis à Rick sa bombe de peinture et il peaufina les bords de mon « A ».

— Vous avez déjà vu quelqu'un peindre un mur du souvenir comme celui-ci ? me demanda Rick.

— Non, je ne crois pas.

— On en a fait partout dans la ville. On reçoit toutes sortes de commandes pour ce genre de trucs, surtout quand il s'agit d'une mort très prématurée : un jeune qui s'est fait descendre ou qui a attrapé le sida… On fait un mur et les gens peuvent venir se recueillir devant. C'est un peu comme une épitaphe qui résumerait la vie du défunt. C'est pour sa communauté.

Je me souvins alors de ce que Cabeza m'avait dit sur les graffeurs qu'il avait rencontrés, comment la plupart d'entre eux étaient aujourd'hui morts ou en prison. Clu et Wicked Rick avaient la quarantaine. Or ils étaient toujours en vie et actifs. Ils étaient sans doute les derniers survivants des premières heures de l'art métropolitain. Ils avaient réussi ce tour de force en peignant des fresques légales sur des murs avalisés en contrepartie de commissions versées par des entreprises. Je jetai un coup d'œil autour de moi en me demandant s'il y avait des snipers sur les platesformes du métro aérien au cas où les types qui passaient au niveau de la rue auraient été armés. Est-ce que ces gars avaient des cibles dessinées dans le dos ?

Rick continua en peignant le « I » et le « N ». Il vida ainsi une nouvelle bombe de peinture qui alla rejoindre celles qu'il avait déjà terminées, dans le carton placé au pied du mur. Puis il prit une bombe de peinture rose afin d'accentuer le contraste sur le bord de chaque lettre. Enfin, il choisit une bombe de peinture blanche dont il usa de telle manière que les lettres semblèrent subitement acquérir une troisième dimension et jaillir du mur vers le ciel. L'effet en était vraiment saisissant. Je remarquai maintenant que le « T » avait été travaillé de façon à ressembler à un crucifix.

— Là, vous voyez, fit-il en pointant du doigt les mots « Le graffiti est un crime ; le crime, c'est l'insubordination », c'était l'un des slogans de Stain. Il ne voulait pas que ses élèves soient sélectionnés par des galeries comme celles qu'il avait fréquentées.

Il voulait qu'ils maintiennent le graff dans les rues, qu'ils l'utilisent comme un outil, « une tactique pour renverser la classe dirigeante », disait-il. Il voulait transmettre ça comme un héritage, mais il voyait bien ce qu'il risquait. Il était au courant de cet incendie, celui dont vous avez parlé. Il m'avait dit qu'il pensait que quelqu'un chercherait à l'en rendre responsable.

Rick se tut et leva les yeux vers Clu comme s'il voulait que celui-ci confirme ses paroles. Clu semblait lui tenir lieu de conscience silencieuse.

— À l'époque, quand il en avait parlé, je ne l'avais pas pris au sérieux. Malcolm disait pas mal de conneries et il fallait souvent faire le tri dans ses propos. Eh bien, je vous le dis aujourd'hui, je regrette vraiment de ne pas l'avoir écouté avec plus d'attention.

Rick saisit alors une bombe de peinture grise et commença à colorer la rame de métro en forme de pierre tombale. Il semblait que beaucoup de personnes avaient écouté Malcolm d'une oreille distraite. Comment l'expliquer ? L'histoire de Pierre criant au loup ? Ou peut-être voyait-il effectivement beaucoup trop de loups ?

— Il se croyait en danger ? demandai-je.

Rick s'éloigna du mur pour contrôler ce qu'il venait de faire sur les pierres tombales.

— Vous savez ce qui cloche ? dit-il. Il nous a demandé de faire son mur. On s'était perdus de vue depuis quelque temps parce qu'il avait mal supporté que nous ayons accepté une commande de Glenfiddich. Il nous engueulait toujours quand il s'agissait de publicités pour de l'alcool. Mais la semaine dernière, alors que nous étions sur la 138ᵉ Rue en train de bosser sur le mur, il est passé nous voir. J'ai pensé qu'il blaguait, histoire de montrer qu'il nous avait pardonné, mais il a dit : « Yo, quand je mourrai, je veux que vous fassiez mon mur. »

— Passe-moi la bombe orange foncé, stoplé, *man*, intima Clu depuis son perchoir.

Wicked Rick fouilla un moment dans le sac de sport : « La vois pas. Ça t'irait un brun orangé ? »

— Non, mec. Je sais qu'on a de l'orange foncé, c'est moi qui l'ai mis dans le sac.

Il chercha donc un peu plus attentivement.

— Oh, la voilà ! Tiens ! fit Rick en lançant la bombe à Clu. Tu te souviens de ça ? Il y a environ quinze jours ? On était tous dehors en train de déconner « blablabla... », et il disait un truc à propos du nouvel atelier qu'il espérait que certains des mômes le reprendraient, puisque le prêt était désormais remboursé. Et j'ai dit : « Tu vas pas pleurer quand même, mec ! » Et lui n'arrêtait pas de me parler de son mur. Il voulait que je lui promette qu'on le ferait. Je l'ai charrié un peu et puis j'ai fini par dire : « Yo, OK. De toute façon, qui d'autre accepterait de faire ton mur, mec ? À part nous, personne dans le coin peut te supporter. »

Rick continua à rire doucement avant de s'arrêter brutalement, bouche ouverte. Lui et Clu se regardèrent. « Deux semaines », fit Clu.

— Il s'attendait à ce que quelque chose lui arrive ? insistai-je.

— Pas nécessairement. C'est peut-être juste une coïncidence. On ne sait jamais ce que les gens savent, enchaîna Wicked Rick. On a rencontré un mec, un jour, qui s'appelait Tommy Buffo. Un gars du coin. Tu t'en souviens, Clu ? Un jour, il a disparu après avoir fermé sa manufacture de tee-shirts. Mais avant, il nous a demandé si on accepterait de faire son mur. Et puis, la semaine suivante, il a fait un arrêt cardiaque. Paf, fini. Il ne pouvait pas prévoir que ça arriverait, hein ? Ça ne paraît pas possible, hein ? Et pourtant, il est mort. Comme ça. Il a tout organisé avant. Que faut-il penser d'un truc comme ça ?

— Ça ne sert à rien de se poser des questions là-dessus, dit Clu doucement. Il y a des gens qui pressentent des trucs, c'est tout.

— Peut-être que Stain était comme ça, me dit Rick. Il pensait peut-être qu'on cherchait à le manipuler. Et il est possible que ça n'ait rien eu à voir avec cette galerie de Chelsea. C'est comme cette nuit où j'ai rêvé que Ruff se ruait sur moi... un autre gamin qui faisait du graffiti... il croyait que j'étais en train de recouvrir un de ses graffs, mais ce n'était pas le cas. Après ce rêve, j'ai vraiment cru pendant près d'une semaine que j'allais avoir mon mur du souvenir, moi aussi.

Nous restâmes silencieux pendant un instant. J'avais du mal à regarder le visage de Wallace, si près, si grand, sans regretter de ne pas l'avoir rencontré en personne. Je demandai à Clu si je pouvais jeter un coup d'œil au portrait dont il se servait pour peindre son visage. Il me le passa sans un mot.

— Qu'est-ce que Wallace n'aimait pas dans ce que vous faites ? demandai-je à Rick en observant la photographie en couleurs dans son cadre doré.

— Haaa, tout ! fit Rick en éclatant de rire. Il avait l'habitude de dire : « Vous êtes les complices de l'oppresseur, *men*. » Mais nous nous connaissions depuis des années. Nous nous aimions vraiment.

J'avais eu l'occasion de regarder de très nombreuses photos de Stain, mais je voulais continuer à observer celle-là. Quelque chose derrière son regard aux lourdes paupières semblait détenir une réponse. Sur cette nouvelle photo, je voyais un homme mûr, qui avait vécu des déceptions et qui savait désormais comment réagir face à l'adversité. Il avait les yeux d'un père qui aurait vu ses enfants commettre les mêmes bêtises que celles qu'il avait lui-même commises à leur âge. Ce Wallace-là, à la veille de sa mort, me semblait être un homme responsable et fiable. Rien à voir avec le semeur de merde que m'avait décrit Rick.

— Alors, qu'allez-vous être en mesure de faire pour nous ? me demanda Rick. Vous allez pouvoir publier ça dans votre canard ? Vous en avez assez pour continuer ?

Je décrivis à Rick les grands traits de mon plan. Je n'avais encore aucune réponse, mais j'avais assez de bonnes questions pour justifier une enquête, ce qui, en général, était suffisant pour qu'un rédacteur en chef vous donne son feu vert. À partir de là, je pourrais vraiment commencer à fouiller, même pendant mes heures de bureau. Je pourrais aussi demander de l'aide à certains des journalistes qui bossaient avec la police. J'avais déjà mon titre : « Le Bronx s'enflamme une nouvelle fois ». Mon papier évoquerait l'incendie de l'entrepôt de Darla Deitrick qui avait totalement anéanti des œuvres d'artistes du Bronx réalisées dans les années 1980 et bouleversé Stain, d'autant plus qu'il semblait avoir harcelé Darla au sujet de ces toiles, juste avant sa mort.

— Si mon instinct ne me trompe pas, dis-je à Rick, je devrais pouvoir tout raconter jusqu'au meurtre. Je ne dis pas que j'en connais le responsable, mais cela me laisse une chance d'essayer de le découvrir.

Voilà, le mot était lâché : meurtre. C'était la première fois que je le prononçais avec conviction. Rick ne sourcilla pas. Mes paroles paraissaient lui avoir confirmé que l'on pouvait me faire confiance.

— Venez, me dit-il, en installant deux cartons au bord du trottoir. Asseyons-nous un instant pour discuter de tout ça. Vous voulez un Coca ou autre chose ? Je peux aller vous chercher une part de pizza chez Diaz ?

Chapitre 15
Vanitas vanitatum

J'admirais de loin l'impeccable carrosserie – très BMW – du visage de Buzz Phipps. Il s'entretenait avec une rutilante berline, plus connue sous le nom de Molly Blossom, présentement châtelaine du Style, ou plutôt de ce qu'elle appelait encore la « Rubrique féminine ». Molly gérait la maison, tenait les livres, décidait des alliances et veillait à ce que le carnet rose intègre chaque semaine au moins une annonce concernant un diplômé du Smith College. Il n'y avait pas une femme dans Manhattan qui ne lui aurait promis son premier-né en échange d'une mention dans sa rubrique nuptiale.

J'avais suivi Buzz jusqu'à l'escalier central et j'attendais dans l'étroit passage qui menait aux cages d'ascenseur du quatrième étage que Molly voulût bien décamper. Je voulais lui parler seul à seul afin de pouvoir lui présenter mon projet dans son intégralité. Celui-ci était le fruit de mes discussions avec Wicked Rick : une accroche puissante et une chronologie détaillée. Buzz avait toujours apprécié les articles haletants.

Molly était sur le départ et je m'apprêtais à fondre sur Buzz. Je pris une profonde inspiration et révisai une dernière fois ma petite présentation : si le graffiti est à ce point dépassé, pourquoi donc, en ce moment même, l'un des plus grands marchands d'art de

New York manipule-t-il en coulisses autant d'œuvres de ce mouvement ? Parce qu'il y a un acheteur. Mon papier tiendrait donc d'un *Who's Who* sur le milieu artistique du Bronx, passé et présent. Voilà, c'est ce que j'allais lui dire. Mais lorsque j'eus fini de m'encourager et que je me décidai à aller frapper à la porte du bureau de Buzz, je constatai que la place avait déjà été prise par... Tracy Newton.

— Et maintenant, à cet endroit-là, il te faut une citation du Chef Le Touffé, lui expliquait-il. Profites-en pour révéler son véritable nom. C'est quoi déjà ? Leonard Schwartz ? Bah, on ne choisit pas toujours ! Et essaie de lui faire avouer le nom des banquiers d'affaires qui ont bu ce bordeaux. Est-ce qu'il s'agissait encore d'une de ces notes de frais à 28 000 dollars ? Trouve-moi les chiffres. Quelqu'un détient forcément les factures.

— Mais regardez qui est là, s'exclama Tracy d'une voix aigrelette qui ne manqua pas d'ameuter tout le service Style, Valerie Vane ! Quelle surprise !

Elle était confortablement installée dans le fauteuil pivotant de Buzz et agitait une lime à ongles entre le pouce et l'index. Buzz ne vint pas à ma rencontre pour m'embrasser sur les deux joues et il ne suggéra pas à Tracy de me céder sa place. Au lieu de cela, son visage prit une expression de plus en plus nerveuse à mesure que Tracy laissait libre cours à sa liesse. Autour de nous, d'innombrables paires de jambes, montées sur talons aiguilles, s'étaient mises à se croiser et à se décroiser dans un ballet improvisé, traduisant à n'en pas douter l'excitation que causait ma visite.

Il n'y avait aucune équivalence de traitement entre les fashionistas du *Journal* et celles de *Vogue*, *Glamour* et *Vanity Fair*, leurs *alter ego* du groupe de presse Condé Nast, implanté de l'autre côté de la rue – les pétasses de Condé, comme elles les appelaient. Au *Journal*, les journalistes de la rubrique Style étaient payées moitié moins bien, bossaient deux fois plus et étaient beaucoup moins jolies – des hanches un peu trop larges, des avant-bras un peu trop velus, des nez un peu trop puissants... Inévitablement, cette situation façonnait des filles un brin aigries et un poil malveillantes.

— Salut Tracy, dis-je. Heureuse de te revoir.

— Ça fait longtemps que je me dis qu'il faudrait que je descende te dire bonjour, me répondit-elle avec chaleur, à la façon d'un décorateur totalement débordé. Tu fais partie des journalistes qui comptent désormais, ajouta-t-elle sans montrer une once d'ironie. Je trouve que c'est vraiment merveilleux.

Je trouvais son amabilité particulièrement insultante.

— C'est un énorme challenge, dis-je en regardant Buzz.

Celui-ci m'avait un jour avoué, sous le sceau de la confidentialité, que Tracy était une « rédactrice honorable qui manquait totalement de piquant » et qu'elle était « beaucoup trop soucieuse de créer l'événement et pas assez préoccupée par la recherche de nouveautés ». Mais aujourd'hui, il rayonnait en la regardant. Elle était assise dans son fauteuil et picorait ses chips bio, tout en travaillant, sans aucun doute, sur l'article qui ferait la une du prochain week-end. Et en plus, cette conne ne me regardait même pas de haut.

— Sur quoi travailles-tu, demandai-je à Tracy.

— Oh, rien d'important, bêla-t-elle. C'est juste un encadré pour mon papier « Notes de frais new-yorkaises » qui parle de tous les trucs incroyables qui peuvent être passés en frais professionnels. C'est plutôt marrant, en fait.

J'entendais, en fond sonore, les fashionistas qui n'en finissaient pas d'améliorer leur jeu de jambes, et Buzz paraissait tellement tendu qu'il avait du mal à rester assis. D'ailleurs, il finit par se lever d'un bond et s'éloigna de quelques pas de Tracy.

— Dis-moi, Valerie, qu'est-ce qui t'amène ici ?

— Je suis venue pour te proposer un papier, dis-je.

— Oh, fit-il. Bien sûr. Quand tu veux ! De quoi s'agit-il ?

Buzz semblait ravi de pouvoir enfin se concentrer sur son cœur de métier. Il croisa les bras et plaça son index droit sur sa joue, comme s'il se préparait à écouter quelqu'un réciter un poème.

— Vas-y, je t'en prie, me dit-il. Je t'écoute.

— OK. Alors voilà, ces derniers temps, je me suis un peu baladée du côté de Harlem et du Bronx, commençai-je.

Je ne m'attendais pas vraiment à devoir effectuer une présentation debout devant lui, comme une écolière. Je pensais avoir au préalable la possibilité de détendre un peu l'atmosphère grâce à quelques échanges informels – pourquoi pas un peu de crème de L'Occitane ? – avant d'en arriver à mon projet.

— Le Bronx ? s'étonna Buzz en fronçant les sourcils. OK, intéressant.

— Il y a là-bas un groupe d'artistes... J'hésitais un peu. Un groupe d'artistes graffitis...

Le mot *graffiti* détonnait dans le paysage de la rubrique Style, un peu comme si Rx était subitement venu s'installer sur les genoux de Molly Blossom. Peut-être aurais-je dû lui préférer celui d'« art public » ou « art conceptuel », ou même d'« art » tout simplement. Mais maintenant que le mot était lâché, il était trop tard. Je sentais dans mon dos les coups d'œil que me lançaient les fashionistas, par-dessus les parois de leur box, comme des chats guettant l'ouverture de la poissonnerie.

— Ces artistes n'ont peut-être pas suscité énormément d'intérêt par le passé, mais ils se sont rassemblés à l'occasion de la mort de l'un d'eux. En fait, ils ont également appelé Curtis Wright et il a dit que ça pourrait être un bon article pour moi, une sorte de... enfin bon, un truc qui vaudrait le coup. Le nom de ce type est... était... Stain, et ils sont en train de réaliser pour lui des sortes de murs du souvenir dans toute la ville.

— Curtis aime ça ? s'étonna Buzz qui donnait déjà des signes d'impatience. Ah bon. Et ils font des graffitis sur les murs ? On a déjà publié sur ce genre de choses.

— Oui, mais il se trouve que beaucoup d'entre eux ont des liens avec une galerie d'art de Chelsea, la galerie de Darla Deitrick, ou du moins qu'ils ont été liés à elle à un moment donné. Or il n'est pas impossible qu'elle se soit défaite de certaines de leurs œuvres en ayant recours à une escroquerie.

— Ce sont ces artistes qui le disent ?

— Oui. Mais certaines de mes sources semblent prêtes à étayer officiellement cette version.

— D'autres artistes graffitis ? demanda Buzz d'un air dubitatif en me faisant clairement comprendre que ce n'était pas le genre de sources qu'il était prêt à accréditer.

— Non... Ou du moins pas tous. Ces artistes ont réalisé ces œuvres il y a une vingtaine d'années et ils les ont confiées à Deitrick en dépôt-vente. Or elle ne les a jamais vendues – pas à ce moment-là, en tout cas – et ces types pensent qu'en fait elle les a menés en bateau. Et ça, eh bien c'est important parce que ce gars qui est mort, ce Stain, il était à la tête d'une petite bande de... en fait d'une bande d'activistes en guérilla artistique. Ça remonte aux années 1980 et je suppose que...

Plus les mots sortaient de ma bouche, plus j'avais envie de disparaître dans un trou et de m'y enfouir au moyen d'une grande pelle. La terre au moins m'apporterait une certaine chaleur, contrairement à l'accueil que me réservait le service Style.

Buzz sembla réfléchir à mes paroles.

— Darla a fait beaucoup parler d'elle récemment. Ton histoire m'intrigue, mais on ne peut tout de même pas lui chercher des poux dans la tête, simplement parce qu'elle s'est mise à dos une poignée de vandales adeptes du graffiti. De quel genre de preuve disposes-tu ?

Au moment où il achevait de poser sa question, j'eus une irrépressible bouffée de panique – une envie puissante de prendre ma pelle et de m'enfuir. Dans cette affaire, ma source principale était Blondie, un gamin qui consacrait apparemment son temps libre à avaler des ecstasys en boîte de nuit... De plus, je le voyais assez mal témoigner contre Darla. Mes informateurs de secours étaient des graffeurs que je n'avais pas tous rencontrés et qui n'appréciaient probablement pas trop la lumière des projecteurs. Dans l'impossibilité de répondre à sa question, je m'empressai de réorienter ma présentation vers quelque chose de plus général.

— OK, peut-être vaut-il mieux ne pas se concentrer sur Darla, mais je dispose de très nombreux renseignements sur ces graffeurs. Songes-y, Buzz. Le service Style couvre aussi les faubourgs de New York, fis-je en soulignant de mes deux mains l'énorme panorama que cela donnait. On publie une pleine page de graffitis : d'immenses lettres multicolores, de grandes fresques polychromes. Sur une moitié de page, on présente la vieille école, sur l'autre, la nouvelle. On établit une chronologie des grands moments artistiques du graffiti, depuis les années 1970 jusqu'à aujourd'hui, en commençant par Tsonka 184. On pourrait aussi publier une grande carte de la ville signalant les monuments du graffiti et préparer un lexique des termes utilisés en ce domaine, comme *throw-up, burner*... Il faudrait enfin expliquer au lecteur comment déchiffrer les mots ainsi calligraphiés. En fait, l'article pourrait s'intituler « Le graffiti pour les nuls ».

Voilà. Je venais de faire une piètre – une misérable ! – présentation, et son petit côté « tourisme ethnique » n'était pas le moindre de ses défauts – Rudyard Kipling au zoo du Bronx. Finalement, quand j'eus terminé mon petit speech, j'étais dans la même disposition d'esprit que Buzz, à savoir catastrophée par ma propre idée.

— Du graffiti maintenant ? ! fit-il en ouvrant d'immenses yeux.

Son visage d'habitude si impeccablement carrossé semblait avoir subi un terrible accident et il était si crispé que de minuscules rides avaient refait leur apparition.

— Valerie, tu as fait tout ce chemin jusqu'au quatrième étage, après des mois d'absence, pour me présenter ce *genre* d'histoire ?

De fait, maintenant, cela me paraissait à moi aussi totalement absurde.

— Eh bien, je…, bredouillai-je.

— Le *Style*, ma chérie. Ça signifie *ce qui est à la mode*. J'aimerais beaucoup pouvoir consacrer plus d'espace aux seconds couteaux, mais ici, nous avons pour unique mission la *haute* culture et la *haute* société. Tu saisis la nuance ? Mon Dieu, il est vrai que nous n'avons plus travaillé ensemble depuis des lustres, et je sais combien il est facile d'oublier tout ça quand on est confronté à l'information crue que doit également traiter ce journal. Ton idée n'est pas si mauvaise et le lexique est plutôt inventif – si, si, vraiment –, mais tout cela est un peu, disons, ras des pâquerettes pour notre service, ne trouves-tu pas ?

Le velouté de sa voix et sa grande diplomatie avaient réussi à émousser les points les plus saillants de sa réponse, mais il n'en était pas moins clair qu'il estimait que j'étais tombée sur la tête. Et puis, soudain, brisant le silence glacial qui avait empli la pièce, il éclata de rire.

— Oh, Val, j'avais oublié combien tu peux être drôle. Tout cela est si amusant ! Je veux dire, j'imagine que tu vas maintenant nous suggérer de publier un article sur les pantalons à pattes d'eph', n'est-ce pas ? Ha !

— Eh oui, fis-je après une seconde d'hésitation, je vous ai bien eus !

Buzz renversa sa tête en arrière pour rire de plus belle comme s'il venait d'être débarrassé d'un très lourd fardeau. Il chantonnait même « Je vous ai bien eus, je vous ai bien eus » tout en faisant semblant de m'envoyer quelques chiquenaudes dans l'estomac.

— Aaaah, quel soulagement, finit-il par soupirer. L'espace d'une minute, j'ai vraiment cru que tu étais sérieuse ! Puis il ajouta après un soupir encore plus profond : « Alors, qu'est-ce qui t'amène au juste ?

— Oh, tu dois bien t'en douter, fis-je. Vous me manquiez ! J'avais envie de passer vous dire bonjour !

J'essayais de me placer sur son terrain, mais je ne devais pas être très convaincante et un ange s'attarda douloureusement au-dessus de nos têtes tandis qu'il prenait conscience que ma proposition était, en réalité, tout à fait sérieuse.

— Ah, lâcha Buzz sobrement, en faisant la moue. Tu sais combien je déteste la sincérité. Bien entendu, ma porte te sera toujours ouverte, dans la mesure où tu auras obtenu le feu vert de Jaime et de Jane Battinger. Nous *adorons* tes idées !

Je déglutis un peu difficilement avant de reprendre le couloir qui menait aux ascenseurs. Toujours plein de sollicitude, Buzz me suivit jusqu'aux portes de ceux-ci : « Écoute, Val. Tu sais comment ça fonctionne. Il nous faut absolument quelque chose de *frais*. »

Je fis une pause avant de monter dans l'ascenseur qui venait de s'ouvrir et le regardai avec attention. L'ancienne Valerie aurait probablement répliqué qu'elle se fichait en fait complètement du graffiti et que la seule chose qu'elle voulait faire dans la vie, à part adouber la dernière Barbie à la mode ou sonner la curée du dernier goujat en date, était d'écrire sur des épouses de millionnaires, des caniches nains, des résidences secondaires hyper-luxueuses et des divorces tumultueux de stars. Elle n'avait que faire des banlieues qui entouraient New York et encore moins de la jeunesse délinquante et des *Noirs*. S'il te plaît, aurait-elle supplié, donne-moi une deuxième chance ! *Je ferai tout ce que tu voudras !*

Au lieu de cela, je contemplai le visage de Buzz, si parfaitement entretenu et soigné, en me demandant s'il avait utilisé le terme *frais* à dessein. Après tout, qu'est-ce que Buzz connaissait à la fraîcheur ? La fraîcheur d'une fleur ? Coupez-la, mettez-la dans un vase et elle se fanera en quelques jours. Ses pétales tomberont un à un sur la table et elle finira par dégager une odeur nauséabonde.

— Quelque chose de frais, hein ? répétai-je en entrant dans l'ascenseur et en appuyant sur le bouton de l'étage de la Nécro. Mais quelque chose de frais, Buzz, c'est juste quelque chose qui va bientôt pourrir.

Les portes se refermèrent sur les grands yeux étonnés de Buzz et sa bouche béante. Durant mon court trajet en ascenseur, je pris conscience d'une évidence : plus jamais je n'écrirais pour la rubrique Style.

★
★ ★

Cabeza m'appela aux alentours de midi en me disant qu'il était dans les parages. J'étais si heureuse d'entendre sa voix que je sautillais presque devant le téléphone. Il me donna l'adresse de Manganaro, un traiteur italien sur la 9e Avenue, non loin de la 37e Rue, en précisant : « Je t'invite à déjeuner. »

Le signe au-dessus de la porte annonçait « Grosseria italiana » ; en passant son seuil, on entrait dans un autre siècle. Des salamis pendaient du plafond, les présentoirs débordaient de produits italiens : gâteaux, fromages, *foccaccia* maison, salades maraîchères composées, jambons de pays... En entrant dans ces lieux, Don Corleone lui-même se serait senti chez lui.

La salle de restaurant se trouvait au fond de la boutique et c'est là que je trouvai Cabeza, accroupi sous une table en train de jouer avec sa caméra. Avant qu'il se rende compte de ma présence, je l'embrassai avec une telle fougue qu'il faillit perdre l'équilibre.

— Je nous ai commandé un sandwich d'un mètre de long, *especialidad de la casa*, avec de la mozzarelle et des poivrons rouges, me dit-il avec un large sourire. Je suis sûr qu'une fille aussi vigoureuse que toi pourrait tout à fait en manger un entier, mais pour moi c'était vraiment trop, alors je leur ai demandé de le couper en deux.

— Parfait, approuvai-je. Je meurs de faim.

Je m'assis en face de lui, m'emparai de la moitié de sandwich qui me revenait et commençai à le déchirer à belles dents. Je me faisais l'effet d'un travailleur journalier tout juste revenu d'une épuisante journée de labeur. Je fis descendre la spécialité de la maison grâce à de généreuses lampées de limonade que Cabeza avait également fort judicieusement commandée, avant de m'essuyer la bouche d'un revers de manche des plus distingués.

— J'y suis arrivée. Je viens d'anéantir toutes mes chances de publier un jour un article pour la rubrique Style.

Cabeza me regarda d'un air interrogateur : « Oh ? »

— Eh oui. Mais ça m'a fait un bien fou. Je regrette de ne pas l'avoir fait plus tôt.

J'engloutis une autre bouchée de mon sandwich avant de le reposer. Il était si imposant qu'il allait me falloir une bonne semaine pour en venir à bout. Après tout, peut-être allais-je me consacrer à cette saine tâche : m'installer ici, dans ce restaurant italien, et déguster ce sandwich durant les jours à venir, en oubliant tout le reste.

— Eh bien, tu sais quoi ? Je m'en fiche. C'est la première fois que ça me paraît aussi évident. Cette salle ! Ces filles ! Mais elles sont effrayantes ! La façon dont tout doit leur être servi sur un plateau d'argent de chez Tiffany pour qu'elles veuillent bien s'en approcher. Pire ! Il faut en plus que ce soit aussi acalorique qu'un repas tibétain pour qu'elles acceptent d'y goûter. Et puis Buzz Phipps n'a aucune idée de ce qu'est New York. Chaque matin, il descend au *Journal* en taxi depuis son appartement de l'Upper West Side, sans même regarder par la fenêtre. Ensuite, il se rend d'événement en soirée, toujours en taxi, en prenant bien soin de ne pas salir ses mocassins. Et il est persuadé d'écrire sur le style ! ? Il ferait bien de se réveiller : le style ne se résume pas à ce que la clique de Montauk a choisi de porter cette année. Dans ces conditions, où caser les punks en skate-boards ? Va-t-on oser me dire que ce n'est pas du style ? Même les junkies de Bowery ont du style. Alors comment se fait-il que ce ne soit pas dans notre rubrique ?

Je repris mon sandwich pour me calmer et entrepris de le faire disparaître méthodiquement. J'avalai encore quelques gorgées de soda. Puis je levai les yeux et vis que Cabeza m'observait, les bras croisés.

— Ils sont si incroyablement superficiels et imbus d'eux-mêmes ! m'indignai-je en le prenant à témoin. Comme s'il était très difficile d'écrire sur quelque chose quand les gens sont au garde-à-vous ! Comme s'il était vraiment dur d'obtenir des infos quand tout le monde dans le milieu s'agite autour de toi tel un essaim d'abeilles dont tu es la reine ! Pffff. As-tu déjà remarqué que tous les titres d'articles procèdent soit de l'allitération, soit d'une allusion subtile à un film à succès ? Et Buzz qui continue à vanter son irrésistible créativité !

Cabeza riait doucement.

— Voilà, maintenant, tu considères ton ancienne personnalité avec les yeux de Sunburst Rhapsody.

— Personne ne t'a jamais dit que tu pouvais prononcer ces deux mots-là à haute voix, dis-je en le menaçant de ma paille. Pas avant de m'avoir dit ton vrai nom, en tout cas.

Il jeta un coup d'œil au restaurateur qui se tenait derrière sa caisse.

— Tu crois qu'il va te dénoncer à la presse people ?

Je remordis dans mon sandwich avec appétit. Qu'est-ce que ça pouvait bien faire ? Je me sentais libérée de tous mes petits secrets. Et je pouvais faire confiance à Cabeza pour qu'il se taise. Il n'était pas homme à se soucier de ce genre de choses. Seule la vérité lui importait.

— Donc, ils n'ont pas retenu ta proposition d'article.

— Eh non. Trop « ras des pâquerettes », il a dit.

— Ne t'inquiète pas pour cela, me dit Cabeza en me versant un autre verre de limonade. Quand nous sortirons cet article, nous frapperons beaucoup plus haut. Directement au sommet.

— Pour cela, nous avons un petit problème, dis-je avant de lui expliquer ce que j'avais appris de Blondie, au Twilo, puis de Wicked Rick devant le mur du souvenir.

Cabeza pris sa caméra et me filma pendant que je parlais.

— Je me suis rendu compte, tandis que je présentais mon projet à Buzz, que je ne pouvais rien prouver et donc rien écrire pour le moment. Et mon sujet – la mort de Wallace – devient jour après jour une info de plus en plus ancienne. Du coup, l'urgence d'écrire un papier qui se rapporte à son œuvre diminue à vue d'œil. Il faut que quelque chose se décoince, un truc qui me donne accès à Darla.

— C'est là où ton côté Valerie Vane reprend tout son intérêt, dit-il avec malice. Ce Blondie semble t'apprécier, apprécier ta compagnie. Tu pourrais creuser un peu plus cet angle et il finirait peut-être par t'emmener là-bas après la fermeture.

Je commençais à peiner sur mon sandwich.

— Tu sais, je me mets à vraiment détester le mensonge. Je ne sais pas… C'est peut-être lié au temps que je passe avec toi, au fait de pouvoir tout simplement être moi-même sans avoir à travailler un personnage quelconque à l'intention de quelqu'un… Ça me plaît de plus en plus.

— Une seconde, me demanda Cabeza en se levant pour demander au patron s'il accepterait de nous prendre tous les deux en photo dans son restaurant.

Le vieil homme répondit en italien quelques mots apparemment affirmatifs, et Cabeza revint s'installer auprès de moi en passant un bras autour de ma taille et en m'embrassant.

— C'est très bien, dit-il. Comme ça, j'aurai l'une des dernières photos de la fille qu'on appelait Valerie Vane, avant qu'elle se fasse éliminer par Sunburst Rhapsody.

Je pouvais démissionner du *Journal* et déménager dans un endroit tranquille, sans commérages, sans style et sans art. Cabeza m'y accompagnerait peut-être. Nous pourrions prendre une petite maison du côté de Woodstock et faire pousser des courgettes et des tomates dans le jardin. Nous aurions des enfants avec des noms parfaitement ordinaires, comme Joe ou Sue. Et pourquoi pas Po ? À la ferme d'Eugene, j'avais rencontré quelqu'un qui s'appelait Po et il paraissait content de son prénom. Cabeza monterait ses films et je pourrais écrire un livre sur ma vie dans la cruelle grande ville. Nous pourrions aussi nous lancer dans une émission de télévision locale pour y parler de tout et n'importe quoi.

Mais en attendant, Cabeza était en train de prendre des notes sur ce que je lui avais raconté à propos de Darla.

— Nous tenons une excellente histoire, dit-il en remettant le bouchon de son stylo. Il faut juste que nous réfléchissions à une stratégie et que nous trouvions le moyen d'entrer en relation avec les bonnes personnes. Il suffit d'identifier un bon créneau temporel. Un truc médiatique.

Il approcha son siège du mien et prit mes mains dans les siennes.

— Je sens que nous allons former une excellente équipe, me dit-il en souriant.

Je continuais à songer à ma petite maison, là-bas, dans le nord de l'État. Laissant tomber les courgettes, nous allions planter des jacinthes dans le jardin. Je n'étais pas bien sûre de ce à quoi cela ressemblait, mais rien que leur nom me semblait charmant. Des jacinthes.

Chapitre 16
Assaut de couleurs

J'étais sous la douche et je regardais l'eau s'accumuler à mes pieds en rêvant à mon jardinet de Woodstock quand le téléphone sonna. Sortant de ma torpeur, je fermai le robinet et ouvrit la porte vitrée de la douche en essayant de ne pas glisser sur le carrelage. Mais je ne fus pas assez rapide et ce fut mon répondeur qui réceptionna l'appel. J'entendis alors la voix rauque de Mickey Rood : « Salut, Valerie, ravi d'avoir de tes nouvelles. » Pause. « Bien sûr, je le lui dirai. » Pause. « Oui, sans problème. C'est sympa d'avoir appelé pour nous prévenir. » Pause. Rood était en pleine conversation avec moi-même. J'imaginais qu'il valait mieux ne pas nous interrompre.

De larges flaques d'eau commençaient à s'accumuler autour de mes pieds, mais je continuai à écouter, sans décrocher le combiné. « Oh, pas grand-chose, je regardais juste la feuille d'appels. » (Un document synthétisant toutes les infos transmises par nos informateurs.) « J'y ai repéré un truc tout à fait intéressant sur un marchand d'art de Chelsea dénommé Deitrick. Apparemment, quelque chose s'est passé dans sa galerie la nuit dernière. J'ai essayé de motiver Jane Battinger sur le coup, mais elle n'a même pas voulu envoyer un stagiaire sur place. Je ne sais pas, ça me paraît pourtant un bon sujet. En tout cas merci d'avoir appelé pour m'annoncer ton rencard chez le dentiste. Je transmettrai l'info à Jaime. Je vais demander à une assistante de s'occuper des fax. On se voit cet aprèm. »

Je me séchai et commençai à m'habiller. Le dentiste… Il n'oubliait vraiment jamais rien. Je n'avais pas la moindre idée de ce que Rood savait de l'intérêt que je portais à Darla. Tout ce que je pouvais dire, c'est que ce type était génial.

★
★ ★

Un ruban de sécurité jaune avait été déroulé par la police dans la 24ᵉ Rue, au niveau de la galerie de Darla Deitrick. Il en agrémentait avantageusement la vitrine en y ajoutant un peu de couleur. Les équipes de différents journaux télévisés étaient positionnées sur le trottoir d'en face comme pour une cérémonie des Oscars. Je me demandais si l'affaire Wallace n'était pas en train de laisser un sillage de cadavres. J'imaginais le corps de Darla ou celui de Blondie étendu sur le sol, entouré d'un trait blanc. Encore du blanc sur du blanc.

Je me faufilai parmi les badauds afin d'essayer d'avoir une meilleure vue. Photographes et journalistes formaient une barrière infranchissable. Un sergent de police posté auprès du cordon de sécurité leur demanda de bien vouloir reculer : « Nous allons bientôt vous laisser voir tout ce que vous voudrez, mais pour le moment, reculez derrière cette ligne. »

À force de jouer des coudes, je finis par me faire houspiller par un photographe. Je ne parviendrais jamais à me rapprocher de la vitrine. J'entendis Andrew Siff de *NY1 News* dire dans son micro : « Merci, Franck. Je me tiens en ce moment même devant la galerie d'art de Darla Deitrick, dans Chelsea, où, très tôt ce matin, un groupe de vandales s'est introduit avant de se déchaîner avec des bombes de peinture sur une exposition d'œuvres blanches évaluées à plusieurs millions de dollars. La police fait état de lourds dégâts, dont certains concernent une toile de Jasper Johns – *White Flag*[1] – qui avait été prêtée par le Metropolitan Museum of Art. Cette œuvre a été estimée à plus de vingt millions de dollars. D'après la police, les coupables pourraient appartenir au milieu des artistes graffitis, lesquels, ironie du sort, ont été exposés par la propriétaire de la galerie à une certaine époque. Je vous rends l'antenne, Franck. »

Donc, personne n'était mort. Mais l'exposition n'était plus tout à fait « pure ». Tout cela me paraissait constituer une excellente accroche journalistique. Je me décidai finalement à forcer la barrière formée par les reporters.

—Je vous demande pardon, officier, dis-je à celui des uniformes bleus qui se trouvait le plus près du ruban de sécurité. Je connais la propriétaire de la galerie et son assistant. Pouvez-vous me dire si quelqu'un a été blessé ?

— Pas de blessés, me répondit-il. L'incident a eu lieu en dehors des heures d'ouverture. Très tôt ce matin. Probablement vers deux heures du matin. Pas de témoin. Le chef va bientôt tenir une conférence de presse.

Compte tenu du peu de détails dont je disposais, j'en étais réduite à imaginer ce qui avait pu se passer. Depuis la nuit dernière, y avait-il un « X » géant au beau milieu du drapeau américain de Jasper Johns ? La toile d'Agnes Martin comportait-elle désormais de larges points d'interrogation d'un rouge sang ? Les vandales avaient-ils choisi de parodier Darla en inscrivant ses paroles désormais fameuses – « La peinture crée l'art » – sur le tableau de Robert Ryman ? Pour Darla, tout cela devait forcément tenir du sacrilège.

---

1. « Drapeau blanc » (NdT).

— Quelle est l'étendue des dégâts ? demandai-je

Le flic plissa les yeux. Le nombre de rides qui en cernait le contour me donnait une certaine idée du nombre d'années qu'il avait dû consacrer à son métier.

— Je vous ai dit que le chef allait tenir une conférence de presse très bientôt.

— OK, OK, fis-je d'une voix censée l'apaiser. Je ne vous pose plus de questions.

— Manifestement, vous avez un peu de mal à vous en empêcher, répliqua-t-il sans aucune trace de sourire.

Je m'éloignai donc un peu du ruban de sécurité. Plus j'y réfléchissais, plus il me semblait invraisemblable qu'il y eût autant de bombes de peinture en liberté dans New York. Est-ce que je suivais leur trace ou étaient-ce elles qui marchaient sur mes pas ? J'avais évoqué Darla avec Bigs Cru, mais ils me paraissaient un peu trop casaniers pour prendre le risque d'une effraction nocturne. Cela dit, Rx était du genre irritable et peut-être l'avais-je un peu trop chauffé. Non, là, je m'accordais trop d'importance. Le monde ne tournait pas autour de ma petite tête et il y avait actuellement énormément d'artistes qui pleuraient la disparition de Wallace, une bombe de peinture à la main. En tout cas, j'étais certaine d'une chose : cette mise en scène avait trait à Wallace.

Je dus retraverser la masse des journalistes et des photographes pour m'éloigner un peu de la foule. Ayant trouvé un coin un peu plus tranquille, je dissimulai ma carte de presse sous mon tee-shirt, m'attachai les cheveux, chaussai des lunettes de soleil et me dirigeai vers un groupe de personnes qui m'avaient tout l'air d'être des employés de galeries d'art venus se rincer l'œil.

Je ne pus m'empêcher d'imiter le léger accent de Bogart dans *Le Grand Sommeil* quand je leur demandai : « Quelqu'un a-t-il vu Gideon ? Je suis si inquiète à son sujet. »

Une jeune femme vêtue de haillons visiblement très coûteux me jeta un regard méprisant derrière ses cheveux en bataille. Une autre, un peu moins décoiffée, répondit finalement à ma question avec un accent anglais appuyé : « C'est lui qui a découvert l'effraction. Il a tout de suite appelé la police. Si j'ai bien compris, Deitrick s'est pointée un peu plus tard et tous deux sont à l'intérieur en train de répondre aux questions de la police. »

— Vous avez vu les murs ?

— Non, me répondit mon interlocutrice, mais il paraît que c'est génial.

Je supposai qu'en bonne Britannique, elle utilisait le mot « génial » sans nécessairement faire référence à une marque de génie. Blondie était donc arrivé le premier sur les lieux. Si je parvenais à le trouver, je pourrais sans doute tabler sur un à deux commentaires officiels de Darla. Je présumais qu'elle ne me laisserait pas l'interviewer personnellement, dans la mesure où je n'avais pas accompagné Tyler Prattle à son vernissage. Je remerciai mon Anglaise d'un signe de tête et me dirigeai d'un bon pas vers la porte de la galerie en affichant un sourire confiant. Un flic m'intercepta au moment où je saisissais la poignée. Celui-ci appartenait au modèle irlandais que l'usine de Staten Island produisait en masse, avec un torse puissant, de larges épaules, des yeux bleus perçants et l'inévitable semis de taches de rousseur sur les joues.

— Vous ne pouvez pas entrer là, m'informa-t-il en me barrant le passage de son bras épais.

Je sortis alors mon badge de presse de sous mon tee-shirt en espérant que le nom du *Journal* mettrait un peu d'huile dans les rouages. Parfois, ce genre de stratagème fonctionnait, mais au final, assez peu souvent. En général, quand vous en étiez réduit à brandir vos lettres de créances, c'est que vos projets n'avaient déjà plus aucune chance d'aboutir. S'agissant de mon Irlandais, je jouai et je perdis. Il secoua la tête en signe de refus : « Il va y avoir une conférence de presse dans quelques minutes. Il va vous falloir patienter comme les autres », ajouta-t-il en m'indiquant l'endroit où avait déjà été installée une sorte d'estrade. Devant elle, la ligne piaffante des journalistes évoquait un départ de course d'obstacles sur un hippodrome.

J'ôtai mes lunettes de soleil et essayai de soutenir son regard en me disant qu'une attitude calme et pleine d'autorité produirait peut-être de meilleurs résultats.

— Oh, excusez-moi, officier, je vous dois quelques explications. Je suis ici à la demande de l'assistant de madame Deitrick. Il m'a appelé ce matin juste après avoir ouvert la galerie et m'a demandé de le rejoindre. Il a organisé une interview exclusive avec mon directeur de publication.

Les yeux du policier étaient si perçants qu'ils auraient pu couper la glace : « Nom ? »

— Nom ? Oh, le nom de l'assistant dont je vous parle, je présume… Monsieur Gideon… Monsieur Gideon Blondie, fis-je en jouant mes dernières cartes.

Ah, si seulement les yeux bleus de mon cerbère avaient bien voulu s'illuminer ! Je lui aurais aussitôt sifflé une petite ballade celtique et nous aurions pu danser un brin. Mais devant sa sévérité, je me tassai un peu en attendant sa réponse.

— Gideon Blondie ? Je suis désolé, mademoiselle, mais personne n'entre ici avant que le capitaine l'autorise. Il s'agit des lieux du crime. Il vous faudra attendre la conférence de presse comme tous les autres, me répondit-il d'une voix ferme en indiquant une fois encore le cordon serré des reporters qui continuaient de caracoler.

— Écoutez, insistai-je néanmoins en abaissant la voix comme pour lui confier un secret, l'assistant de madame Deitrick m'a appelée parce que j'ai fait pas mal de recherches sur le graffiti pour les besoins d'un reportage. Si vous me laissiez entrer, je serais peut-être en mesure de vous dire qui s'est introduit ici.

L'Irlandais leva un sourcil : « Ah oui ? Je suis certain que le capitaine aimerait beaucoup vous mettre en contact avec l'équipe en charge du vandalisme. Malheureusement, la police de New York ne négocie pas avec les journalistes : elle n'accorde aucun traitement de faveur en échange d'informations. Même pas pour les journalistes qui représentent des journaux connus ou qui sortent de Harvard... à l'exception, éventuellement, de Steve Dunleavy[1].

Soudain, quelqu'un cria à l'intérieur de la galerie. Une voix suffisamment puissante pour percer un tympan. D'après le cliquetis que je percevais, Darla Deitrick et sa paire de cobras thaïlandais avaient dû émerger des coulisses pour venir voir – probablement pas pour la première fois – les dommages causés à sa galerie. Au timbre de sa voix, il semblait que la scène ne se résumait pas à quelques « X » colorés souillant le blanc neigeux de son exposition. Je me tordis le cou afin de tenter d'apercevoir quelque chose malgré le bloc de granit irlandais qui me barrait l'entrée, mais il se plaça résolument devant moi. Darla était suffisamment proche de la porte pour que je puisse la voir, mais le reste de la galerie restait hors de mon champ de vision. Je vis pourtant qu'elle traînait dans son sillage un essaim de policiers et d'assistants.

— Bon d'accord, allons-y, dit-elle comme si elle venait de se résoudre à subir une piqûre antitétanique. Faites entrer les caméras.

Un policier passa devant mon infranchissable Irlandais pour sortir dans la rue. Il annonça aux journalistes l'imminence de la conférence de presse qui leur avait été promise. Il ajouta que les

---

1. Journaliste vedette du *New York Post* (NdT).

équipes de télévision étaient autorisées à pénétrer dans la galerie. Les cameramen et leurs présentateurs s'ébranlèrent aussi vite que possible pour s'assembler autour de la porte. Le policier qui m'avait interceptée me regarda bizarrement, comme s'il entendait réaffirmer son mépris concernant les diplômés de Harvard. Dépitée, je faillis lui crier : « Mais je ne suis allée qu'à la fac de Reed ! »

Tout en observant la longue file des reporters qui entraient dans la galerie, j'essayais d'élaborer une stratégie. Il fallait seulement que je voie les murs de la galerie et que je parle avec Blondie. Cela fait, je pourrais sauter dans un métro qui me conduirait près de la 207ᵉ Rue, où Bigs Cru opérait. Je pourrais facilement tirer de tout cela mes 800 signes. Je serais de retour au bureau vers midi avec un article qui ferait des envieux et que je pourrais signer, sans aucun doute.

Je m'approchai du flic irlandais jusqu'à ce que mon menton repose presque sur son avant-bras.

— Restez là, je vous prie, mademoiselle, me commanda-t-il en abaissant son bras pour m'interdire le passage.

Apparemment, ma tête ne lui revenait pas et il semblait disposé à m'interdire l'entrée de la galerie tant que tous les badauds présents dans la rue n'auraient pas eu le temps de la visiter. Je scannais la foule qui passait devant moi dans l'espoir d'y reconnaître un visage connu du *Journal*. Jane Battinger allait forcément se ressaisir à un moment ou un autre et envoyer un journaliste pour couvrir l'événement. Cette affaire était trop importante pour que le *Journal* la passe sous silence. Si ça avait été Tracy, je lui aurais bien donné un petit coup – bas – dans son talon d'Achille.

Maintenant que tout le monde avait eu la possibilité de fouler le sol de la galerie, depuis les présentateurs vedettes jusqu'aux stagiaires de leurs assistants, j'insistai timidement auprès de mon cerbère : « Excusez-moi, officier, je suis vraiment en mission pour mon journal. »

Il me regarda de haut comme s'il avait oublié ma présence.

— C'est bon, me dit-il en s'écartant de la porte.

Je m'avançai enfin jusqu'au milieu de la salle d'exposition. La foule des représentants des médias se tenait là dans un silence recueilli que je n'aurais jamais cru envisageable de la part des titulaires du Quatrième Pouvoir.

Un immense « X » rouge au milieu d'un drapeau blanc ? Non. Des points d'interrogation griffonnés sur les murs ? Non plus. La fameuse citation « La peinture crée l'art » inscrite à la peinture lavable ? Darla n'avait pas eu autant de chance.

Il n'y avait plus de toiles blanches. Une bombe de peinture multicolore avait littéralement explosé sur chacune d'elles et, là où il n'y avait rien, se trouvait désormais tout : des lettres géantes, des gribouillis, des héros de bandes dessinées, des crânes, des courbes, des arcs-en-ciel, des yeux exorbités, des triangles dans des carrés, des chevaux, des chiens, des vagues, des pommes, des poires et des lettres, des lettres, des lettres à n'en plus finir. Les murs de la galerie étaient toujours blancs, mais tout le reste avait été bariolé à l'excès.

Visiblement, quelqu'un – ou plutôt quelques-uns – avait passé un temps conséquent à peindre dans les lieux. Tout cela ne ressemblait ni à une incursion furtive ni à une attaque improvisée. Les responsables de cette mise en scène s'étaient introduits dans la galerie et s'y étaient installés pendant plusieurs heures. Ils avaient trouvé le moyen de passer au travers des serrures, des portes et des gardiens – en tout cas celui qui était affecté au *White Flag* de Jasper Johns. Peut-être avaient-ils passé la nuit entière dans cette salle.

Une rumeur commença à se propager parmi les journalistes : un murmure de désapprobation. Leurs visages montrèrent des signes de choc et d'incrédulité. Quelques reporters de la télévision s'agenouillèrent afin de récrire leur commentaire. Certains cameramen qui souhaitaient disposer d'un meilleur angle de vue se mirent à négocier avec les flics qui tâchaient de les maintenir dans un certain périmètre.

La toile « blanc sur blanc » de Cy Twombly était désormais « rose sur vert » et disparaissait sous un damier qu'aurait adoré un amateur d'échecs. Quelqu'un avait inscrit en violet, d'une main enfantine, des lettres sur les lignes grisâtres assemblées par Agnes Martin, un peu comme si un écolier avait noté ses devoirs du jour sur un cahier de texte. Et le minuscule carré rouge de Malevitch, sa Suprême Abstraction, était devenu un hamburger carré sur une grille de barbecue.

Au lieu d'« émotion essencialisée » ou de je ne sais quel paradigme de pureté dont Darla avait fait l'éloge quelques jours plus tôt, j'avais sous les yeux une agression caractérisée, la démonstration de la puissance et de la gloire du pigment, une ode à la couleur, bordélique et implacable. Casper, le gentil fantôme, venait de se faire rhabiller par Pucci.

Je me tournai vers l'alcôve située près de la porte d'entrée où je savais devoir trouver le *White Flag* de Jasper Johns. Les vandales n'avaient pas cru bon de suivre la trame des étoiles et des rayures, toujours visibles en surimpression. Ils s'étaient contentés d'y écrire un unique mot, immense, en lettres vertes qui couvraient la totalité de la toile : VOUS. Je ne voyais pas très bien ce que cela pouvait vouloir dire jusqu'à ce que je prenne un peu de recul et que je considère toute la salle dans son ensemble. Maintenant, je comprenais. Chaque toile comportait son propre mot et l'ensemble de ces mots, si on les lisait dans le sens des aiguilles d'une montre, formait une phrase : « Vous n'êtes pas propriétaire de cet art. »

Et puis tout d'un coup les caméras se mirent à ronronner, les flashs à crépiter et les questions à fuser : « Madame Deitrick, savez-vous qui est responsable de tout cela ?... », « Darla, pouvez-vous nous dire qui avait accès à la galerie hormis vous-même ?... », « Y a-t-il eu effraction ?... », « Pouvez-vous nous dire la valeur des toiles exposées ici ?..., « Certains de ces graffitis vous paraissent-ils familiers ?... », « Quand avez-vous découvert cela ?... », « Qu'avez-vous ressenti en arrivant ce matin ?... », « Avez-vous déjà pris contact avec le Metropolitan Museum ?... », « Êtes-vous assurée ?... », « Sera-t-il possible de sauver les toiles ?... », « De quels genres d'experts allez-vous avoir besoin ?... », etc.

Darla ferma les yeux pendant que les flashs se déchaînaient. Même si elle appréciait la publicité, tout cela restait néanmoins un cauchemar. L'exposition n'était lancée que depuis quelques jours et elle pouvait déjà deviner que le déluge d'éloges qu'elle en avait escompté allait se transformer en torrent de paperasses juridiques.

— Je vous en prie, je vous en prie, répétait-elle d'une voix faible.

Elle était encadrée par deux sbires de chez Rubinstein Associates, l'un des meilleurs experts en assurance de la ville. Je le savais parce que la petite brune qui se tenait à droite de Darla m'avait invitée à déjeuner après l'Incident du Club Zéro pour une consultation. Pour le moment, elle se penchait vers le bouquet de micros qui venait d'éclore devant Darla.

— S'il vous plaît, mesdames et messieurs de la presse, commanda-t-elle (maintenant, je me souvenais de son prénom : Jill). Madame Deitrick va vous lire un bref communiqué, puis elle répondra à une ou deux questions. Vous comprendrez que madame Deitrick soit très occupée aujourd'hui, mais elle tient néanmoins à s'assurer que vous disposez de ce qu'il vous faut.

La foule des journalistes fit peu à peu silence afin de laisser la parole à Darla. Jill plaça une sorte de petit piédestal devant Darla et celle-ci y monta. Elle déplia alors lentement une feuille de papier d'une main qui tremblait un peu.

— Très tôt ce matin, vers deux heures environ, certaines des institutions artistiques les plus vénérables du monde, ainsi que mon humble galerie d'art, Darla Deitrick Fine Art, ont été les victimes d'un crime effrayant et insensé, lut-elle d'une voix chevrotante. Certaines œuvres de plusieurs artistes contemporains de renommée mondiale, dont Jasper Johns, Agnes Martin et Cy Twombly, prêtées par le Metropolitan Museum of Art et le Centre Georges-Pompidou de Paris, ont été atrocement profanées. Vous pouvez voir autour de vous les preuves de ce sacrilège que j'associe pour ma part à un viol du monde artistique.

Murmure de l'assemblée. Prises de notes. Exhortations au silence de la part de Jill.

— La police estime qu'il pourrait y avoir plus d'un coupable, poursuivit Darla en frémissant. Je n'ai pas la moindre idée de l'identité des personnes qui pourraient avoir commis un acte aussi ignoble et je ne vais pas m'aventurer à jouer aux devinettes avant qu'aient été réunies suffisamment de preuves. Je suis correctement assurée et en mesure de couvrir les dommages subis par les œuvres qui faisaient l'objet d'un prêt. J'ai déjà pris contact avec les propriétaires de ces œuvres d'art sans prix. Il n'y a aucun signe d'effraction et rien ne paraît avoir été volé, ajouta-t-elle en grinçant des dents. Les vandales cherchaient manifestement à détruire des chefs-d'œuvre et à m'humilier personnellement. J'entends les traquer et faire en sorte qu'ils soient punis à la mesure de leur forfait, conclut-elle en pinçant le nez et en plissant les yeux.

Quand elle eut fini de parler, elle se mit de nouveau à respirer d'un souffle saccadé. Elle fit un pas en arrière afin de laisser la brune Jill faire signe à sa journaliste de télé préférée qu'elle pouvait poser sa question – forcément peu dérangeante.

— Madame Deitrick, ça a dû être terrible de découvrir tout cela en entrant dans cette salle, commença Phyllis Chestnut, la présentatrice d'un magazine d'informations matinal sur la chaîne n° 5. Pouvez-vous nous dire ce que vous avez ressenti ?

— Aaah, vous n'en avez pas idée, Phyllis. Eh bien, j'ai fait un tour de la galerie en arrivant et...

Darla dut s'interrompre, la gorge serrée. L'autre sbire de chez Rubinstein Associates, blonde celle-ci, entra alors en jeu en posant une main rassurante sur l'épaule de Darla et en annonçant d'une voix douce à la foule : « Ça ira, chère madame. Madame Deitrick doit se remettre au travail, maintenant. » Les flashs crépitèrent à nouveau.

— Bon, encore deux questions, concéda ma vieille amie Jill d'un ton désagréable, comme si sa mission consistait à protéger un nouveau-né d'une horde de rottweillers. Madame Deitrick est très éprouvée.

Elle fit alors signe à Jinny James, un petit prodige de la télévision.

— Darla, vous avez vous-même très activement soutenu le mouvement graffiti, par le passé. Pensez-vous que vous représenterez à nouveau l'un de ses artistes après une telle trahison ?

Darla sembla réfléchir un instant : « Oh Jinny, après m'être donnée cœur et âme à ces gens, les voir se retourner ainsi contre moi... » Darla dut encore s'interrompre, envahie par l'émotion, tandis que les caméras n'en perdaient pas une miette et que les flashs se déchaînaient.

— Une dernière question ? fit Jill. Oui, vous, devant.

La voix d'un homme s'éleva : « Avez-vous réussi à trouver un sens à tous ces gribouillis ineptes ? »

Je ne pouvais supporter ça plus longtemps. Il fallait que j'intervienne.

— Madame Deitrick, y a-t-il un lien quelconque entre cet acte de vandalisme et l'incendie de votre entrepôt dans lequel se trouvaient des centaines d'œuvres d'artistes graffitis ? l'interrompis-je, depuis le fond de la salle.

Le sourcil de Darla se mit à frémir tandis qu'elle cherchait à découvrir qui, dans l'assemblée des journalistes et des photographes, avait bien pu poser une telle question. Les sbires de chez Rubinstein Associates se mirent elles aussi à scanner la foule dans le même but et je vis que Jill chuchotait quelque chose à l'oreille de Darla, accentuant ainsi le frémissement de son sourcil. Elle finit par arrêter ses yeux sur moi et son visage devint aussi rouge que le hamburger de Malevitch.

Elle leva alors la main et pointa le doigt dans ma direction.

— Arrêtez cette femme ! hurla-t-elle si fort que le présentateur de *NY1 News* en lâcha son papier. Elle est liée aux voyous qui ont fait ça ! C'est elle la responsable !

Il y eut un grand chaos alors que l'ensemble des reporters et des cameramen se retournaient vers moi. Quelques flics se rapprochèrent comme pour se tenir prêt à intervenir, mais aucun d'eux ne se précipita sur moi.

— Arrêtez-la, cria-t-elle encore. Elle sait qui a fait ça. C'est une de leurs complices !

Je m'attendais à ce qu'à tout moment il m'arrive quelque chose de déplaisant – un flic qui me plaquerait au sol ou Jill qui se ruerait sur moi pour me tirer les cheveux. Je me serais bien dirigée vers la porte, mais j'étais comme paralysée. Je restai donc à ma place, immobile, soutenant le regard de Darla qui me surplombait depuis son piédestal.

Les flashs recommencèrent à crépiter, mais cette fois ils m'éblouissaient directement, et les journalistes se mirent à me harceler de questions : « Votre nom, s'il vous plaît ?… », « Vous savez qui a fait ça ?… », « Que signifie cet acte de vandalisme ?… », « Ne seriez-vous pas Valerie… ? »

Blondie avait peut-être lâché le morceau une fois les effets de l'ecstasy dissipés, après son retour du Twilo. Peut-être avait-il alors ressenti le besoin de venir s'épancher sur l'épaule anguleuse de Darla. Ou bien elle l'avait fait suivre cette nuit-là et elle l'avait torturé pour lui faire avouer ce qu'il m'avait révélé. D'ailleurs, il était fort possible qu'il soit en train de subir le supplice de l'eau avec un projecteur braqué sur lui, dans une arrière-salle de la galerie. Pire, Darla avait pu engager Tan Rififi pour qu'il souille de sang de vache son costume de lin immaculé.

J'étais bien incapable de faire autre chose que de cligner des yeux devant les caméras et je m'exhortais au calme afin de ne pas causer plus de dégâts. Mais comme il n'était absolument pas dans mon intérêt de prolonger ainsi mon exposition aux feux de la rampe, je fis néanmoins une déclaration dans un soupir.

— Madame Deitrick se trompe, malheureusement. Je suis journaliste. Vous pouvez le vérifier aisément. Je suis simplement venue ici pour faire un article sur cette affaire, fis-je en brandissant ma carte de presse.

Plusieurs cameramen filmèrent ma carte de presse et les flics s'y intéressèrent aussi, mais sans quitter leurs postes d'observation. Ils se retournèrent ensuite vers Darla qui persistait dans ses accusations, malgré les tentatives de sa garde rapprochée pour la calmer.

— Je vous traînerai en justice, hurla encore Darla.

Et ce fut comme si ces simples paroles avaient dégrippé la machine. Mon ami l'Irlandais aux yeux bleus vint se planter devant moi en me présentant comme une offrande la paire de menottes qu'il venait de décrocher de son ceinturon : « Je savais que vous causeriez des ennuis », me dit-il de façon laconique.

Je me souvins de ce que Cabeza m'avait dit sur les relations de Darla avec la police. Aaah, le New York de l'époque de Giuliani ! Une ville sans aucun doute très sûre pour un certain nombre de personnes.

— Chère mademoiselle, nous allons devoir vous emmener au poste pour tirer tout cela au clair, ajouta l'Irlandais.

Je ne voulais pas que Darla devienne une nouvelle Angelica Pommeroy — une héroïne de *Terreur en ville II.* Je devais pourtant lui reconnaître d'incroyables capacités à embobiner son monde : son entrepôt disparaissait dans un incendie, son stock de toiles s'envolait en fumée, des adeptes du graffiti vandalisaient sa galerie et, malgré tout cela, elle arrivait à faire porter le chapeau au premier journaliste miteux qui passait par là. Pas mal pour la fille d'une reine du muffin.

Maintenant, ils étaient tous sur mon dos. Pendant que les flics me traînaient vers la porte en tirant sur mes menottes, je jetai un coup d'œil vers le fond de la galerie, du côté des portes coulissantes d'où avait émergé Darla lors de notre dernière rencontre. Je vis quelque chose de blanc passer dans l'encadrement de la porte. Je me dis que ce devait être Blondie.

Chapitre 17
La cellule

J'aime n'était plus le même sous les lumières blafardes du poste de police de la 20ᵉ Rue. Il ne ressemblait plus à un patron qui pouvait m'obliger à rédiger des annonces de décès non signées. Il avait plutôt l'air d'un type qui venait de payer ma caution aux flics pour la deuxième fois.

J'avais passé trois heures à contempler les murs gris d'une cellule. Pendant ce temps-là, tous les journalistes de la ville avaient pu concocter leur article sur le petit numéro de Darla. Ma cellule était située dans un baraquement préfabriqué, dans l'arrière-cour du poste de police. Elle était juste assez grande pour accueillir, le cas échéant, les deux péripatéticiennes qui devaient officier à l'hôtel borgne du coin de la rue. Le sol était en béton gris et ses parois étaient garnies de deux bancs suspendus par des chaînes à chaque extrémité. Personne n'était venu me tenir compagnie et je n'avais rien à lire. Cette retraite m'avait donc permis de réfléchir tout mon saoul à la façon dont pouvaient s'emboîter les pièces du puzzle qui m'avait conduite jusqu'ici. J'avais également eu tout le loisir de rêver à Cabeza et aux multiples salades de tomate que nous pourrions tirer de notre petit potager de Woodstock, une fois que nous aurions quitté cette horrible ville.

À la fin de ma première heure de détention, un inspecteur du nom de Suarez avait ouvert la porte de mon réduit pour m'emmener dans une pièce aveugle située au premier étage du bâtiment. La déco n'y était pas beaucoup plus gaie, mais là, au moins, je pouvais observer Suarez. Il était plus chauve qu'une balle de base-ball et compensait sa petite taille par un embonpoint des plus respectables qu'il poussait devant lui comme un trophée. Suarez m'avait exposé que Darla affirmait que j'étais personnellement liée aux voyous qui avaient vandalisé sa galerie. Je lui avais donc rétorqué que l'étendue de mes relations n'était pas aussi vaste, et il m'avait alors demandé si je connaissais des gens qui n'aimaient pas beaucoup Darla. Je lui avais spontanément confessé que je faisais moi-même partie de cette catégorie d'individus.

Après plusieurs autres séries de questions du même genre, je finis par dire à Suarez que, sur la seule base des affirmations de Darla, je ne voyais absolument pas comment il allait pouvoir me garder au poste plus longtemps et que je n'étais pas stupide au point de lui fournir un motif pour le faire. Je lui fis aussi remarquer que s'il avait suffisamment de preuves contre moi pour me transférer au commissariat central, il fallait qu'il se dépêche parce que, à défaut, je m'apprêtais à appeler mon patron qui ne manquerait pas de contacter nos avocats. J'avoue que j'aurais bien aimé qu'il affiche une mine embarrassée quand il me tendit le téléphone.

Une heure plus tard, un autre flic vint déverrouiller la porte de ma cellule ; elle s'ouvrit sur Jaime qui était en train de remettre son portefeuille dans la poche de sa veste. D'après l'expression de son visage, on aurait pu croire qu'il venait d'apprendre que sa fille était une star du porno.

— Jaime…, commençai-je.

— Pas maintenant, me dit-il en levant les deux mains devant lui. Pas avant que nous soyons sortis d'ici.

La tête baissée, je le suivis donc jusque dans la rue. La journée était belle et le ciel lumineux. Qu'il était bon d'entendre la cacophonie des embouteillages et de sentir l'odeur des pots d'échappement ! Les gens qui slalomaient sur le trottoir et l'air renfrogné du marchand ambulant du coin de la rue me ravissaient. Ah ! j'étais une femme libre ! J'inspirai goulûment l'air frais de la rue afin de chasser de mes poumons l'atmosphère fétide de ma cellule.

Jaime ouvrit pour moi la portière du taxi qui nous attendait : « Si Bonnie Parker veut bien se donner la peine... »

Je me glissai sur la banquette arrière sans un mot. Jaime vint s'installer à côté de moi et ouvrit la fenêtre comme s'il avait du mal à supporter mon odeur. Je me sentais coupable, mais je ne savais pas très bien pourquoi. Je n'avais rien fait de mal. Et j'avais été accusée injustement ! Mais je me doutais que Jaime avait dû imaginer un alibi scabreux pour pouvoir s'absenter du bureau et venir me chercher au poste.

— Pourquoi me couvres-tu, Jaime ?

— Ne sois pas si sûre que je vais continuer.

Ses yeux restaient fixés sur le turban bleu du chauffeur. Quand il lui eut donné l'adresse de notre destination – le *Journal* –, le taxi démarra en trombe et rejoignit le flot du trafic après une brusque embardée. Quelques mètres plus loin, il s'arrêtait déjà derrière un autre taxi jaune. Quelque chose me disait que le trajet allait être pénible : un mauvais conducteur et pas grand-chose à faire.

— Est-il déjà trop tard pour que je propose un papier pour l'édition de demain ? demandai-je à Jaime. Je n'ai pas pu suivre l'intégralité de la conférence de presse, mais...

Empoignant énergiquement la poignée d'ouverture de la vitre comme pour se défouler, Jaime ouvrit cette dernière encore un peu plus largement.

— Oublie cet article, me dit-il. Tracy s'en est chargée et ça a été bouclé.

Aïe ! voilà qui ne faisait pas du bien. Je m'adossai à la banquette pour me remettre de cette mauvaise nouvelle.

— Jaime, écoute-moi. Je suis désolée de ne pas t'avoir dit que j'allais à Chelsea ce matin. Je croyais que je pouvais…

— Ne te fatigue pas. Quand nous serons de retour au bureau, tu pourras t'expliquer devant une salle de conférence pleine de gens qui voudront savoir ce que tu faisais à la galerie Deitrick. Alors garde tes explications pour eux.

Le taxi fit un bond en avant et je dus me retenir à la poignée. Je n'avais jamais vu Jaime aussi en colère. En fait, je ne l'avais jamais vu ne serait-ce qu'énervé.

— Je n'ai pas été réglo avec toi, lui dis-je en baissant la tête. Je suis désolée. Je sais que tu crois que je suis une ratée. Je n'aurais pas dû aller fouiner dans ton dos. Il aurait mieux valu que…

Jaime finit par détacher ses yeux du turban du chauffeur. Ils étaient injectés de sang. Ses cheveux jaillissaient sauvagement de sa kippa. Il y a des jours comme ça où l'on oublie jusqu'à son gel capillaire…

— C'est très difficile pour moi, Valerie, m'interrompit-il d'une voix douce à l'accent du Sud encore plus prononcé que d'habitude. Mon cousin avait aussi ce genre de problème. Nous avons dû faire avec durant toute notre vie. Mais au bout d'un moment, j'ai fini par comprendre que nous ne pouvions pas l'aider et qu'il valait mieux abandonner.

Je ne savais pas ce que Jaime entendait par « ce genre de problème ». Se pouvait-il que même les juifs orthodoxes cubains terminent au poste de police pour avoir agressé des DJettes ou posé de mauvaises questions lors d'une conférence de presse ? Mais il me semblait préférable de ne pas l'interrompre. Je m'accrochai donc à la poignée de la portière en la tenant fermement, dans l'espoir de mieux résister aux embardées de notre chauffard… et peut-être aussi à ce qui m'attendait.

— Tes débuts étaient tellement prometteurs, poursuivit-il. Même lorsque tu as commencé à la rubrique Style, j'ai remarqué que tu avais un vrai talent pour écrire sur les gens. Tu étais dure quand il fallait l'être et tu ne reculais jamais.

Tu avais, tu étais… Pourquoi s'obstinait-il à parler au passé ?

— Merci beaucoup, Jaime. Moi aussi j'ai une très haute opinion de toi. Je pense que tu es un excellent directeur. Je…

— Non, Valerie, me coupa-t-il. Je n'essaie pas de te flatter. J'essaie de te dire quelque chose. Quand j'ai lu tes premiers papiers, je me suis dit qu'une personne possédant tes dons d'observation ferait une parfaite rédactrice pour la rubrique nécrologique. J'avais formé le projet de te voler à Buzz bien avant que tu sabotes ta propre carrière. Alors, quand Jane Battinger a fait du foin pour que l'on te fiche à la porte, j'ai avancé mes cartes. Je lui ai dit que je savais que tu avais des problèmes personnels, mais que j'étais prêt à te prendre sous mon aile pour essayer de faire quelque chose de toi. De mon point de vue, tu t'étais fait recruter beaucoup trop jeune et ta petite renommée t'avait rapidement tourné la tête. Mais en général, les gens parviennent à dépasser ce genre d'écueil s'ils sont correctement guidés. Tu vois, j'ai été bien prétentieux de me croire capable de faire de toi l'un des meilleurs rédacteurs nécro que le *Journal* ait jamais connus.

Voilà qui était tout à fait nouveau pour moi : « Alors, en fait, tu voulais que je rejoigne ton équipe ? » J'étais comme une enfant découvrant un kaléidoscope un jour de pluie. Soudain, tout me semblait beau et magique.

— Que croyais-tu ? Que tu avais profité d'une œuvre de charité ? Le *Journal* n'est pas un lieu où l'on pratique ce genre de choses.

Nous roulions à vive allure sur la 11ᵉ Avenue et un vent chaud entrait dans l'habitacle à travers la vitre qu'avait ouverte Jaime.

— Ça peut continuer, Jaime. J'ai presque achevé le papier dont je t'ai parlé, et si quelqu'un voulait bien me donner un petit coup de pouce pour que je le fasse passer dans la section Infos locales…

— Mais tu n'écoutes donc pas, Valerie ? s'emporta Jaime. En ce moment même, les directeurs sont en train de se réunir dans la grande salle de conférences pour décider s'ils vont ou non te licencier. Et cette fois, je ne vais pas m'y opposer.

Le taxi freina brutalement et nous fûmes tous les deux projetés contre la paroi en Plexiglas qui nous séparait du chauffeur.

— Mais, bon sang, faites un peu gaffe ! cria Jaime.

Je ne l'avais encore jamais entendu élever la voix de la sorte. Le conducteur cria à son tour : « Route cassée ! » ; puis il augmenta le volume de sa radio à un niveau de boîte de nuit bollywoodienne. Jaime referma alors brutalement l'ouverture qui nous permettait de communiquer avec lui.

— Je sais bien que tu considères comme parfaitement inintéressante la rédaction d'avis de décès pour la Nécro, continua-t-il. Mais il se trouve que ce service est très estimé au sein du *Journal*. Il peut offrir une position de choix au journaliste qui sait s'y adapter. Malheureusement, tu as tout fichu par terre.

Je pris une tablette de chewing-gum dont je me mis à triturer l'emballage.

— Tu dis que j'ai tout fichu par terre ? C'est fini alors ?

— Il faut que je me désinvestisse de cette histoire, Valerie. Si tu ne peux pas t'en passer, si cette histoire de drogue est plus forte que toi, je ne peux plus rien y faire. Je l'ai appris à mes dépens avec mon cousin. Il s'est battu contre sa dépendance pendant trente ans. Quels que soient les sentiments que tu leur portes, les gens qui ont ce problème doivent s'en sortir seuls. Il faut qu'ils touchent le fond avant de taper du pied pour remonter. Peut-être es-tu proche de cette phase-là. En tout cas je le souhaite.

Ses paroles me prirent tellement au dépourvu que j'en restai sonnée un instant. Tout cela semblait pourtant plein de bon sens.

— Oh, Jaime ! Tu crois que je me drogue ? Mais c'est merveilleux ! m'écriai-je en le prenant dans mes bras. Oh, Jaime ! C'est pour ça que tu voulais me laisser tomber ?

Jaime se dégagea de mon embrassade comme s'il venait de se faire sexuellement agresser par la copine de sa fille, elle aussi star du porno. J'éclatai de rire.

— Oh, Jaime ! Qui donc t'a mis cette idée dans la tête ? C'est l'inspecteur, là-bas ? ou l'un des flics ? Darla ? C'est Darla qui t'a dit ça ?

Maintenant, je me rappelais ce qui s'était passé : pendant que l'on me sortait de ma cellule, j'avais vu Jaime s'entretenir dans le hall avec mon Irlandais aux yeux bleus. Après les échanges d'usage, ils s'étaient mis à parler à voix basse.

— Alors c'est juste un complot ! Un bon vieux ragot juste pour me nuire ! dis-je toute excitée. C'est génial ! Et qu'est-ce que ce flic t'a dit au juste ?

Mais Jaime n'avait pas l'air de s'amuser autant que moi.

— Il a dit que toi et l'assistant de Darla aviez partagé de la drogue dans un night-club et que tu étais liée à des artistes graffitis qui pourraient très bien être des dealers. Il prétend que ce sont ces dealers qui auraient vandalisé la galerie. Ce ne serait donc pas le cas ?

— C'est un énorme mensonge, répondis-je avec fermeté, avant de m'affaler sur le dossier de la banquette.

Dieu merci, je n'avais pas accepté le petit décontractant que m'avait proposé le fiancé de Blondie. De toute façon, depuis l'Incident, j'aurais presque pu m'enrôler chez les Jeannettes. Le taxi fit un nouveau bond et mon crâne vint heurter le plafond de la voiture.

— Mais faites-moi passer un test pour la drogue ! Allez-y ! Je n'ai rien à cacher. Je suis aussi clean que Doris Day, insistai-je devant la mine dubitative de Jaime.

Mais Jaime semblait sceptique.

— La vérité est simple, beaucoup plus simple. J'étais en chasse, Jaime. C'est tout. J'ai travaillé sur un reportage sans t'en avoir demandé la permission. Mais je n'ai pas fourré mon nez n'importe où. En tout cas, pas dans ce que tu crois. J'ai juste essayé d'avoir un scoop. J'ai juste essayé de te rendre fier de moi.

Je n'avais jamais songé à cette histoire de fierté auparavant, mais ça ne me paraissait pas faux. Et je voulais qu'il sût la vérité. Jaime avait donc cru en moi alors que j'étais au plus creux de la vague. Il pouvait bien croire en moi une fois encore. En tout cas, j'allais m'y employer de toutes mes forces.

Jaime s'agita sur sa banquette : « Pas de drogue ? »

— Mais s'ils avaient eu un truc de ce genre sur moi, tu ne crois pas qu'ils m'auraient gardée au poste ? Tu ne penses pas qu'ils auraient au moins pris mes empreintes ? dis-je en lui montrant dix doigts parfaitement propres. Ça n'a pas de sens !

Jaime saisit mes mains et les tourna dans tous les sens. Il plaça aussi ses mains sous les miennes, sans doute pour vérifier que je ne tremblais pas. Puis il se pencha vers moi et me regarda dans les yeux. Il me semblait finalement tenté de croire que les flics se trompaient.

— Si ce que tu me dis est vrai, alors peut-être ai-je été trop dur avec toi. Si tu travaillais sur un article, ce n'est pas grave, mais j'aurais préféré que tu m'en parles. Je ne vois pas comment je pourrais prendre ta défense si je ne sais rien de tes faits et gestes. Et je ne sais pas si les autres directeurs seront très réceptifs à ce que tu viens de m'expliquer.

— C'est bon, Jaime. Tu n'es pas obligé de me défendre. Je suis une grande fille. Je suis prête à me battre, lui dis-je en souriant, en levant les poings.

Le taxi venait de quitter la 11ᵉ Avenue pour tourner dans la 41ᵉ Rue et je savais qu'il fallait que je rassemble mes esprits avant d'affronter la séance qui se préparait. Je me repassai le film de ma journée en commençant par le coup de fil de Rood, suivi de mon arrivée à la conférence de presse, avec ensuite ma pomme sous les flashs pour la deuxième fois et la petite mise en scène de l'inspecteur pour me salir lui-même puisque j'avais refusé de le faire de mon plein gré et, pour finir, cette nouvelle réputation de madone des boîtes de nuit de Chelsea. Plus j'y réfléchissais, plus tout cela me semblait incroyablement risible. Je finis d'ailleurs par éclater de rire jusqu'à ce que mon rire se transforme en un tressaillement nerveux ne traduisant plus aucune liesse.

Jaime avait l'air préoccupé.

— Tu es bien sûre que tu vas pouvoir affronter ce qui t'attend là-haut ? me demanda-t-il d'un air soucieux alors que notre taxi pilait sur la 42ᵉ Rue, devant l'entrée du *Journal*. Dans quelques minutes, tu vas devoir faire face à Jane Battinger et à Sneed, et même à Richard Antigoni.

Je cessai de rire pour prendre plusieurs profondes inspirations.

— Quoi qu'il arrive, ça ira, lui répondis-je.

Jaime paya le chauffeur de taxi et me conduisit à l'intérieur de la forteresse. Nous prîmes les escaliers jusqu'à l'étage où se situait la salle de conférence appelée « La Une » parce que, chaque année, c'est là que se tenait l'élection du meilleur article de une du *Journal*. Je n'y avais encore jamais mis les pieds et ça me paraissait être un drôle d'endroit pour une exécution. Mais comme les exécutions n'avaient jamais rien de drôle, je m'abstins de rire ouvertement.

Je fus très impressionnée que la perspective de ma mise à mort — moi, pauvre microbe — ait réuni autant de témoins. On aurait dit un remake de *La Vie est belle*, avec une fin moins *belle*.

La directrice du service Infos locales, Jane Battinger, et son adjoint, Aaron Sneed, se tenaient aux côtés de Buzz Phipps comme un couple de vautours attendant la curée. Les directeurs des services Arts et Loisirs, Liz Moore et Orland Lessey, vêtus de noir et de rouge, auraient aisément pu passer pour une paire de cardinaux recueillis. L'éditorialiste de la section locale, Clint Westwood, leur fit passer quelques notes par-dessus la table que Tyler Prattle, également présent, lui renvoya peu après. Tracy Newton, perchée en équilibre sur l'accoudoir d'un fauteuil, chahutait avec Curtis Wright. Tel un aigle, Richard Antigoni, le directeur de la publication, se tenait en bout de table et regardait le plafond tout en se massant le cuir chevelu avec application.

Finalement, la situation tenait plutôt des *Oiseaux* de Hitchcock et je pouvais me préparer à quelques coups de bec éventuellement fatals.

Jaime se glissa dans un siège contre le mur derrière moi. Nous étions près de la porte car je n'avais pas très envie de m'enfoncer plus avant dans la cage. J'avais grand soif, mais je n'osais pas m'approcher du pichet qui se trouvait juste devant monsieur Antigoni, c'est-à-dire le plus redoutable des oiseaux de cette volière. Alternativement, je songeai au paquet de chewing-gum dans mon sac. Peut-être me laisseraient-ils profiter d'une dernière mastication avant ma mise à mort ?

— Bonjour, Valerie, me lança Jane Battinger alors que la porte se refermait derrière moi.

Tout le monde fit soudain silence et des dizaines de paires d'yeux inquisiteurs se posèrent sur moi.

— Nous sommes heureux que vous ayez pu venir. Je crois comprendre que vous n'avez pas rencontré de difficulté au poste de police ? ajouta-t-elle en regardant alternativement Jaime puis moi-même. Bien, fit-elle alors en rapprochant un siège de la table. Pourquoi ne pas venir vous asseoir près de moi, Valerie ?

— Pourquoi ne pas tous nous asseoir ? suggéra Sneed à sa suite.

Je pris donc place à côté d'elle. J'avais l'impression que mes vêtements étaient encore imprégnés de l'odeur de ma cellule. La paume de mes mains et mes doigts étaient moites et je m'étais rongé les ongles jusqu'au sang. Enfin, je supposais que j'étais responsable de cette boucherie.

— Vous connaissez mon adjoint, Aaron, et, bien sûr, Buzz, Clive, Tracy, Curtis, croassa-t-elle. Je ne sais pas si vous avez déjà eu l'occasion de rencontrer Orland et Liz.

Chacun d'eux me fit un discret signe de tête et Curtis me fit un clin d'œil furtif.

— Monsieur Antigoni a lui aussi souhaité se joindre à nous, ajouta-t-elle tandis que l'homme qui présidait notre tablée hochait gravement la tête. Il a manifesté un grand intérêt pour votre sort.

Je fis de mon mieux pour esquisser un pâle sourire. Une injection mortelle eût été beaucoup moins stressante. Je crois que j'aurais même préféré une bonne vieille pendaison de western, voire le chic très français d'une décapitation par guillotine.

— Je parie que vous vous demandez pourquoi nous sommes tous réunis dans cette salle, poursuivit Jane Battinger. J'ai demandé à chacun d'assister à cette réunion parce que nous disposons de peu de temps et je tenais à m'assurer que nous étions tous sur la même longueur d'ondes.

Je faillis ajouter « d'ondes de choc », mais je m'abstins en pensant qu'il y avait peu de chances que l'assemblée goûte mon humour. On aurait pu entendre voler une mouche. Tracy se racla la gorge. Lessey et Liz Moore se proposèrent mutuellement du café. Curtis me lança un regard qui voulait dire : « *Fais gaffe, Val. Fais très attention.* »

Jane Battinger reprit alors de sa voix rauque : « Je m'estime responsable de tout cela. »

— Nous nous estimons responsables, répéta Sneed en hochant la tête.

Je n'étais pas très sûre de ce à quoi elle faisait allusion. Compte tenu de mes multiples échecs, elle n'avait, après tout, que l'embarras du choix.

— Vous avez eu peur de venir me voir alors vous êtes allée trouver Burton, continua-t-elle en faisant un signe de tête à Buzz qui lui retourna son signe de tête. Vous lui avez présenté une idée d'article sur des artistes graffitis et quelque chose ayant trait à des peintures volées, ce à quoi il vous a répondu qu'un tel papier ne pouvait convenir à la rubrique Style. C'est bien cela ?

Buzz avait l'air d'un vautour pris en flagrant délit de grignotage sous une potence. Il croisa mon regard avant de s'adresser à monsieur Antigoni : « Mademoiselle Vane est montée me voir hier pour me présenter une histoire concernant des artistes graffitis liés à la galerie d'art de Darla Deitrick. Je n'ai pas compris que cette histoire pouvait avoir de telles implications. Sa présentation ne m'a pas semblée très claire et je m'apprêtais à clore ma journée. Par conséquent, je ne lui ai pas offert une oreille très attentive. »

Le bec d'Antigoni se pinça. Curtis l'observait, mais il se tourna vers moi avec un chaleureux sourire qui signifiait : *« Vas-y, Val. Saisis l'occasion. Fonce ! »*

— Ce n'était pas une présentation adaptée au service Style, intervins-je alors. Je ne savais pas que ça allait déboucher sur une telle situation. C'était juste une intuition. J'aurais dû aller voir Jane.

— C'est tout le problème, dit-elle.

— C'est exactement le problème, renchérit Sneed.

Antigoni hocha la tête et Clint leva les yeux de son bloc-notes avant de les abaisser aussitôt.

— Le problème, Valerie, continua Jane Battinger, c'est que vous êtes allée d'erreur en erreur. Si vous aviez effectivement une histoire de cet acabit, avec ce type d'angle, vous auriez dû venir me trouver immédiatement. Mais ça, vous l'avez compris maintenant, alors je ne vais pas m'éterniser sur ce point.

— Je suis désolée, offris-je. La prochaine fois, je ne manquerai pas de venir vous voir, Jane.

Elle secoua la tête : « Mais ce n'est pas tout. »

— Pas tout, ponctua Sneed.

— L'autre problème, c'est que vous avez des obligations vis-à-vis de Jaime et que, en principe, vous ne devez pas vous consacrer à vos sujets d'intérêts personnels avant d'avoir achevé le travail qui vous échoit à la rubrique Nécro. Quand vous obtenez un tuyau sur une grosse affaire, vous devez respecter un certain protocole. Vous devez d'abord vous adresser à Jaime qui se tourne ensuite vers moi. Alors, Aaron et moi-même décidons du sort qu'il convient de réserver à ce tuyau. Nous ne pouvons pas nous permettre de laisser les journalistes fouiner dans leur coin et écrire leurs propres articles, sans contrôle de la part du service.

— Du service, murmura Sneed.

— Est-ce bien clair ? demanda Jane Battinger.

Je hochai la tête. Ses paroles avaient du sens. Ça facilitait beaucoup les choses pour des types comme Rusty Markowitz, qui avait déjà deux prix Pulitzer. Vraiment, j'aurais volontiers bu un peu d'eau.

— Oui, dis-je, très clair.

J'entendis derrière moi Jaime qui s'agitait sur son siège.

— Si nous avions eu la possibilité de monter dans le train dès le départ, nous aurions eu de l'avance sur cette histoire. Tyler Prattle aurait pu appeler et poser quelques questions. Et aussitôt après l'effraction, madame Deitrick l'aurait probablement contacté en premier pour lui concéder l'exclusivité sur cette affaire. Nous aurions pu préparer un article avant même qu'ait lieu la conférence de presse et nous n'en serions pas réduits à essayer de rattraper un train en marche, comme nous le faisons actuellement.

J'opinai et pris un gobelet en plastique. Les gobelets, au moins, étaient à portée de main. Voyant mon embarras, Curtis attrapa le pichet pour me le passer. Je remplis mon verre lentement, mais il vacilla et je renversai un peu d'eau sur la table. Curtis me tendit une serviette en papier et j'épongeai l'eau sur la table, tout en portant le gobelet à mes lèvres. Tracy se pencha vers lui et lui glissa quelque chose à l'oreille. Il continua cependant à me regarder en souriant gentiment.

— C'est ainsi que nous aimons travailler ici, conclut Jane Battinger, apparemment soutenue par Antigoni qui hochait solennellement son crâne luisant à l'autre bout de la table.

— C'est la raison pour laquelle je considère avoir commis une faute. J'aurais dû vous faire comprendre clairement, quand vous avez rejoint la rubrique Nécro, que vous faisiez partie de l'équipe affectée aux Infos locales. J'espère que vous le comprenez, aujourd'hui.

— Je vous remercie de le dire, répondis-je d'une voix plus distincte, maintenant que mes lèvres étaient moins sèches. Si j'avais su que je pouvais venir vous voir pour vous présenter mon idée, Jane, je l'aurais portée à votre attention beaucoup plus tôt.

— Accordez-moi encore une minute, Valerie, croassa-t-elle. Résumons-nous. Premièrement : vous ne devez pas vous précipiter, dans notre dos, sur une histoire que vous emportez chez vous. Deuxièmement : vous ne devez pas causer d'ennuis et vous faire arrêter par la police. Troisièmement : vous devez communiquer avec le service. C'est compris ?

Elle venait d'énoncer chacun de mes crimes en comptant sur ses doigts.

— Absolument, répondis-je.

Ses coups de bec me transperçaient le cuir, mais je pouvais encore les supporter pour le moment. L'heure était sans doute venue de libérer toute l'horreur hitchcockienne. Je joignis les mains afin de signaler mon désir de conversion tardive. Il y eut un peu d'agitation dans la salle. Lessey et Liz Moore se penchèrent l'un vers l'autre pour échanger quelques mots : deux cardinaux à un conclave. Buzz étira le cou en inclinant la tête de part et d'autre avant de laisser retomber son menton.

— Je n'aime pas du tout ce que vous avez fait aujourd'hui, poursuivit Jane Battinger, décidément intarissable. Mais pour l'heure, nous avons besoin de publier quelque chose sur cette affaire et vous représentez notre meilleure alternative. Nous allons donc vous utiliser en qualité de journaliste principal sur ce reportage. Voici la manière dont nous allons procéder, fit-elle en tapant son bloc-notes du bout de son crayon afin d'obtenir toute l'attention de l'assemblée. Je veux une couverture globale. Liz Moore et Lessey coordonneront les aspects artistiques, annonça-t-elle en pointant son crayon dans leur direction. Je veux aussi un solide papier d'opinion de la part de Tyler pour dimanche, commanda-t-elle en faisant glisser son crayon vers lui. Clint, quant à lui, nous préparera un éditorial.

J'approuvai de la tête.

— J'ai besoin de vous Valerie pour prendre les commandes de l'article principal. Je veux que ce soit un véritable reportage et je veux qu'il regroupe tout : ce que nous savons et ce que nous allons découvrir. Mais vous devrez travailler avec Curtis et Tracy. Vous avez réussi à sortir un bon papier sur LaShanniah avec Curtis, la semaine dernière, alors refaites-moi la même chose. Tracy sera à votre disposition au cas où vous auriez besoin de support. Et, bien entendu, il vous faudra lire le papier qu'elle a préparé aujourd'hui. Un papier très solide.

Tracy battit des cils : « Ravie de pouvoir rendre service. Je t'apporterai mes notes. »

— Quant à moi, j'assurerai la coordination de tout cela, conclut Jane Battinger. Nous visons la une.

Je ne parvenais toujours pas à croire à ma chance. On aurait dit une amnistie présidentielle : non seulement j'allais sortir de la pièce libre, mais en plus on m'offrait une nouvelle occasion de publier à la une. J'avais l'impression de vivre une résurrection.

— Je vous remercie infiniment, ne cessai-je de répéter à Jane Battinger avec reconnaissance. Je vous remercie infiniment.

— Soyons très clairs. Il ne s'agit pas d'une récompense pour votre comportement. Si nous procédons de la sorte, c'est parce que c'est vous qui êtes la mieux placée pour cette histoire, dans l'état actuel des choses.

— Pas du tout une récompense, ajouta Sneed d'un air lugubre.

— C'est votre dernière chance, Valerie Vane. Et si vous vous approchez encore une fois d'une cellule de prison, nous n'irons pas vous y chercher. Et si vous ne nous sortez pas un papier sur cette affaire, ce n'est pas à la Nécro que vous retournerez, c'est dehors. C'est bien clair ?

— De l'eau de roche.

— Alors c'est parfait, assena-t-elle. Au travail, maintenant.

— Au travail, ponctua Sneed qui persistait à se prendre pour l'écho.

Dans les secondes qui suivirent, la volière se vida de tous ses occupants. Curtis s'attarda néanmoins un instant auprès de la porte de la cage pour me faire signe de l'appeler.

Je sentis une main qui se posait sur mon épaule : Jaime. Pour la première fois depuis que j'avais pénétré dans la pièce, je revoyais son visage. Il paraissait beaucoup plus détendu, comme si, finalement, sa fille s'était retrouvée au poste seulement pour être entrée en fraude dans un cinéma porno.

— Tu savais ce qui allait se passer ? lui demandai-je.

— Je n'en avais pas la moindre idée, me répondit-il.

Il m'accompagna jusqu'à la porte et l'ouvrit pour moi. Je le quittai à regret pour regagner mon bureau. Clint Westwood me rejoignit dans la cage d'escalier : « Écoute, je pensais faire un truc sur ces murs du souvenir. Qu'est-ce que tu en penses ?

— Bonne idée, dis-je. Je serais ravie de te mettre en rapport avec mes contacts.

Alors que nous étions presque arrivés en bas de l'escalier, j'avais l'impression d'avoir été graciée d'une sentence de mort : *La Dernière Marche*, mais dans mon cas, vers la liberté. Finalement, on ne m'avait pas coupé la tête. On ne m'avait même pas imposé un passage en centre de rééducation. Je m'en étais tirée avec un simple avertissement. L'air circulait mieux dans ma poitrine, mes épaules me paraissaient beaucoup moins lourdes et mon dos s'était comme déplié. Il semblait même possible que deux petites ailes fussent en train d'y pousser.

De retour à mon poste à la Nécro, je me précipitai sur Rood que je faillis étouffer sous mon embrassade. Sans son appel sur l'affaire de la galerie, j'en serais encore à compter des fax de décès.

— Ils t'ont relâchée à ce que je vois, me dit Mickey d'un air goguenard.

Il pouvait encore se faire taper sur les doigts pour m'avoir tuyautée sur la feuille d'appels.

— Merci, Mickey. Sans toi…, commençai-je à dire.

Rood secoua la tête : « Si je n'avais pas eu ce genou dans le sac, j'y serais bien allé moi-même. Je me serais sans problème attribué ce scoop. Jane Battinger s'est bien plantée sur ce coup-là. »

— Mais comment savais-tu que j'étais déjà…

Mickey se tapota la tempe : « Je suis très attentif. » Puis il me regarda comme pour signifier « Et à propos… », tout en me tendant une chemise cartonnée. « Du courrier vient d'arriver pour toi… De l'Oregon. »

Cela faisait plusieurs années que je n'avais pas entendu parler de ma mère. Nous n'avions jamais été très proches et, après la mort de mon père, elle avait en quelque sorte disparu. Les autres femmes des environs avaient fait de leur mieux pour assumer à sa place ses responsabilités maternelles. Je fus donc surprise de reconnaître son écriture sur l'enveloppe. En revanche, la brièveté de son message ne m'étonna pas. Elle l'avait écrit sur un Post-it jaune qu'elle avait collé sur une courte liste tapée à la machine sur un morceau de papier cartonné. Son message disait simplement : « Le passé est important. Je sais que tu as toujours voulu connaître la famille de ton père. Puisque tu sembles vouloir t'établir là-bas, peut-être sauras-tu les retrouver. » La liste ne comportait que cinq noms. Aucun ne m'était familier et aucun n'incluait le nom de Miller. Se pouvait-il que mon père ait lui aussi usé d'un nom d'emprunt ?

Il était hors de question que j'enquête sur cette liste pour le moment. J'avais déjà pas mal de lait sur le feu, voire une vache tout entière. Je tendis la liste à Mickey : « Tu connais certains des noms de cette liste ? » lui demandai-je.

— Je devrais ?

— Je ne sais pas. Il se peut que le service se soit occupé d'annoncer leur décès. Sans doute assez connus pour une place à la Nécro. En tout cas assez friqués. Bah, ils sont sans doute déjà tous morts.

— Rien ne me rebute, me dit-il. Et si tu veux que je fasse une recherche, dis-le-moi maintenant. C'est un peu ma spécialité.

Chapitre 18
Gorge profonde

Une seule chance et la dernière : la une ou la porte.
M.E. Smarte avait vidé les lieux pour son séjour annuel à Majorque et Curtis m'avait proposé d'en profiter pour venir le rejoindre à l'étage. Jaime accepta de me laisser partir en haussant les épaules : *Que veux-tu que j'y fasse ?* semblait-il vouloir dire.

J'embrassai Mickey Rood sur le front et montai avec un carton rempli de quelques affaires dans mon nouveau bureau, en chantonnant une rime ou deux de *Con los pobres estoy, noble soy*. En pénétrant dans l'ascenseur qui devait me mener à l'étage Culture, le sang battait dans mes tempes. Pour la première fois depuis des mois, je me sentais autorisée à l'utiliser.

Curtis referma la porte de son bureau derrière moi.

— Il est temps de se mettre au boulot. Il faut que je sache tout, me dit-il. Et d'abord, jusqu'où es-tu impliquée dans cette affaire ?

Tout en déballant mon carton, je lui exposai toute la vérité sur cette histoire, ou du moins tout ce que j'en savais. Résumé du film en partant du générique du début : section gériatrie ; sang frais ; Pinsky ; « À valider, ne pas publier », *trop tôt pour se prononcer* ; Randy Antillo ; curseur à la ligne − bouton « suppr » ; enveloppe cachetée, invitation pour « V. Vane » ; visite à la morgue, atelier de peinture, déclaration d'amour de Blondie, vœux de pureté de Darla, coups de griffes de Rx, portrait immense de Stain, proposition de Wicked Rick, retour avorté au Style, tuyau de Rood et, pour conclure, ma deuxième visite à l'exposition blanche – qui ne méritait plus guère son nom. Mon récit me prit vingt bonnes minutes, mais j'avais réussi à tout déballer, en même temps que mes blocs-notes, mon coupe-papier ancien et mes guides sur la vie nocturne new-yorkaise. Je montrai aussi à Curtis la carte de New York que j'avais élaborée afin d'établir la topographie des amis et des ennemis de Wallace et il la punaisa au mur.

Il en savait désormais autant que moi… ou presque. J'avais préféré laisser Cabeza en dehors de cette histoire – en tout cas pour le moment – parce que ce chapitre-là de l'histoire me paraissait un peu délicat.

— OK, dit Curtis, Qu'est-ce que tu en penses, toi ? Tu crois que Darla est impliquée ?

Je lui exposai ma version de l'affaire. Cela me prit un certain temps, mais quand je parvins à la fin de mon explication, j'étais moins convaincue que jamais de tenir quelque chose d'intéressant. J'aurais pourtant parié que tous ces événements épars ne formaient qu'une seule et même toile. Notamment, il me semblait évident que Darla croyait que je savais quelque chose, autrement elle n'aurait pas mis autant de hargne à me faire coffrer. J'en déduisais qu'il était fort possible que je sache quelque chose.

— Bon, nous disposons manifestement d'un grand nombre de pistes et, jusqu'à présent, Val, tu as vraiment fait du bon boulot, dit Curtis en se frottant les mains. Je crois qu'on devrait commencer par Bigs Cru. Ils font de très bons suspects. Mais ils ne sont pas les seuls, non ? D'autres personnes auraient pu être au courant, n'est-ce pas ? Si Darla a bien eu toutes ces toiles entre les mains, il y a forcément d'autres artistes graffitis impliqués.

N'importe qui aurait pu s'indigner qu'elle vende des peintures qui ne lui appartenaient pas.

— Eh oui, lui accordai-je. Mais, comme tu l'as dit toi-même, Wallace était un enquiquineur de première. Cela dit, il aurait très bien pu en parler à n'importe quel graffeur de New York, voire à d'autres collègues à Philadelphie, qui sait ? Il t'en a peut-être même parlé, sans que tu t'en souviennes. Si c'est le cas, tu rejoins toi aussi le groupe des suspects.

Curtis rapprocha son siège du mien.

— D'accord. Reprenons depuis le début, et prenons des notes sur les différents angles possibles. Il se peut que nous soyons incapables de résoudre le problème du meurtre, mais nous devrions au moins pouvoir découvrir qui s'est introduit dans la galerie de Darla. Il nous faut juste un mobile et une occasion. À toi de commencer. Nous avons peu de temps parce que Jane Battinger nous met la pression, alors tu ferais bien de t'appliquer.

Nous reprîmes les faits un à un. Encore et encore. Nous passâmes l'ensemble de cette affaire au peigne fin. Ce que nous savions, ce que nous ignorions, ce qu'il fallait découvrir pour avancer. Nous établîmes des listes et des listes, concises, précises, solides. Rien ne nous échappait. Nous avions trois jours devant nous, mais à ce stade nous n'avions toujours rien de concret. Malgré tout, nous étions sûrs d'y arriver. Nous étions prêts et déterminés.

★
★ ★

J'avais pris l'une des casquettes de Curtis sur la patère de son bureau et y avais fixé une carte de visite sur sa visière. La carte n'indiquait pas « Presse » comme à mes débuts, mais chacun pouvait y lire le nom du journal en s'approchant un peu. Dans le même temps, j'avais abandonné mes talons hauts. Le détective que j'étais devenue ne pouvait plus se permettre de porter des escarpins. Pour une histoire aussi sérieuse, les talons plats s'imposaient.

Pour ma première sortie, j'allais agir en solo et partir en randonnée.

Mon premier arrêt fut pour la pizzeria Diaz sur la 207ᵉ Rue, là où s'étalait désormais le portrait géant de Stain. Ils l'avaient achevé. Le mur était fini. Quelques pierres tombales pour faire écho à l'éternité. Le message qui y était inscrit disait : « Malcolm. In memoriam. Tu fus notre source d'inspiration. » Des cierges avaient été posés à même le trottoir, à côté de bouteilles de rhum non débouchées. Une jeune fille était en train de placer au pied du mur un bouquet d'œillets bleus. Aucun signe de Bigs Cru. J'entrai à l'intérieur de la pizzeria. Frankie Diaz, son propriétaire, se trouvait derrière le comptoir en train de faire voler de la pâte à pizza. Il m'informa que Clu et Wicked Rick étaient dans les parages, mais que Rx s'était envolé pour la Jamaïque le matin même. Il me proposa de leur passer un coup de fil.

— J'ai entendu parler de cette histoire de galerie, mais aucun de ces garçons n'a pu faire ça. Ils ont une réputation à protéger. Sinon, ils peuvent dire adieu aux commandes, affirma Diaz. Ces petits gars ont réalisé un boulot pour Glenfiddich, près du centre commercial, au printemps dernier. Et la première chose que Rx a faite après avoir empoché son chèque, ça a été de s'offrir un billet pour Montego Bay.

Je demandai à Diaz s'il pouvait quand même me donner l'adresse de Rx et il me la nota avec un numéro de téléphone où je pouvais joindre Bigs Cru.

— J'en suis sûr, ce n'est pas un coup des garçons. Mais vérifiez donc par vous-même, allez-y.

C'est bien ce que je comptais faire. Je commençai par aller sonner à l'appartement de Rx sur Fordham Road. Personne ne vint m'ouvrir. Alors j'allai frapper aux portes voisines, pour voir...

— Avez-vous déjà entendu parler d'un homme dénommé Malcolm Wallace ?... Et de quelqu'un nommé Stain ?... Vous connaissez votre voisin, un type qui se fait appeler Rx ?... Vous l'avez déjà vu pratiquer des actes de vandalisme ? Savez-vous s'il s'est déjà fait prendre pour des infractions quelconques ?... À votre avis, qui était suffisamment proche de Wallace pour vouloir venger sa mort ?... Avez-vous eu vent d'un incendie qui aurait eu lieu dans un entrepôt du sud de Manhattan ?... Pourrais-je noter votre numéro de téléphone au cas où j'aurais besoin de vous poser d'autres questions ?

Alors que les crampes commençaient à paralyser mon poignet, mon téléphone sonna. C'était Wicked Rick. Il me proposa de le retrouver au Jimmy's Bronx Café, un café un peu branché situé sur le boulevard. Quand j'arrivai là-bas, il m'attendait déjà et il m'avait commandé un thé glacé. Il joua carte sur table : Rx était effectivement parti en voyage, mais son alibi était en béton : la femme de Clu avait accouché au cours de la nuit durant laquelle avait eu lieu le saccage de la galerie et ils s'étaient tous retrouvés à l'hôpital pour fêter l'événement. Rx avait fini la bouteille de rhum à l'appartement de Clu, avant de s'endormir sur son canapé. Il n'en avait pas bougé avant six heures du matin, heure à laquelle Rick l'avait lui-même conduit à l'aéroport JFK. C'était sans aucun doute un excellent alibi, mais je devais vérifier chaque information. Alors il me dit : « C'est un travail de mômes sans grande expérience. Dans notre jargon, on les appelle des *petits soldats*. Nous, nous avons la quarantaine, mademoiselle Vane, nous n'avons plus l'énergie nécessaire pour ce genre de cascades. Si nous l'avons jamais eue... »

Je le remerciai et l'abandonnai devant son thé glacé. Je ressortis donc battre le pavé en tâchant d'oublier les ampoules qui s'accumulaient sur mes pieds. Je récoltai surtout des hochements de tête négatifs : Non... Jamais entendu parler... Je ne connais pas... Quel nom, déjà ?... Désolé... Ça ne me dit rien... Comment le saurais-je ?... Nada... Vous avez demandé au type d'en face ?... Vous avez essayé la pizzeria Diaz ?... Et chez lui ?... Sa mère ?... L'école ?... Sa tante ?... Pourquoi me posez-vous la question à moi ?... Désolé, pas comprendre... Ces gamins ? Des voyous... J'aimerais mieux qu'ils n'habitent pas dans ce quartier... Toujours à causer des ennuis... D'où êtes-vous ?... Vous avez dit que vous étiez journaliste ?... Désolée, vous avez frappé à la mauvaise porte... Pas de démarchage, s'il vous plaît !... Vous n'êtes pas sur le bon chemin... Ce n'est pas de ce côté-là qu'il faut regarder... Vous avez essayé Manhattan ?

Vers midi, mon pas avait pris le rythme du Bronx. Je pus finalement valider l'alibi de Rx, la compagnie American Airlines m'ayant confirmé qu'il avait bien retiré un billet JFK-Montego Bay et l'hôpital de Harlem étant en mesure d'attester qu'il se trouvait, cette nuit-là, dans la salle d'attente de la maternité, en train de boire du rhum. En plus, aussi incroyable que cela puisse paraître, une équipe de la police spécialisée dans ce genre d'effractions acceptait de confirmer qu'aucune des empreintes digitales relevées chez Darla ne correspondait à celles d'un membre de Bigs Cru. Enfin, Rx m'appela directement et je pus constater par moi-même que l'indicatif qui s'affichait sur l'écran de mon portable était bien celui de la Jamaïque.

— Rickety m'a demandé de vous contacter, entendis-je, malgré la très mauvaise qualité de la ligne. Je peux faire quelque chose pour vous ?

Je lui posai quelques questions, mais j'avais déjà en main tout ce que je voulais savoir.

Après ce coup de fil, je pris l'express qui descendait vers le sud de la ville afin d'aller retrouver Curtis au Bomb the System, un magasin sur Broadway qui vendait toute la camelote nécessaire aux graffeurs en herbe : des vaporisateurs larges ou étroits, des marqueurs, des pochoirs, des carnets de croquis, des tee-shirts inspirés du graffiti, des fanzines et des photographies de tags ou de graffs, en y ajoutant quelques billets de concert, des cigarettes et même des bangs, au cas où... Nous tâchâmes d'amadouer le responsable de la boutique qui disait s'appeler Skid[1], même si d'après moi, sa rondeur et sa pâleur ne devaient pas laisser beaucoup de traces.

Une fois qu'il fut convaincu que nous n'étions pas des flics, il se laissa attendrir : « Je vais essayer de vous aider de mon mieux, surtout si vous êtes prêts à citer le nom de la boutique dans votre canard. On peut toujours demander aux mecs qui viennent ici. Mais attention ! Pour votre gouverne, cette boutique n'a rien d'une station de taxi où il suffirait de lever le bras pour engager dix mecs prêts à vandaliser tout et n'importe quoi. Ici, les clients sont surtout des débutants, mais ne leur répétez pas ce que je viens de vous dire. Les vrais graffeurs sont extrêmement méfiants. Ils ne croiront jamais que vous ne faites pas partie de la police. Si vous voulez interroger des gens dans la boutique, soit, mais je doute que vous obteniez grand-chose. »

Pendant les deux heures qui suivirent, nous interrogeâmes des minipunks munis de skate-boards qui faisaient la queue pour une place de concert, des touristes européens adeptes du graffiti venus à New York pour apposer leur propre tag et une poignée d'ados de Staten Island en quête de pochoirs originaux : « Avez-vous entendu parler des graffitis qui ont été réalisés dans une galerie d'art de Chelsea tout récemment ? ("Il y a une galerie dédiée au graffiti dans Chelsea ?") C'est passé dans le journal... Des gens se sont introduits dans la galerie et ont tagué à la bombe toutes les

---

1. *Skid* veut dire « dérapage » (NdT).

œuvres exposées. (“Jamais entendu parler de ça”…, “On vient d’arriver”…, “Ah, ouais, j’en ai entendu parler. Qui l’a fait ?”) Eh bien c’est ce que nous essayons de découvrir… Vous connaîtriez des gamins qui se sont déjà introduits dans un bâtiment pour le bomber ? (“Bah, pourquoi ils feraient un truc pareil ?”…, “Y’a plein de trucs à bomber à portée de main.”) Vous avez déjà vu des graffs ou des tags qui ressemblent à ça ?… Ou ça ? (“Wow, génial !”…, “C’est eux qui ont fait ça ?”) Ça vous rappelle quelque chose ? (“Nan”…, “Si je connaissais ce type, je le connaîtrais, vous voyez”…, “Ça, c’est du boulot de drogué.”) Comment ça ? (“Sais pas”…, “Peux pas vraiment expliquer”…, “C’est juste que c’est différent, voyez”…, “Regardez cette courbe.”) Vous connaîtriez quelqu’un qui accepterait de vandaliser un endroit contre de l’argent ? Vous connaissez Stain ? (“Oh, ouais”…, “Bien sûr que je le connais”…, “C’est ce mec du Bronx”…, “Un mec de la vieille école, super connu.”) Une idée sur qui a bien pu faire ça ?… »

Nada, niet, nein, nu-uh, ninguna, sais pas… Rien de plus utile à notre enquête, tous langages confondus. Nous allâmes digérer cet échec cuisant devant un verre de bourbon au SoHo Grand tout en feuilletant quelques fanzines sur le graffiti. Curtis me raconta la matinée qu’il avait passée au tribunal et au poste de police. Apparemment, Wallace avait déposé une plainte devant la cour suprême de l’État contre la galerie d’art de Darla Deitrick à propos d’une dizaine de toiles évaluées à 50 000 dollars chacune. Aux termes de sa plainte, il exigeait que les peintures lui fussent rendues ou qu’elles lui fussent payées. Or si elle les avait vendues, il était en droit de toucher la moitié du produit de la vente.

Je fis un rapide calcul : « Un quart de millions de dollars… Ce n’est pas rien ! Certaines personnes pourraient tuer pour ce genre de montant, non ? »

— Je n'en sais rien, Valerie. Ces marchands d'art voient passer des sommes beaucoup plus importantes, au moins une fois par semaine, me fit remarquer Curtis en vidant son bourbon. Et pourquoi ne lui aurait-elle pas tout simplement rendu ses peintures, si elles étaient en sa possession ?

J'y réfléchis un peu.

— Elle ne les avait plus. Elle les avait déjà vendues. Pourtant, ce n'est pas ce qu'elle lui a dit. Elle lui a donc raconté qu'elle les lui rendrait bien qu'elle n'ait pas été en mesure de le faire. Alors elle a mis le feu à son entrepôt pour lui donner l'argent de l'assurance en remplacement des toiles.

— Mais c'est de la fraude aux assurances, ça ! Et puis, si elle avait décidé de le payer, pourquoi l'aurait-elle tué ?

J'en étais à croquer rêveusement les cubes de glace qui roulaient au fond de mon verre. Le barman revint à notre table pour savoir si nous voulions un autre bourbon et je lui fis un signe affirmatif de la tête.

— L'aurait-il menacée de révéler sa petite manip' ? Ça lui ressemblerait, n'est-ce pas ? C'est une grande gueule, non ?

— *C'était*, me reprit Curtis en indiquant lui aussi au barman qu'il désirait un autre bourbon. Je ne pense pas que ce soit suffisant. Il fallait que l'enjeu soit beaucoup plus gros, sinon elle n'aurait jamais pris un tel risque.

— Et en cas de fraude aux assurances ? Tu vas en prison pour ça, non ?

Nos échanges allaient dans tous les sens, mais au moins nous faisions circuler la balle. Je n'avais pas une grande habitude de ce genre de sport, pourtant. J'avalai mon deuxième bourbon mais ça n'améliora pas mes capacités.

— Ou alors, elle a vendu les toiles à un collectionneur inconnu qui n'était pas domicilié dans l'État, mais elle a omis de payer les impôts correspondants, avançai-je. Ou bien, elle lui a demandé de verser le prix sur un compte bancaire suisse. J'ai lu des trucs sur ce genre d'opération. Elle promet de rendre ses peintures à Wallace, et puis elle fait brûler des faux. Elle a tué Wallace parce qu'il était au courant de sa double escroquerie : fraude aux assurances et fraude fiscale.

Curtis éclata de rire : « Notre Darla se révèle une redoutable femme fatale, dis-moi. » Il secoua la tête en faisant danser ses dreadlocks. « Je ne sais pas. Ça me paraît un peu énorme, non ? Je suis sûr que tout est beaucoup plus simple. N'importe qui, depuis Auguste Dupin jusqu'à Miss Marple, te le dira : la solution d'un mystère de ce type se cache toujours en pleine lumière. La vérité est sous notre nez depuis le début. »

— Oui, mais les détectives que tu me cites sont de la vieille école. De nos jours, dans les polars, les choses ne sont jamais aussi simples. Au contraire, tu obtiens la solution de l'énigme en n'oubliant jamais que « les apparences sont trompeuses ».

Nous finîmes par regagner le *Journal*. Bob Torrens, le directeur de la photographie, vint frapper à la porte de notre bureau. Il voulait en savoir un peu plus sur notre article afin de faire le choix des photos qui l'illustreraient. Or nous n'en avions pas le premier mot... Nous sentîmes subitement la pression qui montait : à la fin de ce premier jour d'enquête, nous n'avions toujours rien.

Ce soir-là, en quittant le *Journal*, je marchai un peu avant de héler un taxi. Je demandai au chauffeur de me déposer près de la fabrique de Steinway, tout près du pont du Queensboro. De là, je pouvais facilement marcher jusqu'au studio de Cabeza en empruntant des allées pavées, le plus souvent désertes.

★
★ ★

Pour fêter ma visite, Cabeza déboucha une bouteille de pinot noir. Pendant qu'il remplissait nos verres, je lui demandai de me faire la liste des graffeurs qui étaient suffisamment proches de Wallace pour pouvoir être considérés comme suspects. Il commença par la lettre « A » et parcourut tout l'alphabet jusqu'à la lettre « Z », depuis Ader jusqu'à Zephyr, en m'indiquant à chaque fois ceux que Darla avait pu soutenir ou rejeter depuis l'année 1979. Nous évoquâmes les anciens et les modernes, les petits soldats et les maîtres, les légendes, les rois, ceux qui avaient fait « toute la ville », les joutes oratoires et les bagarres, les équipes organisées et les loups solitaires, sur toutes les lignes de métro, depuis City Island jusqu'à Howard Beach. Nous parlâmes de scratchiti, de pochoirs, de marqueurs à bille et d'autocollants. Nous en retirâmes des listes de noms et des listes de listes. Mais au total, le terrain que nous venions de parcourir ne nous avait pas menés bien loin. Il était plus de minuit et, toute la journée, je n'avais fait que dresser des listes.

Nous décidâmes d'arrêter là et nous éteignîmes les lumières. Après un temps de repos, je me levai pour me resservir un peu de vin et trébuchai sur le trépied de la caméra. Je remarquai alors que la lumière rouge de celle-ci clignotait.

— Savais-tu que la caméra était en marche ? demandai-je à Cabeza.

— Oh, tu veux bien l'éteindre, s'il te plaît ? dit-il en s'enfonçant dans son fauteuil et en se déchaussant. Je me suis filmé un peu plus tôt dans la journée, pour des monologues. Je pense que je vais reprendre les auditions pour le cinéma.

— Comment ça « reprendre », tu l'as déjà fait ?

— Tu n'est pas la seule à avoir des ambitions de starlette, ironisa-t-il en me présentant son plus beau profil.

Je passai derrière la caméra et regardai dans le viseur. Je séparai la caméra de son trépied et zoomai un peu sur le visage de

Cabeza. Il avait bien quelques rides çà et là, autour des yeux, mais elles lui donnaient une certaine dignité. Grâce à elles, il semblait plus fort, plus rusé.

— Faisons un petit test à l'écran, proposai-je.

Il se leva et je le suivis avec la caméra.

— Mais c'est que tu me sous-estimes ! s'indigna-t-il. Je suis plutôt bon acteur, tu sais.

Il leva alors son verre de vin et s'éclaircit la voix, avant de reculer d'un pas afin que je puisse mieux admirer sa prestation de tragédien.

— « Demain, puis demain, puis demain glisse *ce joli minois* à petits pas de jour en jour, se mit-il alors à déclamer après avoir pris mon menton dans l'une de ses mains, jusqu'à la dernière syllabe du *Journal concerné* et tous nos hiers *ne furent bons qu'à narrer* le chemin de la mort poudreuse. Il posa alors son verre et me renversa au creux de son bras, son nez touchant presque le mien. Éteins-toi, éteins-toi, court flambeau[1]. »

Deuxième jour...

— Intéressants, ces cancans, me dit Curtis en guise de bonjour, vers sept heures du matin. J'ai demandé à Tracy d'établir la liste des plus grands collectionneurs d'œuvres de Wallace, et devine qui arrive en tête ? Eh bien, c'est ton ancien fiancé, Jeremiah Sinclair Golden Jr.

— Nous n'avons jamais été fiancés, dis-je d'un air renfrogné, en posant mon sac sur le bureau.

---

1. Extrait de *Macbeth* de Shakespeare, acte V, scène V (en italique, les changements opérés à dessein par Cabeza) [Ndt].

— Oh, pardooon ! Ton *petit ami* ! corrigea-t-il en supprimant un sourire.

— C'est bas, fis-je.

— C'est encore un peu douloureux, hein ?

— Un peu, murmurai-je en m'asseyant dans le fauteuil de Smarte.

J'espérais bien que cette petite conversation sur mon passé allait s'arrêter là.

— Aaaah, dites-moi où ça fait mal, me demanda-t-il d'un ton docte, en m'enfonçant son crayon dans les côtes. Là ? ou là ?

— C'est bon. J'ai quitté le primaire il y a plus de vingt ans.

— Mais c'est une piste à explorer, néanmoins. Tu ne crois pas ? fit-il en simulant un visage soucieux.

— Comment ça ?

— La collection de Jeremiah.

— Il a toujours été dans le paraître. C'était un jeu pour lui d'essayer de dénicher un joyau au milieu des croûtes. Il a dû gaspiller des sommes indécentes pour des tas de barbouilleurs qui n'ont jamais percé. Il possédait bien un Warhol qui valait quelque chose, mais j'ai cru comprendre qu'il l'a vendu à Gagosian pour payer ses frais d'avocat.

Curtis plaça un exemplaire du magazine *Art News* sur mes genoux. En couverture, Jeremiah, dans toute sa splendeur – crinière de cheveux poivre et sel et pommettes retouchées à l'ordinateur –, posait devant une toile immense de Schnabel.

— Eh bien récemment, on dirait qu'il a retrouvé la baraka, sourit Curtis. Il semble qu'il ait commencé à constituer sa collection bien avant d'avoir atteint sa majorité. Il a acheté du Schnabel et du Kenny Scharf, quelques petits dessins de Basquiat... D'après cet article, il possède probablement une douzaine de Stain. Manifestement, il n'a pas fait de trop mauvais choix dans les années 1980.

Les toiles dans le grenier…

— Mais je n'ai jamais vu de Schnabel ou de Scharf. Bon, il est vrai que je n'ai pas accordé une énorme attention à sa collection. Peut-être les avait-il déjà vendus à cette époque.

— En tout cas, il est encore propriétaire de certaines de leurs toiles. Elles doivent être exposées lors d'une rétrospective hip-hop en Allemagne. Dans un endroit qui s'appelle le Ludwig Museum. Et je te parie que ça ne fait que commencer. La vague rétro des années 1980 va bientôt nous tomber dessus comme un tsunami. Tu ne vois pas d'inconvénient à ce qu'on creuse un peu, n'est-ce pas, Valerie ? Pas de conflit d'intérêt ?

— Pourquoi y en aurait-il ? Je ne parle pas à ce type et il ne me parle pas non plus.

— Tu sais s'ils se sont déjà rencontrés ? Je veux dire, ton fiancé et Wallace ?

— J'aurais du mal à le croire.

Curtis se leva.

— Bon, de mon point de vue, cette situation habilite monsieur Golden à figurer sur ta carte de New York, dit-il en prenant une punaise de couleur sur le bureau et en allant la placer sur la carte, au niveau de l'Upper East Side.

Il écrivit « JSG2 » à la hauteur du croisement entre la 63ᵉ Rue et Lexington Avenue, puis il fronça les sourcils : « Mais ça implique que tu sois aussi sur cette carte, Valerie. D'où m'as-tu dit que tu venais déjà ? Park Avenue ? »

Au lieu de répondre, je rapprochai mon siège du bureau de Smarte et ajustait mon oreillette, puis je commençai à composer le numéro du bureau du procureur avec une certaine affectation. Ce fut son porte-parole, Betty Schlacter, qui décrocha, et je lui débitai ma requête habituelle : « Du nouveau sur l'acte de vandalisme concernant la galerie d'art ? Quoi de neuf sur Wallace ? »

— Nous avons bien noté l'intérêt que vous portez à ces deux cas, mademoiselle Vane, me répondit-elle d'un ton exaspéré. Ces deux affaires sont toujours en cours d'investigation. Nous ne manquerons pas de vous appeler s'il y a du nouveau.

— Il y a des chances pour que je vous rappelle avant.

Tyler Prattle passa la tête dans l'entrebâillement de la porte : « L'un de vous aurait-il un instant à consacrer à un vieux farfelu qui souhaite discuter d'une idée pour le papier qu'il doit préparer pour la Synthèse de la semaine ? »

Prattle n'était pas loin du double mètre et son visage était couvert de taches de rousseur : une œuvre pointilliste géante. Quand il accélérait le pas, on pouvait craindre qu'il se démantibule. Je jetai un regard en coin à Curtis. Liz Moore et Lessey lui avaient visiblement demandé de nous consulter parce que en aucun cas je ne pouvais imaginer Prattle se préoccupant de l'avis de blancs-becs concernant sa chronique. Curtis hocha la tête pour m'inciter à y aller, sans doute soucieux de se faire pardonner le harcèlement qu'il venait de m'imposer sur Jeremiah.

Je suivis donc Prattle jusque dans son bureau, lequel était voisin de celui de Curtis. Avant même que j'aie eu le temps de prendre un siège, il attaqua : « L'art minimaliste et l'art du graffiti sont deux pôles opposés sur le spectre esthétique, n'est-ce pas ? N'est-ce pas ? L'un est l'ultime expression de l'élitisme du milieu artistique, tandis que l'autre est beaucoup plus populiste, n'est-ce pas ? Ai-je raison ? »

Je hochai la tête en signe d'acquiescement.

— Eh bien non, je n'ai pas raison, s'écria Prattle en claquant des mains joyeusement. C'est beaucoup trop simpliste. Il n'est pas nécessaire de réfléchir bien longtemps pour comprendre que ces deux mouvements ont énormément de points communs. Tout d'abord, chacun de ces genres artistiques trouve son origine dans un acte d'agression. Il oblige le spectateur à surmonter sa résistance initiale, voire, peut-être, sa haine à l'égard de l'artiste et de son œuvre. Aucun de ces mouvements n'offre un spectacle facile à regarder. Au contraire, chacun d'eux exige du spectateur qu'il ressente un malaise et qu'il le dépasse, qu'il surmonte la haine qu'il éprouve à l'encontre de l'acte de peindre. Mais ce n'est pas tout, n'est-ce pas ? N'est-ce pas ?

— Disons que je vais répondre non.

— Eh non, ce n'est pas tout ! s'enthousiasma-t-il tout en continuant à s'applaudir frénétiquement.

Et puis, subitement, il prit un air grave et joignit les mains en un geste mystique : « Il ne faut pas omettre leurs métafonctions respectives. Quand le graffiti demande : "Qui donc possède l'art si l'art est partout, si l'art est public ?", le minimalisme interroge : "Qui donc possède l'art, si l'art est lumière, si l'art est la façon dont l'ombre joue sur une surface plane ?" Voyez-vous, tous les deux disent : "C'est vous qui possédez l'art, vous, le spectateur." Comme le disait Frank Stella : "Ce que vous voyez, c'est ce que vous voyez." Génial, hein ? »

— Génial, répétai-je laconiquement.

Je supposais que je n'étais là que pour applaudir, mais ça ne m'empêchait pas de réfléchir. Si j'avais bien compris ce qu'il venait d'expliquer, il récusait la dichotomie haut/bas pour affirmer qu'il n'existait aucune différence entre ce que Wallace réalisait dans la rue et ce que Johns exécutait pour le Metropolitan Museum. Ça volait carrément haut, mais j'imaginais qu'assez peu des lecteurs du journal du dimanche se passionneraient pour sa petite théorie. Peut-être cherchait-il simplement à accroître le volume du courrier des lecteurs. En tout cas, Stain aurait apprécié, et c'est à peu près ce que je dis à Prattle.

Guilleret, il s'agitait sur son siège en claquant des mains : « C'est un très bon papier ! Celui-là est pour l'anthologie ! »

★

★ ★

Retour dans les rues pour poursuivre l'enquête, mais cette fois je faisais équipe avec Curtis.

Pendant que j'allais voir les mômes qui prenaient des cours à l'école de peinture de Wallace, Curtis devait interroger les marchands d'art de Chelsea et de SoHo. Tandis que j'irais discuter avec des professeurs d'art avides de caser leurs bouquins, il irait traîner auprès des activistes du Bronx qui plaidaient pour les bonnes causes du quartier. Nous avions aussi prévu que j'irais interviewer quelques nostalgiques de l'East Village des années 1980 qui paraissaient amèrement regretter le temps où seuls les irréductibles amateurs d'art et les dealers de drogue s'aventuraient dans le sud de Manhattan. De son côté, il m'avait dit pouvoir dénicher un ou deux journalistes de sa connaissance, spécialistes du marché de l'art, qui pourraient probablement le régaler de quelques anecdotes succulentes sur certaines ventes aux enchères de l'époque glorieuse.

Quand Curtis rentra au bureau, il s'installa pour retranscrire nos notes, les pieds sur un dossier de chaise : « En tout cas, même si nous ne parvenons pas à rédiger cet article, nous pourrons toujours enrichir l'Encyclopédie new-yorkaise des poseurs. »

Ce qu'il nous manquait, ce qu'il nous fallait absolument, c'étaient des graffeurs reconnus, des types qui continuaient à pratiquer le graffiti et qui le faisaient dans les rues. Comment les atteindre ? Il était évident que nous ne risquions pas de les trouver à Bomb the System. Ils n'étaient pas non plus dans les galeries d'art. Ils ne disposaient pas de porte-parole grassement payés ni de représentants syndicaux. Ils ne suivaient pas de cours de dessin et ils ne graffaient pas sur les murs légaux. Ils sortaient de leur tanière à des heures indues, de préférence la nuit. Ils étaient de taille à escalader des échafaudages et des échelles de secours rouillés. Et, surtout, ils se cachaient. En trouver un tenait de l'exploit. C'était un peu comme de surprendre Batman dans sa caverne.

Curtis avait battu le rappel de ses anciens informateurs, du temps où il travaillait pour le *Voice*. J'avais de mon côté pisté celui de nos journalistes qui couvrait le métro, Lou Gaines, pour lui demander de m'indiquer les endroits où se trouvaient les fresques murales les plus intéressantes. Il me donna plusieurs noms de stations de métro et me suggéra de patienter à l'extrémité des quais, près du panneau « Danger ! Passage interdit ». Il m'expliqua que les gosses profitaient du départ des trains pour sauter sur les rails. Il me suffisait d'observer et d'attendre.

Je suivis donc ses conseils et commençai, dès six heures du matin, par la station de Brooklyn « Jay Street-Borough Hall ». J'attendis sur le quai durant un très, très long moment. Je me répétais les paroles de Gaines : « C'est un peu comme quand tu guettes des rats près des poubelles. Ils sont là, mais il se pourrait bien qu'ils n'aient pas envie de te montrer leur plus beau sourire. Alors ouvre l'œil, c'est tout. » Aux alentours de dix heures, je finis par en repérer un : le train s'ébranlait, je jetai un coup d'œil sur ma droite et je vis un môme qui se glissait derrière le panneau « Danger ! ». Je le suivis à pas de loup, comme un voleur, et je le vis poursuivre son chemin sur l'étroit passage qui prolongeait le quai du métro, avant de sauter sur les rails. Je n'étais pas à l'aise et j'avais vraiment peur de finir comme un rôti sur les lignes à haute tension qui électrifiaient les rames.

C'est alors que je me rappelai l'un des derniers conseils que Jane Battinger m'avait prodigués : « C'est votre dernière chance », la une ou la porte. Je n'avais donc pas vraiment le choix : les rails ou la porte…

Alors je m'élançai. Je retrouvai le gamin un peu plus loin dans le tunnel, déjà en train de faire siffler et cliqueter sa bombe de peinture. Il avait eu le temps d'inscrire sur le mur humide du tunnel les initiales « TNL ». Quand il m'entendit, il détala. Je le poursuivis en lui criant : « Je suis journaliste ! Pas flic ! Pas la police du métro ! J'ai besoin de votre aide ! Journaliste ! » Peut-être parce que j'avais une voix de femme ou alors parce que c'était seulement un tout jeune garçon, il finit par s'arrêter. Je lui donnai mon nom et lui expliquai ce que je cherchais à faire. Je lui dis que je voulais juste une idée pour trouver un autre graffeur.

— Ce serait *cool* si tu pouvais jeter un coup d'œil à ces photos, stoplé, lui demandai-je en lui présentant les clichés qui avaient été pris de la galerie vandalisée de Darla.

Il me fixa un instant, surpris peut-être par mon ton franchement informel. Puis il étudia les images que je lui tendais, à la lueur des signaux de secours du tunnel.

— Ceux-là, je ne les reconnais pas, mais je suis sûr de ces motifs-là, finit-il par dire d'une voix rauque en montrant l'une des toiles vandalisées. Ça, c'est à coup sûr la main de RIF.

Je sortis rapidement mon bloc-notes de ma poche. Je tenais enfin une vraie piste.

— Tu sais où je peux le trouver ? demandai-je au gamin.

Quand il me répondit, je faillis l'embrasser.

— Et comment sort-on d'ici ?

Il me guida à travers le tunnel jusqu'à une voie de garage, bien loin de la station. Il y avait là une porte qui conduisait à un escalier. Pour y parvenir, il fallait gravir une échelle. Nous nous apprêtions à le faire quand nous entendîmes quelque chose bouger derrière nous.

— Venez vite, me chuchota-t-il en m'agrippant le bras.

Le cœur battant, je courus à sa suite dans un étroit escalier en colimaçon qui semblait nous ramener vers la surface. Arrivé en haut, il déplaça une grille métallique au-dessus de sa tête et nous nous retrouvâmes dehors. Il me poussa alors sur le côté pour refermer violemment la grille. Voilà, nous étions dans la rue, au milieu de nulle part, et la brise du Bronx me caressait le visage.

Je le suivis jusqu'à une autre station de métro. Mon cœur s'apaisa enfin.

— Eh bien, sacrée pointe de vitesse. Tu es vraiment génial.

— Bah, vous êtes pas mal non plus, rigola-t-il. Ne dites pas à RIF que c'est moi qui vous ai parlé de lui.

Maintenant, je n'avais plus besoin de carte pour déterminer comment me rendre dans le sud du Bronx. En suivant les indications que m'avait données TNL, je trouvai sans peine l'appartement de RIF dans les immeubles de la cité James-Monroe. Quelques secondes après que j'eus frappé à la porte, une grand-mère italienne vint l'ouvrir. Elle me regarda des pieds à la tête avant de s'exclamer : « Oh, vous cherchez sans doute notre petit Picasso. » Puis elle se retourna et hurla « Carrrrrlo ! » tout en me faisant signe de la suivre à l'intérieur de l'appartement.

— Carrrlo ! Te voilà enfin célèbre, comme tu le souhaitais. Viens donc t'expliquer devant une presse enthousiaste.

Il se trouvait que nous avions un ami commun, RIF et moi, un jeune homme du nom de Kamal Prince Tatum. Tant d'agitation pour finalement revenir à mon point de départ…

Avant de quitter le Bronx, je fis donc un dernier arrêt. L'appartement d'Amenia était vide, alors je me contentai de glisser ma carte de visite sous sa porte avec un petit mot : « Si j'ai réussi à découvrir le pot aux roses, c'est que les flics ne vont pas tarder à rappliquer. Avec moi, vous avez une occasion de faire valoir votre version des choses. »

★
★ ★

Je ne regagnai le Queens qu'après minuit. Je vins m'installer sur un gros oreiller aux côtés de Cabeza et je me mis à jouer avec ses boucles sombres : « Compte tenu des circonstances, cette situation pourrait bien tenir du conflit d'intérêt. »

— Cette situation ? Tu veux dire le fait que tu te trouves dans le même lit que l'un de tes informateurs ? s'étonna-t-il en traçant de son doigt des volutes sur ma cuisse. Mais tu es remontée jusqu'à Kamal toute seule comme une grande.

Son doigt remonta un peu plus haut pour encercler mon nombril : « Plus les minutes passent, moins je ressens de conflit... »

Puis ce fut au tour de mes seins : « Tant mieux, parce que ça continue à m'intéresser... »

Nous restâmes silencieux pendant un moment, utilisant d'autres vecteurs de communication. Nous nous abandonnâmes l'un à l'autre, et tous les visages, les noms, les détails et les soucis de la journée furent balayés par le souffle frais du ventilateur. Je sentis la sueur glisser le long de mon dos et je roulai sur lui comme un galet emporté par la vague de *Tant qu'il y aura des hommes*. Je roulai encore et encore avec le flot qui me submergeait, le flux puis le reflux, jusqu'à ce que j'oublie tout, excepté la chaleur du corps de Cabeza et de sa douce plainte.

Quand je revins à moi, je recommençai à jouer distraitement avec une autre boucle de ses cheveux.

— Où en serait Wallace aujourd'hui, s'il était encore en vie ? finis-je par demander à Cabeza.

Celui-ci avait allumé une cigarette. Il inclina la tête : « Bah, ici même, au lit avec nous, bien sûr. »

J'ajoutai un autre oreiller derrière moi et m'installai sur le dos : « J'aurais vraiment aimé voir le genre de professeur qu'était Wallace. Je parie que ses étudiants l'adoraient. Je suis sûre qu'il était capable de véritables discours d'anthologie sur la spiritualité d'une courbe ou la transcendance d'un contraste. Sur ce que voulait dire "se lever". »

Cabeza me caressa le ventre : « Tu comprends vite, petite. »

— Quand j'étais dans le tunnel avec ce gamin, aujourd'hui, j'ai eu un aperçu de ce à quoi ça ressemble. La poussée d'adrénaline, le sentiment d'être pourchassée, recherchée. C'était vraiment excitant. Le genre d'impression que tu veux connaître encore et encore. Je peux tout à fait comprendre pourquoi les gens veulent pratiquer ça. Il ne s'agit pas seulement d'inscrire ton nom en haut d'un mur. Ça ne se résume pas à une sorte de gloire ou à de la reconnaissance. Tu disparais des écrans-radar, complètement.

— À la façon dont tu en parles, ça paraît très romantique.

— Mais ça l'était, dis-je en me tournant vers Cabeza. Je ne m'y attendais absolument pas. J'aurais tellement aimé avoir le quart de l'audace de Stain ! La façon dont il s'est entêté, même quand personne ne le regardait plus. Je me suis complètement trompée sur Wallace. Quand j'ai écrit cette annonce de décès le concernant, je croyais qu'il n'était personne. Je ne savais même pas qu'il était aussi connu dans les années 1980. Pas étonnant que tous ces mômes le considèrent comme un héros.

Cabeza attrapa une de mes mèches de cheveux et la coinça derrière mon oreille : « Je crois bien que ma *linda* est amoureuse d'un fantôme. »

Il se pouvait qu'il eût raison.

— Wallace était comme nous, continuai-je. Il a essayé d'intégrer la machine, mais il s'est aperçu qu'il n'y avait pas sa place. Pourtant, il ne s'est pas entêté à tourner autour en se laissant couler progressivement vers les abysses. Il a découvert une autre voie pour laisser sa trace. Je l'admire pour cela.

— Ça a peut-être un sens.

— Qu'en penses-tu Cabeza ? Est-ce que tu viendrais avec moi si je quittais tout ça ? Je songe à Woodstock. J'ai envie de cultiver un jardin.

— Tu vois ? Qu'est-ce que je te disais ? Sunburst est de retour.

— Et alors ?

— Et alors, je dis : finis ton article, conclut-il. Je dis : quand ce sera fait, nous pourrons envisager la suite.

Le lendemain matin, Amenia Wallace Tatum attendait dans le hall de marbre du *Journal* avec Kamal Prince. Il n'avait pas changé depuis notre dernière rencontre − une montagne de pâte crue − sauf peut-être un air un peu moins fringant : sa mère avait dû le traîner par le lobe de l'oreille sur au moins deux kilomètres. Il tapait le sol du pied avec ses grosses Puma.

Sa mère m'expliqua aussitôt : « Nous avons trouvé votre message tardivement hier soir. Mon fils a quelque chose à vous dire. »

Nous montâmes tous dans le bureau de Curtis en prenant soin de refermer la porte derrière nous. Kamal nous offrit une confession intégrale, depuis l'élaboration du « plan d'action », lors de l'hommage funèbre rendu à Wallace, jusqu'aux noms de ses complices : RIF, BANG, TRK et N/R.

— Stain avait créé l'« Escadron du crime artistique », alors nous avons choisi pour nom l'« Escadron de la rébellion artistique », nous expliqua-t-il. Je n'aime pas cette femme qui vend des toiles. Mon oncle m'a dit qu'elle lui avait pris ses peintures sans jamais le payer, et ce n'est pas correct. Je voulais le venger.

Son regard passait de sa mère à nous et elle hochait doucement la tête en serrant la lanière de son sac comme un chapelet.

— Mais je croyais que vous ne pratiquiez pas le graffiti, lui demandai-je. Je croyais que vous vous intéressiez à un autre genre d'écriture.

— Ouais, lâcha-t-il, mais les journalistes sont des menteurs.

Je pris ça un peu pour moi, mais je ne pouvais pas vraiment le blâmer.

— Vous n'aviez tout de même pas besoin de détruire des œuvres d'une telle valeur, insistai-je.

Kamal agita une main : « Non, non. C'est tout le problème. Nous ne savions pas que ces œuvres étaient aussi importantes. » Sa lèvre inférieure se mit à trembler. « Je suis tombé de mon siège quand ma mère m'a dit qu'elles sortaient d'un musée. Je veux dire, elles étaient toutes blanches, c'est tout. Je pensais qu'ils avaient prévu d'y ajouter des trucs. »

Je ne pus réprimer un sourire.

— Et le gardien ? demandai-je.

— Il n'y avait pas de gardien. De toute façon, on est entrés dans cet endroit comme dans du beurre, en quelque sorte. Je vous le jure, nous n'avions pas l'intention de détruire les peintures de qui que ce soit, s'empressa d'ajouter Kamal comme si cela faisait plusieurs jours qu'il attendait de le dire. C'était juste, vous voyez, pour bien montrer que cette marchande d'art n'était pas propriétaire des œuvres de mon oncle. Je suis désolé, vraiment désolé.

Les yeux d'Amenia ne cessaient de passer de Curtis à son fils.

— Prince n'aurait jamais fait une chose pareille avant la mort de Malcolm, dit-elle. Il avait l'habitude de s'occuper de son neveu et de s'assurer qu'il ne s'attirait aucun ennui. Sans Malcolm, je crois qu'il est complètement perdu. Je veux qu'il assume la responsabilité de ses actes, mais j'ai peur de me rendre à la police. Vous pouvez comprendre pourquoi. Ils ne sont pas toujours très compréhensifs avec les jeunes noirs défavorisés. Et Prince n'est qu'un enfant, même s'il semble beaucoup plus âgé, ajouta-t-elle à mon intention. Nous voulons également nous assurer que cette affaire sera correctement relatée. Nous voulons être sûrs que Kamal ne sera pas décrit comme un voyou.

Curtis se plongea dans une intense réflexion pendant un moment. Tout en faisant pivoter son siège d'un côté puis de l'autre, il observait la carte punaisée au mur, puis il me regardait, avant de se perdre dans la contemplation du plafond. Amenia, quant à elle, avait les yeux braqués sur Curtis, et Kamal levait ses yeux d'anges vers moi.

— OK, finit par assener Curtis. Je vais vous faire la meilleure proposition que j'aie en rayon. Si vous nous dites tout ce que vous savez *et* si vous nous autorisez à citer certaines des paroles de Kamal *et* si nous pouvons par ailleurs obtenir quelques commentaires de la part des autres graffeurs, alors on peut vous aider. D'abord, on boucle l'article. Ensuite, demain, quand le journal arrive dans les kiosques, avant que les flics envoient leurs escadrons de rigolos, je vous accompagne moi-même avec Kamal au commissariat central pour qu'il y dépose une confession écrite. Je reste auprès de vous durant tout le processus et je veille sur vous au cas où les choses se compliqueraient.

On aurait dit qu'Amenia venait de s'alléger de plusieurs centaines de tonnes. Nous les raccompagnâmes jusqu'à l'extérieur de la forteresse. Je ne pouvais imaginer que les quelques personnes que nous avions croisées dans les couloirs aient pu reconnaître en ce môme un dangereux vandale.

— Alors, y a-t-il une chance pour que je parvienne à vous redonner foi dans le journalisme ? demandai-je à Kamal, une fois que nous fûmes sur le trottoir devant le *Journal*.

L'air s'était un peu rafraîchi, mais la journée était magnifique.

— Peut-être des documentaires, dit-il après un temps de réflexion. J'ai eu l'occasion de manier un peu la caméra.

Je regardai Amenia et Curtis : « C'est très bien. En tout cas, pour votre avenir, ça ne peut être que meilleur que ces histoires de graffitis, non ? »

— Oh, ça, j'y touche plus, dit Kamal.

Les yeux d'Amenia se voilèrent : « C'est ce que tu dis maintenant. Mais j'espère que tu t'en souviendras. » Puis elle nous dit au revoir en nous serrant chaleureusement les mains, surtout celles de Curtis : « Merci d'avoir fait preuve d'autant de compréhension. Merci d'avoir rééquilibré la situation. Nous vous verrons demain matin. »

★
★ ★

Curtis et moi-même appuyâmes sur la touche finale de l'article sur Darla à cinq heures, nous descendîmes au bistrot du coin pour y commander un remontant.

— Te voilà devenue un redoutable aigle du journalisme, maintenant, me dit Curtis en souriant. Tu as désormais le droit de boire ton bourbon cul sec.

Alors je descendis mon verre en songeant à tous ceux qui nous avaient précédés dans ces lieux, au cours des trente années précédentes. Est-ce qu'ils sirotaient déjà leur bière sur la même chanson de Billie Holiday que diffusait le juke-box ? Les murs et les miroirs étaient recouverts de trente années de souvenirs sur la boxe. Dans cette lumière un peu terne éclairant tous ces miroirs poussiéreux, je me demandais également si, comme moi, ils appréciaient la présence de tous ces fantômes de combattants.

Nous finîmes par regagner le bureau pour la dernière ligne droite. Les correcteurs avaient transmis notre article à Jane Battinger et celle-ci l'avait fait revoir par Liz Moore et Lessey. Puis elle l'avait passé une fois encore au peigne fin. À partir de là, il ne restait plus aux secrétaires de rédaction qu'à le formater et à s'assurer que tous les faits avaient été dûment vérifiés. Ensuite, les responsables de la une y étaient eux aussi allés de leurs révisions et, enfin, vers onze heures et demie, Jane Battinger achevait la version finale.

Elle ne posa qu'une seule question : « Dites-moi, Valerie Vane, êtes-vous bien sûre de vouloir poursuivre votre carrière sous une signature aussi ridicule ? »

Chapitre 19
Gros titre

Voilà, c'est fait. À la une du journal, juste sous le bandeau, du texte sur deux colonnes et quatre photos.

LES ADOS DU BRONX TAGUENT
DES PEINTURES INESTIMABLES
POUR SE CONSOLER D'UNE INDICIBLE DOULEUR

Les vandales de la galerie de Chelsea
poussés à bout par la mort
d'un artiste des années 1980

par Curtis Wright et S.R. Miller

Il n'y a vu que du blanc. À ses yeux, le rien, le néant. Les toiles blanches sur les murs valaient peut-être 50 millions de dollars, mais il était, de toute façon, incapable d'imaginer de telles valeurs. Il n'y a donc vu que des cadres vierges et la possibilité, enfin, d'y exprimer une partie de sa douleur.

Pendant une semaine, Kamal Prince Tatum, 16 ans, un collégien de l'école de Hunts Point, dans le Bronx, a pleuré la mort de son oncle, Malcolm Wallace. Dans les années 1980, ce dernier connut la gloire sous le nom de Stain 149 et exposa dans des galeries d'art extrêmement réputées à New York, Paris et Düsseldorf. Son œuvre est encore visible dans différents musées de grand renom, dont le Museum of Modern Art, la Tate Modern Gallery de Londres et le County Museum of Art de Los Angeles. Le mois prochain, elle fera également l'objet d'une rétrospective en Allemagne, au Ludwig Museum.

Cependant, pour son neveu, Malcolm Wallace représentait bien plus que tout cela. Il était l'homme qui s'était rebellé contre l'establishment artistique et avait cherché à donner la parole à des communautés négligées. Il était aussi celui qui était resté fidèle à son héritage et était revenu dans le Bronx, dans le ghetto de ses origines, pour y fonder une école de peinture accessible aux jeunes défavorisés.

Kamal voulait donc exprimer son chagrin d'une façon qui, pensait-il, aurait rendu son oncle fier de lui. Il voulait le faire sur les lieux mêmes dont Malcolm Wallace s'était fait exclure par l'intelligentsia artistique.

Mais la police ne l'a pas entendu de cette oreille. Non plus que Darla Deitrick, la propriétaire de la galerie d'art de Chelsea située sur la 24e Rue qui a été taguée par des artistes graffitis, le 30 juillet dernier, juste avant l'aube.

Car, en réalité, ces toiles n'étaient pas vierges, et le montant total de leur estimation ferait frémir un commissaire priseur de chez Christie's : le White Flag de Jasper Johns prêté par le Metropolitan Museum of Art est estimé à 20 millions de dollars ; la composition suprématiste White on White de Kazimir Malevitch, prêtée par le Museum of Modern Art, est pour sa part évaluée à 18 millions de dollars ; quant au tableau sans titre réalisé en 1955 par Cy Twombly et tiré d'une collection particulière, il est réputé valoir 4 millions de dollars.

Le récit de la vie artistique de Malcolm Wallace et des liens qu'il a entretenus avec madame Deitrick tient de la parabole sur le *monde de l'art, dans laquelle le désir d'immortalité d'un artiste s'oppose aux forces imprévisibles du marché et aux intérêts des puissants marchands qui le régissent. Bien que les causes de sa mort ne soient toujours pas élucidées, il semble que ses propres efforts pour reprendre le contrôle de son œuvre aient fort bien pu contribuer à sa disparition prématurée...*

Curtis et moi n'avions toujours pas réussi à identifier les causes de la mort de Wallace. Aussi, plutôt que de nous lancer dans des supputations oiseuses, nous avions préféré recourir à des expressions classiques du type « mort mystérieuse », « circonstances obscures », « hypothèses initiales de suicide », « police restant sans réponse ». De toute façon, personne ne semblait véritablement s'en préoccuper. Tout ce que les gens voulaient, c'était encore un peu plus de Wallace, car la concomitance récente de sa mort physique et de sa résurrection artistique faisait de lui un sujet d'actualité extrêmement prisé. Dans le courant de l'après-midi, des représentants de Sotheby's et de Christie's, ainsi qu'une poignée de marchands d'art, avaient d'ailleurs appelé le *Journal* pour s'informer de l'identité des personnes qui devaient régler sa succession. Comme Curtis s'était rendu dans les bureaux du procureur avec Amenia et Kamal, il m'avait fallu leur demander de rappeler plus tard.

En attendant son retour, je m'étais installée dans mon box de la rubrique Nécro pour y recevoir les félicitations d'usage. Clint Westwood était venu jusqu'à moi pour me serrer la main. Randy Antillo avait lui aussi fait un petit détour pour venir me saluer : « C'est *cool,* Val. Vraiment *cool* ; tu sais, quand j'avais 15 ans, ce type était mon idole. Et je me rappelle quand il s'est produit dans Chelsea, il y a de cela quelques mois... » Même Rusty Markowitz y était allé de son petit signe amical depuis l'autre bout de la pièce. Jaime enfin avait inscrit mon nom en face de plusieurs nouveaux projets de reportages.

Vers midi, tous ces hommages m'avaient regonflée à bloc et j'avais l'impression d'être en suspension, dix centimètres au-dessus de mon siège. Jaime m'avait dit que je pouvais m'absenter pour le restant de l'après-midi, avant d'ajouter : « Oh, et puis tu peux prendre aussi la journée de demain, après tout. C'est l'été et je me sens plein de générosité. On s'attaquera aux nouveaux sujets lundi. »

J'en étais donc à ranger mes fax de décès quand Buzz Phipps et sa face de BMW vinrent s'encadrer dans l'ouverture de mon box.

— Pouvons-nous encore appeler cela la « Plume de Valerie » puisque tu as changé de signature ? demanda-t-il en souriant.

— Bien sûr, répondis-je. Personne ne m'a encore jamais appelée Sunburst à voix haute.

— En tout cas, quel que soit son nom, la fille que je regarde en ce moment est en chemin pour un avenir bien meilleur et nettement plus remarquable, dit-il. Je suis fier de toi. Si tu as encore quelques idées pour la rubrique Style, fais-m'en part pour que je puisse les faire passer.

— Bien sûr, fis-je en souriant. Je n'y manquerai pas.

Buzz m'offrit un dernier aperçu de son superbe sourire, puis décampa. Je m'apprêtais à quitter mon box quand le téléphone sonna. Plutôt que de décrocher, je ramassai mon sac, direction la sortie. Mais je venais à peine de dépasser le coin des correcteurs quand la standardiste cria à la cantonade : « Valerie Vane, un appel sur la ligne 4. » Je me résolus donc à revenir sur mes pas jusqu'au box qu'avait déserté Randy Antillo.

— Nécro, fis-je, Vane.

— Vane ? Mais je croyais que c'était S.R. Miller maintenant ? Est-ce que je peux t'appeler Sunburst Rhapsody, tout simplement ?

Cette voix… Mes jambes étaient en coton et je dus m'asseoir à la place de Randy.

— Jeremiah...

— Félicitations, mon cœur. J'ai toujours su que tu finirais au top, claironna-t-il de sa voix enrouée.

— Que veux-tu, Jeremiah ?

— Rien, Val. Je voulais juste te faire un petit signe pour te féliciter. Voir comment les choses allaient. Tu as peut-être appris par la presse people que mon histoire avec Angelica était finie.

— J'en ai entendu parler. Je suis désolée pour toi.

— Ne le sois pas. Elle ne signifiait rien pour moi. J'ai fait une énorme erreur. J'aurais dû rester avec toi.

— Voilà un noble sentiment, Jeremiah, mais il faut vraiment que je me sauve, maintenant. J'ai un rendez-vous...

— Et voilà, chacun de nous repart de zéro. Toi avec ta nouvelle signature, et moi avec mon studio de Brooklyn Heights. Je vais déménager d'ici quinze jours. Tu t'es déjà baladée sur la promenade de Brooklyn ? Mon agent immobilier m'a dit que c'était magnifique au lever du jour.

— Je suis certaine que ça l'est.

— Et si nous allions y faire une balade, un de ces jours ? Qu'en dis-tu ? On pourrait discuter un peu, comme au bon vieux temps.

Je ne me souvenais d'aucune balade que nous aurions faite « au bon vieux temps ». À vrai dire, je ne me souvenais pas d'avoir beaucoup vu Jeremiah en dehors des phases nocturnes. Quant à avoir « discuté » avec lui...

— Je suis vraiment désolée de ce qui s'est passé avec Angelica, Jeremiah. Je présume que j'en suis en partie la cause. Je regrette sincèrement ce qui est arrivé cette nuit-là. Mais je ne pense pas...

Il ricana sans raison apparente, peut-être tout simplement pour me pousser dans mes retranchements.

— Oh, je vois, Tout va très bien pour toi, désormais. Tu n'as pas besoin de moi, hein ? Eh bien, ne t'habitue pas trop à ta toute nouvelle bonne fortune. C'est dingue, parfois, la vitesse à laquelle le sol peut se dérober sous nos pieds…

J'imaginais qu'il s'agissait d'une allusion à Angelica, ou peut-être au carrelage des toilettes. Je lui aurais bien rivé son clou par une réplique cassante pour lui signifier, entre autres, qu'il n'avait pas vraiment le droit de me donner de leçons, mais je n'en avais pas le courage.

— Je te souhaite plein de bonnes choses, lui dis-je simplement. Il faut que j'y aille maintenant.

Et je raccrochai. Je me hâtai de sortir du bureau afin de rejoindre le Queens. Cabeza m'y attendait dans son studio, avec un Martini dans chaque main.

Certains matins mettent beaucoup de temps à démarrer. Tellement de temps que vous finissez par penser que la matinée absorbera toute votre journée. Rien d'autre que la courbe du pied de votre amoureux comme la ligne élégante d'un bateau à voile. Rien d'autre que le bruissement du ventilateur qui fait frémir les draps. Rien d'autre que le goût un peu iodé de ses lèvres.

J'étais étendue sur le lit et je ne pensais à rien d'autre qu'au plafond au-dessus de moi. Il était d'un gris pâle, strié par d'innombrables fissures. Les multiples taches qui le maculaient lui donnaient un aspect nuageux, mouvant. Je savais bien qu'il faudrait que je me lève, mais pour le moment je paressais en écoutant le léger ronflement de Cabeza, comme le souffle lointain d'une vague venant se briser sur la plage.

Plus tard, quand il finit par se réveiller, je restai encore là à le regarder s'agiter dans la pièce. Il était nu et, bien que nous ayons passé la nuit ensemble, je ressentais un sentiment étrange en l'observant. Il avait dû être très musclé, un homme fort, costaud, mais son corps donnait aujourd'hui quelques signes d'âge. Son torse s'affaissait légèrement au niveau du thorax. Les muscles de ses cuisses et de ses mollets étaient puissants, mais la peau qui enveloppait ses hanches semblait plus fragile. Il me faisait l'impression d'un homme au lendemain de sa splendeur qui tente de rentrer son ventre et de maintenir un port de tête capable de dissimuler un double menton naissant. Un Robert Mitchum des dernières années, jouant un Marlowe vieillissant dans *Adieu ma jolie* ou le remake du *Grand Sommeil*. L'espace d'un instant, j'en conçus une certaine tristesse, avant que ce sentiment laisse la place à quelque chose qui s'apparentait à de l'amour. Et soudain je voulus cesser d'être ainsi spectatrice : « Viens me rejoindre, bébé », miaulai-je.

Un peu plus tard, la matinée n'avait toujours pas pris fin. Je n'avais pas vraiment bougé, continuant à rêvasser, sans notion de temps. Le plafond me révélait de nouveaux nuages et d'autres fissures. Il ouvrit les yeux et se tourna vers moi pour m'embrasser, encore : « Tes lèvres ont gardé le goût du vermouth. »

Je sortis du lit, paresseusement, sans vraiment l'avoir décidé. Mes pensées ne se fixaient sur rien. Je me laissais aller à la dérive. Je me mis en quête de mes vêtements et repérai ma robe drapée autour du projecteur. Après avoir retrouvé mes chaussures restées la veille dans la cuisine, je m'appuyai contre le réfrigérateur, songeuse. Mon esprit ne cessait de tourner autour de quelque chose, mais je ne parvenais pas à déterminer ce dont il s'agissait. Mon téléphone portable se mit à sonner.

Je mis un certain temps à retrouver mon sac, dans la salle de bains. Mon écran affichait le numéro de Curtis.

— Salut, *partner*, dis-je gaiement. J'espère que tu apprécies les louanges.

— Pas vraiment le temps, me répondit-il d'un ton très sérieux.

— Que se passe-t-il ?

— Sotheby's vient d'annoncer une vente, la nuit dernière. Elle ne concerne qu'un unique collectionneur. C'est une de ces ventes aux enchères pour vedettes qui attirent énormément de publicité. Et de quel autre vendeur pourrait-il s'agir, si ce n'est Jeremiah Sinclair Golden Jr., ton ex-fiancé ? La dépêche est tombée à six heures, ce matin, peu après notre départ. Jane Battinger l'a trouvée en faisant sa ronde habituelle de dernière minute. Apparemment, il mettrait aux enchères une collection de cinquante toiles, des Stain pour la plupart, et quelques autres artistes des années 1980. Excellent *timing*, n'est-ce pas, puisque cette vente intervient dans la foulée de la rétrospective d'Allemagne. Jane est très énervée. Elle veut savoir pourquoi nous n'étions pas au courant. À moins que nous l'ayons été… Cette vente doit en effet être en préparation depuis des semaines, parce qu'il est impossible d'annoncer une telle opération sans un minimum d'organisation et, à tout le moins, avant d'avoir effectué les estimations préalables. Elle veut te parler. Et avant lundi, bien sûr.

Très mauvais ça… La collection de Jeremiah ?… Était-ce la perspective de cette vente qui avait motivé son appel de la veille au soir ? Y avait-il derrière son coup de fil un message caché que je n'avais pas réussi à décoder ? Était-ce la raison de son allusion au sol qui pouvait se dérober sous nos pieds ?

— Sincèrement, je ne sais absolument rien de tout cela, dis-je à Curtis. Je savais juste qu'il était collectionneur.

D'ailleurs, nous en avions parlé ensemble et c'était une information publique. C'est même pour cette raison que Curtis avait répertorié Jeremiah sur la carte de New York, avant d'ajouter à ses côtés une autre punaise censée me représenter. À ce moment-là, nous en avions plaisanté, mais aujourd'hui, cette petite blague ne faisait plus rire personne.

— Nous pensions qu'il possédait peut-être une douzaine de Stain. Là, c'est carrément plus. Je ne savais même pas que quelqu'un en détenait autant. Où donc se serait-il procuré ces toiles ?

— Aucune idée, répondis-je, songeuse.

De fait, je n'en avais pas la moindre idée. Et puis mon esprit s'emballa. Se pouvait-il que Jeremiah ait été le fameux acheteur de Darla ? Celui qui avait fait le ménage dans la planque de l'entrepôt ? Si tel était le cas, comment donc s'était-il procuré l'argent ? À ma connaissance, il était totalement fauché. Blondie aurait-il pu se tromper sur les raisons ayant poussé Jeremiah à se rendre à la galerie ? Était-il venu là pour acheter et non pour vendre ? Mais comment aurait-il pu envisager un tel achat alors qu'Angelica était en train de le saigner à blanc ? À moins, bien sûr, qu'il n'ait projeté de les revendre très rapidement.

— C'est la première fois que j'entends parler de ça, fis-je.

— Jane Battinger va vouloir l'entendre de ta propre bouche. Elle n'aime pas trop la façon dont les choses s'enchaînent.

— Je n'aime pas trop ça non plus, à vrai dire.

Il était fort possible que Jeremiah ait acheté ces Stain à Darla avec l'intention de les revendre une fois que leur cote serait remontée pour une raison quelconque. Mais pour cela, il fallait qu'il fasse le pari de la publication d'un article sur Wallace. Ça ne collait pas. Comment aurais-je pu lui être d'une aide quelconque puisque je n'avais pas été en contact avec lui depuis des lustres ?

La voix de Curtis devint plus douce : « OK, pointe-toi juste ici dans pas trop longtemps. »

— Je pars sur-le-champ !

Après avoir raccroché, je conservai pendant un certain temps le téléphone dans ma main. Quelque chose bougea derrière moi et je sursautai. Ce n'était que Cabeza qui se tenait en caleçon dans l'encadrement de la porte en agitant un couteau : « Tu veux des oignons avec tes œufs ? »

Je mis un temps avant de lui répondre : « Je suis désolée. Je crois que je ne vais pas pouvoir goûter à tes œufs. »

— Le bureau ? me demanda-t-il en indiquant mon téléphone de son couteau.

— Oui.

— *Claro*, sourit-il. Je présume que cela signifie que tu es maintenant très demandée, comme une grande star.

— On peut voir ça comme ça.

— Je croyais qu'ils t'avaient donné ta journée pour que tu puisses profiter de ton succès.

— Quelque chose est arrivé.

— Ah, c'est bête. Sans vouloir être égoïste, je me réjouissais de paresser avec toi autour d'un bon brunch. Je pensais même que nous aurions pu aller visiter quelques galeries et discuter d'un village appelé Woodstock.

La mention de Woodstock me donna un pincement au cœur : « C'est vraiment dommage. Je suis désolée. » Je passai dans la chambre voisine et m'assis sur le lit. Je me relevai presque aussitôt. Quelque chose n'allait pas dans la manière dont les draps étaient tirés. Il y avait quelque chose de faux dans la façon dont les oreillers étaient empilés les uns sur les autres. Quand je regardai le studio autour de moi, j'eus l'impression que les meubles n'étaient pas à leur place. Comme s'ils avaient été transportés là et réorganisés. Un peu comme sur un plateau de télévision. Les caméras, les bobines de films sur la table semblaient n'être que des accessoires.

Je pris une profonde inspiration en me disant que tout cela n'était que le fruit de mon anxiété. C'était à cause du bureau : je paniquais parce que je me retrouvais une fois de plus en position d'accusée. Pourtant, je n'avais rien fait de mal. Quand j'aurais tout tiré au clair, tout le monde pourrait voir que je n'avais rien à voir avec la vente organisée de la collection de Jeremiah. Pourquoi aurais-je fait quoi que ce soit qui pût l'avantager, de toute façon ? Je détestais ce type. Il me restait seulement à mettre mes chaussures, prendre mon sac, me rendre au journal et le leur dire. J'essayai de clarifier mes idées, de me convaincre que tout allait bien, de ne penser à rien.

— Tout va bien ? me demanda Cabeza en passant sa tête par l'encoignure de la porte.

— Bien sûr, répondis-je.

Comme il repartait vers la cuisine, je ne parvins plus à bloquer mes pensées : « Je veux dire... Non... Enfin... Je voulais te poser une question. »

Il revint dans la chambre et je pris une profonde inspiration.

— Quoi ?

— Le Martini que tu m'as donné hier soir quand je suis arrivée... C'était un *Vanitini*, dis-je avant de faire une pause pour réfléchir à mes propres paroles. Comment en connais-tu la recette ?

Il fit quelques pas vers moi.

— La recette ? Oh, fit-il en regardant vers la cuisine comme si la réponse s'y trouvait. Facile, je l'ai trouvée sur Internet.

— Sur Internet ?

— Bien sûr. Tu as eu ton heure de gloire, tu ne te rappelles pas ?

Soudain, tout ce qui se trouvait dans la pièce me parut faux. Les murs semblèrent subitement trop fins, comme s'ils avaient été montés à la hâte, au moyen de panneaux creux. Du temporaire. Les fenêtres, quant à elles, me paraissaient étonnamment étroites, ne laissant passer qu'un filet de lumière. Une pénombre qui pouvait faire illusion devant une caméra. De toute façon, les caméras permettaient d'obscurcir les choses, de laisser certains objets en dehors du cadre.

— Tu l'as lu sur Internet, répétai-je en me disant qu'un petit mensonge en dissimule généralement un gros. Et tu n'as jamais rencontré Jeremiah Golden, bien sûr.

Cabeza laissa fuser un petit rire nerveux : « Tu serais surprise par ce qu'Internet permet de faire. »

— Tu n'as pas répondu à ma question, insistai-je.

Cabeza fit encore quelques pas dans ma direction. Il tenait toujours son couteau.

— Ne t'approche pas plus près, lui demandai-je.

— Valerie, qu'est-ce qu'il y a ? Quelque chose est arrivé ? Tu es à cran.

J'aurais voulu reculer, mais mes mollets butaient déjà contre les montants du lit. À l'endroit où je me tenais, je ne pouvais pas m'enfuir.

— Pourrais-tu, s'il te plaît, reculer de quelques pas ? Pour le moment, je ne souhaite pas que tu t'approches de moi.

Il fit pourtant encore un pas en avant : « Ma chérie, qu'y a-t-il ? Qu'est-ce qui ne va pas ? »

Mon corps se tendit comme un arc. Ma poitrine se contracta.

— S'il te plaît ! hurlai-je avant de dominer ma voix. J'ai besoin que tu recules de quelques pas.

— *Claro*, OK, OK…, fit-il en s'exécutant.

Je fis le tour du lit en regardant si je pouvais trouver quelque chose de lourd, comme une batte de base-ball ou une poêle à frire.

— Qu'est-ce que tu veux savoir ? demanda-t-il. Je suis prêt à te dire tout ce que tu veux.

— Sotheby's vient d'annoncer une vente des peintures de Stain. Toutes ces toiles appartiennent à Jeremiah Golden. Le communiqué de presse est tombé hier soir. C'est de cela qu'ils veulent que je vienne leur parler, ce matin, au bureau.

— Ah, fit Cabeza sans manifester de surprise. Et en quoi le fait que Jeremiah veuille vendre des peintures te concerne-t-il ?

— C'est une très étrange coïncidence.

— Ce n'est qu'une coïncidence. Ils ne pourront pas établir de lien entre lui et toi.

Ses paroles sonnaient faux.

— Tu étais au courant de cette vente ?

Il ne répondit pas. Il semblait y réfléchir. Puis son visage prit une expression qui semblait dire : « *Tu es fine. Tu as tout deviné.* »

— Alors tu es au courant de la vente de Jeremiah.

— Je le suis, me dit-il d'un ton détaché. Ça ne veut pas dire que toi, tu l'étais.

Il en était déjà à programmer ma défense. Mais je ne savais même pas pourquoi je devais mettre en place une défense ! Je pris une profonde inspiration : « Cabeza, quand as-tu rencontré Jeremiah ? »

Il fit la moue : « Il y a pas mal de temps, lors d'un vernissage chez Deitrick. Juste une fois. »

Sa réponse me coupa le souffle. J'aurais tellement aimé qu'il me dise autre chose. Je m'approchai de la table de montage et m'emparai d'une bobine de film.

— Est-ce vraiment nécessaire ? me demanda Cabeza.

Je renforçai ma prise sur la bobine métallique qui me semblait maintenant tout à fait utile. Cabeza n'avait peut-être rien à voir dans tout cela. Il était possible que mon comportement soit ridicule, mais je n'avais pas le temps d'y réfléchir.

— Combien dois-tu toucher sur cette vente ?

Cabeza éclata de rire : « OK, il doit me donner une part de la vente, mais ça ne veut pas dire, non plus, que tu as fait quelque chose de mal. Et c'est sans doute aussi bien que tu ne saches rien de tout ça, si tu dois aller voir ton chef. Tu n'es pas moi. Je ne suis pas toi. D'après ce que sait ton chef, on ne se connaît même pas. Mais quoi qu'il en soit, pour moi, le plus important n'est pas l'argent. C'est l'exposition qui compte. »

Je hoquetai. Je ne m'attendais pas à être si près de la vérité. Et voilà que quelque chose était en train de se pétrifier au fond de ma gorge. Je serrai de plus en plus fort la bobine de film, comme s'il s'agissait de la barre à roue d'un navire en pleine tempête : « Quelle exposition ? »

— Celle du Ludwig Museum.

Soudain, son corps se relâcha comme s'il venait de laisser tomber une assiette après l'avoir maintenue en équilibre sur sa tête durant des semaines. Il était encore torse nu et je remarquai que sa peau s'affaissait par endroits. Quand il s'assit sur le canapé, son ventre vint recouvrir la ceinture de son pantalon, comme les plis d'un rideau. Il avait l'air minable maintenant, bien loin du meneur d'hommes que j'avais cru deviner et qui n'avait été, visiblement, qu'un rôle de composition. Comme sous l'effet d'une épidémie, toute la pièce à son tour me parut miteuse.

— Il faut vraiment que tu me croies, ma chérie, poursuivit-il. Je t'ai entièrement protégée. Mais de toute façon, c'est aussi bien que tu le saches, je suis le curateur de l'exposition du Ludwig Museum. Ce n'est pas encore officiel, mais ça le sera prochainement puisque, techniquement, je travaillais avec Micah Stone. Les courts-métrages sur Stain présentent un intérêt tout particulier désormais.

À la manière dont il s'exprimait, on aurait pu croire que nous avions œuvré ensemble dans ce but et que tout cela était le fruit de notre collaboration.

Je secouai la tête en signe de découragement : « Je ne comprends rien à ce que tu me dis. Je ne vois pas comment ce que j'ai pu faire... » Mais, tout en le disant, les pièces du puzzle commençaient à se mettre ne place.

Cabeza observa mon visage avant de se remettre à parler, cette fois-ci avec une grande patience, comme s'il travaillait avec une petite fille très gentille, mais un peu lente : « Je ne t'en ai pas parlé avant parce que je voulais te protéger. D'ailleurs, mieux vaudrait que tu n'entendes le reste de l'histoire qu'après ton rendez-vous avec ton chef. Mais puisque tu sembles si mécontente, je vais tout te dire maintenant. Tu vois, Wallace était véritablement un grand artiste – peut-être l'un des meilleurs des années 1980 –, mais il a fait quelque chose qui l'a desservi. Il s'est mué en une sorte de clown politique et il a disparu de la scène. Ça, c'était très mauvais pour son œuvre. La meilleure des choses qui auraient pu lui arriver aurait été de mourir en 1987 ou dans ces eaux-là, juste après son heure de gloire. Dans ce cas, nous aurions tous fait beaucoup d'argent. »

J'écoutais avec une grande attention. Je ne voulais pas en perdre une miette : « Tu veux dire que c'est ce qui aurait été le mieux pour sa cote, pour les collectionneurs de ses toiles. »

— Exactement.

— Tu possèdes certaines de ses peintures aussi ?

— Stain m'a offert une vingtaine de toiles au fil des ans, la plupart en signe de l'affection qu'il me portait. Elles étaient encore sans valeur il y a quelques jours. Mais grâce à ton article de une, elles voient aujourd'hui leur cote exploser. Exactement comme nous l'espérions. Techniquement, j'ai vendu mes peintures à Jeremiah afin de faciliter toute l'opération, mais aussi, en fait, pour te protéger au cas où les artistes graffitis auxquels tu as parlé, comme Bigs Cru, par exemple, se fâcheraient en apprenant ce que nous avons fait. Vu la renommée de Jeremiah et la publicité que les médias consacrent en ce moment à Stain, je dirais que nous sommes partis pour faire un carnage.

— C'est assez maladroit comme expression, remarquai-je en avalant ma salive.

À force de serrer la bobine de film, mes phalanges étaient devenues blanches. Je me rendis compte que je me tenais devant un homme que je ne connaissais absolument pas.

Cabeza ricana : « Ah, désolé. Mauvais jeu de mots. Excuse-moi. »

— Quoi ? Il faudrait que j'excuse ton jeu de mots ? Incroyable. Mais comment, comment est-ce possible ? Malcolm était ton ami. Tu le considérais comme un frère. N'est-ce pas ?

Cabeza se leva et fit passer son couteau d'une main à l'autre en réfléchissant à ma question : « Ce serait difficile à expliquer. Malcolm et moi avons eu une relation très, très longue et extrêmement compliquée. »

—Je préférerais que tu restes assis, fis-je en reculant un peu sans le quitter des yeux. J'ai tout mon temps.

Cabeza me regarda en haussant les sourcils. Puis il baissa les yeux sur sa main qui tenait le couteau. Alors, il le leva devant lui en disant : « C'est de ça que tu as peur ? C'était juste pour les oignons, ma chérie. Je ne me souvenais même pas que je l'avais en main. » Puis il glissa le couteau sous le matelas et me montra ses mains désormais vides : « Tu vois ? »

— Je veux savoir pourquoi, fis-je en hochant la tête.

— Tu aurais du mal à comprendre, Valerie, commença-t-il. C'est un peu comme si Malcolm m'avait en quelque sorte envoûté. Son charme spontané, son élégance décontractée, cette façon d'attirer sans peine l'attention de tout le monde. Tous se rassemblaient autour de lui. Et les femmes… il n'a jamais rencontré de problème là non plus. Et il ne m'en a jamais fait profiter.

— C'est pour ça ? C'est pour cette raison que tu as cru bon de…

— Il ne l'a jamais mis à profit, Valerie. Il a gaspillé tout ce talent. Ce type avait tout ce que je n'ai jamais eu, tout ce que la plupart des gens n'auront jamais, toutes les clefs pour sortir du ghetto et mener la grande vie. Il n'a pas su utiliser tout cela à bon escient. Il fallait toujours qu'il fasse des déclarations. J'en avais marre de le voir bousiller son potentiel pour des principes sans intérêt. Il croyait qu'il était au-dessus de tout cela.

— Et s'il l'était en effet ?

Quand il leva les yeux sur moi, Cabeza avait l'air d'un professeur de lycée devant un agitateur adolescent dont les idéaux ridicules lui faisaient perdre un temps précieux : « Tu as tendance à te laisser emporter par de grands principes romantiques, Valerie. Tu devrais faire attention. »

— Pourquoi toutes tes paroles résonnent-elles comme une menace ?

— Détends-toi, mon amour. Tu prends la mouche pour un rien, aujourd'hui, dit Cabeza en se levant une nouvelle fois. Puis-je me déplacer ? Est-ce que c'est permis ? Crois-moi, tu n'as rien à craindre. Ton chef ne pourra pas établir de lien entre toi et cette histoire. Je te le jure. Personne ne pourra imaginer que tu étais au courant de quelque chose.

— Mais *je ne suis* au courant de rien !

Il s'avança vers le pied du lit et regarda à travers la haute fenêtre : « C'est vraiment adorable que tu te sois passionnée pour la mémoire de Malcolm comme tu l'as fait. C'était un individu rare. Mais il appartenait à la catégorie des faux messies, *linda*. Il a commencé en pensant à lui-même, puis il a continué sans se préoccuper des autres. Comme nous tous. Je sais bien qu'aujourd'hui, bien plus qu'hier, tu te sens investie d'une mission. Mais n'es-tu pas, en réalité, cette même fille qui voulait être une grande journaliste renommée ? Eh bien, on t'a obtenu ça, non ? »

— Et tu crois que ça fait oublier tout le reste ? Le fait que Jeremiah et toi allez devenir riches grâce à cette vente ? Qui d'autre ? Darla participe aussi à votre petit complot ? Qui d'autre va devenir riche ?

— Oh, non, non ! Darla n'a rien à voir avec tout ça. Elle cherchait à se défaire de ces toiles parce qu'elle n'en voulait plus.

Malcolm voulait les récupérer parce qu'il y était sentimentalement attaché. Jeremiah voulait les acheter. Il savait qu'il pourrait tirer quelques ficelles pour faire évoluer le marché. Ce n'est pas si difficile de faire bouger une cote si tu connais les bonnes personnes. Il suffit de placer quelques enchérisseurs bien connus au premier rang de ta vente aux enchères.

Cabeza semblait observer quelque chose à travers la fenêtre. Un oiseau ou un papillon ?

— C'est une journée magnifique, dit-il. C'est tellement dommage que nous ne puissions pas aller nous balader.

Il pivota pour me faire face : « Malcolm ne cessait de se mettre en travers de notre chemin parce qu'il voulait faire un scandale à propos de ces toiles. Darla avait dit à Jeremiah – pour plaisanter, bien sûr – que "le seul moyen de faire grimper la cote de Stain, à l'heure actuelle, serait une mort rapide et bien médiatisée". Ce n'était qu'un commentaire anodin, mais c'était aussi, de fait, la solution à tous nos problèmes. Cela dit, nous étions un peu optimistes. Nous nous imaginions que la cote de Stain ferait un énorme bond à sa mort, mais ça ne s'est pas passé comme ça. Je suppose que les temps ont changé. Seules les pop-stars ont droit à de vraies notices nécrologiques, aujourd'hui. Alors plusieurs personnes ont essayé de convaincre ton ami, Curtis Wright, mais il était trop occupé. Et puis, comme tu le sais, nous avons joué de chance : tu as rédigé l'avis de décès en faisant cette erreur. Tu nous as offert une seconde chance. »

Ma nausée faisait progressivement place à la colère et je sentais la bile remonter le long de ma gorge.

— Que t'a dit Jeremiah sur moi pour que tu parviennes si facilement à me manipuler ?

— Oh, mon cœur, si je te le disais, tu en rougirais.

Un grondement sourd résonnait à l'intérieur de mon crâne et je ressentis soudain un accès de colère si violent qu'il me fallut fermer les paupières. Je ne me rendis compte que j'avais crié que lorsque je pris conscience que mes poumons étaient vides. J'avais projeté la bobine de film vers Cabeza, mais je ne l'avais pas atteint. Il riait doucement. Ce fut alors que je ressentis la distance qui me séparait de toute civilisation. Dans l'entrepôt de Cabeza, personne n'entendrait mes cris. Quel que soit le nombre de bobines que je lui jetterais à la figure, personne ne les entendrait s'écraser au sol. Je pouvais le tuer sans que personne le sût. Mais, plus vraisemblablement, ce serait lui qui me tuerait. Il avait déjà commis un meurtre – peut-être même de ses propres mains – et je ne doutais pas qu'il pût recommencer. Je saisis une autre bobine de film sur la table de montage et la serrai contre ma poitrine comme un gilet pare-balle. Je reculai encore de quelques pas, mais ma colonne vertébrale rencontra la table voisine. Mes yeux la balayèrent rapidement pour voir si je pouvais y trouver des ciseaux, un rasoir, ou quelque chose de coupant.

Cabeza baissa la voix : « Valerie, tu n'as pas à avoir peur de moi. Je sais bien qu'en ce moment tu as l'impression que je t'ai joué la comédie, mais en vérité je te protège depuis le début. Personne ne peut te relier à quoi que ce soit. Et aussi, ma chérie, notre relation, ce qui s'est passé entre nous, tout cela est parfaitement sincère. Je n'ai pas eu besoin d'encouragements de la part de Jeremiah pour désirer me rapprocher de toi. J'ai choisi de le faire. Tout est arrivé spontanément. Quand tout cela sera fini, nous allons pouvoir vivre le genre de vie dont nous avons tous les deux rêvé. Toi et moi, nous sommes liés, ne le vois-tu pas ? »

Je ne savais pas ce dont Cabeza était capable ni ce qu'il pensait avoir fait en mon nom. Était-il vraiment persuadé que je me ficherais du sort de Malcolm ? Du fait que cet homme – un homme généreux – avait été tué et que nous avions, d'une manière ou d'une autre, participé à cette danse macabre ? S'il était capable de le croire, il était tout aussi capable de m'attraper par les cheveux pour me tordre le cou, puis de se faire une tasse de thé en attendant que la police débarque.

Cabeza se pencha vers moi et mit ses mains sur mon visage en m'attirant à lui. Mon corps se tendit mais je ne résistai pas.

— Ma chérie, je sais que tout cela doit te causer un choc, mais je suis sûr que tu sauras le surmonter une fois que tu auras reconsidéré la situation, dit-il. Je sais aussi que tu ne feras rien pour t'y opposer, car j'ai vu combien il est important pour toi d'avoir enfin trouvé quelqu'un avec lequel tu peux être toi-même, sans dissimulation. Pas quelqu'un d'artificiel. Je le sais parce que je te connais. Je te connais et je t'aime, Valerie. Et toi aussi, tu m'aimes. Nous sommes faits l'un pour l'autre. Rien ne pourra changer cela.

Il m'embrassa et le goût de ses lèvres était métallique. Je n'avais pas lâché la bobine de film, mais je ne m'écartai pas de lui. Je ne savais pas ce dont il était capable.

— Mais durant tout ce temps, qu'est-ce qui t'a convaincu que je n'allais pas, tout simplement, te dénoncer, une fois que tu m'aurais révélé la vérité ?

Cabeza n'eut même pas besoin de réfléchir à sa réponse : « Mais parce que, *linda*, tu aurais tout fichu en l'air. Tout ce que nous avons construit ensemble. Je veux dire, j'ai fait le plus gros du travail, mais je l'ai fait pour nous deux. Je savais que tu ne me ferais pas de mal. Je le sais. Tout comme je ne pourrais jamais te blesser. Et c'est toujours mieux de connaître la vérité, même si elle est difficile à entendre, tu ne crois pas ? »

Encore ce mot. Ce mot qu'il avait utilisé pour me séduire, depuis le début.

— Et puis, au cas où tu ne considérerais pas cela comme suffisamment convaincant, gloussa-t-il en s'éloignant de moi pour prendre sa caméra sur la table de montage, il me reste ça.

Il ouvrit le boîtier de la caméra et en sortit un film : « Cette bobine contient quelques bonnes prises de vue qui, j'en suis sûr, pourraient énormément intéresser ton chef et les tabloïds. Toi et moi... Ensemble... Au lit ou ailleurs... Ça leur permettrait de faire un lien rapide avec l'exposition du Ludwig Museum. Je suis un peu timide face à une caméra, mais je suis certain que nous en avons bien assez là-dedans. »

Mes yeux me brûlaient. Je voyais déjà les gros titres et les manchettes qui accompagneraient les photos tirées de ces prises de vues : « L'ancienne journaliste à cancan s'expose une fois encore ! » « Nouveau scandale de Vane ! » Personne n'y aurait prêté attention s'il n'y avait pas déjà eu l'épisode du Club Zéro, mais j'avais déjà fait l'objet d'une curée médiatique, et nombreux seraient ceux qui ne demanderaient qu'à remettre le couvert.

— Tu m'as bien eue, constatai-je.

— Ce n'était qu'une petite précaution, me répondit-il en souriant. J'espère que tu ne vas pas m'en tenir rigueur.

Je commençai à comprendre. Il n'allait pas m'agresser physiquement, mais sa menace était beaucoup plus terrible. Il avait en tête de me garder auprès de lui pour le restant de ses jours avec, en toile de fond, cette menace constante de révéler la vérité. Je reposai la bobine de film. Il fallait que je fasse preuve d'intelligence. Il fallait que je joue mon jeu très finement. J'essayai de le regarder comme l'homme qui m'avait tant attendri dans ce lit, il y avait de cela des années-lumière, quand je croyais encore savoir une ou deux choses sur l'amour.

— La perspective que tu évoques maintenant, dis-je d'une voix douce, j'y ai moi aussi réfléchi. Une vie ensemble, un avenir partagé, cette maison de Woodstock... Donc, tu fais cette exposition en Allemagne et, un mois plus tard, Jeremiah fait un tabac avec sa vente aux enchères. OK. Tu crois vraiment qu'on peut s'en tirer ? Tu crois vraiment que la police va cesser d'enquêter ? Que nous pourrons vivre tranquillement, sans craindre qu'elle vienne un jour frapper à notre porte ?

Il m'embrassa une nouvelle fois. Un genre de baiser qui voulait dire « *merci d'avoir rejoint mon camp* » : « Je pense que nous avons réglé ce problème », fit-il d'un ton détaché. Il extirpa la bobine de la caméra, puis se dirigea vers un placard dont il sortit un pantalon qu'il enfila : « Toutes les pistes convergent vers Darla. Comme tu le sais, Wallace la harcelait à propos de ces toiles. C'est aussi simple que la vérité. Elle voulait se débarrasser de lui. Ça lui donne donc un mobile pour tuer Wallace. Et puis, tu n'ignores pas qu'il y a aussi l'incendie de l'entrepôt qui paraît ridiculement suspect. La police est déjà en train d'examiner les liens entre ces deux événements. »

— Très malin. Mais tu veux dire qu'elle n'est pas à l'origine de l'incendie ?

— En fait, elle pratique son métier de façon plutôt respectable. Il lui arrive bien entendu de prendre quelques raccourcis, mais jamais elle ne se serait lancée dans une opération de cette envergure. Elle se fait tailler des costards dans la presse tout simplement parce que c'est le genre de tête de turc que les médias adorent brocarder.

— Alors c'est toi qu'il a rencontré, cette nuit-là, sur le pont du Queensboro ? demandai-je.

— Je me suis contenté de prévenir Jeremiah, quand Stain est sorti pour bomber des murs.

Il était en train de vérifier dans le miroir qu'il n'avait pas grossi, en tirant sur la ceinture de son pantalon. Apparemment, il semblait se réjouir d'avoir perdu un peu de poids.

— Je savais qu'il sortirait faire du graffiti, poursuivit-il, parce qu'il en parlait depuis plusieurs semaines. J'en ai informé Jeremiah et il s'est occupé du reste. Bien entendu, il ne s'en est pas chargé lui-même, mais il savait à qui s'adresser.

Cabeza se contempla de nouveau dans le miroir fixé à l'intérieur de la porte de l'armoire et rentra son ventre : « Tous les gosses de riches sont des criminels en puissance. Tu devrais savoir cela,

Valerie. Qui donc a dit un truc du genre : "Derrière chaque grande fortune se cache un crime[1]" ? »

Balzac, songeai-je. À moins que ce fût Raymond Chandler ? Mais je restai silencieuse. Je continuais à le regarder s'absorber dans sa propre contemplation. Il s'approcha du miroir pour examiner un bouton qu'il élimina d'un coup d'ongle.

— Et la peinture dans sa bouche ? La langue noire, les dents violettes ?

Il se tourna vers moi en souriant : « Diversion classique. Celle-là m'a bien plu. »

— Bien vu. Tu as le sens des détails, dis-moi ?

Cabeza cessa de jouer avec son bouton pour se caresser le menton, comme pour évaluer la nécessité d'un rasage.

— Et Wallace n'est jamais tombé du pont du Queensboro. Il a été ramené là *a posteriori*. Il est tombé ou on l'a poussé à un autre endroit, pensai-je à voix haute après un moment.

— Tu brûles.

— Ça n'aurait eu aucun sens. Pourquoi Wallace se serait-il rendu sur ce pont ? Il n'avait aucune raison de le faire. Ce n'est pas là qu'il peignait. Il n'y a aucun graffiti sur ce pont.

— Excellent ! Tu te débrouilles bien. Comment as-tu deviné qu'il avait décidé de peindre, cette nuit-là ?

— Tu l'as dit toi-même. Il ne voulait pas perdre la main, il voulait « rester vrai ». Même à quarante-deux ans, il appréciait encore la montée d'adrénaline associée à cette activité. Il était incapable de faire une croix là-dessus.

Cabeza se passa une main dans les cheveux et inclina la tête sur le côté pour mieux observer son profil : « C'est vrai. Malcolm

---

1. La citation exacte, tirée du *Père Goriot*, est la suivante : « Le secret des grandes fortunes sans cause apparente est un crime oublié, parce qu'il a été proprement fait. » Il semble que cette phrase soit fréquemment traduite en anglais par « Behind every great fortune is a crime » (NdT).

était comme ça. Il fallait qu'il laisse sa trace. Sans cela, il ne se serait pas considéré comme un artiste. » Cabeza choisit une ceinture dans son placard et commença à l'enfiler dans les passants de son pantalon.

— Donc, tu t'es dit qu'il irait forcément bomber un soir prochain. Il t'a dit lui-même quand il comptait sortir – sortir pour acheter une glace ? – et tu l'as répété à Jeremiah qui l'a fait suivre. Mais il ne s'est pas rendu sur le pont du Queensboro. Il est forcément allé quelque part, plus en amont, et son corps a dérivé presque jusqu'en bas de chez toi. Étrange coïncidence.

Il était en train de fouiller dans son armoire et finit par en retirer une chemise qui sembla lui plaire. Une chemise classique d'un bleu pâle qu'il enfila sans la boutonner.

— C'est étrange, en effet, dit-il. Je dois le reconnaître. Tu as encore raison, Val. C'était sur le pont de Hell Gate, le chef-d'œuvre de Gustav Lindenthal. À l'époque où il fut achevé, en 1916, ce pont détenait le record de la plus longue arche en acier du monde.

— Tu connais tes ponts sur le bout des doigt, fis-je en avalant ma salive.

— Eh oui ! C'est ma vraie passion, les voies de communication. Écoute, tâchons de trouver un moyen de te détendre, ajouta-t-il en enfilant ses sandales. Il faudra que tu sois calme quand tu iras parler à ton boss. Alors, si nous prenions ce petit déjeuner, finalement ? Je vais te préparer un bloody mary qui devrait te relaxer.

Il se dirigea vers la cuisine.

— Comment savais-tu que Kamal allait... ?

Je m'interrompis brutalement. Cabeza venait de retirer le couteau de sous le matelas pour aller retrouver ses oignons. Il souriait. Il savait que j'allais comprendre de moi-même : il lui avait suffi de suggérer l'opération à Kamal. Il avait fait en sorte que Kamal pense que c'était sa propre idée. Bien sûr. Cela générerait une certaine publicité et Kamal prendrait de plein fouet le souffle de la bombe. Avec Jeremiah, ils avaient dû s'arranger pour que le gardien soit absent et que les portes soient ouvertes afin que les gamins pénètrent sans difficulté dans la galerie. Ça avait dû être aussi simple qu'un petit versement en liquide.

Cabeza mit un tablier et s'essuya les mains. Il continuait à me sourire depuis la cuisine : « Alors, veux-tu des oignons, finalement ? Moi, je vais en prendre. »

— Ne te donne pas cette peine, fis-je en me levant. Mais, vas-y, toi. Je ferais mieux d'aller au bureau. Jane Battinger m'attend. Je vais me contenter de lui dire que je n'étais pas au courant de la vente aux enchères et que je ne savais absolument pas que Jeremiah détenait des toiles de Stain. Je ne suis qu'une blonde un peu idiote et je ne sais que ce que je sais, rien de plus. Au mieux, cela lui confirmera ses premiers soupçons : je suis une exécrable journaliste.

— Mais la vérité, mon cœur, c'est que tu ne savais rien de tout cela. C'est ça, l'important. Comment aurais-tu pu être au courant ? Ce n'est pas comme si tu avais parlé à Jeremiah. Ce n'est pas comme si tu faisais partie des personnes que Sotheby's informe avant une vente. Après tout, tu te bornes à écrire des notices nécrologiques, n'est-ce pas ?

Je ramassai mon sac une fois de plus.

— Merci de m'avoir protégée, dis-je. Je pense que ça devrait aller. Je ne savais rien.

Je me déplaçais un peu mécaniquement, étudiant désormais chacun de mes pas et gestes. J'étais un peu comme une comédienne, un soir de première. Une comédienne qui aurait joué pour la toute première fois un rôle de femme fatale, même si ce rôle avait été écrit spécialement pour moi. Cabeza n'avait pas cessé de me diriger durant sa mise en scène. Il m'avait accompagnée lors de toutes les répétitions, jusqu'aux prises finales.

— Tu ne savais rien du tout.

— Absolument, dis-je. C'est la stricte vérité. Il me suffit simplement de m'y tenir.

— L'important, c'est de ne jamais laisser transparaître que tu me connais. Si tu réussis, tu ne risques rien et tout se passera comme prévu.

J'allais répéter « comme prévu », mais il y avait des chances pour que j'y ajoute une note de cynisme. Je choisis donc plutôt de me concentrer sur le bruit du couteau sur la planche à découper. C'était bien la première fois de ma vie que je m'identifiais à un oignon.

— Alors, à combien se monte ma part ? demandai-je.

Le sourire de Cabeza s'élargit : « J'ai dit à Jeremiah que tu poserais la question. C'est drôle. Je te connais mieux, maintenant. Il a dit qu'il te donnerait un tiers si tu jouais bien le jeu. »

— Je n'aime pas trop sa répartition. Je prends la moitié, dis-je, impressionnée par mes propres talents d'improvisation.

— Je lui transmettrai, dit-il.

Je pris mes chaussures à la main et marchai vers lui aussi sensuellement qu'Ava Gardner. Je posai un baiser sur sa joue.

— Eh bien, quel genre de baiser est-ce donc ? s'indigna-t-il d'un air exagérément affecté.

— Tu as raison, convins-je.

Je savais qu'il voudrait sceller notre pacte. Mon cœur battait la chamade, mais je parvins néanmoins à l'embrasser avec fougue. L'odeur des oignons était entêtante. Il posa son couteau pour prendre mon visage entre ses mains. Ce fut une sensation horrible que j'endurai sans broncher. Je faillis m'évanouir de soulagement quand il relâcha son étreinte. Alors je pus enfin me diriger vers la porte.

— En principe, ça ne devrait me prendre qu'une heure, lançai-je depuis la sortie. Promets-moi que nous discuterons de Woodstock à mon retour.

— Promis ! dit-il. J'ai déjà imprimé la carte.

Dès que la porte se fut refermée derrière moi, je dévalai les escaliers en courant, pieds nus. Je ne m'arrêtai qu'une fois parvenue au milieu du pont du Queensboro.

Chapitre 20
Memento mori[1]

Je me tenais devant la forteresse. Je reprenais mon souffle, pliée en deux, après avoir couru tout le long du chemin en slalomant entre les stands d'une fête de quartier sur la 3ᵉ Avenue, puis entre les badauds faisant du lèche-vitrine sur la 5ᵉ Avenue, et enfin entre les hordes de touristes du Rockefeller Center. Arrivée à Times Square, il ne me restait plus beaucoup de peau sur la plante des pieds et mes vêtements dégoulinaient de sueur.

Je levai les yeux vers la stature imposante du bloc de béton gris du *Journal*. Dans la pierre du fronton, au-dessus de l'arche majestueuse de l'entrée, les mots suivants avaient été sculptés : « Délivrer l'information de façon impartiale, sans crainte ni préférence, indépendamment de tout parti, secte ou intérêt particulier ». La sueur qui coulait de mon front me piquait les yeux.

J'appuyai sur le tambour de la porte du *Journal* en avalant ma salive. Mes jambes me portaient à peine et mon cœur tambourinait dans ma poitrine. Je pris les escaliers jusqu'au troisième étage et me dirigeai directement vers le bureau de Jane Battinger, en espérant l'y trouver devant son ordinateur en compagnie de Curtis. Mais il n'y avait personne. Le service Infos locales avait été déserté

---

1. Locution latine signifiant « Souviens-toi que tu es mortel » (NdT).

comme après une élection présidentielle. Quelques correcteurs tapaient vaguement sur leur clavier. Une assistante répondait à un appel téléphonique. Je décidai donc de monter à l'étage supérieur pour voir si Curtis s'y trouvait. Son téléphone gisait à côté de son socle en sonnant dans le vide, comme s'il hurlait à la mort.

Je redescendis au troisième étage et allai m'installer dans mon box. Tassée dans mon fauteuil, je le fis pivoter deux ou trois fois avant de prendre un morceau de chewing-gum que je me mis à mâchouiller nerveusement. J'en repris rapidement un autre morceau que je mastiquai de plus belle. Mais ça ne me suffisait toujours pas. J'en engouffrai donc un troisième que je m'appliquai à amalgamer aux deux précédents.

Sur l'écran de l'ordinateur de Mickey Rood, le curseur clignotait : « Madame Steinerman laisse derrière elle son labrador, Chunky Bobo. » Il y avait donc quelqu'un dans ce bureau, finalement. J'en étais à dépiauter le papier d'un quatrième chewing-gum lorsque j'entendis le pas cadencé de Rood (un coup pour chaque pied et le troisième pour sa canne). Il m'avait l'air encore un peu plus bancal que d'habitude. Sa cravate était de guingois et ses épaules transportaient beaucoup plus de pellicules que de coutume.

— Ça fait beaucoup à mastiquer pour une frêle jeune fille, me dit-il en m'offrant un sourire qui découvrit ses dents, ainsi que deux ou trois choses qui s'y étaient glissées. Je déballai néanmoins ma cinquième tablette.

— Jaime t'a donné ta journée, mademoiselle Vane. Ne devrais-tu pas être en train de bronzer du côté de Sheeps Meadow ?

— Il faut que je parle à Jane Battinger, dis-je tout en mastiquant, de sorte que ma phrase ressembla à quelque chose comme « oc eu par ène bat geur ».

— Elle vient de sortir pour s'acheter un sandwich. Elle a dit qu'elle revenait dans quelques minutes.

Je choisis de hocher la tête plutôt que de baragouiner.

Rood me regarda d'un air préoccupé : « Il y a eu un problème, je présume ? »

Je hochai de nouveau la tête.

— Personnel ou professionnel ?

Je hochai la tête encore, à deux reprises : les deux, mon colonel.

— Pourquoi n'irais-tu pas te chercher une de ces boissons vaguement aromatisées au café, en bas, à la cafétéria ? Je t'y rejoins dès que j'en ai terminé avec cette annonce nécro et nous en discuterons.

Je me dirigeai vers la cage d'escalier en traînant les pieds et commençai l'ascension des huit étages qui menaient à la cafet'. Je prenais les marches deux à deux, à grandes enjambées, en luttant contre la gravité et en avalant ma salive désormais légèrement sucrée. Au niveau du onzième étage, je bifurquai vers le hall jusqu'au tourniquet marquant l'entrée de la cafétéria. Quelques plats chauds sur le comptoir, des frites en train de refroidir, une console couverte de salades diverses et quelques crèmes gélatineuses enveloppées dans du Cellophane. Durant un instant, je ressentis une faim de loup, puis une odeur d'oignon eut raison de mon appétit qui fit place à une nausée tenace.

D'habitude, la cafétéria était le lieu de toutes les intrigues de cour : un reporter d'expérience baratinant une nouvelle assistante, un journaliste d'investigation révisant un article destiné au prix Pulitzer devant un jambon-fromage… Mais aujourd'hui, l'endroit était plutôt désert. Quelques oiseaux de nuit aux yeux rougis finissaient leur bol de céréales au fond de la salle, près de la fenêtre, et un homme de ménage était en train de battre aux échecs un éditorialiste.

J'avisai un siège en plastique près d'un groupe de tables vides et laissai mon regard errer par-delà les immenses baies vitrées. Nous dominions le carrefour de Times Square baptisé le Great White

Way, mais la vue que j'avais depuis mon siège ne me permettait de voir ni les néons ni les nuées de touristes. Je ne voyais que le sommet des tours, les fenêtres étroites des immeubles de bureaux adjacents et, en étirant mon cou au maximum vers la droite, quelques nuages menaçants. « *Très haut, Sam, là où la vie est douce* », songeai-je avec amertume en me rappelant Falco. « *Là où personne ne claque des doigts en disant "Hey Schmitt, range-moi ça"*. » Ma boule de chewing-gum me remplissait le gosier. Je mastiquais lentement, en respirant par le nez, cherchant désespérément à donner un sens à tout ces événements. Qu'avais-je fait ? Comment tout cela était-il arrivé ? Étais-je vouée à répéter les mêmes erreurs, encore et encore, jusqu'à la fin des temps ? Jeremiah avait misé sur mon ambition et la singularité de mon parcours. Avait-il eu raison pour la deuxième fois ? Cette répétition compulsive constituait-elle la clé de mon fatal destin ?

Rood arriva avec un grand gobelet en plastique dont le contenu débordait à chacun de ses pas. Il le posa sur la table d'une main tremblante, en en renversant encore un peu plus. Il étala une serviette en papier sur la table devant moi.

— Vas-y, me dit-il. C'est le moment de tout déballer.

Je plaçai mon tas de chewing-gum au milieu de la serviette en papier.

— C'est aussi grave que ça, alors ? ajouta-t-il.

Je hochai la tête et pris plusieurs longues inspirations.

— Grave comment ?

Alors je lui crachai le morceau. Ça sortit très vite parce que j'étais incapable de le taire plus longtemps. Parce que je savais tout. Je savais *qui* avait tué Wallace et je savais *pourquoi* il avait été tué. J'en avais vu les preuves un peu partout autour de moi, mais je les avais reléguées dans un tiroir de mon inconscient. Je l'avais même ressenti physiquement, quelque part dans mes tripes. Je connaissais l'existence des toiles entreposées dans le grenier de

Jeremiah, la nuit au cours de laquelle j'avais succombé à ses avances, dans le fauteuil à bascule de sa grand-mère. J'avais vu l'expression bizarre de Kamal quand je l'avais questionné sur Cabeza, lors de l'hommage funèbre. J'avais pu observer la photo de Cabeza dans le *Sunday Magazine* et la gestuelle aristocratique de ses mains lors de notre dîner tardif au M&G. J'avais enfin bien entendu la réflexion désagréable de Jeremiah, la veille, au téléphone. En fait, je ne pouvais rien ignorer de tout cela, même si j'avais essayé de le faire. Tout était là, sous mes yeux, depuis le début.

Je racontai tout à Rood, sans détour ni litote, depuis le premier appel de Cabeza jusqu'à son récent émincé d'oignons. Je ne lui cachai absolument rien, pas même les épisodes gênants ou ceux qui m'accusaient. Quand je lui parlai de l'offre de Cabeza, ainsi que de ma requête pour une augmentation de ma part du magot, ses yeux se mirent à briller.

— Et tu n'es pas tentée d'empocher l'argent ? me demanda-t-il. Ça pourrait aussi résoudre pas mal de problèmes, tu sais.

— Tentée ? Bien sûr. J'y ai pensé durant près de la moitié de ma course depuis le Queens. Mais quand j'ai cessé de courir, je me suis sentie mieux. Maintenant, il faut que je prenne une décision parce que je suis certaine que Jane Battinger est revenue de sa course et qu'elle m'attend. Curtis aussi est probablement de retour à son bureau et, tous les deux, ils vont vouloir des réponses.

Rood m'observa en clignant des yeux durant plusieurs minutes. Il plaça ses deux mains sur sa canne et y posa son menton : « Mademoiselle Vane, je ne suis pas un modèle de vertu. Dans ma vie, j'ai fait dix fois des erreurs que personne ne devrait commettre plus d'une fois. Tout ce que j'ai eu de bon, je l'ai échangé pour pouvoir assouvir mes vices : l'un de mes poumons, la plus grande partie de ma fortune et mes deux épouses.

Alors j'aime mieux te prévenir tout de suite : je ne vais pas rester assis devant toi pour te faire la morale et te dire que tu es une mauvaise fille. »

— Je ferais aussi bien d'aller voir Jane Battinger et de lui dire de me virer ou de me faire coffrer.

Rood repoussa sa tasse de café vers moi : « Il me paraît tout à fait déplacé de pleurer sur votre sort, mademoiselle Vane. » Son café était aussi appétissant qu'un marécage, mais j'en bus une gorgée. « Savais-tu tout ce que tu viens de me raconter quand tu as écrit l'article avec Curtis ? »

— Je ne suis au courant de tout ça que depuis ce matin.

— Par conséquent, lorsque tu as écrit ton dernier papier, tu as utilisé au mieux les moyens dont tu disposais pour formuler une histoire fondée sur les informations dont tu avais connaissance à ce moment-là, dit-il d'un ton affirmatif et non interrogatif. C'est ce que les journalistes font. Ils doivent tirer le meilleur parti des informations qu'ils ont en main en un temps limité. Ensuite ils publient des mises à jour quand ils en savent plus. Si jamais, un jour, ils finissent par en savoir plus.

— Je n'ai été qu'un pion sur l'échiquier, soupirai-je. Une pauvre cruche. J'aurais dû être capable de déchiffrer les faits et de les relier entre eux. J'aurais dû me rendre compte de la situation. J'avais tout sous les yeux depuis le début.

Rood se renfrogna. Il posa ses grosses pattes sur la table afin de reculer. Les pieds de sa chaise grincèrent sur le sol : « T'ai-je déjà dit pourquoi j'avais fini à la rubrique Nécro, mademoiselle Vane ? »

— Non, Mickey, je ne crois pas.

Rood avait une façon toute personnelle d'ignorer le passage du temps. Même lorsque le monde autour de lui s'affolait dans un élan chaotique, quand Mickey commençait à parler, le temps s'inclinait. Il appuya sa canne contre la table et croisa les bras sur sa poitrine, me signalant par là même que son récit allait durer un certain temps.

— À l'époque, j'étais un tout jeune homme, un journaliste spécialisé, tout comme toi, sauf que moi, je travaillais sur les faits divers, sur la rue. En ce temps-là, tout le monde se fichait de savoir si tu abusais de la bouteille ou pas et, du coup, j'en abusais pas mal. Quand je devenais un peu trop euphorique, ils m'affectaient tout simplement à un quartier plus tranquille, le temps que je reprenne mes esprits. De ce point de vue, Staten Island était un peu comme un vaisseau de croisière : il n'y avait pas plus calme. Par hasard, il se trouvait qu'à la même période, j'avais une histoire, disons, intermittente avec Jane. Oui, oui, Battinger la battante. Ne prends pas cette mine surprise, elle a été jeune elle aussi. En plus, elle avait un sacré poste aux Infos locales puisqu'elle était l'adjointe directe du journaliste chargé du week-end, alors même qu'elle n'avait pas trente ans. Et ça, ça m'a toujours épaté. J'ai même pensé à la demander en mariage à un moment, mais elle n'était pas du genre à s'embarrasser d'un second couteau. Et puis, de toute façon, c'était surtout sa carrière qui la préoccupait.

J'essayai d'imaginer Jane Battinger jeune et ce n'était pas évident. Elle avait peut-être été du type Elizabeth Taylor : toute en courbes avec un peu d'acide dans les veines, comme dans *La Chatte sur un toit brûlant*. Non, l'Elizabeth Taylor de *Qui a peur de Virginia Woolf ?*, avec quelques années de plus, paraissait mieux lui convenir.

— Et donc, une dépêche tombe sur mon bureau, un jour, à propos d'un pharmacien qui aurait été tué dans une officine de Staten Island. Je me rends sur place et je fouine un peu aux alentours. Je pensais qu'il y avait peut-être un bon papier à en tirer. Il était possible qu'il s'agisse d'un acte raciste puisque la victime était noire et qu'il n'y avait pas de mobile apparent. Mais la police finit par me faire avaler une tout autre version. Ils voyaient cela comme un meurtre interne à la communauté noire, une vengeance entre voisins. À cette époque, ça voulait dire qu'on laissait tomber.

Je n'avais pas besoin de comparer Rood à l'un de mes vieux héros en noir et blanc : c'était l'un des leurs. Il s'intégrait parfaitement à leur paysage. Lui aussi avait battu le pavé des mauvais quartiers. Lui aussi avait coincé sa carte de presse dans son chapeau mou. Il s'était pris le bec avec plus d'un directeur de rédaction, leur permettant de profiter, pour l'occasion, de son haleine parfumée au whisky irlandais.

— Et voilà que cette dame entre dans notre bureau, par un après-midi ensoleillé. Une vraie beauté, avec des gambettes de meneuse de revue. C'est la sœur du défunt et elle nous dit que les flics se sont trompés. Elle dit que ça va beaucoup plus loin que ça et que son frère a refusé de payer des dessous-de-table à un poulet. Il pouvait les verser sans problème, mais c'était pour lui un cas de conscience. Il considérait que la police n'avait pas à plumer un honnête homme. J'étais d'ailleurs plutôt d'accord avec cette façon de voir.

Rood dessina du doigt le chiffre huit sur la surface en Formica de la table.

— Bien sûr, cette fille m'avait tapé dans l'œil, mais le cas m'intéressait aussi. Je voulais jouer au bon flic. Il y avait un gros business de racket dans le 122, et voilà que j'avais le moyen de le révéler au grand jour. Mais, malgré mes efforts, je ne parvenais pas à faire passer un papier dans le journal. Durant des mois, j'ai harcelé mon chef des Infos locales, mais il ne cessait de me répéter que je manquais de preuves. Ce n'est qu'il y a peu de temps que j'ai compris pourquoi il avait étouffé mon article. Il se trouve que Jane avait fini par découvrir ma liaison avec la frangine, et elle avait fait en sorte que cette histoire ne soit jamais publiée. Je ne sais pas comment elle s'était débrouillée, parce que à l'époque elle n'était encore qu'un sous-fifre, mais quand elle s'y mettait, elle avait un don formidable pour convaincre les gens. À ce que je sais, c'est la seule fois où elle s'est laissée aller à une telle manigance. Mais ce n'était pas correct de sa part. Mon sujet était un excellent sujet. Et j'avais toutes les preuves nécessaires.

Le visage de Rood exprimait une certaine peine et sa tristesse creusait les rides autour de ses yeux. Il avait peut-être réfléchi à cette histoire un millier de fois, mais il n'avait dû en parler qu'à une ou deux reprises. À l'expression de son visage, je voyais que cette affaire était encore douloureuse.

— Tu as demandé à être muté hors de la rubrique Infos locales quand tu as découvert le pot aux roses ?

— Exactement. Je prenais la mouche plutôt facilement pour un type censé être un dur à cuire. Ça ne me dérangeait pas qu'il y eût de la corruption à l'extérieur, dans les rues de cette ville pouilleuse. Ce qui me foutait en l'air, c'était qu'il pût y en avoir aussi à l'intérieur du *Journal*. Je croyais qu'il valait mieux que ça. J'avais foi en lui. Une institution. Une citadelle.

Puis il se pencha vers moi : « Alors, d'accord, tu as couché avec une de tes sources. Tttt ttt, méchante fille », dit-il en agitant un doigt devant mon nez avant de rire doucement. Son rire se mua en quinte de toux et il martela la table du plat de la main en attendant qu'elle veuille bien s'arrêter. « Mais la question la plus importante, c'est de savoir si tu auras le cran de cracher le morceau. De faire en sorte que justice soit faite. »

Rood se racla bruyamment la gorge avant de s'essuyer la bouche avec un mouchoir qu'il chiffonna et lança dans la poubelle la plus proche.

— La réponse ne consiste pas à aller voir Jane, continua-t-il. Ce n'est pas ton confesseur. Ce dont tu as besoin, c'est de mettre cette histoire sur papier. Laisse-moi m'occuper d'elle. Je vais la gérer en attendant que tu mettes tes idées en forme. Elle me doit bien un petit service après toutes ces années. Réfléchissons tous les deux à ce qu'il faudrait faire pour l'amener à nous soutenir. Ça te paraît acceptable ?

— Tout à fait acceptable.

— Ah, je te retrouve, s'écria Rood en souriant. Et quand nous en aurons fini avec cette petite expédition, rappelle-moi que j'ai quelque chose pour toi à propos de ces noms que tu m'as confiés la semaine dernière.

Rood appela Jane Battinger et Curtis pour leur expliquer que j'étais dans l'immeuble, mais que j'avais besoin de quelques minutes supplémentaires pour être fin prête. Puis nous commençâmes à élaborer notre stratégie, un plan détaillé, de A à Z. Il nous restait moins de dix heures pour ficeler un article et il fallait que je surveille mes arrières. Cabeza avait dû contacter Jeremiah maintenant. Ils devaient se demander ce que j'étais en train de faire. Ils avaient tué Stain pour un peu d'argent et un soupçon de célébrité. Malgré toutes ses déclarations d'amour, je ne pensais pas que Cabeza – sans parler de Jeremiah – m'aimait au point de me laisser en vie si je les doublais.

Je trouvai Curtis au quatrième étage, en train d'insérer des pièces dans le distributeur de boissons. Il me dit qu'il revenait de chez Sotheby's où il avait pu s'entretenir avec les experts affectés à la vente et que tout semblait parfaitement légal. Comme il en avait parlé à Jane Battinger, je n'avais pas de raison de me faire de souci. Elle projetait de publier un court article sur le sujet et ils souhaitaient que je les aide à le boucler.

Puisqu'il était devant moi à siroter son Coca, je décidai d'en profiter pour lui révéler pourquoi j'avais quelques raisons de me faire du souci – et pourquoi il ferait bien de s'en faire un peu lui aussi. Je lui racontai tout ce que j'avais exposé à Rood, mais ma petite répétition préalable me permit de le faire de façon plus concise. Quand il reposa son soda, ses yeux avaient doublé de volume : « Battinger ne va pas aimer ça du tout. Je viens de la convaincre que la vente ne posait pas de problème. »

— C'est bien pour cela que nous devons tout remettre à plat et dans le bon ordre.

★

★   ★

Pour quitter la forteresse, Curtis et moi-même empruntâmes les escaliers de secours. Notre premier arrêt fut pour le pont de Hell Gate puisque c'est là que Stain avait commis son dernier graffiti, sur ce pont qui reliait le nord du Queens au sud du Bronx. Tout me semblait désormais si évident ! Si Cabeza voulait s'en prendre à Wallace, le pont de Hell Gate constituait le chemin le plus court entre ces deux points. Nous hélâmes un taxi pour gagner le quartier d'Astoria en précisant au chauffeur que nous voulions y aller par la route passant sous le pont qu'empruntaient les trains. Notre but était de repérer un endroit d'où il était facile de monter sur les rails. Alors que nous montions sur la travée du pont, Curtis déclama : « *Vous qui entrez ici, perdez toute espérance*[1] ». Un frisson me parcourut la colonne vertébrale. Il était tout à fait possible que quelqu'un nous observe. Cabeza ou Jeremiah pouvaient fort bien se trouver dans les parages, n'importe où. Ils pouvaient faire en sorte que je glisse.

Je tâchai de me concentrer sur les graffitis : Hager, Sane, Tyre, KiK, Tnx, Son… Un nom tous les trente centimètres. Mais un seul nom nous intéressait et, après quelques pas sur la voie ferrée, nous finîmes par le trouver. C'était un *throw-up*, une signature du même style que celle qu'il avait utilisée pour sa démonstration,

---

1. Cf. Dante, *La Divine Comédie* : inscription censée se trouver au-dessus de la porte de l'Enfer (NdT).

dans le documentaire de Cabeza. Celle-ci était bleu pâle, souli-
gnée de violet : STAIN. Elle semblait récente puisque la peinture
n'était pas tout à fait sèche et elle n'avait pas été recouverte par
d'autres graffitis. J'en aperçus une autre, quelques mètres plus loin,
et puis encore une autre. J'avais un peu l'impression de suivre des
miettes de pain dans la forêt.

— Quand j'étais plus jeune, ce pont avait la réputation d'être
l'endroit le plus effrayant sur terre, me dit Curtis qui me suivait de près. Il était toujours associé à des histoires de fantômes.
Les mômes racontaient qu'ils y avaient vu les lumières de trains
qui n'étaient jamais passés ou encore des trains remplis de fantômes. D'autres histoires parlaient d'un clochard qui vivait sous
le pont et enlevait les enfants, ou de *mafiosi* qui y ensevelis-
saient des cadavres. J'ai connu des gars qui taguaient ici dans les
années 1970. Eh bien, laisse-moi te dire qu'ils avaient de sacrées
cojones.

Nous continuâmes à progresser sur la voie et à découvrir
d'autres signatures de Stain. Toutes étaient réalisées sur le même
modèle : bleu pâle souligné de violet. Il y en avait autant sur les
murs internes du pont que sur ses parois externes. Wallace avait
apparemment sauté sur la corniche du pont afin d'apposer sa
signature à un endroit visible des automobilistes qui passaient
sur le pont du Triborough. Et puis, quelques dizaines de mètres
plus loin, à peu près au niveau du centre de la rivière, nous
découvrîmes une signature inachevée. Les contours de « STA »
avaient été tracés, mais l'intérieur des lettres n'avait pas été
rempli de peinture. Le « I » était ébauché, mais se terminait brutalement en déviant sur le côté, puis en se perdant au-delà de la
paroi.

La vision de cette signature me fit froid dans le dos. Il était évident qu'il était en train de peindre à cet emplacement, mais qu'il
n'avait pas eu le temps de finir.

— Il a pu décider d'arrêter, me dit Curtis en lisant l'expression d'effroi sur mon visage. Ou il a très bien pu perdre l'équilibre. Ça ne prouve pas qu'il s'agit d'un meurtre.

Je me penchai par-dessus le rebord, au-dessus de la corniche, non sans avoir demandé à Curtis de tenir mon poignet. Je passai la main sur la base de ce rebord, à tâtons, sans voir ce qui s'y trouvait. Quand je la retirai, elle était couverte d'une substance noire et brillante.

— Du goudron ? proposa Curtis.

Je reconnus immédiatement cette odeur qui me rappelait le magasin de motos de mon père. Il était impossible d'oublier un tel effluve. Je tendis ma main vers lui pour qu'il puisse le sentir lui aussi : « De la graisse pour essieux. »

Je m'éloignai du rebord de la corniche de quelques pas et composai sur mon téléphone portable le numéro de Betty Schlacter – un numéro d'urgence à utiliser durant le week-end. Je lui expliquai que le *Journal* avait du nouveau sur l'affaire Wallace. Sans doute parce que nous les avions aidés à démasquer Kamal, elle semblait mieux disposée à mon égard, mais cela ne voulait pas dire que je pouvais obtenir d'elle n'importe quoi. Je lui dis que nous détenions la preuve matérielle que Wallace avait été tué et que sa mort n'avait rien à voir avec un règlement de comptes entre gangs et encore moins avec Darla. Cette fois, je n'eus pas à écouter la tonalité.

Une demi-heure plus tard, un jeune – et plutôt séduisant – assistant du procureur dénommé Mark Detain dévorait des hamburgers entre Curtis et moi, au bistrot Neptune, situé au pied du pont de Hell Gate. Pour ma part, j'avais demandé le mien sans oignons. J'avais promis à Detain de lui dire tout ce qu'il voulait, à condition qu'il me jure d'envoyer dans les plus brefs délais un policier dans un certain entrepôt situé près de la manufacture Steinway. J'avais également insisté sur le fait que nous avions besoin d'obtenir la garantie d'une citation officielle de la part du bureau du procureur, au cas où nos conclusions se révéleraient exactes. Rien de moins. Pas de propos anonymes, pas de « un porte-parole du département laisse entendre... ». Aucun compromis.

Il accepta mes requêtes et je recommençai donc mon récit. Quand je l'eus achevé, je l'emmenai voir les derniers tags de Stain et confirmer la présence de graisse pour essieux. Il appela alors le commissariat du Queens pour qu'il nous envoie une escouade. Puis il nous accompagna jusqu'à Chelsea où nous souhaitions rendre visite à madame Deitrick.

Les peintures blanches vandalisées avaient été retirées des murs de la galerie d'art. Seuls restaient visibles le contour des cadres autour desquels la peinture avait débordé et les longs morceaux de ruban jaune fixé au sol par la police. Je m'éloignai de Curtis et de Detain qui admiraient ce nouveau minimalisme pour essayer de trouver Darla. Elle était en train de travailler dans l'arrière-salle située au-delà des portes vitrées coulissantes. Elle disparaissait presque derrière un monceau de papier que je supposais être en rapport avec ses assurances. Blondie se tenait à ses côtés, droit comme un « i », dans un costume Prada des plus branchés, et il avait en main le catalogue de l'exposition « Pure ».

Blondie s'exclama : « Oh, mon Dieu, Valerie Vane ! »

Le sourcil de Darla se mit à tressauter dangereusement quand elle leva les yeux et me vit.

— L'histoire que vous avez racontée est très intéressante. Dommage qu'elle n'apporte aucune réponse aux questions les plus importantes, comme, par exemple, qui a tué Wallace. Ça a fait de votre petit voyou une sorte de saint. Enfin, grâce à vous, ma galerie n'a pas désempli d'agents fédéraux depuis des jours et des jours. Ils ont l'air de croire que j'ai mis le feu à mon propre entrepôt. Je me demande bien pourquoi ?

Je pris une longue inspiration : « Je pense que nous serons en mesure de vous libérer de ces enquêteurs assez rapidement, madame Deitrick, si vous voulez bien répondre à quelques questions. »

Darla s'empara d'une pile de papiers et les agita devant moi : « Et c'est vous qui allez prendre soin de remplir tout ça ? C'est dans les pouvoirs de la presse ? »

— Madame Deitrick, vous savez comme moi que je ne suis pas responsable de ce qui s'est passé ici, alors ne perdons pas de temps en vaines accusations. Je vous promets de ne pas vous faire arrêter si vous faites en sorte que vos copains flics me laissent tranquille. Ça vous va ?

— Je ne suis pas d'humeur à marchander, aujourd'hui, dit-elle.

Elle était décidément irrésistible.

— Eh bien, vous allez le devenir, répondis-je, dès que je vous aurai mise au parfum.

— Alors, allez-y, parlez.

Et je racontai mon histoire pour la quatrième fois de la journée. Quand j'eus achevé mon récit, je la prévins de ce qui l'attendait : « J'ai bien peur que nous ayons besoin d'examiner vos archives concernant la transaction que vous avez conclue avec Jeremiah Golden. »

Ma demande n'eut pas l'air de la surprendre outre mesure, mais elle y opposa néanmoins un peu de résistance : « Cela va certainement vous étonner, mademoiselle Vane, dans la mesure où vous semblez avoir une assez piètre opinion des marchands d'art, mais notre métier nous impose une certaine éthique et, malheureusement, monsieur Golden fait toujours partie de mes clients privés. Mes archives sont... »

— Madame Deitrick, Jeremiah est responsable de l'incendie qui a ravagé votre entrepôt. Il a par ailleurs essayé de vous faire porter le chapeau d'un meurtre. Cela pourrait-il vous amener à reconsidérer votre position ?

— Jeremiah Golden ? Il connaissait ces gamins tagueurs ?

— Il y a aussi un autre homme, du nom de Cabeza. C'est lui qui a fait en sorte que les gamins agissent. Leurs liens devraient apparaître dans vos archives. Vous avez de la chance que Gideon m'ait parlé de votre second jeu de livres. Ils devraient vous aider à prouver votre innocence.

Darla se leva en bousculant Blondie qui trébucha en arrière et laissa tomber le catalogue : « Un second jeu de livres ? Mais… Vraiment, je ne vois pas… »

— Gardons les effets de manche pour le tribunal, madame Deitrick. Il vous faudra témoigner contre monsieur Golden. Et ne soyez pas en colère contre Blondie. Ces livres vont vous innocenter et vous débarrasser de ces enquêteurs fédéraux.

J'appelai Curtis et Detain et je fis les présentations. Detain lui fit un récit plus ou moins semblable au mien et lui présenta des requêtes identiques aux miennes concernant ses livres. Il avait expliqué à Darla que si elle était disposée à nous offrir un quelconque soutien dans notre action contre Jeremiah et Cabeza, il veillerait à ce que les fédéraux la laissent en paix. Cette proposition l'amena à faire preuve d'un esprit d'ouverture qu'elle n'avait plus dû connaître depuis sa première surprise-party.

— Elle a de la chance de vous avoir auprès d'elle, dis-je à Blondie qui nous raccompagnait jusqu'à la porte. Tout le monde devrait s'offrir les services d'un aussi loyal mouchard.

Blondie n'avait toujours pas réussi à assembler toutes les pièces du puzzle : « Attendez un instant, Valerie, votre ex ? Jeremiah a acheté du Stain… ? Vous le saviez. Oh, mon Dieu. Attendez… Mais, évidemment ! Il était tellement fauché… Il était là tout… Et il a *acheté* ! Je vois… Mais, Valerie, est-ce que ça ne vous… ? »

Je me retournai vers lui en souriant : « Eh oui, ça me. Vous n'êtes pas mauvais, Gideon. Vous avez simplement lu les signes à l'envers, mais au moins, vous les avez lus. Nous aurons également besoin de votre témoignage. »

Blondie rayonnait : « Vous voulez dire que je vais témoigner à la barre ? Durant le procès de Jeremiah Golden ? »

— Il devrait y avoir pas mal de journalistes, alors assurez-vous d'obtenir de bons clichés.

Sur la route qui me menait à l'hôtel particulier de Jeremiah, dans le nord de la ville, je passai un coup de fil à Amenia. Elle m'annonça que Kamal avait déjà pu sortir de prison sous caution. Une fort bonne nouvelle.

— Il y a aussi autre chose qui pourrait bien disposer le juge à son égard, ajoutai-je. Quel genre de lien entretenez-vous avec un homme appelé Cabeza ?

Amenia fit une pause : « Cabeza ? » Elle sembla y réfléchir un peu avant de poursuivre : « Je suis sortie avec lui il y a des années. Ce fut une grosse erreur. Il avait une attitude très bizarre à l'égard de mon frère, comme une sorte de groupie obsessionnelle. Est-ce que cet homme a quelque chose à voir dans cette affaire ? »

— Nous pensons qu'il en est la clé, dis-je. Pourriez-vous me passer Kamal ?

La voix de Kamal n'était pas très assurée quand il me dit bonjour.

— Te souviens-tu m'avoir demandé, lors de l'hommage funèbre, si j'appréciais ce type, Cabeza ? lui demandai-je. Est-ce que c'est lui qui t'a incité à vandaliser la galerie ?

Kamal resta silencieux pendant un instant, avant de souffler : « Il m'a dit quand les gardiens cessaient leur service. »

Je souris à mon téléphone : « Écoute, Kamal, peux-tu nous rejoindre au bureau, aujourd'hui ? Il va nous falloir te poser encore quelques questions. »

Je pris un café dans le bistrot situé en face de l'immeuble de Jeremiah, sur Lexington Avenue, en attendant que Curtis et

Detain veuillent bien en ressortir. Avant même que j'aie eu le temps de verser un peu de lait dans ma tasse, je vis Curtis revenir avec un air de vainqueur et un sourire qui lui fendait le visage d'une oreille à l'autre : « Il t'adresse mille baisers », me dit-il.

★

★ ★

— C'est la plus belle des confessions que j'aie jamais vues ! s'écria Rood quand il vit le visage de Curtis, à notre retour au bureau.

Rood nous raconta alors ce qu'il avait dit à Jane Battinger en échange du récit de nos aventures du jour. Il restait deux heures avant l'heure limite pour le bouclage. Curtis s'installa pour taper le témoignage de Kamal. J'avais, pour ma part, quelque chose d'autre à faire.

Rood me conduisit jusqu'au bureau de Jane, juste après le hall, et m'en ouvrit la porte.

— Ça va très bien se passer, mademoiselle Vane. Tu es une dure à cuire, me dit-il en me faisant un clin d'œil. Appelle-moi quand c'est fini.

Le bureau était exigu et dépourvu de tout ornement : pas la moindre photo d'enfant ou de mari, pas même une carte postale d'un pays étranger. Celui qui en avait assuré la décoration avait visiblement une passion pour le beige : Jane Battinger était assise derrière un bureau beige et Jaime occupait un siège de la même couleur.

Je déposai ma lettre devant Jane Battinger. Elle la déplia et la lut. Bien qu'elle ne fût pas très longue, elle exprimait ma gratitude pour les opportunités qui m'avaient été données au *Journal*. Elle disait aussi que je pensais ne pas les avoir méritées. Dans la mesure où Rood avait dû lui raconter la majeure partie de l'histoire, Jane ne montra aucun signe de surprise, mais elle avait encore l'air très en colère. Elle tendit la lettre à Jaime.

— Et qu'est censée vouloir dire cette lettre ? me demandat-elle. Vous tombez sous le fil de votre propre épée ?

— Je crois qu'il vaut mieux pour tout le monde que je prenne un peu de distance.

— Comptez-vous nous donner vos corrections pour l'article que vous avez écrit avec Curtis ?

— Tous les faits étaient exacts dans ce papier. Ils n'étaient simplement pas suffisants pour tout expliquer.

— Y avez-vous introduit un élément quelconque visant à aider Jeremiah Golden ou cet autre individu, ce Cabeza, qui vous fournissait vos informations ?

— Non, je n'ai rien fait de tel. Je regardais la photo, je n'ai pas vu le cadre.

Jaime laissa retomber ma lettre de démission sur ses genoux : « Cette situation nous pose quelques problèmes, Valerie, mais il ne semble pas que tu aies intentionnellement porté atteinte à l'intégrité de ton reportage. Ton histoire tient debout. »

— C'est exact, mais elle ne sert pas le bon camp.

Jane se leva, suivie de Jaime. Elle m'offrit une chaleureuse poignée de main, puis Jaime me serra si fort dans ses bras que mon nez en fut lubrifié de gel capillaire.

— Tu viens de passer une très dure semaine, me dit-il. Oublie le boulot pour le moment. Reviens quand tu auras pu dormir un peu. Prends le temps d'y réfléchir. Il y a peut-être une autre solution.

— OK, fis-je, mais je ne pense pas que je changerai d'avis.

Je revins dans mon box, mais avant même que j'aie pu m'asseoir, le téléphone sonna : « Nécro, Vane. »

— C'est de l'info comme j'en ai rarement vue, Valerie ! s'écria Curtis. J'aimerais tellement que tu sois là avec moi pour l'écrire. Nous formons une sacrément bonne équipe, toi et moi.

—Je suis sûre que tu vas faire des merveilles, dis-je. Je n'ai aucune crainte là-dessus.

Chapitre 21
Post-scriptum

L'annonce de la mort de Rood dans le *Journal* faisait 250 signes : rien qu'une brève en bas de page. Elle titrait « Un journaliste d'expérience regretté par ses collègues », avec pour sous-titre : « Une carrière de près de soixante ans ayant commencé au bas de l'échelle ».

Il était mort la veille au soir, dans son fauteuil du foyer de Gramercy où il habitait, en lisant la dernière édition du journal du dimanche, celui qui titrait : « L'héritier Golden arrêté dans le cadre de la mort d'un artiste graffiti », par Curtis Wright. Un chanteur de blues qui s'était produit dans son orchestre, dans le passé, l'avait découvert peu avant 21 heures. Incertain de la conduite à tenir et surtout retourné par ce décès, il avait commencé par appeler la rubrique nécrologique et était tombé sur Jaime qui venait d'arriver au bureau après l'interruption du sabbat. Celui-ci s'était débrouillé pour insérer un avis de décès dans l'édition du *Journal* qui devait paraître le matin même.

Ce même soir, j'avais regardé la télévision en compagnie d'Amenia, dans son appartement de Hunt's Point, et nous avions vu Jeremiah emmené par la police, menottes aux poings. Dans la pièce voisine, Detain préparait Kamal à sa déposition devant le tribunal. Jeremiah avait une mine encore plus terrible que celles que je lui avais vues dans les salles de bains ayant accueilli nos orgies. Amenia m'avait simplement dit : « Il est juste comme tous ces jeunes Blancs qui ont trop d'argent et trop de temps libre. » Je n'aurais pu dire que cette vision me faisait plaisir, tant son destin me ramenait à mes propres faiblesses. J'aurais voulu me sentir supérieure et vertueuse, mais le monstre sommeillait également en moi. Je ne pouvais oublier que j'avais été amoureuse de lui. Tout comme j'étais tombée amoureuse d'un autre, distinct mais si semblable. Le même, en réalité.

Les flics m'avaient interrogée au sujet de Cabeza, mais tout en leur répétant ce que je croyais savoir de lui – son enfance à Aguas Buenas, sa vie à la ferme avec son grand-père, ses galères d'aspirant réalisateur à Los Angeles, son arrivée sur la 103ᵉ Rue dans le quartier d'El Barrio, ses premiers documentaires sur le graffiti –, je pris conscience que tout cela était probablement faux. Des mensonges élaborés et bien construits qui s'assemblaient en une sorte de vérité. J'aurais pu me sentir supérieure et vertueuse vis-à-vis de lui si je n'avais moi-même eu cette propension à me raconter de belles histoires. Au bout du compte, le seul témoignage utile que je pouvais offrir aux flics se limitait à ses signes distinctifs.

De toute façon, ils s'étaient très bien débrouillés sans moi. Ainsi, ils avaient découvert que mon cher Cabeza avait, outre celui du « cerveau », l'usage de plusieurs patronymes : celui auquel il avait recours quand il jouait le rôle de réalisateur de films était Jose Rodriguez ; celui dont il usait pour ses fonctions de curateur auprès du Ludwig Museum était Roberto Hernandez-Gonzago, et il s'était apparemment taillé une gentille réputation en Europe grâce à la faculté qu'il avait de se procurer et d'exposer des œuvres d'art typiquement américaines ; mais celui qui figurait sur son casier judiciaire et qui circulait aujourd'hui dans New York et dans tout le pays, avec sa photo anthropométrique, était Raoul Jimenez, de Huntington, Long Island. En fait, il était issu d'une famille de petits-bourgeois de banlieue, avec une mère prof de maths et un père qui possédait un modeste magasin de fourrure.

Pour moi, il serait toujours Cabeza, mais il y avait peu de chance que je puisse le lui avouer un jour. Il avait quitté la ville bien avant que Detain frappe à la porte de son studio et il devait déjà être à mi-chemin de Managua ou de Reykjavík à l'heure où les flics avaient diffusé son portrait-robot. Jeremiah avait peut-être trouvé le moyen de le prévenir, mais il était également possible qu'il se soit douté de quelque chose, tandis qu'il avalait son omelette à l'oignon, en ne me voyant pas revenir, ce vendredi matin. Peut-être me connaissait-il un peu, finalement.

Je m'attendais à tout moment à devoir affronter l'autre partie du problème : les petites vidéos domestiques réalisées par Cabeza. J'étais certaine qu'il avait pu les transmettre aux personnes appropriées en temps utile. J'ignorais seulement quand elles sortiraient. Peut-être lorsqu'il aurait l'impression d'avoir définitivement semé les flics ou juste avant de plonger dans un bon bain chaud, quelque part en Suède. Mais j'aimais encore mieux l'imaginer face à la mer, très au sud, à Acapulco peut-être, dans une *cantina* à l'enseigne de Chez Pablo, en train de siroter un bourbon aux côtés des fantômes de Robert Mitchum et de Jane Greer. Un jour, peut-être, si l'envie devenait irrépressible, j'irais le rejoindre là-bas.

Mais même sans les films de Cabeza, je savais que j'allais faire les frais, une fois encore, d'une désagréable publicité. Le *Journal* était déjà en train de concocter un long papier de *mea culpa*, expliquant les origines du reportage consacré à Wallace et insistant sur le fait que j'avais déjà démissionné. Mais quand bien même les faits relatés dans mon premier article auraient été au-delà de tout soupçon, le *Journal* entendait souligner qu'en privé un journaliste ne doit jamais entretenir de liens personnels avec ses sources d'information et doit s'abstenir de fonder ses enquêtes sur des faits obtenus grâce à de tels liens.

La rétrospective du musée allemand sur les premiers temps du graffiti, incluant des œuvres de Stain, suivait son cours à un détail près : Roberto Hernandez-Gonzago n'en était plus le curateur. Amenia avait déposé un référé visant à interdire la vente de Sotheby's et contestait par ailleurs la propriété des peintures que Jeremiah avait prêtées au musée. Darla Deitrick collaborait à toutes ces procédures. Rejoignant la thèse de Malcolm, elle affirmait désormais que d'après ses propres archives, Wallace ne lui avait que prêté ses œuvres et qu'elle n'avait donc aucun droit de les vendre. Cet argument risquait de lui coûter cher, mais tout bien considéré, elle avait préféré en payer le prix. Au vu de la situation, Amenia avait formé de nouveaux projets : elle voulait réunir toutes les toiles de Stain et créer un musée gratuit du graffiti qui serait basé dans le Bronx et porterait le nom de « musée du Peuple libre ».

Finalement, parmi tous les hommes que j'avais cru aimer cette année, le seul qui restait dans mon cœur était Rood. Je reposai le journal et fis rouler mon fauteuil jusqu'à son bureau. Il était parsemé de petites pellicules blanches. La boîte en fer dans laquelle il conservait la photo de ses petits-enfants était toujours là, de même que son pot à crayons avec sa fourchette en plastique blanc. Je pris son autre boîte en fer, celle où il gardait son tabac et en retirai une Lucky sans filtre que je plaçai entre mes lèvres.

Puis j'ouvris son tiroir et y trouvai son sac en papier marron qui contenait bien évidemment quatre ou cinq boîtes de sardines, soit de quoi tenir une semaine avant de devoir aller refaire le plein à l'épicerie espagnole. Il y avait aussi un paquet tout neuf de gaufrettes au citron.

Au fond du tiroir, je trouvai une chemise cartonnée de couleur claire sur laquelle était inscrit « Mademoiselle Vane ». Je l'ouvris et y découvris la liste des noms que ma mère m'avait envoyée, certains d'entre eux ayant été cochés. Y étaient jointes au moyen d'un trombone plusieurs pages manuscrites, toutes de l'écriture arrondie de Rood. Il y avait au total neuf pages. Elles concernaient des parents de S.R. Miller, des gens bien réels, qui m'étaient liés. Finalement, j'avais peut-être bien une histoire à moi. À l'exception de la chemise cartonnée, je remis toutes les affaires de Rood dans le tiroir et le refermai. Puis je revins vers mon ancien bureau et commençai à remplir mon carton pour la dernière fois.

Le téléphone sonna : « Nécro, Vane », fis-je par habitude.

— On joue *La Griffe du passé* au Film Forum à vingt heures quinze, m'annonça Curtis. Tu veux venir ?

— Peux pas, répondis-je. Je dois quitter la ville pour un moment. J'aimerais autant ne pas avoir à m'expliquer maintenant, si ça ne te dérange pas. Tu comprendras bien assez tôt.

— Tu es bien mystérieuse, me dit-il. OK, mais tu ne t'en tireras pas aussi facilement. Tu réentendras parler de moi très bientôt.

Je l'assurai que ça me ferait très plaisir et raccrochai. J'examinai le fond de mon tiroir afin de déterminer s'il contenait quelque chose de sauvable. Je mis à la poubelle toutes les vieilles dépêches nécrologiques, en prenant soin de conserver le vieux dossier qui contenait de rares recherches utiles. Je tombai sur plusieurs blocs-notes contenant de vieilles listes d'idées pour le service Style : « Désaveu des designers ? Des chefs français dans les jets privés ? Pourquoi Ricki aime-t-il tant PETA ?... » Des souvenirs d'une époque moins cruelle.

C'était une de ces matinées au ralenti dont août avait le secret. À la Correction, Randy Antillo roupillait dans son fauteuil, sursautant de temps à autre, chaque fois que l'oscillation de son fauteuil le réveillait. Les yeux encore gonflés de sommeil, Clint Westwood venait d'arriver et râlait à propos de la ligne 4/5/6 du métro. Rusty Markowitz s'était quant à lui rué sur son bureau et avait jeté sa serviette dans un coin avant de troquer ses mocassins pour une paire de chaussons en feutre noir. La vie dans ce bureau continuerait sans moi, comme elle l'avait toujours fait. D'ailleurs, il était possible que le monde devienne meilleur avec une Valerie Vane de moins.

Jane Battinger débarqua alors que je finissais de remplir mon carton. J'avais toujours la Lucky à la bouche.

— Tu as filé un sacré coup de main à Curtis, Valerie, dit-elle. C'est trop bête que tout se termine comme ça.

— C'est gentil de me le dire, lui dis-je en souriant. Et je suis désolée pour Mickey.

— Moi aussi, souffla-t-elle en hochant la tête lentement.

Je la regardai s'éloigner d'un pas moins vif que d'habitude, comme si ses hanches accompagnaient le rythme d'une mélodie mélancolique. Je me demandais bien comment Rood et elle avaient passé la journée du vendredi. L'avait-il emmenée au parc pour y discuter de la situation ? Avaient-ils évoqué le passé ? J'espérais en tout cas qu'ils s'étaient retrouvés. Jane n'était pas si mauvaise que ça et il était bien possible qu'elle ait été canon dans ses jeunes années, comme Rood l'affirmait. J'aurais parié que Mickey avait toujours des chaussures impeccablement cirées. Je les imaginais tous les deux, dans leur jeunesse, comme Cary Grant et Rosalind Russell dans *La Dame du vendredi*. Ils avaient dû former un sacré duo dans la salle de rédaction pleine de journalistes, la cigarette coincée derrière l'oreille et le crayon fiché dans le couvre-chef. Rood avait dû être un dur à cuire prêt à faire le coup de poing et à escalader des façades, pourvu qu'il y eût un scoop à la clé. Quant à Jane, je l'imaginais culottée et directe, sans concession.

Eh oui. J'avais raté les meilleurs moments de la vie de Rood, son passé glorieux. Malgré cela, il s'était toujours tenu à mes côtés, et le dossier qu'il avait constitué allait me permettre de découvrir mon propre passé. Je ne savais pas encore si celui-ci se révélerait aussi glorieux, mais peu importait. Je ne pourrais pas l'en remercier et j'en étais peinée.

N'était-il pas étrange que l'on pût aussi bien connaître quelqu'un après sa disparition ? Et parfois mieux que de son vivant ?

Dans la collection
Girls in the city
chez Marabout :

EMBROUILLES À MANHATTAN
Meg Cabot

Fandesleaterkinney : Qu'est-ce que tu fous ?
Katylafait : Je BOSSE. Et arrête de te connecter sur ma messagerie instantanée pendant les heures de travail, tu sais que la RATT n'aime pas ça.
Fandesleaterkinney : La RATT peut crever. Et tu ne bosses pas. Je te rappelle que je vois ton bureau du mien. Tu es encore en train de rédiger une de tes fameuses listes. À faire, hein ?
Katylafait : Même pas vrai ! Je réfléchis seulement aux multiples échecs et aux innombrables erreurs de jugement qui semblent avoir constitué ma vie jusqu'à présent.
Fandesleaterkinney : Tu n'as que vingt-cinq ans, crétine ! Tu n'as même pas encore commencé à vivre.

MES AMANTS, MON PSY ET MOI
Carrie L. Gerlach

Règle n°1 : Ne jamais sortir avec son boss.
Règle n°2 : Se méfier des promesses faites un soir de pleine lune sur plage déserte ; elles ne survivent jamais au voyage du retour.
Règle n°3 : S'il vit encore chez ses parents, il y a de fortes chances pour qu'il vous prenne pour sa mère et qu'il vous réclame de l'argent de poche.
Ce roman drôlissime vous fera économiser les frais d'une épuisante et interminable analyse chez votre psy favori !

SEXE, ROMANCE ET BEST-SELLERS
Nina Killham

Décoiffé, la chemise déchirée, les chaussures dégoulinantes de boue, il était appuyé contre le bureau du commissariat de Venice Beach. Depuis des années, les femmes essayaient de le séduire. Et depuis des années, malgré leurs efforts vraiment héroïques, elles échouaient. Les conséquences prenaient même parfois des proportions insoupçonnables pour certaines d'entre elles : spasmes musculaires, crises cardiaques, blessures provoquées par des tirs croisés. Mais c'était la première fois que quelqu'un en mourait.

— Profession ? demanda le brigadier.

— Auteur de romans d'amour.

ET PLUS SI AFFINITÉS
Amanda Trimble

Ah ! Au secours ! Mais c'est quoi cet... ?

En passant devant le kiosque de Lincoln Park, j'attrape mon magazine préféré et là, je me sens mal. Cramponnée au *City Girls* qui est quand même l'hebdomadaire le plus lu de Chicago, je lis, écrit en énorme : « Un agent très spécial dévoile tout. » Mais ce n'est pas tout car, sous le titre, on voit une paire de fesses en gros plan. La poisse ! Dites-moi que j'hallucine... Non, c'est bien moi.

Comment gagner sa vie quand on est jolie, pressée et dingue de fringues ? Victoria Hart a trouvé la solution en devenant « agent très spécial », sorte d'entremetteuse de charme. Ne le dites surtout pas à sa mère...

PROJECTION TRÈS PRIVÉE À TRIBECA
Rachel Pine

Tout juste embauchée par une puissante maison de production cinématographique, Karen pense enfin vivre son rêve. Située à Tribeca, le nouveau quartier à la mode de Manhattan, cette maison est aux mains de Phil et Tony Waxman, des jumeaux sans scrupules.

Karen saura-t-elle résister et garder la tête sur les épaules ? Ou devra-t-elle partir si elle tient à sauver son âme ?

Une plongée hilarante et époustouflante dans le monde sans pitié des producteurs de cinéma.

MARIAGE MANIA
Darcy Cosper

Dix-sept mariages en six mois ! Malgré son aversion épidermique pour l'institution, Joy, 30 ans, ne peut échapper à ces invitations. Mais le plus important est que le garçon avec lequel elle vit depuis 18 mois, Gabriel, partage son point de vue : aucun des deux ne souhaite se marier.

Non, ça, jamais !

Au cours des six mois qui vont s'écouler, Joy pourra-t-elle concilier ses convictions les plus profondes avec l'affection qu'elle éprouve pour ceux de ses amis ou de sa famille qui s'engagent ? Son couple supportera-t-il les épreuves ?

Une comédie new-yorkaise décapante et drôlissime.

MARIAGE (EN DOUCE) À L'ITALIENNE
Meg Cabot

Que feriez-vous si votre meilleure amie partait se marier en douce en Italie ? Et si vous décidiez de tenir le livre de bord de cette fugue romantique alors que le témoin de son futur mari est un journaliste prétentieux, égoïste et, par-dessus le marché, opposé à cette union ? Si vous deviez faire avec lui le voyage jusqu'à un village isolé des Marches ? Et que, cerise sur le gâteau, vous étiez contrainte et forcée de passer les quelques jours précédant la noce avec cet insupportable snobinard terrorisé à la vue d'un chat ?

Une comédie absolument moderne, résolument décapante et connectée *via* Internet.

L'EX DE MES RÊVES
Carole Matthews

Comment garder le sourire quand on vient de se faire plaquer pour une bimbo affublée d'un 90 D ? Josie décide de faire bonne figure en se rendant au mariage de sa cousine à New York, la capitale des célibataires ! Mais saura-t-elle résister à un futur ex-mari qui ne veut plus divorcer ? D'autant qu'elle a rencontré un séduisant journaliste spécialiste de rock'n roll dans l'avion pour New York… Et comment préviendra-t-elle le jeune marié que sa femme vient de s'enfuir avec son ex-petit ami ? Et si, grâce à John Lennon, tout se terminait bien ?

Une comédie romantique et désopilante avec des personnages attachants et des scènes hautes en couleur.

DIVORCE À PETIT FEU
Clare Dowling

À peine mariée, Jackie quitte Henry sur un coup de tête et croit trouver en Dan l'Homme à épouser. Et s'il suffisait de divorcer ? Mais ce qui devait être une pure formalité s'éternise et devient chaotique. D'autant plus que l'avocate de Jackie finit par coucher avec l'avocat de la partie adverse… que sa copine complètement coincée se découvre une passion sexuelle irrépressible pour un Polonais… et que sa sœur se retrouve enceinte de jumeaux après une nuit bondage passée entre les bras d'un juge sexagénaire…

Une comédie à l'anglaise, excentrique et déjantée.

UN BÉBÉ MADE IN L.A.
Risa Green

Et si Andrew avait raison ? Et si je n'étais pas prête pour avoir un enfant ? Je m'empare d'une feuille de papier et trace deux colonnes :

Contre le bébé :
Je vais devenir grosse.
Je vais mettre des vêtements de grossesse.
Je ne suis pas faite pour devenir mère.

Pour le bébé :
Suis encore jeune : plus facile de maigrir après.
Habits de bébé, surtout de fille !!!!!

Bon. Ma liste a l'air bancale sans le dernier « pour ». Je ne vais pas trop forcer. Je trouve que j'ai déjà bien avancé pour ce soir.

Une comédie vivante, drôle et sarcastique, calée sur les neuf mois de grossesse de l'héroïne.

UNE MAMAN À L.A.
Risa Green

Très bien. Je vais réussir à le déclarer ouvertement : c'est chiant d'avoir un bébé et ça ne ressemble en rien à ce que j'avais imaginé.

Je sais ce que vous pensez. Vous vous dites : qu'y a-t-il de si horrible ? En quoi est-ce pénible à ce point ? D'accord. Premièrement, il y a le manque absolu de sommeil. Sans compter qu'il faut lui donner le sein. Mais ce n'est pas tout. Il y a pire que pleurer, se lever la nuit, avoir des seins douloureux et être dans l'incapacité de régler les heures de tétée. Quand vous avez un bébé et que par malchance vous en êtes la mère, la vie s'arrête brutalement. « Vous » n'existe plus. Il n'y a plus de « nous ». Il y a le bébé et, tout simplement, plus rien d'autre n'existe. Et ma vie de femme dans tout ça ?

La suite de *Un bébé made in L.A.*.

LE PRINCE CHARMANT MET
DE L'AUTOBRONZANT
Ellen Willer

Il s'appelle Frantz, il est grand et il est beau. On le dit riche, intelligent et bien élevé. C'est le célibataire dont toutes les femmes rêvent. Dans l'émission de télé-réalité produite par Emmanuelle, il va devoir faire son choix entre dix candidates au mariage.
Qui séduit qui ? Qui court après qui ? Qui trahit qui ? Producteurs sans scrupules, paparazzis, palaces de la côte d'Azur et plateaux TV donnent un rythme d'enfer à ce roman drôle et percutant. Plus vrai que nature, il nous plonge dans un monde cynique et fascinant, en plaçant la caméra là où on ne l'attend pas : en coulisses.

Les coulisses d'une émission de télé-réalité comme si vous y étiez.

CLEPTOMANIA
Mary Carter

« Je, soussignée Melanie Zeitgar, saine de corps (moins sept kilos) et d'esprit, m'engage à : ne plus jamais voler★.
★ Exceptions : ruptures, gain de poids, perte d'emploi, auditions ratées, auditions réussies après lesquelles personne ne me rappelle, factures de carte Bleue élevées, caries, traumatisme lié à l'utilisation d'un menu de téléphone automatisé, visite-surprise d'un tueur en série ou d'un cambrioleur, visite-surprise de ma mère ou de Zach, pas de visite ni de coup de fil de AMVM (l'Amour de Ma Vie du Moment) – c'est-à-dire Ray. »

Melanie Zeitgar, 29 ans, vit à New York et rêve de devenir actrice. Entre les petits boulots humiliants et les castings de pub, elle cache un lourd secret : elle est cleptomane. La rencontre avec le beau et célèbre Greg donnera-t-elle un nouveau sens à sa vie ?

Les aventures abracadabrantes d'une cleptomane dans la Grande Pomme.

HAPPY END À HOLLYWOOD
Carole Matthews

« Je sais précisément à quel moment je suis tombée amoureuse.
À quel endroit aussi. Au Salon du livre de Londres. Je me souviendrai éternellement de l'heure exacte : 15 h 45.
Si je n'ai aucune idée de qui il est, ou pas encore, je suis déjà mordue, folle amoureuse de lui. Il y avait bien longtemps que je n'avais pas ressenti de tels picotements dans tout le corps.
J'ai également des fourmis dans les pieds, mais cette sensation provient sans doute davantage de mes chaussures et d'un oignon naissant que de la flèche de Cupidon. »

Lorsqu'elle rencontre Gil, un riche producteur hollywoodien, Sadie se dit qu'il est temps de changer de vie. Mais à peine arrivée sur Sunset Boulevard, elle enchaîne les désillusions...

Une héroïne parachutée dans l'univers de Hollywood avec ses bimbos aux dents longues et ses vieilles stars déchues.

SEXE, AMITIÉ ET ROCK'N ROLL
A.M. Goldsher

Meilleures amies depuis l'enfance, Naomi et Jenn partagent la même passion pour la musique. Elles décident de tenter leur chance à Manhattan en jouant dans des clubs.
Très vite, le groupe qu'elles ont formé avec Travis et Franck est remarqué par un label qui les prend en main : conseillers en tous genres, relooking, plans promo, passages télé, photos… tout s'enchaîne à un rythme d'enfer. Mais le succès a un prix : tensions, rivalités, mensonges… Naomi saura-t-elle tirer son épingle du jeu sans y perdre son âme ?

L'ascension fulgurante d'un groupe de musique qui catapulte l'héroïne dans le monde des célébrités.

Une comédie rock'n roll dans un univers électrique.

MA VIE PRIVÉE SUR INTERNET
Carole Matthews

Le jour où Emily découvre que son petit copain a mis sur Internet une photo d'elle nue, dans une position ridicule et coiffée d'un chapeau de mère Noël, elle pense que rien de pire ne peut lui arriver. Erreur, les ennuis ne font que commencer : Emily perd son travail, sa maison, son boy-friend, devient la risée de tous et la cible des paparazzis. Jusqu'à ce qu'elle rencontre un photographe qui lui propose de tirer profit de la situation… Ce qui lui semble être la fin du monde n'est en fait que le début d'une meilleure vie.

Un roman drôle, riche en rebondissements et coquin juste comme il faut !

PLAQUÉE POUR LE MEILLEUR
Clare Dowling

Comment ne pas se laisser abattre alors qu'on s'est fait plaquer par celui qu'on croyait depuis toujours l'homme de sa vie ? C'est la question que se pose Judy, 30 ans et des poussières. Alors qu'elle s'apprête à vivre « le plus beau jour de sa vie », la nuit précédant le mariage, Barry, son futur mari, disparaît sans laisser de trace. Le mariage est annulé.
Où trouver un peu de réconfort dans un moment pareil ? Auprès de ses amis ? de sa famille ? ou, mieux, auprès du séduisant Lenny, un vieil ami de Barry parti vivre en Australie et qui a la réputation d'être un tombeur ? Et si le bonheur était à ce prix...

Une comédie drôle et enlevée, où l'héroïne voit son image traditionnelle du « bonheur »... comment dire... légèrement bousculée !

BIMBO MAIS PAS TROP
Kristin Harmel

Belle, intelligente et drôle, Harper, 35 ans, a tout pour elle. Tout sauf quelqu'un qui l'aime. Depuis que Peter l'a quittée, elle a bien rencontré des garçons mais tous ont fini par s'enfuir. Et si elle était trop brillante, trop impressionnante ?
Harper et ses trois meilleures amies décident de mettre au point un plan pour en avoir le cœur net : le plan Bimbo. Le jeu consiste à enchaîner les rendez-vous pendant quelques semaines, travestie en blonde idiote, afin de voir si les hommes réagissent différemment. Les paris sont lancés !

Encore une histoire de blonde idiote qui rigole pour un rien et bat des cils en posant des questions stupides ? Pas vraiment ! Plutôt une comédie qui ne se termine pas par un classique « Ils se marièrent et eurent beaucoup d'enfants » !

LE PRINCE CHARMANT
FAIT PÉTER L'AUDIMAT
Ellen Willer

Frantz est de retour. Emmanuelle, la trentaine séduisante, est à ses côtés. Chargée de tourner une fiction adaptée d'une série américaine à succès, elle l'entraîne dans son tourbillon : stylisme, décors, scénaristes, comédiens... tous les ingrédients pour faire exploser l'audimat. Et pourtant...
Pour compliquer encore les choses, lors d'un séjour à New York, elle tombe dans les bras d'un très jeune homme...
Entre Paris et New York, une comédie drôle et enlevée qui dévoile les dessous d'une série télé. Du casting à la diffusion, de l'écriture au tournage, des coulisses au plateau, les histoires d'amour, les ruptures, les trahisons, sous le regard amusé des paparazzis.

Le nouvel épisode très attendu des aventures de Frantz, le plus irrésistible des princes charmants.

DOUBLE JEU
Emma Lewinson

« Dis donc, c'est vraiment le prince charmant ton mec ! Tu me le présentes quand ? »

Quand Emma rencontre Mark, elle le trouve tellement parfait qu'elle ne peut s'empêcher d'en vanter les mérites à Candice, sa meilleure amie : Mark est tellement beau, tellement attentionné, tellement talentueux... tellement la perle rare. Candice, un poil jalouse, finit par trouver, elle aussi, chaussure à son pied...

Et si Candice avait juste piqué le fiancé de sa meilleure amie ? Et si Candice, pharmacienne, approvisionnait Emma en antidépresseurs pour la rendre K.-O. ? Et si elle avait un plan machiavélique en tête ?

Une intrigue à l'humour acéré où le suspens prend vite le pas sur la comédie.

*

ARNAQUE À L'AMNÉSIE
Caprice Crane

À 25 ans, Jordan n'aime pas sa vie. Si elle a tout pour elle, elle manque de confiance et d'amour-propre. Au travail, sa supérieure hiérarchique lui vole ses idées et sa promotion n'arrive jamais. Dirk, son petit ami, la trompe, mais là encore elle se tait. Sa mère et sa sœur sont unies contre elles, lui faisant sentir qu'elle n'est que la fille d'un premier mariage.
Jordan rumine tout cela sans trouver de solution. Jusqu'à ce qu'elle se fasse renverser par une voiture. Elle décide alors de feindre l'amnésie. Une nouvelle vie commence pour elle...

Feindre l'amnésie pour tout recommencer à zéro, voilà un sujet fascinant qui permet toutes les fantaisies !

EN FINALE DE FAME GAME
Carole Matthews

Fern, 35 ans, a une voix sublime mais n'a pas encore trouvé le moyen d'en vivre. Serveuse dans un pub, elle y chante deux soirs par semaine avec un guitariste, Carl. Elle cumule les petits boulots jusqu'à ce que Carl, fou amoureux d'elle, lui trouve une mission d'intérim en tant qu'assistante... d'un grand chanteur d'opéra, Evan. Sans le lui dire, Carl envoie leur candidature au jeu télévisé Fame Game, qui chaque année découvre une nouvelle star. Parachutée dans un monde d'ados formatés aux présélections, Fern passe avec succès toutes les sélections, dont un membre du jury n'est autre qu'Evan...

Une comédie riche, dynamique et drôle avec la rencontre de deux univers que tout sépare, l'opéra et la pop.

MA VIE DE STAR EST UN ENFER
A.M. Goldsher

Tout s'est enchaîné très vite pour Naomi et Jenn : à peine remarquées par un label, leur groupe s'est retrouvé propulsé en tête des charts. Difficile de garder la tête sur les épaules lorsqu'on est catapulté dans le monde des célébrités. Tandis que Naomi plaque tout pour aller vivre sur la côte ouest, Jenn décide de suivre une carrière en solo.

Harcelée par les paparazzis, épuisée par les tournées, elle craque. D'autant plus que son dernier album a connu un succès mitigé et qu'elle ne sait plus trop sur qui elle peut compter. Heureusement, le fantôme de Billie Holiday va jouer le rôle de la bonne étoile...

L'envers du décor, ou la vie pas tous les jours rose d'une pop star.

BLONDE LÉTALE
Kate White

Tout avait commencé par une coïncidence. Pas une de ces coïncidences glaçantes qui vous donnent l'impression que quelqu'un vient de piétiner votre tombe. En fait, je me suis par la suite rendu compte que l'appel téléphonique que j'avais reçu cette nuit-là, à la fin de l'été, n'était pas si imprévisible que cela. Mais, sur le coup, il m'avait laissé sans voix. Et, bien entendu, il marqua le début d'une série d'événements atroces...

Une comédie doublée d'une énigme policière, avec des suspects et des mobiles à foison, et un suspens qui vous tient en haleine jusqu'à la dernière page...

UN BREAK POUR KATE
Carole Matthews

Kate, 35 ans, mène une vie de femme au foyer qui frise la per-
fection. Son mari occupe son temps libre entre le jardinage et
le golf, ses enfants sont des modèles d'équilibre alimentaire, et
son souci du jour est de savoir quand faire son repassage... Kate
n'a aucune raison de se plaindre mais elle commence à se lasser
de cette vie trop parfaite. Son mari lui propose de se prendre
un week-end pour elle toute seule. Relevant le défi, elle s'inscrit à un séminaire de taï chi et entraîne son amie Sonia avec
elle. Mais faire le point n'est pas facile, surtout quand on trouve
le prof de tai chi très très séduisant...

**Enfin une comédie brillante sur la lassitude de la femme
au foyer ! Pour ne plus jamais associer *desperate* à *hou-
sewife* !**

THE BOY NEXT DOOR
Julie Cohen

Le lendemain matin, j'ai ouvert les yeux. J'avais mal à la tête. Très mal. Ma table de chevet m'est apparue clairement. Sur le dessus était posée une bouteille d'alcool que j'avais achetée un an plus tôt pendant des vacances à Naxos, et qui était restée pleine aux trois quarts depuis onze mois. Elle était vide. Un souvenir me chatouillait l'arrière de la migraine. J'avais travaillé au pub et rencontré cet homme. Et puis… la nuit dernière… Ce n'est qu'en vidant le contenu de la poubelle de la cuisine par terre, assise parmi les peaux de banane, le marc de café et les emballages de fromage que j'ai dû admettre l'inévitable conclusion. J'avais couché avec un homme qui ressemblait à une star des années 1980 sans utiliser de préservatif.

Ou comment l'histoire d'une nuit peut bouleverser sa vie…

CINQ FILLES, 3 CADAVRES
MAIS PLUS DE VOLANT
Andrea H. Japp

Cinq copines partagent depuis toujours leurs déboires professionnels et sentimentaux : Emma la blonde pulpeuse en mal d'enfant, Nathalie la mère au foyer qui vient de se faire plaquer, Hélène la tête chercheuse qui a fait de son absence de diplomatie une arme redoutable, Charlotte la psy qui finit toujours par coucher avec le plus gratiné de ses patients, et enfin Juliette, l'esthéticienne qui dorlote une clientèle masculine triée sur le volet.
Le jour où Charlotte découvre un cadavre enchaîné au volant de sa voiture, elle panique et appelle immédiatement ses amies à la rescousse. Très vite, elles échafaudent un plan mais se retrouvent prises dans des histoires qui les dépassent largement, d'autant plus que d'autres cadavres s'en mêlent et que le premier a disparu...

Quand la reine du crime s'attaque à la chick lit, autant dire qu'on s'amuse drôlement et qu'on tourne les pages aussi vite qu'on engloutit un macaron !

HOT
Julia Harper

« Turner observa toute cette agitation autour d'elle, ces gens qui parlaient, discutaient en essayant de prendre un air important. Elle se dit que ce serait le moment idéal pour un braquage. Elle jeta un coup d'œil à la caméra de surveillance qui enregistrait tous les mouvements à l'intérieur de la banque. Puis elle se dirigea tranquillement jusqu'au grand bureau en bois imitation acajou de Calvin et ouvrit le tiroir central. Là, juste en plein milieu, apparut une enveloppe rouge dans laquelle était rangée la clé du coffre. Elle la regarda. Elle n'aurait plus jamais une occasion pareille. Elle le savait parce que cela faisait quatre ans qu'elle attendait cet instant. C'était à son tour de braquer la banque. »

Une souris de bibliothèque qui porte de fausses lunettes, qui aime les escarpins rouges très sexy et qui lit des romans de soft-porn, il n'en faut pas plus pour intriguer mais aussi troubler John MacKinnon, agent très spécial du FBI.

Photocomposition Nord Compo

Imprimé en France par Brodard & Taupin
N° d'impression : 52013
Pour le compte des Éditions Marabout.
Dépôt légal : avril 2009
ISBN : 978-2-501-05889-6
40.7942.2
Édition 01